Knaus
K

Christie Hodgen

FÜNF MENSCHEN, DIE MIR FEHLEN

Roman

Aus dem Amerikanischen
von Thomas Gunkel

Knaus

Die Originalausgabe erschien 2010 unter dem Titel
»Elegies for the Brokenhearted« bei W.W. Norton & Company.

MIX
Papier aus verantwortungsvollen Quellen
FSC® C014889

Verlagsgruppe Random House FSC® N001967
Das für dieses Buch verwendete FSC®-zertifizierte Papier
EOS liefert Salzer Papier, St. Pölten, Austria.

1. Auflage

Umschlaggestaltung: www.bürosüd.de
Satz: Uhl + Massopust, Aalen
Druck und Bindung: Friedrich Pustet, Regensburg
ISBN 978-3-8135-0586-3

www.knaus-verlag.de

Für meine Familie

In der That ist die Ueberzeugung, daß die Welt, also auch der Mensch, etwas ist, das eigentlich nicht seyn sollte, geeignet, uns mit Nachsicht gegen einander zu erfüllen […]. Ja, von diesem Gesichtspunkt aus könnte man auf den Gedanken kommen, daß die eigentlich passende Anrede zwischen Mensch und Mensch, statt Monsieur, Sir, u. s. w., seyn möchte »Leidensgefährte, Socî malorum, compagnon de misères, my fellow-sufferer«. So seltsam dies klingen mag; so entspricht es doch der Sache, wirft auf den Andern das richtigste Licht und erinnert an das Nöthigste, an die Toleranz, Geduld, Schonung und Nächstenliebe, deren Jeder bedarf und die daher auch Jeder schuldig ist.

Arthur Schopenhauer

ELEGIE FÜR MIKE BEAUDRY

(1952–1989)

So jemanden gab es in jeder Familie, und du warst es bei uns: der Trottel, die Niete, der Säufer, der Rumtreiber, der ständige Arbeitsplatzwechsler (Müllmann, Koch, Hilfspfleger, Lieferwagenfahrer) und ständig Arbeitslose (*Den Scheiß muss ich mir nicht antun*, sagtest du immer), der kettenrauchende Versager mit dem Muscle-Car, einem eichelbraunen 442 Cutlass Supreme namens Michelle, der Liebe deines Lebens (*Mal sehen, was mein Baby so draufhat*, sagtest du immer, alle sechs Cousinen auf der Rückbank zusammengedrängt, und wie du johltest, wenn du die Scheiben runtergekurbelt und auf der Route 20 *richtig Gummi gegeben* hast, wie wir an den Striplokalen, den rund um die Uhr geöffneten Diners, den schäbigen Motels und Schrottplätzen vorbeibrausten, hinter denen sich schmollend die kleinen Betonziegelhäuser unseres Viertels in ein tiefes Tal duckten), du warst der ledige Onkel mit den blutunterlaufenen Augen und dem Fünftagebart, der immer in zerknittertem Hemd und Jeans und mit nach Alkohol stinkendem Atem zu spät zum Festessen kam – Michael Timothy Beaudry, eine Zeit lang warst du für uns all das.

Die Siebziger: Nixon und Carter, Kultur und Gegenkultur, ein Weg, der sich irgendwo im Wald teilte. Du warst zwanzig, dann fünfundzwanzig, dann dreißig, und die ganze Zeit sah es so aus, als wärst du gerade erst erwachsen geworden, als würde dein richtiges Leben – als Schullehrer oder Feuerwehrmann, als Ehemann und Vater, als rechtschaffener Steuerzahler – noch bevorstehen. Aber was hätte das für einen Zweck gehabt? Du hattest ein Herzleiden, einen Klappenfehler, der dich jederzeit das Leben kosten konnte, das Gleiche wie bei deiner Mutter, die starb, als du gerade erst drei warst. Es gab unglaublich viel, was du nicht tun durftest (praktischerweise gehörte dazu auch der Militärdienst), und du machtest dir einen Spaß daraus, all dem vor den Augen deiner Schwestern zu frönen. Die Hände in die Hüften gestützt, sahen sie dabei zu, wie du uns hinterm Haus durch den Garten jagtest, uns hoch in die Luft warfst und wieder auffingst, wie du mit ihren Ehemännern und Freunden Football spieltest, wie du trankst und rauchtest, rauchtest und trankst. All deine Fehler schrieben sie deinem Herzen zu. Deine Sauferei, deine Drogen, deine Schulden und dein Glücksspiel, deine ständigen Bettgeschichten (wie du ein Mädchen ungefähr eine Woche lang umgarnt hast, bis du sie auf Michelles Rückbank vögeln konntest und ihr dann das Herz brachst … doch irgendwann würdest du dafür büßen müssen, sagten deine Schwestern, bei irgendeinem Mädchen würde es dich erwischen, und der Schmerz, sie zu verlieren, würde dich umbringen, wart's nur ab, sagten sie, diese drei langhaarigen, gehässigen Hexen, und wie recht sie behalten sollten), den Umstand, dass du keine deiner Wohnungen lange behalten konntest, dass du ständig zu unchristlicher Zeit angeklopft und – dein ganzes Leben in einen Seesack gestopft – vor der Tür gestanden hast, dass du in einem unendlichen Kreislauf zwischen Lily, Ellen und Margaret von einem Sofa zum anderen zogst: All das schrieben sie deinem Herzklappenfehler zu. »Sein Herz, sein Herz, sein Herz!«, sagten sie und meinten damit doch viel mehr, meinten, du hättest ansonsten in tausend Belangen ein besserer Mensch sein können. Später jedoch, nachdem du für immer gegangen warst, ohne ihnen mitzuteilen, wohin, saßen deine

Schwestern an den Feiertagen auf den von dir durchgelegenen Sofas, aßen ihren Kuchen, tranken ihren Kaffee, rauchten ihre Virginia Slims und lasen sich gegenseitig ihre Horoskope aus der Zeitung vor, genau wie sie es schon als Kinder abends bei Tisch getan hatten – Fische, Widder, Krebs und dann nur zum Spaß auch noch den Steinbock für dich (NEHMEN SIE SICH HEUTE TROTZ IHRES VOLLEN TERMINKALENDERS EIN WENIG ZEIT FÜR IHRE FAMILIE!) –, später jedoch reckten sie an all den eintönigen Feiertagsnachmittagen, an denen sie dasaßen und über dich nachgrübelten, jedes Mal, wenn ein Auto vorbeifuhr, die Köpfe zum Fenster und kamen zu dem Schluss, dass es vielleicht doch nicht dein Herz war, das dich zugrunde gerichtet hatte, sondern dass du auch sonst derselbe geworden wärst, und in jener Zeit sagten sie oft: »Wir sind ja auch nicht miteinander verwandt.«

Was war eigentlich Verwandtschaft? Dein Vater, der Witwer Michael Beaudry sen., hatte meine Großmutter Virginia Mayhew, geborene Beauvier, geheiratet, eine Witwe mit drei Töchtern, der Ehemann war an Krebs gestorben, und auf amtlichen Dokumenten und in Restaurants waren sie fortan immer nur »die Beaudrys, sechs Personen« gewesen. Nach einem schwierigen ersten Jahr – Schweigen im Auto, Schweigen beim Abendessen – änderte sich alles, und keiner konnte sich mehr richtig daran erinnern, wie das Leben vorher gewesen war. Ihr wurdet zu einer Familie. Dein Zimmer wurde »Michaels Zimmer« und war nicht mehr »das Zimmer, das er Lily wegnahm, als sein Vater unsere Mutter heiratete, und jetzt müssen wir zu dritt in einem Zimmer schlafen, während der Herr ein Zimmer für sich allein hat«. Schon bald warst du ein ganz normaler Bruder, der mehr Kartoffelbrei aß, als ihm zustand, der nachmittags allein durch die Innenstadt schlendern durfte, der nicht nach Hause kommen musste, um den Abendbrottisch zu decken, dessen gelegentliche häusliche Pflichten (Laub harken, Müll rausbringen) in keinem Verhältnis zu der tagtäglichen Plackerei im Haushalt standen. Wie alle Brüder wurdest auch du von deinen Schwestern nicht als ernstzunehmender Angehöriger des anderen Geschlechts betrachtet. Es war ihnen egal, ob du sie mit Lockenwicklern im Haar sahst, die Pickel mit Zahnpasta betupft. Und es war ihnen auch egal, ob du ihre Gespräche über Dave Duncan, Jess Landry und Mike Murphy mitbekamst, die Jungen, in die sie verliebt waren. Du warst den Beschimpfungen und Bestechungen ausgesetzt, die ausschließlich bei Brüdern angewendet werden. Nachmittags stahlen deine Schwestern deinen Plattenspieler und schlossen ihn in ihrem Zimmer an, nahmen deine Lieblingsmusik (wie gern du gesungen hast! James Brown, Otis Redding, die Rolling Stones) vom Plattenteller und legten stattdessen Elvis, Bobby Darin, Doris Day auf. Wenn du abends dein Schlafzimmerfenster öffnetest, um eine Zigarette zu rauchen, verpetzten sie dich – Mom! Michael raucht schon wieder! – oder stürmten herein und verlangten ebenfalls nach einer Zigarette. Vor allem meine Mutter. Sie war in deinem Alter. Ihr wart die Jüngsten in der Familie, nur zwei Monate auseinander, seid ins selbe Schuljahr gegangen und habt oft in denselben Kursen gesessen. Du schriebst ihre Hausaufgaben ab, hast den Wortlaut ihrer Buchvorstellungen leicht verändert und sie als deine eigenen ausgegeben. Sie lieh sich Geld von dir (samstagvormittags hast du als Packer in einer Metzgerei gearbeitet), versäumte aber, es dir wiederzugeben. Schulter an Schulter habt ihr in deinem Zimmer gestanden und aus dem Fenster Rauch in die kalte Luft von New England geblasen. Von deinem Fenster aus blickte man auf einen hohen Hügel, auf dem die staatliche Psychiatrie stand, ein neugotisches Schloss mit

Türmchen und Kriechblumen und einem gespenstischen Uhrenturm in der Mitte, dessen Läuten einen stündlich aus dem Schlaf riss, und ihr, du und meine Mutter, habt auf eure Befreiung gewartet, genau wie die Verrückten, die in eurer Vorstellung zu euch zurückstarrten, ihr habt gewartet und gewartet und immerzu von Flucht gesprochen. Meine Mutter dachte an Kalifornien, du an New York. Sobald du mit der Highschool fertig wärst, würdest du dich aus dem Staub machen. Ein Seesack, ein Bus, ein Highway. *Auf und davon.* Wie ihr beide dort gestanden und das dunkle Viertel schmaler, dicht zusammenstehender Häuser betrachtet habt, wie ihr dagestanden und von Flucht gesprochen habt, während euer Atem die Scheibe beschlug und sich miteinander vermischte, wie ihr dagestanden und Pläne geschmiedet habt, die immer wieder scheitern sollten – war das nicht Verwandtschaft?

Du warst unser Onkel – jede deiner Schwestern hatte zwei Kinder, alles Mädchen. Du warst gut geschult in den Fertigkeiten, die ein Onkel gemeinhin haben sollte: im Kitzeln, im kunstvollen Rülpsen, im Nase-aus-dem-Gesicht-Pflücken, im scheußlichen Umstülpen der Augenlider. Am Labor Day fuhrst du jedes Jahr mit uns nach Hampton Beach, hast uns in der Brandung herumgeschleudert (das nanntest du *Waschmaschine*) und uns Eis und T-Shirts gekauft. (Ach, der Geruch jenes Ladens, die Aufbügelfolien, Plastik, das mit Baumwolle verschmolz!) Du hattest mehr T-Shirts als alle anderen, die ich kannte – mit den Gesichtern von John Lennon und Jimi Hendrix darauf, eins mit Mick Jaggers lasziver Zunge. Im Lauf der Jahre wurden all diese T-Shirts leprös, der Aufdruck blätterte ab, bis man nicht mehr erkennen konnte, was er einmal hatte darstellen sollen, wenn man ihn nicht von Anfang an gekannt und miterlebt hatte, wie alles Stück für Stück, Tag für Tag zerbröselte; wenn man nicht zur Familie gehörte.

Einmal hast du dich an Heiligabend als Weihnachtsmann verkleidet, weil irgendwer wahrscheinlich dachte, so etwas sei die Grundlage für eine glückliche Kindheit. Welches Haus war es damals? Ich kann mich nicht mehr an all die Häuser und Wohnungen, an all die Scheidungen, Zwangsvollstreckungen und erneuten Hochzeiten, an all die Exmänner und Stiefväter erinnern. Jedenfalls hast du die Haustür aufgestoßen und kamst herein: *Ho, ho!*, sagtest du, und dein Bauch wackelte einen Augenblick wie ein Schälchen Marmelade. *Tut mir leid, dass ich durch die Tür komme, aber der Schornstein ist kaputt.* Du sprachst in dem dröhnenden, höhnischen Ton von W. C. Fields. Das war deine Vorstellung davon, wie der Weihnachtsmann redete – ein Mann, dem die Aufgaben über den Kopf wuchsen, der von Kindern die Nase voll hatte und sich nur mehr in Sarkasmus flüchten konnte.

Irgendwer, der Ehemann oder Freund einer meiner Tanten, fragte dich: »Wie läuft's denn so, Weihnachtsmann?«, und da sagte der Weihnachtsmann, also du: *Bin voll dabei und dabei voll.*

Nach ein paar Bier machtest du es dir auf dem Sofa gemütlich und nahmst eine nach der anderen von uns auf den Schoß. *Erzähl mal dem Weihnachtsmann, was du dir wünschst*, sagtest du. Du warst eine schlechte Wahl für die Rolle, jung und schlank, betrunken und bekifft, und wir ließen uns nichts vormachen. Dein schwarzes Haar ringelte sich unter deiner Mütze hervor, dein Kostüm war an den Armen und Beinen zu kurz, wir konnten die schmutzigen Aufschläge deiner Jeans sehen. Die grauen Augen, die geschwungenen schwarzen Brauen, die berühmte Beule auf der Nase von dem Tag, als du betrunken in eine Glasschiebetür gelaufen warst, all das gehörte eindeutig zu dir. Ganz zu schweigen von deiner Stimme. Mit fünf Jahren hatte ein Virus deine Stimmbänder in Mitleidenschaft gezogen, und seitdem sprachst du wie jemand, der vom Husten ganz heiser war, mit einer rauen, gequälten Stimme, seitdem klangst du wie ein Footballtrainer, der von der Seitenlinie verzweifelte Kommandos übers Spielfeld rief, und diese Stimme war unverwechselbar. Nein, wir ließen uns nichts vormachen, wir erkannten dich sofort. Trotzdem setzten sich meine Schwester und unsere Cousinen auf deinen Schoß und nannten dir ihre Herzenswünsche. Als ich an die Reihe kam, zog ich bloß an deinem Bart, der aus Wattebäuschen bestand und an deinem Kopf mit einem Gummiband befestigt war, das man immer wieder nach vorn ziehen und zurückschnappen lassen konnte.

Und was hättest du gern, kleine Mary Murphy?, fragtest du. Ich sagte nichts, sondern sah dich bloß an. *Nichts?*, fragtest du. *Wie wär's mit einem der Brillanten, die deine Schwester sich wünscht?* Ich zog an deinem Bart, zerrte ihn dir vom Gesicht. Du hast mein Kinn gepackt und mein Gesicht ganz nah an deins gezogen. *Sei so gut*, sagtest du mit normaler Stimme, *und hol dem Weihnachtsmann mal ein Bier.*

Als du wieder gingst, warst du verstrahlt wie unsere Weihnachtsbeleuchtung. *Ho, ho!*, sagtest du. *Ho, scheiß ho!* Wie Nixon winktest du schwungvoll mit beiden Armen und bist dann in den Schnee hinausgestolpert. Niemand kam auf die Idee, dich aufzuhalten. Niemand in unserer Familie nahm seine Staatsbürgerpflichten ernst. Wir fuhren betrunken Auto und hinterzogen Steuern, parkten auf Behindertenparkplätzen und brachten unsere Einkaufswagen nicht dorthin zurück, wo sie hingehörten. Bei einem Verkehrsstau rasten wir den Standstreifen entlang und flennten dann der Polizei etwas vor, um keinen Strafzettel zu bekommen. Für besondere Anlässe kauften wir neue Kleidung, die wir mit nach innen gestecktem Preisschild trugen und danach wieder zu Filene's Basement zurückbrachten. Wir stellten ungedeckte Schecks aus, gaben im Kino ein falsches Alter an, um nur den ermäßigten Eintrittspreis zahlen zu müssen, aßen von den Tellern anderer Leute. Und so kam es, dass du, stille Nacht, heilige Nacht, durch den Schnee hinausgestolpert bist.

War das nicht Verwandtschaft? Du warst uns verwandter als unsere eigenen Väter. Die Väter von uns sechs Cousinen hatten sich aus dem Staub gemacht, und diese Worte wurden so oft zusammen benutzt, dass sie miteinander verschmolzen: ausdemstaub, ausdemstaub, ausdemstaub. Wir sechs – Ginny und Little Ellen von Lily, Carrie und Little Lily von Ellen, Malinda und ich von Margaret – hatten Väter und Stiefväter und wieder neue Stiefväter, denn die schönen Beaudry-Mädchen hatten, wie weithin bekannt war, eine Schwäche für Hochzeiten und eine noch größere Schwäche für Scheidungen, und es hieß, es sei schwierig, ohne sie, aber letztlich unmöglich, mit ihnen zu leben. Meine Mutter war mit fünf Ehemännern die beliebteste und schlimmste von ihnen. Malinda und ich stammten aus ihrer zweijährigen Ehe mit Michael Murphy, Highschoolliebe und gewerkschaftlich organisierter Klempner, Sternzeichen Schütze, Alkoholiker mit Ausfallerscheinungen. Nach ihm heiratete sie einen weiteren Michael, den ihr treu ergebenen und schwer geprüften Michael Collins, Geschichtslehrer an der Highschool und Modellschiff-Fan, Sternzeichen Waage. Ihre dritte Ehe – mit einem Elektronikhändler namens Bud Francis, Sternzeichen Krebs – dauerte acht Monate und wurde mitunter völlig vergessen. Aus ihrer vierten Ehe – mit dem Mechaniker Walter Adams, Sternzeichen Waage, zwanzig Jahre älter als sie und schwarz (wie verbissen dieses Wort in unserer Familie geflüstert wurde: SCHWARZ! SCHWARZ! SCHWARZ!) – ging ein weiteres Kind hervor: Felice Shirley Adams, die – blau und verkrümmt – nicht einmal einen

Tag überlebte. Und schließlich heiratete sie den Reverend Les Witherspoon, einen Prediger, den sie im Kabelfernsehen über das Ende der Welt wettern gesehen hatte, unverkennbar Sternzeichen Skorpion. Später würde ich immer wieder versuchen, meinen Freunden das ganze *Who's who* der Beaudry/Murphys, all die Exmänner, Stiefväter und Halbgeschwister, das Geflecht von ersten, zweiten und dritten, die Verwandten ersten und zweiten Grades zu erklären, doch es konnte mir nie jemand folgen. »Von wie vielen Mikes reden wir hier?«, fragte mal einer. »Vier? Fünf? Das ist ja schlimmer als bei Faulkner!«

Oktober 1980, es war schon kühl, und wir – meine Mutter, Malinda und ich – waren gerade aus Michael Collins' Mittelschichthaus in die Erdgeschosswohnung eines Vierfamilienhauses gezogen. Ich war acht, Malinda zehn. Wir waren noch so jung, dass wir schluckten, was uns unsere Mutter sagte: dass unsere neue Wohnung ein Palast sei, eine begehrte Immobilie in einer vornehmen Gegend, dass jetzt alles besser werde, dass wir hier einfach glücklich sein würden, dass wir Michael Collins schon bald nicht mehr fehlen würden und er uns auch nicht, dass wir zwar eine Weile eine Familie gewesen seien, aber keine Familie, die ewig hielt, die miteinander verwandt war.

Schmal und lang, mit glänzenden Hartholzböden, hatte die neue Wohnung etwas von einer Bowlingbahn. Als du klopftest, rannten Malinda und ich durchs Wohnzimmer und die Küche und rutschten auf unseren Socken den langen Flur zu den Schlafzimmern entlang. Wir liefen um die Wette zur Tür – wer konnte das wohl sein? –, und plötzlich hast du dagestanden, warst zu uns zurückgekehrt wie eine Figur aus der Bibel. »Was für eine Überraschung!«, sagten wir. Aber das stimmte natürlich nicht, denn wir hatten immer auf dich gewartet.

Ratet mal, wer gestorben ist!, sagtest du und kamst rein. Das war dein Lieblingsspiel. Wenn du nach langer Abwesenheit wieder auftauchtest, brachten wir uns so wieder auf denselben Stand. *Rat mal, rat mal, rat mal*, als wäre das Leben eine Gameshow: *Rat mal, wer weggezogen ist! Rat mal, wer geheiratet hat oder sich hat scheiden lassen, gefeuert oder befördert, verhaftet, ins Krankenhaus eingeliefert, ausgewiesen wurde! Rat mal, wer spurlos verschwunden ist! Rat mal, wer an Krebs erkrankt ist! Rat mal, wem ein Kind angehängt wurde! Rat mal, wer mit einem Puerto-Ricaner geht! Rat mal, wer schwul ist!*

»Wer denn?«, fragte meine Mutter. Sie rief aus der Küche, wo sie den ganzen Morgen am Tisch gesessen (in dieser Wohnung begnügten wir uns mit einem Kartentisch und Klappstühlen, mit Matratzen auf dem Fußboden, einem Schwarz-Weiß-Fernseher mit Dreizehn-Zoll-Diagonale, ebenfalls auf dem Boden, und einem karierten Schlafsofa, das wir bei irgendjemandem im Vorgarten mit dem Schild BITTE NEHMT MICH MIT gesehen hatten) und mit einem grünen Stift Kleinanzeigen eingekringelt hatte. »Wer ist gestorben?«

Sal Didonna, sagtest du. *An Krebs.*

»O Gott«, sagte meine Mutter. »Und was für einer?«

Keine Ahnung, sagtest du. *Krebs halt.*

Seufzend ließest du dich aufs Sofa fallen. Malinda und ich setzten uns links und rechts neben dich, und du legtest die Arme um uns. Du stankst nach Tequila.

»Rat mal, wer inzwischen jüdisch ist!«, sagte meine Mutter. »Julie Smith. Hat einen Juden geheiratet.«

Rat mal, wer jetzt nachts Taxi fährt!, sagtest du. *Dieser Zwerg, der ein paar Häuser weiter wohnte, wie hieß er noch gleich?*

»Midgy?«, fragte meine Mutter.

Stimmt, Midgy, sagtest du. *Midgy Laruso.*

»Rat mal, wer seinen Mann verlassen hat!«, sagte meine

Mutter und kam aus der Küche. Es war drei Uhr nachmittags, doch sie trug immer noch Bademantel und Slipper, beides aus dem gleichen lila Velours, ein Geschenk des treu ergebenen und schwer geprüften Michael Collins. Für sie ging nichts über eine Bademantel-Slipper-Kombi.

Hab ich gehört, sagtest du. *Irgendwie tut der Kerl mir leid.*

»Mir tut bloß leid«, sagte meine Mutter, »dass der größere Fernseher nicht in meinen Wagen passte.«

Was für ein Scheißfernseher, sagtest du. Das Gerät lief wie immer im Hintergrund, das Bild war dunkel und flimmerte. Es war Samstag, und das hieß, dass auf Channel 38 die Filme liefen, die bei meiner Mutter übertriebene Erwartungen an Männer, romantische Gefühle und den Glauben hervorriefen, dass Reichtum und Glück durch Zufall den schönsten Menschen der Welt zuteilwurden. Und meine Mutter war schön. Es verging kaum ein Tag, an dem ihr nicht irgendwer sagte, dass sie wie ein Filmstar aussehe (»Sie sind Liz Taylor wie aus dem Gesicht geschnitten«, sagten die Leute. »Hat Ihnen das schon mal jemand gesagt? Wie aus dem Gesicht geschnitten. Das kriegen Sie bestimmt ständig zu hören, oder? Tut mir leid, aber es stimmt einfach«), und inzwischen glaubte sie daran. Sie sah sich die Filme und die darin spielenden Stars – Doris Day, Audrey Hepburn, Marilyn Monroe – mit geradezu verzweifelter, wütender Sehnsucht an. Das Leben, das ihr zustand, führten andere Leute – sie promenierten in Nerzmänteln, behangen mit Perlen, und fuhren Cabrios, die von Rechts wegen meiner Mutter gehörten, und sie kochte vor Wut. Sie vertiefte sich in diese Filme wie andere Leute in die Bibel und verbrachte jeden Samstagnachmittag damit, die Sonderangebote in Filene's Basement zu durchforsten und in der offenen Umkleidekabine verschiedene Kleider anzuprobieren, die denen im Fernsehen halbwegs ähnlich sahen. Ihre Garderobe war legendär, spektakulär, äußerst unpraktisch, ihr Wandschrank randvoll mit leuchtenden Seidenkleidern und raffinierten Tweedsachen, mit Peeptoes und Netzstrümpfen, Kunstpelzen, Satintüchern. »Irgendwann«, sagte sie dann immer und betrachtete sich im Ankleidespiegel, »zahlt sich das alles aus.«

Im Fernsehen sang Judy Garland »Get Happy«, und ein Dutzend Männer in Smokings fielen vor ihr auf die Knie. Sie trug ein schwarzes Jackett, schwarze Nylonstrümpfe und schwarze Pumps. Ein Filzhut saß schräg auf ihrem Kopf. Unsere Probleme seien bedeutungslos, lautete ihre Botschaft, wir sollten sie beiseiteschieben, und alles Leid, das wir erduldeten, werde am Ende vergessen sein, werde bei der Entrückung in Flammen aufgehen. Und unablässig lief ein Störstreifen über den Bildschirm, immer und immer wieder.

Judy sang ihr Lied zu Ende, und du sagtest: *Ratet mal, wer sich verliebt hat!* Meine Mutter saß da und warf mit Namen um sich, nannte die brutalsten und herzlosesten Leute, die ihr einfielen – Fran Palmintere, Sheila Scalia –, doch du hast immer nur den Kopf geschüttelt und gelächelt.

Schließlich sagte meine Mutter: »Ich geb's auf.«

Ich, sagtest du und tipptest dir mit dem Daumen an die Brust. *Ich, verdammt noch mal.*

»Ja, klar«, sagte meine Mutter. Sie schnaubte, prustete, sagte: »Red keinen Scheiß!« Aber so wie du dagesessen hast, den Oberkörper vorgebeugt, den Kopf in die Hände gestützt, konnten wir sehen, dass es stimmte, wir konnten sehen, dass du endlich verliebt warst, wir konnten sehen, dass du, wie du es vielleicht ausgedrückt hättest, *geliefert* warst. »Geht auf euer Zimmer«, sagte meine Mutter zu uns – völlig sinnloserweise, denn von unserem Zimmer aus konnten wir alles hören. Nachts lagen wir zusammen auf unserer Matratze und lauschten jedem Wort, das unsere Mutter am Telefon zu ihren

Schwestern, zu Michael Collins, manchmal auch zu unserem Vater sagte. Aber wir gingen trotzdem.

Du sprachst eine ganze Weile über das Mädchen. Es hieß Sam Keller, war neunzehn und Kassiererin bei Stop & Shop. Du sagtest, du hättest sie genau wie all die anderen kennengelernt: in einer Bar. Du warst mit Freunden aus und sahst dir im Fernsehen an, wie die Red Sox mal wieder eine Führung verspielten, und da saß sie dir plötzlich mit ein paar Freundinnen gegenüber, trank einen Shirley Temple und zwirbelte ein paar Strähnen aus ihrem Pferdeschwanz um den Finger. *Rotes Haar*, sagtest du, *ich hab eine Schwäche für rotes Haar*. Ihr starrtet euch an. Schließlich brachtest du den Mut auf, sie zum Essen einzuladen, und sie willigte ein. Bei eurer ersten Verabredung warst du mit ihr in einem mexikanischen Restaurant. Du hast eine Enchilada mit Rindfleisch bestellt, sie einen Burrito mit Bohnen, und ihr habt an einem kleinen Tisch mit einer rot-weiß karierten Vinyltischdecke direkt am Fenster mit Blick auf die Straße gesessen. Ihr lerntet euch so gut kennen, wie es bei einer ersten Verabredung möglich war. Sie wohnte bei ihren Eltern, fromme Mitglieder einer Religionsgemeinschaft, von der du noch nie gehört hattest; sie war die älteste von drei Schwestern; sie arbeitete als Kassiererin, doch eigentlich hätte sie lieber Haare geschnitten, eine Kosmetikschule besucht oder vielleicht eine Frühstückspension eröffnet. Die ganze Zeit hatte sie den Mund voll und quasselte mit hoher, blecherner Stimme von dieser Frühstückspension – irgendwo auf Cape Cod oder vielleicht in New Hampshire, sagte sie, alle Zimmer mit Kamin und Himmelbetten. Sie hatte mal mit ihrer Großmutter in einer solchen Pension übernachtet und wäre am liebsten für immer geblieben.

Es sei wie bei allen Verabredungen gewesen, sagtest du. Du hättest dich gelangweilt, dich bemüht zuzuhören, ein Gähnen unterdrückt. Du hast dagesessen und sie gemustert: braune Augen, blasser Teint mit einer Andeutung winziger brauner Sommersprossen, die Lippen aufgesprungen, die Ohrläppchen fleischig, der Körper klein und pummelig. Alles in allem war sie hübsch, aber nicht schön; jemand, den du als *vögelbar* bezeichnen würdest. Nach dem Essen fuhrst du sie nach Hause und versuchtest ohne großes Verlangen, sie zu küssen – du legtest den Arm so auf den Sitz, dass er gewissermaßen um ihre Schultern lag –, doch sie schlüpfte aus dem Wagen, noch ehe du mehr erreicht hattest. Du sahst zu, wie sie mit schwingendem Pferdeschwanz das Haus betrat, und dann fuhrst du voller Selbstsicherheit davon – es kam dir vor, als habe ein Spiel begonnen, an dessen Ende ihr miteinander ins Bett gehen würdet. Ihr gingt noch ein paarmal aus – *zehn Mal, um ehrlich zu sein*, sagtest du –, und jedes Mal endete es wieder so: Sie stieg so gleichmütig aus deinem Wagen wie aus einem Taxi. Bei eurer letzten Verabredung gingst du ihr nach, folgtest ihr bis zur Tür und ergriffst ihren Arm, aber sie riss sich los und schlug dir die Tür vor der Nase zu. Danach riefst du immer wieder an, hast Nachrichten bei ihrer Mutter und ihren Schwestern hinterlassen, ja, sogar bei ihrem Vater, doch sie rief nie zurück.

Deine Stimme glich einer Maschine, die bei ihrer Arbeit brummte, deine Worte klangen schleppend und monoton und flossen ineinander. Immer wieder sagtest du: *Ich kapier's nicht. Ich kapier's einfach nicht.* Dieses Mädchen, sie sah durchschnittlich aus, hatte triviale Interessen, war langweilig, jung, prüde. All das ergab für dich keinen Sinn. *Aber das ist wohl Liebe*, sagtest du. Du sagtest, du warst noch ein paarmal allein in dem mexikanischen Restaurant, um euer Rendezvous Revue passieren zu lassen. Du hast eine Enchilada für dich und einen Burrito für sie bestellt und beides allein gegessen. Hast versucht, dich an all das zu erinnern, was du gesagt hattest, an alles, was sie gesagt hatte. Alles, woran du dich noch erinnern konntest, schriebst du auf Cocktailservietten.

»Sag bloß nicht, du schleppst eine SERVIETTE mit dir herum!«, sagte meine Mutter. »O Gott!«

Sie hat oft über ihren Hund geredet, sagtest du. *Ein Corgie namens Snuffles.*

»Snuffles?«, fragte meine Mutter. »SNUFFLES?«

Ich glaube, so heißt er, ja, sagtest du.

»Mein Gott!«

Ich weiß. Es ist wirklich saublöd.

»Jesses noch mal«, sagte meine Mutter. Wenn sie verblüfft war, waren Christus und seine verschiedenen Pseudonyme, Ableitungen und Verballhornungen alles, was ihr einfiel. Sie lachte – ein kurzes, lautes Bellen, das einen Augenblick die Wohnung erfüllte und dann wie ein geplatzter Ballon erstarb.

Ich weiß, sagtest du, *ich weiß. Es ist jämmerlich.* Du sagtest, du hättest deinen Job als Barkeeper verloren, weil du dich ständig krankgemeldet und lieber auf dem Parkplatz des Stop & Shop in deinem Wagen gesessen hättest, um Sam Keller beim Eintippen der Lebensmittel zuzuschauen.

»Ogottogott«, sagte unsere Mutter.

Dann bist du eine Weile verstummt, und Malinda und ich lauschten dem Fernseher. In unserer Stadt schien jegliche Firma einzugehen und ihren eigenen Ruin noch mit wahnwitzigen Werbespots voranzutreiben. Der Sprecher eines Möbelgeschäfts brüllte: ALLES MUSS RAUS! TOTALER RÄUMUNGSVERKAUF WEGEN GESCHÄFTSAUFGABE! Oben riefen sich die Nachbarn von einem zum anderen Ende der Wohnung schroffe Fragen und Anschuldigungen zu. »Wo ist die verdammte Schere?«, fragte der Mann. »Keine Ahnung«, schrie die Frau. »Beweg deinen faulen Arsch und guck selber nach!« Die Frau war hochschwanger, und wir fürchteten uns vor der Geburt des Babys, vor dem bevorstehenden Geplärr. Michael Collins und sein schöner Vierzimmerbungalow waren längst Geschichte; dies hier war das Leben, das wir jetzt führten, das Leben in einer Wohnung, und in diesem Leben tat man so, als könnte man nichts hören, nichts sehen, nichts riechen, schmecken oder spüren und sich an nichts, nichts, an rein gar nichts erinnern.

Als euer Gespräch weiterging, stelltest du die Frage, auf die Malinda und ich gewartet hatten. *Hey*, sagtest du, als wärst du gerade erst auf den Gedanken gekommen, *kann ich eine Weile hier wohnen?*

Einen Monat später konnten wir uns schon nicht mehr an das Leben vor deinem Einzug erinnern. Unsere Mutter, die einen der Jobs angenommen hatte, die sie an jenem Tag in den Kleinanzeigen eingekringelt hatte (Bürokraft bei einem Stromunternehmen, Schreibtischarbeit von neun bis fünf, Dateneingabe), überließ uns voll und ganz deiner Obhut. In jenem Herbst verbrachten wir mehr Zeit mit dir als je zuvor oder danach. Du warst unser Vater. Du machtest uns morgens das Frühstück, brachtest uns zur Schule, holtest uns nachmittags wieder ab. Unsere Probleme wurden zu deinen Problemen. Wenn die Lehrer uns mit einer Nachricht nach Hause schickten (dreimal war Malinda ohne jeglichen Grund in Tränen ausgebrochen; ich starrte fast den ganzen Tag aus dem Fenster und reagierte oft nicht, wenn ich aufgerufen wurde; wenn Malinda und ich beim Mittagessen und in der Pause zusammen waren, hielten wir uns an den Händen und sprachen mit keinem anderen; wir kamen mehrere Tage hintereinander in derselben Kleidung zur Schule; all das galt in der Sprache der Schule als »Warnsignal«), dann warst du es, der den Brief erhielt und die Sache ansprach (*Hör auf zu heulen*, sagtest du zu Malinda und *Hör auf, aus dem Fenster zu starren* zu mir. Zu uns beiden sagtest du: *Zieht euch was anderes an und hört auf, Händchen zu halten, Herrgott noch mal*).

Wenn unsere Mutter mit einem Mann, den sie bei dem Stromunternehmen kennengelernt hatte (ein Manager, der zehn Jahre älter als sie und zweimal geschieden war und von dem sie stets mit großem Respekt sprach: »Mr. Greenburg«, sagte sie immer, »ist ein sehr bedeutender Mann. Mr. Greenburg ist sehr beschäftigt. Mr. Greenburg ist Jude, eine faszinierende Religion. Die Juden stehen einander sehr nah, sie sind überaus loyal, sehr geheimnisvoll, jede Menge Tradition«) – wenn sie abends mit diesem Mann etwas trinken ging, dann fuhrst du uns in Michelle in der Stadt herum. Es gab eine Menge dunkler Lokale, in denen Freunde von dir als Barkeeper arbeiteten, und die besuchten wir alle der Reihe nach. Deine Freunde zapften dir Biere, und Malinda und ich saßen neben dir an der Bar und drehten uns auf den vinylgepolsterten Hockern. Aus winzigen Schälchen mit Brezeln und Käseflips, aus kleinen Plastikspießen mit Orangenschnitzen und wächsernen roten Kirschen stellten wir Mahlzeiten zusammen. Wir machten unsere Hausaufgaben, während du mit deinen Freunden (alles blauäugige, rotgesichtige Iren, die wie Kennedys dritten Grades aussahen) über Sam, Sam, Sam und noch mal Sam redetest. Du hast in Erinnerungen geschwelgt, Strategien entwickelt, über Ratschläge nachgedacht und sie zurückgewiesen. »Du solltest losziehen und dir ein neues Mädchen anlachen«, sagten deine Freunde, »geh aus, lach dir eine andere an und fick sie.« An dieser Stelle verstummten sie, sahen uns an und sagten: »Hoppla. Entschuldigt meine Ausdrucksweise. Knall sie. Such dir eine andere und knall sie. Das macht den Kopf frei.«

Nach den Bars fuhren wir jedes Mal eine Weile auf den

dunklen Parkplatz des Stop & Shop und starrten den hell erleuchteten Laden an wie eine Kinoleinwand. Wann immer Sam Keller arbeitete, beobachteten wir, wie sie an der Kasse stand und die Tasten drückte, wie sie mit den anderen Kassierern und Eintütern plauderte. Sie hatte die Angewohnheit, winzige Korrekturen an ihrem Pferdeschwanz vorzunehmen, und zog ihn immer fester. Ich saß auf der Rückbank und betrachtete Sam, aber auch dich, musterte die Veränderungen in deinem Gesichtsausdruck, von verzückt zu wehmütig, von bitter zu heimtückisch zu hoffnungslos. Malinda saß vorn und spielte die ganze Zeit am Radio herum. Sie mochte dieselbe Musik wie unsere Mutter – Helen Reddy, Carly Simon, Diana Ross, Barbra Streisand –, Lieder, bei denen es um den Kitzel und die Enttäuschung der Liebe ging. Sie kannte sämtliche Texte und sang sie mit einer Stimme, die viel älter als ihre eigene klang.

Herrgott, sagtest du oft, *wie lange müssen wir uns diesen Mist noch anhören?*

»Wie lange müssen wir hier sitzen?«, fragte Malinda dann. »Wie lange willst du deine Freundin noch anstarren?« Das war eine Strategie, die sie von unserer Mutter gelernt hatte. Sie stritten sich bei jeder Gelegenheit, und Malinda hatte eine Begabung für sokratische Argumentation. »Meinst du wirklich, dass du dein Potenzial voll ausschöpfst?«, fragte unsere Mutter immer, wenn sie über eine von Malindas mangelhaften Mathearbeiten die Stirn runzelte. »Glaubst DU es denn?«, fragte Malinda dann. »Warum sollte es nicht so sein?«

Zurück in der Wohnung, nahmen wir unsere Plätze ein. Malinda legte sich in das Bett unserer Mutter, hörte Radio und schwelgte in ihren persönlichen Fantasien von Ruhm und Glück, bis sie einschlief, und ich setzte mich neben dich aufs Sofa und schaute mir an, was gerade auf Channel 38 lief – *The Three Stooges, Tom und Jerry, Creature Double Features.* Du trankst eine Dose Schlitz nach der anderen, bis du so blau warst, dass dir der Unterschied zwischen deinen Träumen und deinen tatsächlichen Lebensumständen nicht mehr peinlich war. *Ich und Sam*, sagtest du dann, *wir heiraten und ziehen nach Cape Cod. Sie will auf Cape Cod wohnen und eine Frühstückspension aufmachen. Ich kauf dort ein Haus und richte es erstklassig her. Und als Überraschung hol ich sie irgendwann von der Arbeit ab, an einem Freitag vielleicht, sag ihr, sie soll in den Wagen steigen, und dann fahr ich sie hin und zeig es ihr.* Eine Weile hast du herumgesessen, alberne Pläne geschmiedet und das Problem Sam Keller durchgearbeitet wie einen Rosenkranz. Es gab eine Lösung, und du würdest sie finden. Du warst voller Hoffnung. Die Hindernisse, die dir im Weg standen (du hattest kein Geld, sie liebte dich nicht), waren bloß unbedeutende Einzelheiten, falls sie dir überhaupt in den Sinn kamen.

Doch im Lauf des Abends schlug deine Stimmung um. Der Fernseher schien dich irgendwann zu hypnotisieren, und du begannst, dich der Wahrheit zu stellen und mit monotoner Stimme zu sprechen. *Sie will mich nicht*, sagtest du, *aber ich will keine andere.* Das war ein Problem, eine Zwickmühle, die Hölle. Falls es eine Lösung für den ganzen Schlamassel gab, dann wusstest du nicht, wie sie aussah. *Scheiße*, sagtest du manchmal und legtest den Kopf in beide Hände. Du kniffst die Augen zu und riebst sie mit den Handballen, bis heiße Tränen an deinen Handgelenken hinabliefen. *Scheiße*, sagtest du dann. *Scheiße, Scheiße, Scheiße.* Ich hörte dir zu, ohne eine Antwort zu geben, und nickte bloß. *Wenn du nicht wärst*, sagtest du einmal zu mir, *wüsste ich nicht, was ich tun soll. Wenn ich darüber rede, habe ich das Gefühl, dass es mir besser geht, es scheint die einzige Art zu sein, wie ich's aushalten kann, und ich schwöre bei Gott, wenn ich nicht darüber rede, platze ich.*

Beim Reden strichst du mir durchs Haar, und ich wusste, dass du in Gedanken durch ihr Haar strichst.

Das Seltsame ist, sagtest du, *dass ich manchmal glaube, das Ganze hat gar nichts mit ihr zu tun. Es ist, als wäre bei mir alles klar gewesen, und plötzlich ging's nicht mehr weiter. Wie bei einer Autopanne oder so. Als wäre das alles nur zufällig im Beisein von Sam passiert. Es ist ja nicht so, dass sie besonders toll wäre. Dass sie außergewöhnlich wäre. Um ehrlich zu sein, hat sie mich zu Tode gelangweilt. Irgendetwas stimmt nicht mit mir. Also, wenn du's genau wissen willst, wär ich manchmal am liebsten tot.*

Oft schlief ich dabei ein und wachte am nächsten Morgen in meinem Bett auf, ohne mich erinnern zu können, wie ich dorthin gekommen war. So ging es wochenlang, und die ganze Zeit über kam mir alles irgendwie seltsam vor, als sei irgendwas nicht in Ordnung, und ich hatte das Gefühl, dass das Leben, das wir führten, befristet war, dass es nicht mehr lange so weitergehen sollte. Das galt nicht nur für uns, sondern für die ganze Welt. Es war eine seltsame Zeit, brutal und unheilschwanger. Die Leute, die über uns wohnten, stritten sich so oft, dass es zum Haus zu gehören schien wie das Anspringen der Heizung. Sie lieferten sich lange, lautstarke Gefechte, die mit ordinären Ausdrücken begannen – »Leck mich, du verdammtes Arschloch!« – und dann immer mehr eskalierten bis zu dem Punkt, da ihnen die Worte ausgingen und nur noch Geschrei, Gepolter und das Stampfen von Füßen zu hören waren. Du oder meine Mutter oder ihr beide rieft dann immer: *Ruhe da oben, sonst holen wir die Polizei! Hier unten sind Kinder!*, und dann beruhigten sie sich eine Weile, aber nie besonders lange. Die Schwangere sah so aus, als könnte sie das Baby keinen Tag länger im Bauch behalten, als würde sie jeden Moment platzen. Währenddessen schmachteten amerikanische Geiseln im Iran, und Reagan wurde zum Präsidenten gewählt. Da war irgendwas – das begriff sogar eine Achtjährige –, das aus dem Ruder lief, das nach einer Erklärung schrie. Die Welt war verrückt geworden.

Im Dezember fiel der erste Schnee, und einen kurzen Tag lang war alles herrlich, einen kurzen Tag lang sah es so aus, als hätte die Welt eines ihrer leuchtenden Geheimnisse enthüllt. Alle liefen mit rosigen, glücklichen Gesichtern herum und winkten sich zu, von Hoffnung, Wehmut oder Freude erfüllt. Als du uns an jenem Morgen vor der Schule absetztest, machtest auch du einen glücklichen Eindruck. Als du fuhrst, drücktest du zweimal Michelles Hupe, und als wir uns umdrehten, winktest du uns fröhlich zu. Nachmittags holtest du uns wieder ab und fuhrst mit uns zu Friendly's, wo wir uns an die Theke setzten und den Köchen bei der Zubereitung der Hamburger zusahen. Wir tranken jede Menge Kakao. Einer der Köche, ein hagerer Mann mit Augenklappe, sagte: »Tolle Kinder«, und du sagtest: *Die beiden sind aber auch mein ganzer Stolz,* als würde es stimmen, als wären wir deine Töchter.

An jenem Abend stelltest du dich mit einem Blumenstrauß vor Sam Kellers Kasse an, während wir draußen im Wagen saßen und zuschauten. Als du an die Reihe kamst, überreichtest du ihr die Blumen und versuchtest, ihr dein Leid zu erklären, doch sie starrte dich nur mit verwirrtem Gesichtsausdruck an. Während du sprachst, schoss ihr Blick hin und her, sie stand mit abgewandtem Körper da und kaute Kaugummi. Sie sagte irgendwas, und dann gingst du, hast mit gesenktem Kopf und den Händen in den Taschen den Laden verlassen. Zu Hause betrankst du dich und redetest die ganze Zeit von ihr, gingst immer wieder durch, was wie gesagt worden war, und brachtest die zahlreichen Gegenargumente vor, die dir in der Hitze des Gefechts nicht eingefallen waren. *Sie findet mich zu alt, aber das stimmt nicht, wenn sie mich richtig kennenlernen würde, würde sie begreifen, dass wir füreinander geschaffen sind.* Du konntest gar nicht mehr aufhören. Als meine Mutter nach Hause kam und wir die Reste vom Vortag aßen, erzähltest du die ganze Geschichte noch einmal, und als du aufgegessen hattest, fingst du wieder von vorn an, bis meine Mutter sich über den Tisch beugte und dir eine Ohrfeige gab. »Wie erbärmlich willst du denn noch werden?«, fragte sie. Sie habe es satt, sagte sie, sie könne es nicht mehr hören. Habe es satt, dass du herumlägst, dich zwischen den Beinen kratzen und ständig über Sam, Sam, Sam, Sam, Sam auslassen würdest. »Himmelherrgott noch mal!«, sagte sie. Sie ging ins Wohnzimmer, zum Sofa, riss das weiße Laken weg. Dann kam sie damit in die Küche und hielt es dir vor die Nase. »Das Laken fühlt sich an wie Schmirgelpapier! Sieh dir das mal an! Das ist erbärmlich! Das ist ekelhaft!« Sie knüllte es zusammen und hielt es dir vors Gesicht.

Du stießt ihre Hand weg. *Mach mal halblang, ja?*, sagtest du und stütztest den Kopf in die Hände. *Mein Gott, vor den Kindern!*

»Den Kindern geht's gut«, sagte sie. »Nicht sie haben hier Probleme.«

Nein?, sagtest du. *Tatsächlich nicht? Du glaubst, die Kinder haben keine Probleme? Du glaubst, ihnen geht's gut? Kennst du sie überhaupt? Kannst du dich überhaupt noch an ihre verdammten Namen erinnern?*

Und dann habt ihr beide dagestanden und euch angeschrien, die Gesichter knallrot, nur ein paar Zentimeter voneinander entfernt, und Malinda und ich sahen uns an, versenkten die Blicke ineinander, es war einer jener glühend heißen, an den Rändern flimmernden Augenblicke wie direkt vor einer Migräne. Alles war schwer auseinanderzuhalten, nichts war schwer auseinanderzuhalten, sofort ging es um deine Schulden und deine Sauferei, um deinen verlorenen Charme, es ging um ein Mädchen, das du letztes Jahr geschwängert hattest, es ging darum, dass dein kaputtes Herz eine Erfindung sei, dass du das nur zu deinem Nutzen behaupten, dass du dich damit allem entziehen würdest, was du nicht ertragen könntest, es ging darum, dass von dem lebenslustigen Rebellen, der du einmal warst, nichts mehr übrig sei, dass sich der einzige Grund, warum man bereit sei, dich zu ertragen, längst in Luft aufgelöst habe. Was Malinda und mich betraf, ging es um unsere schlechte Ernährung, um fehlende Disziplin, darum, dass wir bis Mitternacht aufblieben, um die Ringe unter unseren Augen, um die vielen abstumpfenden Gewaltszenen, die wir im Fernsehen sahen, es ging um unsere Kleidung und unser verfilztes Haar, um unsere Probleme in der Schule, es ging um Michael Collins, um unseren trunksüchtigen Vater.

Du hältst mich für krank?, fragtest du. *Ich soll hier der Kranke sein? Du kriegst deine eigenen Kinder kaum zu Gesicht. Dein eigen Fleisch und Blut, und du kriegst sie kaum zu Gesicht.*

»Du weißt ja nicht, wovon du redest«, sagte sie. »Ich arbeite mich krumm, um ihnen ein Dach über dem Kopf zu bieten.«

So ein Schwachsinn, sagtest du. *Du bist doch die ganze Zeit mit diesem ach so wichtigen Rabbi Soundso unterwegs.*

»Den Kindern geht's gut«, sagte sie.

Stimmt doch gar nicht, sagtest du. *Sie sehen beschissen aus. Sie haben keine Freunde. Sie essen nur noch Spaghetti aus der Dose und sehen echt beschissen aus.*

»Malinda schert sich doch einen Dreck darum, wo ich bin oder was ich mache«, sagte meine Mutter. »Und Mary ist hart im Nehmen. Mary weint nie.«

Du hast doch keine Ahnung! Du weißt doch gar nicht, wovon du redest! Deine eigenen Kinder!

Irgendwann klopften die Leute über uns auf den Fußboden und riefen: »Ruhe da unten! Sonst holen wir die Polizei! Hier versucht ein Baby zu schlafen!«

Und als ihr die Ironie des Ganzen saht, begannt ihr zu lachen und konntet nicht mehr aufhören, ihr krümmtet euch vor Lachen, und währenddessen schlüpften Malinda und ich ins Wohnzimmer, wo wir uns aufs Sofa setzten und uns Hand in Hand *Tom und Jerry* anschauten. In dieser Welt, die wir liebten, mussten die Figuren einen schweren Schlag nach dem anderen einstecken und sprangen doch jedes Mal unversehrt wieder auf.

Als ihr die Beherrschung wiedergefunden hattet, sagte meine Mutter: »Du suchst dir besser bald eine andere Bleibe.«

Kein Problem, sagtest du. *Macht mir verdammt noch mal nichts aus.*

Ein paar Tage später saßen wir wie üblich abends zusammen vor dem Fernseher und sahen uns ein Footballspiel an, als plötzlich Howard Cosell die Sendung unterbrach. Wir konnten an seiner Stimme hören, dass irgendetwas Schlimmes passiert war. *Ich hoffe, es ist was Wichtiges*, sagtest du. *Mitten im Spiel.* Und so war es auch. Jemand hatte John Lennon erschossen.

Ach du Scheiße!, sagtest du. Und dann, mit einem Blick auf mich: *Tut mir leid. Tschuldigung. Heiliger Strohsack. Ach du lieber Himmel.* Du bist aufgestanden und hast umgeschaltet, als würde das irgendwas an der Nachricht ändern. Der nächste Sender zeigte eine blonde Reporterin an einer Straßenecke, hinter ihr hatte sich eine Menschenmenge versammelt, einige Leute liefen umher und redeten aufgeregt aufeinander ein, manche weinten, andere blickten mit ausdruckslosem Gesicht in die Kamera, dahinter heulten Sirenen, Autos fuhren durch die Nacht, und im Hintergrund New York. Wir lagen im Bett und kamen uns vor wie in einem Gefängnis, fassungslos bei dem Gedanken, dass woanders noch Leute wach waren und umherwanderten, durch die Straßen fuhren, Bericht erstatteten, dass woanders jemand erschossen worden war und wir hier auf dem ausziehbaren Sofa lagen und all das verpassten.

Da muss ich hin, sagtest du, als hätte man dir etwas Wichtiges weggenommen, als hätte man dir persönlich ein Unrecht angetan. Dieser Mann, dieser John Lennon, war plötzlich ein Freund von dir: jemand, der dich verstand, der für das Gleiche stand wie du, jemand, der verrückt nach einem Mädchen gewesen war und wie du den Verstand verloren hatte, jemand, der sich zum Entsetzen seiner einstigen Fans völlig verändert hatte. Die Nachricht hatte sich bereits verbreitet, und die Leute standen vor dem Krankenhaus, in dem er gestorben war. *Da muss ich hin*, sagtest du. *Da muss ich hin.*

Ich sagte das, was ich immer sagte, die einzige Wendung, die ich kannte. Damals war ich eine Mitläuferin, eine Anhängerin, eine Jüngerin. Ich sagte: »Ich auch.«

Du sahst mich an und zogst eine Braue hoch. Der nächste Tag war ein Schultag. *Wir schreiben dir eine Entschuldigung*, sagtest du. *Wir schreiben, du hättest die ganze Nacht gekotzt. Morgen setzen wir erst Malinda ab, und dann fahren wir.*

Woran ich mich von diesem Ausflug am besten erinnern kann, das ist weder die lange Fahrt noch dass John Lennon auf allen Radiosendern lief und wir deshalb das Gefühl hatten dazuzugehören; es ist auch nicht der Kitzel der immer näher kommenden und schließlich vor uns auftauchenden Stadt, groß und schimmernd; auch nicht der Blick durch Michelles Fenster auf so vieles, das ich noch nie zuvor gesehen hatte –

ein Auto, das mit Aufklebern übersät war, ein Mann mit einem Irokesenschnitt, so stachelig, dass er wie eine Waffe aussah, Autos, die ohne Reifen auf der Straße standen, Hunde in Pullovern, zwei händchenhaltende Männer, Unmengen von Taxis und Menschen, Menschen, Menschen, so viele Menschen überall, dass sie unmöglich alle geboren worden sein konnten. Es ist weder das Dakota, prachtvoll, imposant und unheimlich, noch die nicht weit davon entfernt wartende Menge im Central Park, Hunderte von Menschen, die dicht gedrängt zusammenstanden, die meisten von ihnen in regloser Ehrerbietung, während andere herumliefen, eine rothaarige Frau, die immer wieder schluchzte und zu allen, wenn auch zu niemand Bestimmtem, sagte: »Er ist nicht tot, er ist nicht tot, es stimmt nicht, das behaupten sie bloß.« Noch sind es die Leute, die zittrig und langsam und mit trauriger Stimme seine Lieder sangen. Und es ist auch nicht die verblüffende Vorstellung, dass ein einzelner Mensch so vielen anderen so viel bedeutet haben konnte.

Woran ich mich am besten erinnern kann, das ist nichts von all dem, sondern ein kurzer Moment in Harlem, Welten entfernt von John Lennon und all jenen, die um ihn trauerten. Wir hatten uns auf den Heimweg gemacht, und anfangs fiel dir das Fahren schwer, so viele Autos, so viele Fußgänger, so viele Einbahnstraßen, so viele blinkende Lichter, so viele Schilder mit Zeichen und Namen, die uns unbekannt waren, so viel Lärm und Bewegung (die Luft war erfüllt von Gehupe, Sirenengeheul und Geschrei), doch irgendwann schienst du dich darauf einzulassen, schienst nicht mehr nach irgendetwas zu suchen, sondern fuhrst einfach, schautest, bist von Straße zu Straße gegondelt, von Viertel zu Viertel, jedes anders als das vorige, jedes ein Fingerzeig für Tausende unterschiedliche Leben. Genau das taten wir, als wir nach Harlem kamen, und plötzlich war es, als wären wir in den dunklen Überresten einer untergegangenen Stadt gelandet. In dieser Gegend hatte es einmal Geschäfte gegeben, doch viele davon – offenbar die meisten – standen inzwischen leer. In dieser Gegend hatte man alle möglichen Waren ge- und verkauft, die Schilder hingen noch über den Eingängen, aber die Türen, die Schaufenster, durch die man hätte hineinschauen können, versessen auf irgendeine Kostbarkeit, die Scheiben, an denen man sich die Nase hätte platt drücken können, die vom kräftigen Atem des Betrachters beschlagen wären, diese Schaufenster waren jetzt mit Brettern vernagelt, verschwunden, so viele Läden für Secondhand-Kleidung, für Kleidung in Übergrößen, für Eisenwaren, für gebrauchte Bücher und Schallplatten, Spielzeug, Schreibmaschinen, Elektrogeräte: alles verschwunden. In diesen verfallenen Sandsteinhäusern waren Menschen zur Welt gekommen und gestorben, sie hatten dort geheiratet und sich geliebt, hatten geschlafen, gearbeitet und gegessen, gelebt und geatmet, doch jetzt waren diese Gebäude mit Brettern vernagelt, verlassen, viele hatten keine Türen mehr und sahen aus wie tote Männer mit offen stehenden Mündern.

Wir machten die ersten nervösen Atemzüge zweier Menschen, die erstmals im Leben in der Minderheit waren. Alle, absolut alle anderen waren schwarz. Wir sahen zwei Mädchen mit Zöpfen, die die Hände einer Frau mit roten Lippen, einem knöchellangen Pelzmantel und einer schräg aufgesetzten Pelzmütze hielten. Wir sahen Knäuel von Menschen, eingezwängt in bauschige Mäntel mit Kapuzen, die Gesichter völlig verdeckt. Wir sahen einen geschniegelten Mann in buntem Anzug und glänzenden Schuhen, einem langen kamelbraunen Mantel, einem breitkrempigen Hut und Stiefeln mit hohen Absätzen. *Guck mal!*, sagtest du, als er vorüberging. *Guck mal, wie der geht!* So einen Gang hatte ich noch nie gesehen. Bei uns zu Hause ging man zielgerichtet, aber das hier, das war extrovertiert, überschwänglich, glich einem kaum gezügelten Tanz.

Die meisten Leute gingen ihren Geschäften nach, kehrten von der Arbeit nach Hause zurück, trugen Papier- und Plastiktüten, hatten Handtaschen dabei, waren mit den Gedanken bereits beim Abendessen und bei ihren Familien, fragten sich, was die Kinder in der Schule gemacht hatten, wälzten ein Problem mit dem Liebhaber oder der Geliebten. In den Gesichtern der Passanten lag ein Ausdruck von Vereinzelung, von Zerstreuung und von solcher Vertrautheit mit der Umgebung, dass sie genauso gut blind hätten sein können. Als wir vor einer roten Ampel halten mussten, sahen wir einen Mann auf dem Gehsteig auf uns zukommen – er trug eine flauschige Plaidjacke, eine braune Hose und einen grauen Filzhut –, und während wir ihn beobachteten, rief jemand auf der anderen Straßenseite nach ihm. Wir sahen sein Gesicht aufleuchten wie bei einem Kind, das vor einer Geburtstagstorte mit flackernden Kerzen sitzt, sahen, wie er seinem Freund zuwinkte. »Halt die Klappe, Idiot!«, rief er ihm zur Begrüßung zu. Während du ihn beobachtet hast, bekamst du einen sehnsüchtigen Blick, deine Augen verengten sich wie bei einem Adler, und plötzlich war klar, dass du dir vom Leben erhofftest, jemand würde dasselbe zu dir sagen, du wolltest bei so einer Sache dazugehören, Freunde haben, denen du auf der Straße begegnen würdest, die nach dir riefen und denen du in gespielter Wut antworten könntest. New York, Harlem, was du dort sahst, wolltest du werden, was du dort sahst, war ein längst vergessener Traum, der wieder lebendig wurde. Woran ich mich von unserem Ausflug am besten erinnern kann, das ist dieser Moment, denn in diesem Augenblick verloren wir dich.

Den ganzen Frühling über hingst du noch bei uns herum und verlegtest in den Neubauten auf der Nordseite der Stadt Teppichböden. Du spartest dein Geld. Wenn wir dich sahen, sprachst du nur von New York, von deinem Traum, dorthin zu ziehen. *Ihr habt noch nie im Leben so viele Menschen gesehen*, sagtest du dann. *Unmengen von Gebäuden und überall Leute drin, so was habt ihr noch nie gesehen. Stimmt's, Mare?* Und dann sahst du mich zwinkernd an, damit ich alles bestätigte. Das war eine Sache zwischen uns beiden, das hatte sonst niemand miterlebt. *New York*, sagtest du zu Barkeepern, zu deinen Schwestern, zu Leuten, die im Lebensmittelladen an der Kasse standen, *da spielt sich alles ab. Wer nicht in New York ist, könnte genauso gut tot sein.*

In dieser Zeit hast du total auf *Sgt. Pepper's Lonely Hearts Club Band* gestanden. Ständig war die Schallplatte im Haus zu hören, du spieltest sie immer wieder von vorn bis hinten ab, sangst die Lieder unter der Dusche. Ich saß stundenlang da und sah mir das Plattencover an, all die Gesichter, diese Collage der zu Tode Betrübten – Marilyn Monroe, W.C. Fields, Marlene Dietrich, Albert Einstein, Shirley Temple, Oscar Wilde, Lewis Carroll, Marlon Brando, Stephen Crane, William Burroughs, Karl Marx, Bob Dylan, Fred Astaire. Manche Namen kannte ich, andere nicht, es schien keine Rolle zu spielen, es ging nur um die Gesichter, den Ausdruck darin, den entrückten Blick, das freudlose Lächeln. Deine Lieblingszeile auf der Platte war kalt und unheimlich, und du sangst sie den ganzen Tag, in der Dusche, beim Frühstück, im Auto, während der Werbung, an Restauranttischen und auf den Drehhockern der Imbissbuden, in der Bücherei, in Wartezimmern, in Bars, immer und immer wieder platzte es aus dir heraus: *He blew his mind out in a car.* Und irgendwann sagten meine Mutter und Malinda, irgendwann sagten alle: »Könntest du endlich mal die Klappe halten?«

Den ganzen Februar und März war unsere Mutter zu Hause. Sie hatte sich von ihrem Freund getrennt, war auf einmal ständig da und redete pausenlos von den begrenzten Fähigkeiten der jüdischen Rasse. »Die Juden sind eine geschlossene Gesellschaft«, sagte sie. »Sehr egoistisch, sehr voreingenommen. Richtig überheblich. Wenn du nicht selbst Jude bist, kannst du's vergessen.« Jegliches Interesse, das sie für ihn aufgebracht hatte, richtete sie nun auf uns. Abends mussten wir uns mit dem Kopf im Spülbecken auf die Küchentheke legen, und sie wusch, spülte und bürstete unser Haar, sie wusch und bügelte unsere Kleidung, morgens begutachtete sie unsere Zähne und Fingernägel, legte uns Schals um und setzte uns Mützen auf. Bevor wir uns auf den Weg zur Schule machten, nahm sie unsere Gesichter in die Hände und starrte uns in die Augen. »Ich liebe euch«, sagte sie. »Ihr seid meine wahre Liebe, meine einzig wahre Liebe.« Dann umarmte sie uns, und wir klammerten uns an sie wie Schwachsinnige.

Als das Wetter umschlug, hast du eine Anzeige in die Zeitung gesetzt und Michelle an einen Typen mit Schnauzbart verkauft. Irgendwann stand er vor der Tür, mit gesenktem Kopf, die Hände in den Taschen. Ohne Mantel, nur in Jeans und Flanellhemd und einer grünen Celtics-Kappe mit gerilltem Schild. Außerdem trug er Cowboystiefel, und es war schwer vorstellbar, dass von jetzt an ein Mann mit Cowboystiefeln Michelle fahren würde. Doch du gabst ihm die Schlüssel, und er drehte eine Runde durchs Viertel. Das war damals üblich – man gab einem wildfremden Menschen die Wagenschlüssel und vertraute einfach darauf, dass er wiederkam. Und das tat er auch. Läuft gut, sagte er und nickte. Und du sagtest: *Sie war immer gut zu mir. Aber sie könnte schon morgen schlappmachen. Wer weiß das schon? Ich hoffe nicht, aber möglich wär's.*

»Ich vertraue Ihnen«, sagte der Schnauzbärtige. Und dann gabt ihr euch die Hand. Es folgte der Austausch von Geld und Papieren. Dann stieg der Mann ein und fuhr davon. Wir hörten noch das Röhren des Motors, als Michelle längst außer Sichtweite war, doch schließlich hörten wir auch das nicht mehr. Sie war weg. Und am nächsten Tag, noch bevor irgendjemand von uns wach war, stiegst du in einen Greyhound-Bus und warst fort.

Nachdem du Michelle verkauft hattest, hatten wir einen Spaziergang gemacht. Es war das letzte Mal, dass ich dich sah. Das spürte ich wohl. Wie in Trance kickte ich einen Stein über die Straße – solche Sachen tat ich damals, mit acht schon ein Trauerkloß, eine Einzelgängerin, eine Langweilerin, eine Niete. Du gingst eine Weile neben mir her, und ich litt wie immer mit anderen Menschen, die Kehle wie zugeschnürt, die Qual, reden zu wollen, aber nicht zu wissen, wie ich anfangen, was ich sagen sollte. Doch dann ergriffst du das Wort: *Ich muss dir was sagen.* Du tratst jetzt selbst gegen Steine, und manchmal kreuzten sich ihre Bahnen, sie stießen zusammen oder flogen übereinander hinweg.

Ich weiß, dass du deinen Vater nicht oft siehst, sagtest du, und ich fragte mich, wen du meintest. Mike Murphy, der ab und zu betrunken vorbeikam und Malinda und mich an seine Brust zog, der in unser Haar schluchzte und mit einer seltsamen Stimme sprach – ICHLIEBEEUCHMEINEKLEINEN? Oder meintest du Michael Collins, der drei Jahre lang unser Vater gewesen war, den wir aber nicht mehr zu Gesicht bekamen? (Ich sah ihn tatsächlich nur noch ein einziges Mal vor dem Cornflakes-Regal eines Supermarkts, in den mich meine Mutter geschickt hatte, um eine Schachtel Special K zu besorgen. Da stand er plötzlich, der arme Michael Collins, kahlköpfig inzwischen und hagerer denn je, eine kleine, traurige Auswahl von Lebensmitteln in seinem Einkaufswagen, da stand er in einer blauen Windjacke, auf die hinten der Name seiner alten Highschool und darunter ihr Maskottchen, eine aggressive Hornisse, gedruckt waren, und seine Einsamkeit schwappte in einer Woge herüber, die mich beinahe umgeworfen hätte. Wir sahen einander an, und als er nach meiner schönen Mutter fragte, war mir klar, dass er sie immer noch liebte, dass sie sein Leben zerstört hatte.)

Ich wusste nicht, wen du meintest, aber es war auch egal. *Es ist bestimmt hart, ohne Vater zu leben, und ich bin froh, dass ich eine Weile da war. Also, du kannst mir jederzeit schreiben*, sagtest du. *Ich schreib dir, und du kannst mir antworten. Ich will wissen, wie du dich in der Schule machst.*

Ich nickte, sagte nichts, versetzte dem dicken grauen Stein vor mir einen Tritt und lief hinterher. *Du bist ein ziemlich starkes Mädchen*, sagtest du. *Du kommst schon klar.*

Als du das sagtest, war alles aus. Ich plärrte wie ein Baby, hielt die Hände vors Gesicht, schluchzte, schnappte nach Luft. Ich stand zitternd auf der Straße, und du hieltest mich fest, hieltest meinen Kopf in den Händen. Ich hatte noch nie so geweint und gab mich meinen heißen, salzigen Tränen hin, der Trauer und der Scham über meinen Weinkrampf. *Nicht weinen, Kleines*, sagtest du mit versagender Stimme. *Nicht weinen.*

Dann warst du verschwunden. So war das Leben. Das war die Lektion, die wir immer und immer wieder lernten, die Lektion, die uns unsere Mutter am besten erteilen konnte. Liebe – egal, was sich sonst noch darüber sagen ließ – war vergänglich. Sie brach in das Leben eines Menschen ein und nahm es in Besitz, sie vereinnahmte jeden Winkel seines Herzens, machte es sich gemütlich, bis sie erst erwünscht, dann geschätzt und schließlich unentbehrlich geworden war, all das tat die Liebe, und als Nächstes tat sie das Einzige, was ihr noch übrig blieb, sie zog sich zurück, verschwand und hinterließ keine Spur. Die Liebe war grauenhaft.

Wir hörten fast vier Jahre lang nichts von dir, und in dieser Zeit fragten wir uns oft: Wo bist du? Wo zum Teufel steckst du? Und wann kommst du wieder nach Hause? Wirst du wie immer an die Tür klopfen, und wenn ja, wann? Jetzt? Hast du gerade geklopft?

Es war nicht so, als hätte es jemanden interessiert. Keiner von uns hätte sich das eingestanden. Es war nicht so, dass du uns fehltest. Unser Fazit zu dir lautete eher: »Hey, wenn er uns sehen will, weiß er ja, wo er uns findet.« Es war bloß so, dass Pop Beaudry jeden Moment sterben konnte, und schließlich war er dein Vater – eigentlich spielte es keine Rolle, aber in gewisser Weise eben doch, konnte man sagen, und wenn man darüber nachdachte, war es sogar wichtiger als alles andere. Du gehörtest als Einziger zu Pops Familie, warst als Einziger richtig mit ihm verwandt, und was, wenn er starb, wenn er plötzlich starb? Das war durchaus möglich. Pop war Diabetiker, er hatte einen zu hohen Blutdruck, mitunter litt er an Gürtelrose und Gicht. Deinen Schwestern ließ es keine Ruhe, dass Pop sterben könnte, dass dein eigener Vater tot wäre und du nicht einmal davon wüsstest. Darum gehe es. Das sei abscheulich. Das sei unverzeihlich. Sie sagten, so was brächtest nur du fertig.

Zu Weihnachten 1984 schicktest du endlich eine Karte, innen ein Bild von dir, langhaarig wie Björn Borg, den Arm um deine Freundin gelegt, eine hübsche Schwarze mit roten Lippen, deine neugeborene Tochter in Windeln zwischen euch. Die Karte war voller Ausrufezeichen. *Seht nur, was ich geschafft habe! Das ist mein Kind! Ihr müsst meine beiden Mädchen, Mary und ihre Mutter Kim, unbedingt kennenlernen!* Obwohl wir inmitten der ganzen Deckchen das Gesicht kaum sehen konnten, waren wir uns einig, das Baby komme nach dir. Um den Mund herum, sagten wir.

Malinda fragte: »Wie heißt das Baby gleich wieder? Kim?«

»Mary«, sagte ich. »Mein Gott.«

»Ich hab doch bloß gefragt.«

»Guckt mal«, sagte meine Mutter, »es hat seine Augen.«

»Stimmt ja gar nicht«, sagte Malinda. »Seine Augen sind grau.«

»Ja, aber der Blick ist genauso traurig wie seiner. Seht doch nur! Seht euch mal das Gesicht an!«

Deine Adresse war ein Hotel in Brooklyn. Die Tanten sagten: »Er wohnt in einem Hotel?«

»Na, so was!«

»Er scheint einen guten Job zu haben.«

»Schade, dass er uns nicht einlädt und ein bisschen dort wohnen lässt.«

»Wenn man bedenkt, wie oft er bei uns untergekommen ist!«

»Er könnte uns wenigstens für ein Wochenende einladen!«

»Das ist wirklich das Mindeste!«

Sie saßen eine Weile da und malten sich den Luxus des Ritz-Carlton aus. Sie stellten sich vor, dass jeden Morgen ein Zimmermädchen in schwarzem Kleid mit einem Staubwedel durchs Zimmer ging, stellten sich die Pfefferminzbonbons auf dem Kopfkissen vor, einen Portier in einer dunkelblauen Uniform mit Messingknöpfen, eure Post und sonstige Mitteilungen, die in einem glänzenden hölzernen Fach hinterm Empfang auf euch warteten. Sie waren noch nie in New York gewesen und wussten nicht, was es bedeutete, in einem Hotel in einem dunklen Zimmer am Ende eines dunklen Flurs zu wohnen und sich mit einem Dutzend anderer Leute ein Bad ohne Spiegel zu teilen. Zu jenem Weihnachtsfest waren wir so dumm, dich zu erwarten. An Heiligabend rief Tante Lily meine Mutter an, um ihr dein Horoskop vorzulesen: EIN BESUCH BEI ALTEN FREUNDEN WIRD IHNEN GROSSE FREUDE UND ZUFRIEDENHEIT BEREITEN! Doch du kamst nicht, und schon bald hatten wir dich wieder vergessen. Meine Mutter zog weiterhin jedes Jahr mit uns um, stürzte sich in neue Affären, die sie für Liebe hielt, und währenddessen hörten wir auf, deinen Namen auszusprechen, hörten auf, auch nur im Stillen an dich zu denken, ja, eine Weile war es, als hättest du nie existiert. Aber als an jenem Tag (es war ein Sonntag im November, direkt nachdem wir die Uhren zurückgestellt hatten, wir hatten das Gefühl, vor einem Höhleneingang zu stehen, die kommenden Monate voller Kälte und Dunkelheit, die lange Jahreszeit direkt vor uns, und von Neuem mussten wir da durch) –, als an jenem Tag das Telefon klingelte, klang es irgendwie nach dir, und später gestanden wir alle, dass wir es schon beim ersten Klingeln gewusst hatten. Meine Mutter machte gerade Fleischklößchen – sie war wieder verheiratet und bemühte sich, eine gute Ehefrau zu sein – und sagte, ich solle rangehen. »Es ist für dich«, sagte ich, und sie hielt die vom Fleisch und den Eiern glitschigen Finger hoch und wedelte damit herum. »Halt mir das Telefon ans Ohr«, sagte sie. »Sei mir ausnahmsweise mal behilflich.«

Ich verdrehte die Augen – damals war das gewissermaßen meine einzige Form von Kommunikation –, und sie sagte: »Hallo? Ja? Ja. Ja?« Und dann: »Oh. O nein. O Gott, nein!« Tränen liefen ihr übers Gesicht, und wenn es noch einen Zweifel gegeben hatte, dann war er jetzt ausgeräumt, ich wusste, wusste, wusste, dass es um dich ging. Meine Mutter umklammerte das Telefon, sagte: »Hol einen Stift.« Ruhige Ernsthaftigkeit hatte von ihr Besitz ergriffen – die Art Gelassenheit, die uns überkommt, wenn uns eine grausame Aufgabe aufgebürdet wird –, und sie sagte noch ein paar Sachen, schrieb mit glitschigen Fingern eine Adresse auf, eine Nummer, eine weitere Nummer und noch eine. Dann machte sie sich daran, Pop und ihre Schwestern anzurufen. Mir kommt es vor, als wäre sie nach deinem Tod tagelang am Telefon gewesen. Sie war damals mit Walter Adams verheiratet und redete daher eigentlich nicht mehr mit ihren Schwestern. (»Schwarz!«, flüsterten sie. »Schwarz, schwarz, schwarz!« Und aus ihren Mündern schien das Wort seine Bedeutung zu verlieren, war kein Wort mehr, sondern eher ein Laut, ein Fluch.) Sie war im sechsten Monat schwanger mit Shirley, der Tochter, die sie verlieren würde. Shirley strampelte viel. Als meine Mutter am Tag nach deinem Tod am Telefon mit jemandem über die Überführung deiner Leiche und deiner Habseligkeiten sprach, spürte ich, wie Shirley strampelte. Normalerweise ertrug meine Mutter es während der Schwangerschaft nicht, dass jemand neugierig ihren Bauch anfasste, doch an jenem Tag ließ sie es zu, und ich lief den Rest des Tages herum und erinnerte mich an den kurzen, sanften Tritt, ich lief herum und dachte, dass da drin etwas lebendig war. Lebendig.

Eine ganze Weile wussten wir nicht, was passiert war, wir wussten nur, dass du tot warst. Später erfuhren wir die Einzelheiten: dass dich eine Putzfrau tot in deinem Hotelzimmer in Brooklyn gefunden hatte, mit dem Gesicht nach unten, gestorben an einer Überdosis, das Bett bepisst und vollgekotzt. Du warst mutterseelenallein. Keine Spur von Mary und Kim. Niemand konnte sagen, ob sie dich oder du sie verlassen hattest. Urplötzlich verspürten wir eine Scham, die uns schon längst hätte überkommen müssen, die Scham, den Kontakt zu einem geliebten Menschen verloren zu haben, jemanden im Stich gelassen zu haben, der uns gebraucht hatte, jemanden, der allein gewesen war, einen Bruder.

Eine Weile bemühten sich meine Mutter, Nana und Pop und die Tanten, deine Freundin und ihre Tochter zu finden – *Mary und ihre Mutter Kim.* Sie zeigten in deinem Brooklyner Viertel Fotos herum, hängten Flugblätter auf, doch es führte zu nichts. Malinda erfuhr von unseren Cousinen, dass Pop einen Privatdetektiv beauftragt hatte, und ich stellte mir vor, wie ein Mann im Trenchcoat durch die New Yorker Straßen streifte und jedem Hinweis folgte, bis er deine beiden Mädchen fand. Doch alle Bemühungen scheiterten, und irgendwann griffen wir zu der gebräuchlichen Weisheit aller Suchenden, irgendwann gelangten wir zu dem Schluss, dass – wenn wir uns nur ruhig verhielten, wenn wir dort blieben, wo wir waren – die beiden zu uns kommen würden.

Was mich betraf, so konzentrierten sich meine Gedanken auf das Zimmer, in dem du gestorben warst. Im Traum war ich oft im Foyer jenes Hotels, einem so prachtvollen Gebäude, dass Henry James dort hätte wohnen können, mit eichengetäfelten Wänden und in einem Marmorkamin knisternden Birkenscheiten, mit satinbezogenen Polstersesseln. In meinen Träumen hatte das Hotelfoyer einen schwarz-weiß gefliesten Fußboden, dessen Muster sich unter meinen Füßen verwandelte, Wale und Uhren und Schachfiguren bildete, wie in einem Kaleidoskop zusammenkam und sich wieder auflöste. Wirklich ein herrlicher Ort. Doch wenn ich zu dem Pförtner sprach – einem alten Mann, der wie ein Mautkassierer in seiner gelb erleuchteten Glaskabine saß –, konnte er mich nicht hören. »Ich will mir ein Zimmer ansehen«, sagte ich. »Ich will mir das Zimmer ansehen, in dem Mike Beaudry gestorben ist.« Doch der Mann zuckte nur mit den Schultern und schüttelte den Kopf.

Ich wollte dich wiedersehen. Der Gedanke, dass du allein in jenem Zimmer gewesen warst, war mir unerträglich, und doch musste ich immer wieder daran denken. Das tue ich immer noch. Wenn ich einen Cutlass oder ein rothaariges Mädchen sehe, wenn die Türglocke oder das Telefon zu einer ungewöhnlichen Uhrzeit klingelt, wenn ich ein Lied im Radio höre (*He blew his mind out in a car…*), dann fällt mir schlagartig alles wieder ein, und dann wünschte ich mir zutiefst, ich wäre bei dir in Brooklyn gewesen und hätte von der anderen Straßenseite nach dir gerufen, wünschte mir, du wärst nicht allein gewesen. Auch jetzt würde ich trotz der großen Entfernung zwischen uns am liebsten nach dir rufen, würde so gern deinen Namen rufen und eine Antwort von dir bekommen. Nur ein einziges Mal würde ich dich gern sagen hören: *Halt die Klappe, Idiot!*

ELEGIE FÜR ELWOOD LEPOER

(1971–1990)

Elwood LePoer, dein Kopf war ein Ziegelstein, ein Holzklotz, ein Dauerlutscher. Du warst dumm wie Bohnenstroh, dumm wie Brot, dumm wie die Nacht. Es schien dein Schicksal zu sein, blind durchs Leben zu gehen, deine Dummheit war für andere ein ständiger Quell der Erheiterung. In unserer hoffnungslosen Schule warst du der größte Trottel, und wir standen herum und redeten über dich und deine neuesten Deppennummern wie übers Wetter. »Ihr glaubt nicht, was LePoer wieder gemacht hat! Der Vollidiot ist gegen eine Glastür gelaufen und rückwärts umgekippt.« Wir gaben dir alle Schimpfnamen, die uns einfielen. Arschgeige, Schwachkopf, Dummbeutel, Saftsack. Wir ließen kein Klischee aus. Du hattest einen Sprung in der Schüssel, nicht alle Tassen im Schrank, nicht alle Latten am Zaun. Du warst nicht das hellste Licht im Hafen, nicht der leuchtendste Stern am Himmel. Bei dir war eine Schraube locker, du hattest einen weichen Keks, warst nicht ganz dicht, hattest einen Dachschaden, einen Sockenschuss, einen an der Waffel. Wenn wir ironisch drauf waren, nannten wir dich Professor, Einstein, Sherlock, Eure Exzellenz. Du warst ein richtiger Holzkopf, ein Volltrottel, konntest Schafscheiße nicht von Schafskäse und deinen Kopf nicht von deinem Arsch unterscheiden, über deine Dummheit hätte man ein ganzes Buch schreiben können.

Eine Reihe von unglücklichen Vorfällen prägte dich früh, begründete deinen Ruf, und wohl oder übel hast du dein ganzes Leben lang einen gewissen Lokalruhm genossen. Als kleines Kind liefst du mal nackt durchs Viertel bis zu den Läden in der Plantation Street und hast dann lächelnd an der Straßenecke gestanden, während dich ein streunender Hund an den Eiern leckte. Im Vorbeifahren hupten die Autos. Die Leute kamen aus den Läden geströmt und standen lachend um dich herum, irgendjemand machte sogar ein Foto, bis eine gute Seele, bei uns eher eine Seltenheit, dich auf den Arm nahm und nach Hause trug. In der Grundschule verfielst du in die Gewohnheit, kleine Tiere zu fangen und zu quälen, ihr Fell mit einem Feuerzeug zu versengen und dann in der Schule damit zu prahlen (*Mann, das Karnickel hättet ihr sehen sollen, das ist völlig durchgedreht!*), bis eine Katze es dir irgendwann heimzahlte und dir das Gesicht zerkratzte, eine Wunde, die so tief war, dass sie nie völlig verheilte, und du für den Rest deines Lebens mit drei senkrechten Narben auf der linken Wange herumlaufen musstest. Ein paar Jahre später brachst du wegen einer Wette auf dem zugefrorenen Lake Quinsigamond ein (irgendwer hatte die fantastische Idee gehabt: Hey, meint ihr, das Eis ist schon dick genug, dass es einen trägt?), und die Jugendlichen, die dich dazu angestiftet hatten, standen einen langen, schrecklichen Augenblick da, manche schrien auf und umklammerten sich gegenseitig, andere waren vor Angst erstarrt, bis du wieder aufgetaucht, mühsam ans Ufer gewatet bist und alle zu lachen anfingen. All das hatte etwas Witziges, etwas grausam Witziges, dein ganzes Leben zusammengefasst in der Art, wie du dastandest, zitternd und zähneklappernd, klatschnass, ohne Schuhe (deine Stiefel hattest du weggestrampelt, und sie liegen, vollgelaufen mit Wasser, noch heute irgendwo auf dem Grund des Sees), wie du immer wieder sagtest: *Mannomann, ich schwör bei Gott, dass da unten irgendwas war, ein großes schwarzes Monster, so was wie ein Krake. Ich schwör bei Gott, dass es auf mich zukam und mich mit einem seiner Fangarme an der Schulter packte, und da dachte ich: Verdammte Scheiße noch mal, ich muss hier raus, Mann!* In der immer wieder gern erzählten witzigen Fassung dieses Vorfalls wurdest du schleunigst ins Krankenhaus gebracht, damit durch eine Reihe von Untersuchungen festgestellt werden konnte, ob du einen Gehirnschaden erlitten hattest, doch man kam zu keinem Ergebnis. Als Pointe warf der Arzt die Hände in die Luft und sagte: »Es lässt sich nicht genau sagen!«

Elwood LePoer. Dein Leben lang stand dein Name für beschämende, jämmerliche Dummheit. Du warst ein wandelnder Witz, ein leichtes Ziel, ein wehrloses Opfer. Dass du schließlich bei einem Unfall ums Leben kamst, überraschte niemanden. Als sich die Nachricht von deinem Tod im Viertel verbreitete, nahmen die Leute sie entgegen wie einen Brief, auf den sie gewartet hatten. Sie sagten, es sei ein Wunder, dass es nicht schon eher passiert sei.

Zum ersten Mal sah ich dich am ersten Tag meines dritten Schuljahrs. Meine Mutter hatte gerade ihren zweiten Mann verlassen und war mit meiner Schwester und mir in eine Wohnung auf der anderen Seite der Stadt gezogen, wo wir eine neue Schule besuchten. Vor dem Unterricht setzten Malinda und ich uns auf dem Spielplatz im Schneidersitz auf den Boden und verständigten uns wortlos darüber, dass dieser Ort, diese Schule, schlimmer sei als unsere alte Schule, das Gras auf dem Spielplatz verbrannt und karg, das Schaukelgerüst ohne Schaukeln und die Schule selbst – ein Backsteinbau mit vergitterten Fenstern und einem Flachdach – eher an ein Gefängnis erinnere. Kleinere Kinder liefen herum und vertrieben sich die Zeit mit Spielen, an denen wir kein Interesse mehr hatten, doch wir konnten auch nicht sagen, wofür wir uns interessierten. Wir waren acht und neun, und in jenem Jahr definierten wir uns hauptsächlich darüber, was wir einmal getan hatten und jetzt nicht mehr taten. Wir verbrachten den größten Teil unserer Zeit damit, die trostlose Landschaft unseres neuen Lebens zu betrachten, als würden wir uns einen Werbespot ansehen und darauf warten, dass er zu Ende ging und die eigentliche Sendung, das erhoffte wahre Leben, begann. Dein Name war der erste, den wir an unserer neuen Schule zu hören bekamen. Auf dem Spielplatz war er in aller Munde – Elwood LePoer, Elwood LePoer –, und wir fragten uns, wer du warst. »Elwood LePoer trägt ein Playboy-T-Shirt!«, hörten wir jemanden sagen. Und man zeigte mit dem Finger auf dich, einen stämmigen Jungen mit blondem Haar, das ihm ins Gesicht hing. Du hast dagestanden und warfst – das kantige Kinn vorgestreckt – einen Gummiball wie eine Handgranate gegen die fensterlose Turnhallenwand. Der Ball prallte immer wieder zu dir zurück, ein Ablauf, der dich wütend zu machen schien; jedes Mal warfst du fester, als sollte der Ball die Wand durchschlagen. Ich versuchte, einen Blick auf dein T-Shirt zu werfen. Ich hatte eine vage Vorstellung davon, was »Playboy« bedeutete – hatte das Wort schon mal gehört und wusste, dass es etwas mit Frauen zu tun hatte –, doch als ich dein Shirt endlich richtig sah, war es ziemlich enttäuschend: bloß ein weißes T-Shirt mit der aufgedruckten schwarzen Silhouette eines Hasen im Smoking. Trotzdem wurdest du mittags zur Schulschwester zitiert, die in ihrem Büro Ersatzkleidung aufbewahrte, und musstest ein gestreiftes Hemd anziehen, wie es sich für kleine Jungen schickte.

In den folgenden Jahren sah ich dich hier und da, in der Schule und in der Nachbarschaft. Du warst immer allein. Eine der unvergesslichen Seiten deiner Persönlichkeit bestand darin, dass du trotz deiner Einsamkeit nicht aufhören konntest zu reden, dass irgendwas in deinem Gehirn dich zwang, alles, was du gerade tatst, und alles, was du gerade dachtest, in Worte zu fassen. Oft dachtest du laut darüber nach, was du vor Kurzem im Fernsehen gesehen oder im Radio gehört hattest. Dein Kopf war voller Jingles, Slogans, Mottos, Erkennungsmelodien, ja, du warst der Traum eines jeden Werbestrategen, bekamst diese Lieder nicht mehr aus dem Kopf. *Ich wär so gern ein Oscar-Mayer-Würstchen*, sangst du, *das wär für mich das Schönste auf der Welt*.

Einmal hast du die Aufmerksamkeit unseres Direktors erregt, der im Zweiten Weltkrieg eine Verwundetenauszeichnung erhalten hatte, die Schule wie ein Grundausbildungslager führte und in jenem Jahr vor Gericht stand, weil ihm körperliche Gewalt gegen einen Schüler vorgeworfen wurde. Er hieß Mr. K. und war tatsächlich von der Rätselhaftigkeit und Absurdität einer Kafka-Figur umflort. Silberhaarig, das Gesicht voller Aknenarben, das zornige Profil eines Weißkopfadlers, schritt er in glänzendem Anzug und polierten, klackenden Schuhen durch die Flure und sorgte in jedem Raum, den er betrat, für Schweigen. Oft kam er mittags in die Cafeteria, rief eine Handvoll Schüler von ihrem Essen weg und ließ sie auf dem Podium vorn im Saal Aufstellung nehmen, wo er ihnen das Grundwissen der amerikanischen Schulbildung eindrillte – die Bundesstaaten und ihre Hauptstädte, die Jahreszahlen von Kriegen, Verträgen und Ratifizierungen, die Amtszeiten der Präsidenten. Die meisten von uns schnitten schlecht ab, stotterten und stammelten, woraufhin Mr. K. gern eine Ansprache hielt, immer dieselbe, über die statistische Wahrscheinlichkeit unserer künftigen Nichtsnutzigkeit. »In dieser Stadt«, sagte er dann, »liegt die Quote der Highschool-Abschlüsse deutlich unter dem Landesdurchschnitt. Jeder Vierte von euch schafft es nicht. Und von dem kläglichen Rest, der den Abschluss macht, geht nur die Hälfte aufs College, und davon schließt lediglich die Hälfte das Studium ab. Seht euch um, und fragt euch, ob ihr es mal so weit bringt.« Er hielt einen Augenblick inne, damit wir darüber nachdenken konnten. Wenn wir uns umschauten, war klar, wer zu welcher Gruppe gehörte, und die paar Schüler, die das Ganze ernst nahmen, saßen aufmerksam da und fragten sich: Bin ich es? Könnte ich es vielleicht sein?, während der Rest von uns schon resigniert, schon das Handtuch geworfen hatte, denn für Schüler wie uns war es sinnlos, sich diese Fragen auch nur zu stellen. »Die Antwort lautet«, sagte Mr. K., »wahrscheinlich nicht.« Dann ging er zwischen den Tischreihen auf und ab, die Hände hinter dem Rücken verschränkt. »Heute stehe ich im Interesse der wenigen Schüler hier, die bereit sind, sich anzustrengen, um sich des Geldes würdig zu erweisen, das in eure Erziehung gesteckt wird. Und was den Rest von euch betrifft, so hoffe ich, dass es euch Spaß macht, die Scheiße anderer Leute zu schaufeln.«

Als du an die Reihe kamst, forderte Mr. K. dich auf, die Namen der Länder zu nennen, die am Krieg von 1812 beteiligt gewesen waren. *Weiß nicht*, sagtest du, und Mr. K. wollte, dass du dir Zeit lässt und einen Augenblick überlegst. *Weiß nicht*, sagtest du wieder, und Mr. K. sagte, du solltest zumindest raten.

Massachusetts, sagtest du, *und Boston*, und Mr. K. blieb abrupt stehen. Er stand einen Augenblick da und musterte dich, als würde er dich zum ersten Mal sehen. Im Saal war es totenstill. »Tritt vor«, sagte er schließlich, und du tratst zögernd aus der Reihe ans Podium, spürtest, dass du in Schwierigkeiten stecktest, ohne genau zu wissen, warum. »Sieh dir deine Hose an«, sagte Mr. K. Du blicktest an deiner Cordhose hinab, die über und über mit Schlamm bedeckt war. »Ich will, dass du mir sagst, was mit deiner Hose passiert ist.«

Du zucktest mit den Schultern.

»Hast du dich heute früh im Schlamm gewälzt?«, fragte er. »Bist du etwa ein Schwein?«

Du sahst deine Füße an und schienst irgendwas auszurechnen. *Nein, Sir*, sagtest du.

»Denn mit so einer Hose«, sagte Mr. K., »erinnerst du an ein Schwein.« Ein kurzes Lachen ging durch den Saal. »Glaubst du, du kannst in meinen Fluren einfach Schlammspuren hinterlassen?«

Nein, Sir.

»Und was sagt deine Mutter dazu, wenn du mit so einer Hose nach Hause kommst?«

Nichts.

»Nichts?«, fragte Mr. K. mit der Erregung eines Streitsuchenden.

Das trocknet und fällt auf dem Heimweg ab, sagtest du. *Sie kriegt es nicht mit.*

»Es trocknet und fällt ab«, sagte Mr. K., der in seiner Wut lediglich deine Worte wiederholen konnte. Er stand da und starrte dich an, sein Gesicht knallrot, ein Mann, der um Beherrschung rang. »Und deine Mutter kriegt es nicht mit.« Dann drehte er sich ohne ein weiteres Wort um, verließ durch die Schwingtür den Saal, und die Stille hielt an, bis wir seine Schritte nicht mehr hörten, ja, sogar noch darüber hinaus. Als wir an unsere Tische zurückkehrten, schwiegen wir so verbissen wie Autofahrer, die gerade an einem Unfall vorbeigekommen waren.

Im Gegensatz zu Mr. K. wussten wir, dass deine Mutter niemand war, der sich um den Zustand deiner Hose, um den Küchenfußboden oder irgendwelche anderen Haushaltsangelegenheiten scherte. Wir kannten deine Mutter. Sie hieß Irma, war älter als die meisten anderen Mütter, hatte eine Beehive-

Frisur und ein Gesicht, das so länglich und zerfurcht war wie eine Kartoffel. Sie arbeitete als Kassiererin im am/pm, nach dem Unterricht holten sich die Schüler dort immer Süßigkeiten und Limonade, leerten den Inhalt ihrer Taschen auf den Tresen und schoben ihr die Pennys und Nickels hin. Neben dem Kassieren hatte deine Mutter noch die Aufgabe, Slush Drinks aus einem Behälter zu zapfen, der mit einer unnatürlich leuchtenden Flüssigkeit gefüllt hinter ihr pulsierte wie ein Organ, und die Kinder in unserem Alter sahen verzückt dabei zu, wie sie ihnen die Getränke servierte, während ihre eigenen Mütter dies längst nicht mehr taten. Deine Mutter hatte verkrümmte, arthritische Finger, die geschwollenen Knöchel waren groß wie Kaugummikugeln, und es tat weh zu sehen, wie sie die Plastikdeckel auf die Becher drückte und das Wechselgeld aus der Kassenschublade kratzte, ja, eigentlich war es schon eine Qual, bloß in ihrem Beisein dazustehen. Soweit ich weiß, sprach sie nie auch nur ein einziges Wort mit den Kunden und blickte auch niemandem ins Gesicht, sondern starrte lieber in einen der Konvexspiegel, die in den Ecken des Ladens unter der Decke hingen und das ganze Geschehen, die Plackerei und die Bagatelldelikte einfingen und im Kleinformat zu ihr zurückwarfen. Es war allgemein bekannt, dass deine Mutter eine fromme Katholikin war, die tagtäglich die Messe besuchte. Wenn sie an der Kasse saß, spielten ihre Finger manchmal mit einem Rosenkranz. Die Leute sagten, sie habe einen Hirnschaden, dein Vater habe sie einmal halb totgeschlagen, und seitdem sei sie mehr oder weniger ein Gespenst – ein Gerücht, das durchaus glaubwürdig klang. Oft vergaß sie, die Papierserviette abzunehmen, die sie sich in der Mittagspause in den Blusenkragen gesteckt hatte, und dann saß sie den ganzen Nachmittag an der Kasse, als wäre sie ein Kind in einem Hochstuhl, auf dessen Lätzchen der eine oder andere Fleck prangte. Angesichts all dessen – und der Tatsache, dass dein Vater ein berüchtigter Säufer war, dafür bekannt, dass er in den Bars bis zum Umfallen trank – hielt man deine Familie für verflucht. Sie galt als unsäglich und pflichtvergessen, was in einem Viertel wie unserem, in dem es von Säufern, Gammlern und Versagern nur so wimmelte und wo der Spielraum hinnehmbaren Verhaltens durchaus großzügig ausgelegt wurde, schon etwas heißen wollte.

Im folgenden Jahr kam es an unserer Schule zu einer Läuseplage, und wir mussten uns alle in der Turnhalle aufstellen und unsere Köpfe untersuchen lassen. Du und ich, wir gehörten der kleinen Gruppe an, die ins Büro der Schulschwester zitiert wurde und dort für den Rest des Tages zumeist unbeaufsichtigt ausharren musste. Dort hast du die Materialien der Schwester durchwühlt – Wattebäusche zerrupft, Zungenspatel zerbrochen und deine Arme und Beine in Verbände gewickelt. Als die Schwester (eine zierliche Frau namens Mrs. Chang, die in der Schule stets einen Karateanzug mit schwarzem Gürtel trug) irgendwann zurückkehrte, hatte sie einen elektrischen Haarschneider dabei. Sie fragte, ob sie dir den Kopf rasieren solle, und du zucktest mit den Schultern wie immer, wenn jemand dir eine Frage stellte. Sie schaltete den Haarschneider ein und führte ihn mit den schnellen, gleichgültigen Bewegungen eines Militärfriseurs über deinen Kopf. Das Haar fiel büschelweise zu Boden. Als Mrs. Chang fertig war, hast du, den Kopf in die Hände gestützt, dagesessen und riebst dir weinend mit den Händen über den Schädel.

Danach wandte sich Mrs. Chang mir zu, noch immer den Haarschneider in der Hand, und einen Augenblick schien es so, als wollte sie auch mir den Kopf rasieren. »Du siehst krank aus«, sagte sie. Sie kam zu mir und drückte die Daumen unter meine Augen. Dann öffnete sie mir den Mund und begutachtete meine Zähne und danach meine Fingernägel, die zu lang waren und Schmutzränder hatten. »Vielleicht hast du Läuse, vielleicht auch nicht«, sagte sie. »Dein Haar ist so verfilzt, dass man es nicht sieht.« Meine Mutter arbeitete damals nachts, und Malinda und ich waren meistens allein zu Hause. Mir selbst überlassen, ernährte ich mich von Coca Cola und Salzcrackern. Ich wusste nicht mehr, wann ich mir zum letzten Mal die Haare gewaschen hatte. »Geh nach Hause«, sagte Mrs. Chang zu mir, »und sag deiner Mutter, sie soll dir die Haare waschen und die Zähne putzen.« Soweit ich weiß, hast du niemandem davon erzählt, und ich erzählte niemandem, dass du geweint hattest. Schon in diesem jungen Alter bestand zwischen uns die Verschwiegenheit von Dieben.

Im fünften Schuljahr bliebst du sitzen und kamst aus Malindas Klasse in meine, und plötzlich hattest du zum ersten Mal einen Freund, Bill Yablonski, Sommersprossen, vorstehende Zähne und dick, immerzu rutschte ihm die Hose runter, Bill Yablonski, der Pyromane, der ständig Streichhölzer anzündete und sie bis zu den Fingerspitzen abbrennen ließ und der einmal sein Pult in Brand steckte. Eure Freundschaft schien ohne Worte auszukommen, ihr lieft beide mit den Händen in den Taschen herum, die Köpfe gesenkt, tratet nach Steinen oder saßt still und heimlich im hintersten Winkel des Spielplatzes, in einer Nische hinter einem krummen, vertrockneten Strauch, und teiltet euch eine Zigarette. Irgendwann wurde der eine von euch nicht mehr ohne den anderen erwähnt – Bill und Elwood, Bill und Elwood, Bill und Elwood –, als wärt ihr eine Comedy-Nummer, zwei hoffnungslose Idioten, Laurel und Hardy, Tom und Jerry, Lenny und Squiggy. Im Chemieunterricht nahmen wir damals Elektronen durch, sprachen über das Verlangen auch der niedrigsten Lebensformen, sich zusammenzutun, wobei die instabilen auf der Suche nach einem Partner von Ring zu Ring springen. Man sagte uns, dass sich auf diese Weise zwei Atome verbanden, jedes im anderen vervollständigt, und das ergab für mich trotz meiner naturwissenschaftlichen Unkenntnis einen Sinn, weil ich es bereits erlebt hatte. Selbst in jenem Alter tat es weh, einen Menschen allein zu sehen, aber eigentlich hatte es mich schon immer bekümmert, wenn ich sah, wie du Selbstgespräche führtest. Doch dann trafst du Bill, und ihr beide schlosst euch in meinen Gedanken zusammen, du kamst zur Ruhe, und ich dachte in den folgenden Jahren nur noch selten an dich.

Als wir auf die Highschool wechselten (ein weitläufiges, heruntergekommenes Gebäude, viele Fensterscheiben gesprungen und mit Klebeband zusammengehalten), warst du über eins achtzig groß, breitschultrig, massig. Obwohl dein Haar immer noch blond war, waren deine Brauen buschig und schwarz, und diese Mischung verlieh dir ein grimmiges Aussehen, das die Lehrer als bedrohlich empfanden. Sie spürten eine Aufsässigkeit in dir, und du warst die Hälfte der Zeit vom Unterricht ausgeschlossen, nicht aus Gründen, derentwegen die anderen suspendiert wurden (Prügeleien, Zerstörung von Schuleigentum), sondern wegen deiner vollkommenen Interesselosigkeit und Leistungsverweigerung im Unterricht und weil du so gut wie nie deine Bücher dabeihattest, ja, sogar bei den Klassenarbeiten nur ein leeres Blatt abgabst. Alle möglichen Geschichten gingen über dich um – dass du im Englischunterricht deinen ersten Aufsatz mit »Auf Satz Nr. 1« überschrieben hättest, dass du in Biologie auf eine lange Reihe immer leichterer Fragen stets *Weiß nicht* geantwortet und damit deine Lehrerin so auf die Palme gebracht hättest, dass sie in Tränen ausbrach und dich aus dem Unterricht warf. Der Suspendierungsraum lag im belebtesten Flur der Schule. Man hatte die Wände eingerissen und durch Glas ersetzt, um die Übeltäter zur Schau zu stellen, sie zu beschämen, doch jedes Mal, wenn ich dich dort sah, schienst du dich wohlzufühlen, schliefst auf einem Stapel Bücher, dein offener Mund zu einem leichten Lächeln verzogen.

Wenn meine Schwester nichts dagegen hatte, dass ich ihr folgte, stand ich manchmal vor dem Unterricht mit dir und ein paar anderen auf dem Parkplatz herum, wo die Raucher sich in der Kälte zusammendrängten. Eines Morgens zogst du deine Jacke aus, um das Tattoo vorzuführen, das du seit dem Wochenende hattest – dein eigener Name, der sich in Groteskschrift um deinen Bizeps wölbte –, und als du es stolz hergezeigt hattest, ging der Witz um, man hätte dich gezwungen, dir deinen Namen auf den Arm tätowieren zu lassen, damit du ihn nicht vergisst. *Mann*, sagtest du mit deiner berühmten verzerrten Stimme, die klang, als würdest du durch ein Rohr sprechen, *leckt mich doch! Ihr könnt mich mal!*, zuerst voller Wut, doch dann hast du dich damit abgefunden und lachtest, weil dir nichts anderes übrig blieb und deine Rolle in dieser Gruppe die des Witzbolds war. Im zweiten Highschooljahr hast du dir einen alten Camaro gekauft, ihn wieder flottgemacht und rote Fassadenfarbe draufgeklatscht, und dann hast du mit Bill vor dem Unterricht in deinem Wagen gesessen, die Fensterscheiben vom Rauch beschlagen, das Radio laut aufgedreht, WAAF, nonstop Rock, die volle Dröhnung. Im Lauf des Jahres tauchtest du immer seltener in der Schule auf, bis eines Tages das Unvermeidliche geschah und du den Bettel hinwarfst. Ich saß gerade im Geschichtsunterricht, als du in die Klasse kamst und dem Lehrer, Mr. Hickey, einem mausgrauen Typen, der so jämmerlich war, dass man sich nicht einmal über ihn lustig machte, einen Zettel übergabst. *Das müssen Sie unterschreiben*, sagtest du. Und Mr. Hickey zog die Stirn kraus, nahm das

Blatt Papier und betrachtete es. »Willst du das wirklich tun?«, fragte er mit zitternder Stimme. »Hast du über diese Entscheidung und all ihre Konsequenzen gut nachgedacht?« *Jepp*, sagtest du. Langsam zog Mr. Hickey seinen Stift aus der Tasche, und langsam setzte er seinen Namen darunter, den er so theatralisch in einem Schnörkel auslaufen ließ, dass es genauso gut ein Todesurteil hätte sein können. »Du hast dich für einen sehr harten Weg entschieden«, sagte er und hielt das Blatt noch einen Augenblick in den Händen, als könnte das irgendwas ändern. *Ich weiß*, sagtest du, nahmst den Zettel und stapftest in deinen Stiefeln durch den Flur davon. Sollten wir überlegt haben, was aus dir werden würde, dann nur ganz kurz. Wenn wir danach an dich dachten, dann nur, weil es seltsam war, Bill, der Feuerwehrmann werden wollte und deshalb einen Schulabschluss brauchte, allein herumlaufen zu sehen. Jedes Mal, wenn ich ihn sah, lehnte er an der Wand, schnippte sein Feuerzeug auf und zu, steckte ein Stück Welt in Brand und löschte es wieder, immer und immer wieder.

Als ich ein paar Monate später mit meiner Mutter den Wagen zu einem Mechaniker brachte – einem alten Freund von ihr namens Wade, einem schmalgesichtigen Mann, der in seiner eigenen Garage schwarz Autos reparierte –, sah ich dich zu meiner Überraschung wieder. Wades Garage befand sich am Ende einer unbefestigten Straße, umgeben von schiefen Flachdachhäusern. Zwischen Wades Haus und dem Nachbarhaus stand ein halbes Dutzend wild durcheinander geparkter alter Autos, und drei Kinder, die Fangen spielten, rannten darum herum oder kletterten hindurch, riefen einander Drohungen zu, rissen Türen auf und schlugen sie wieder zu, drückten auf Hupen. Ich vermutete, dass es Wades Kinder seien, und sah ihnen zu, bis plötzlich eine Frau, die ich als deine Mutter wiedererkannte, aus dem Nachbarhaus trat (eine

Bruchbude mit mehreren offenbar planlos errichteten, schiefen Anbauten), ihnen etwas zurief – Jimmie, Davis, Ellen, lasst Wades Autos in Ruhe – und die Kinder maulend in ihren Garten zurückkehrten. Deine Mutter stand auf der Veranda und schüttelte einen Flechtteppich aus, von dem eine kleine Staubwolke aufstieg, und während ich sie beobachtete – ihr Rücken gekrümmt, das schlaffe Fleisch ihrer Arme zitternd –, fragte ich mich, wie es sein konnte, dass sie deine Mutter, die Mutter dieser kleineren Kinder war. Sie musste eure Großmutter sein, dachte ich noch. Im selben Moment kamst du behände wie ein Kastenteufel unter einem der Autos hervorgerollt. Du standest auf, wischtest dir über die Stirn und nicktest mir zu – wir waren nie befreundet gewesen, und das war alles, was wir uns schuldeten –, dann sahst du meine Mutter so stirnrunzelnd an wie eine Berühmtheit, die man zum ersten Mal zu Gesicht bekommt. Denn wenn deine Familie für ihre Probleme bekannt war, so war meine für die Schönheit meiner Mutter und das schreckliche Chaos bekannt, das sie damit anrichtete. Im vorigen Sommer hatte sie gerade wieder eine Ehe zerstört. Jahrelang war sie mit einem verheirateten Mann zusammen gewesen, der sie – und nicht zu vergessen auch mich und Malinda – in seiner Eigentumswohnung am See hatte wohnen lassen, doch die Stimmung zwischen ihnen war immer schlechter geworden, ihre Streitereien immer heftiger, sodass sie über den ganzen See gehallt waren (Wann verlässt du sie endlich? Ich mach das nicht mehr lange mit! Baby, du hast doch schon …), bis meine Mutter irgendwann betrunken und rachsüchtig seine Frau anrief und ihr unverblümt die Wahrheit sagte. Die Geschichte meiner Mutter war allgemein bekannt. Mit ihr durchs Leben zu gehen – der düstere, reumütige Schatten, der ihr folgte –, glich der Aufgabe eines Pflichtverteidigers.

Du bist durch Wades Garage in sein Haus gegangen und hast die Tür hinter dir zufallen lassen. »Das ist mein Lehrling«, sagte Wade zu meiner Mutter, als du im Haus verschwunden warst. »Nicht ganz klar im Kopf, aber der Junge kann einfach alles reparieren.« Dann nahmen Wade und meine Mutter ihr Gespräch wieder auf: über Wades rothaarige, von ihm getrennt lebende Frau, über ihre Versuche, ihn vor Gericht abzuzocken, und seine darauffolgenden Versuche, es ihr heimzuzahlen, indem er sein Vermögen vor ihr verheimlichte. Wade ließ seine Sätze gern unvollendet in der Luft hängen. »Weißt du was«, sagte er ständig, ohne weiterzureden. »Ich sag dir mal was …« Er strich sich oft übers Kinn, schüttelte den Kopf, zeigte Gesten der Verwirrung und des Bedauerns. Und diese Phrasen und Gesten kannte ich auch von dir, bei den Rauchern in der Schule hast du sie tausendmal benutzt: *Wisst ihr was, ich sag euch mal was*, all das hattest du anscheinend bei Wade aufgeschnappt. Ich glaubte, dein Leben vor mir zu sehen. Ein Junge, den es zu seinem Nachbarn zog, zu der schattenhaften Reparatur alter Autos, zu der Zuflucht, welche ihm dies vor seinem Zuhause bot. Etwas Ähnliches suchte auch ich selbst schon seit Langem, und in jenem Moment spürte ich eine Verbindung zu dir, eine Gemeinsamkeit zwischen uns.

Aber was hatten wir eigentlich miteinander zu tun? Wir waren etwa gleich alt, wuchsen in derselben sterbenden Stadt auf, gingen unter denselben Wolken dieselben Straßen entlang, das war nicht besonders viel. Doch einmal hast du unwissentlich etwas getan, das mein Leben völlig veränderte. Mit einer unbedeutenden Geste hast du den Verlauf meines Lebens geändert, es in zwei Teile gespalten, und seitdem kann ich nicht an dich denken, ohne einen Stich zu verspüren, die Frage, was wohl aus mir geworden wäre, wenn du dich anders verhalten hättest.

Das Ganze trug sich im Sommer 1988 zu, in dem Jahr, als du die Schule abbrachst. Meine Mutter hatte kurz zuvor ihren dritten Mann, Bud Francis, geheiratet, der im Stil von Burt Reynolds an Zahnstochern kaute und vor jedem Spiegel stehen blieb, um sich mit den Fingern durchs Haar zu fahren. Bud war Elektronikhändler und der Alleinerbe von Francis Haushaltswaren und Elektrogeräte, einem neonerleuchteten Großmarkt, der angeblich in Verbindung zur Mafia stand. Am Wochenende des Unabhängigkeitstags hatte er eine Menge Überstunden für eine Veranstaltung gemacht, die er den »anzahlungslosen Unabhängigkeitstags-Ausverkauf« nannte, und als Belohnung wollte er mit uns an den Strand fahren, an einen Ort eine Stunde weiter nördlich, an den die Leute aus unserer Stadt fuhren, um sich zu sonnen und die Uferpromenade entlangzuschlendern, eine Strecke von hundert Metern voller Ramschläden und Restaurants, einem Konzertsaal und einer Spielhalle. Das Ganze machte einen hoffnungslosen Eindruck, nicht nur die Motels und Restaurants, die miteinander um ein bescheidenes Dasein konkurrierten, sondern auch die Touristen, die auf der Suche nach einem Erlebnis, das sie weder benennen konnten noch zu finden schienen, herumliefen wie Lemminge. Über den Strand waren alle möglichen Geschichten im Umlauf – dass Freunde von Freunden in einem der Motels oder Ferienhäuser auf eine Party geraten seien, wo die Musik laut und das Bier gratis gewesen sei, wo sich alle um einen von ihnen geschart und über seine Witze gelacht, ja, sich vor Lachen den Bauch gehalten hätten, eine Party mit ausgelassener Stimmung, mit Leuten, die an Kronleuchtern hin und her schwangen oder Feuerwerkskörper anzündeten, eine Party, auf der zahllose Blondinen den Betreffenden umschwärmt und darauf gehofft hätten, von ihm auserkoren zu werden. Kaum hörten die Leute diese Geschichten, fuhren sie nordwärts in der Hoffnung, so etwas ebenfalls zu erleben, was ihnen jedoch nicht vergönnt war, ein Ritual aus Erwartung und Enttäuschung. Schon mit vierzehn fragte ich mich, warum die Leute diesen Strand so aufregend fanden. Aber so war es, genauso war es. Und deshalb machten wir uns auf den Weg, obwohl wir in einer Konstellation unterwegs waren, die Malinda und ich gern mieden (während der Fahrt alle zusammen im selben Wagen, Übernachtung im selben Motelzimmer wie unsere Mutter und Bud).

Auf der Hinfahrt las Malinda eine Zeitschrift, während ich so tat, als würde ich ein Buch lesen, obwohl ich eigentlich meiner Mutter und Bud lauschte, die absurderweise noch immer damit beschäftigt waren, sich kennenzulernen. Sie waren sich erst vor wenigen Monaten begegnet und hatten sofort geheiratet, und plötzlich wohnten Malinda und ich mit einem Mann zusammen, den wir nicht kannten und der auch uns nicht kannte. Anfangs hatten die beiden den Kennenlernprozess reizvoll gefunden, hatten sich gefreut, gemeinsame Vorlieben und Erfahrungen zu entdecken, doch in letzter Zeit machten diese Entdeckungen sie kribbelig, hatten doch beide das Gefühl, dass sie, hätten sie sich besser gekannt, vielleicht nicht geheiratet hätten. In ihren Gesprächen konnte die Stimmung ohne Vorwarnung von Neugier in Zorn umschlagen, in Abscheu oder Boshaftigkeit, genau wie es an jenem Tag durch die beiläufige Erwähnung einer gewissen Sandy D'Angelo passierte, einer Bekannten von Bud.

»Sandy D'Angelo?«, fragte meine Mutter. »Die kenne ich! Wir sind immer zusammen zur Kirche gegangen!«

»Mann, was für ein Miststück«, sagte Bud.

»Wirklich?«

»Aber total.«

»Woher kennst du sie?«

»So gut kenne ich sie gar nicht. Man könnte sagen, ich kannte sie drei-, viermal, wenn du verstehst, was ich meine.«

Worauf meine Mutter nichts erwiderte, da schon die bloße Erwähnung einer anderen Frau oder die Tatsache, dass sie sich für etwas Besseres hielt als Sandy D'Angelo und es deshalb erniedrigend fand, im selben Atemzug mit ihr genannt zu werden, sie in die schwierige, wütende Stimmung versetzte, zu der sich ausgesprochen schöne Frauen oft berechtigt fühlen. Bud bemühte sich, das Gespräch in Gang zu halten, doch meine Mutter gähnte und seufzte demonstrativ und drückte wütend die Radiotasten. Sie sprach erst wieder zu ihm, als er vom Highway abbog und, von der Sonne geblendet, fragte: »Scheiße, wo ist denn meine Sonnenbrille?«

»Auf deinem Kopf, du Trottel.«

»Warum redest du so?«

»Darum.«

»Zeig mal ein bisschen Niveau«, sagte Bud.

Da musste meine Mutter lauthals lachen. »Du willst mir was von Niveau erzählen?«, rief sie. »Na, prima.«

»Was denn? Was ist denn daran so witzig?«

»Nichts. Ich lasse mir bloß von niemandem Ratschläge geben, der sein Körpergewicht in Goldschmuck mit sich herumschleppt.«

»Mein Gott«, sagte er kopfschüttelnd, »was zum Teufel ist denn mit meinem Schmuck?«

»Erklärt ihr's ihm«, sagte meine Mutter und sah uns im Rückspiegel an.

»Du trägst zu viele Ringe«, sagte Malinda, ohne von ihrer Zeitschrift aufzublicken. Sie sah sich gerade eine Werbeanzeige an, deren Überschrift lautete: HAUTALTERUNG BEGINNT SCHON IN DER JUGEND! »Und dein Kettchen«, sagte sie über das schlanke goldene Bein, das an Buds Halskette baumelte, »sieht aus wie irgend so ein Instrument zum Nasebohren.«

»Mein Gott!«, sagte er und blies Luft aus dem Mundwinkel. »Jetzt habt ihr mir meine Kette vermiest! Auf einmal sehe ich sie mit ganz anderen Augen! Mein Gott!«

Bud gehörte zu den Männern, die ihrer Freundin gern auf den Hintern klatschten und jeden Streit ins Lächerliche zu ziehen versuchten – Hey, Baby, hast du deine Tage oder was? –, und als das Atomkraftwerk in Sicht kam, das nur ein paar Kilometer vom Strand entfernt stand, sagte er: »Achtung, gleich fliegt's in die Luft!« Da Bud unsere Familie nicht kannte, wusste er nicht, dass meine Mutter schon immer die Ansicht vertreten hatte, man sollte auf der Fahrt zum Strand an dem Kraftwerk besser vorbeifahren, ohne allzu viele Gedanken daran zu verschwenden. Man sollte am besten die Luft anhalten, es dann vergessen und sich der Wochenendunterhaltung widmen. Doch auf mich übte das Kraftwerk eine krankhafte Faszination aus: die dicke, blasse Kuppel, die wie ein aufgequollener Teigball aussah, die Aktivität, die im Innern des Reaktors ablief – Beschuss und Spaltung von Atomen, die Freisetzung von Neutronen –, so unnatürlich, dass es bei mir heftige Übelkeit auslöste und ich dennoch nicht wegschauen konnte. In Anbetracht dessen, was erst vor Kurzem in Tschernobyl passiert war, angesichts all der Bilder von den Auswirkungen der Katastrophe, der todgeweihten Stadt Prypjat, der hohen, schlanken Mietskasernen, die aus so großer Höhe fotografiert wurden, dass sie wie aufrecht stehende Dominosteine aussahen, die schon so bald einstürzen würden, dass dieses Bild seltsam und traurig wirkte, wie die Hoffnungen törichter Menschen – angesichts all dessen fiel es mir jetzt besonders schwer wegzuschauen.

»Wumm!«, rief Bud und wandte sich meiner Mutter in der

Erwartung zu, sie lachen zu sehen. Doch sie schloss bloß die Augen und sagte: »O Gott.«

Als wir am Motel ankamen, stiegen Malinda und ich aus dem Wagen und überließen Bud und meine Mutter ihrem Schicksal, das höchstwahrscheinlich, wie Malinda es formulierte, darin bestand, dass sie sich betranken, miteinander stritten und sich dann gegenseitig das Hirn rausvögelten. Wir gingen den ganzen Tag am Strand entlang. Malinda war siebzehn, und wenn sie in jenem Jahr an irgendetwas interessiert war, dann am Beobachten anderer Leute: was sie anhatten, aßen und sich anhörten, wie sie redeten und sich bewegten. Der Strand war so überfüllt, dass es kaum genug Platz gab, um eine Decke auszubreiten, die Leute lagen flach ausgestreckt da, die Frauen auf dem Bauch, das Bikinioberteil ausgezogen, Paare schliefen nebeneinander, Familien gingen ihren alltäglichen Verrichtungen nach, die älteren Frauen saßen unter Sonnenschirmen, Mütter rieben ihre Kinder mit Sonnenschutzmittel ein, verteilten Sandwiches und Getränke aus Kühlboxen, Großväter, die früher beim Militär gewesen waren, die Arme mit Adlern, Ankern oder Fahnen tätowiert, schwangen ihre Enkel durch die Brandung, Paare schlenderten eng umschlungen umher. Ein Mann ohne Hemd ging die ganze Zeit mit einer um den Oberkörper gelegten Boa constrictor am Strand auf und ab und grinste jedes Mal, wenn jemand bei seinem Anblick zusammenzuckte. Über dem Wasser kreiste ein einmotoriges Flugzeug, das ein Werbebanner hinter sich herzog, auf dem die Dienste einer örtlichen Hellseherin angepriesen wurden: Mademoiselle Rousseau, Zukunftsdeutung mit garantierter Genauigkeit, 19,99 Dollar. Ich dachte darüber nach hinzugehen. Ich hatte die Taschen voller Geld, das ich für einen unbekannten Zweck gespart hatte – ich stellte mir immer alle möglichen Notfälle vor, in denen ich in einen Bus steigen oder ein Zimmer mieten, für irgendwen eine Kaution bereitstellen oder einen Beamten bestechen musste –, und es schien mir nicht unvernünftig zu sein, ein paar Dollar für die Voraussage dieses Vorfalls auszugeben, für die Frage, wann er eintreten und wie er aussehen würde. Monatelang hatte ich – sehr unauffällig, wie ich dachte – aus dem Geldbeutel meiner Mutter Fünfer und Zehner gestohlen und hatte mittlerweile knapp zweihundert Dollar zusammen.

Malinda graste wie ein Rentner mit Metalldetektor den ganzen Strand ab, doch ich konnte nicht sagen, wonach sie suchte. Sie sprach kaum mit mir. Wenn sie überhaupt etwas sagte, dann nur, um ihre Ansicht über einen Badeanzug, eine Frisur, ein Lachen, einen Gang zum Ausdruck zu bringen. Sie fällte ihr Urteil so schnell und bissig wie alle schönen Menschen. Denn Malinda war in letzter Zeit wirklich wunderschön geworden. Sie war das Ebenbild meiner Mutter, blauäugig und dunkelhaarig, genau wie Elizabeth Taylor. Den ganzen Tag hatte ich gesehen, wie die Männer sie ansahen, sie von oben bis unten musterten. Sie trug einen gelben Bikini und abgeschnittene Jeans. Sie hatte sich mit Bräunungscreme eingerieben, und ihre Haut glänzte. Die Männer starrten sie so unverhohlen an, dass es wie eine Szene aus einem Naturfilm, wie die Anziehungs- und Paarungsrituale des menschlichen Tiers, wie eine unverhüllte, ekelhafte Vorführung des Fortpflanzungstriebs wirkte.

Erst spät an jenem Tag entdeckte Malinda, wonach sie gesucht hatte. Der Strand hatte sich geleert, und die Leute schlenderten die Promenade entlang, auf der jetzt so viel Betrieb herrschte, dass Malinda und ich ständig auseinandergedrängt wurden. Es war, als fände ein großer Ausverkauf statt, bei dem wir alle darum konkurrierten, bei irgendeinem Wertgegenstand Geld zu sparen. Es roch nach Popcorn, frittiertem Teig, Hotdogs und noch etwas anderem – ein uralter, düsterer Geruch wie aus einem Grab.

»Hier gefällt's mir nicht«, rief ich Malinda zu, denn der Lärm war so laut, dass wir schreien mussten.

»Dir gefällt's doch nirgends«, sagte Malinda.

»Aber das hier ist noch schlimmer«, sagte ich. »Das gefällt mir wirklich nicht.«

»Dann geh doch wieder zum Strand«, rief sie über die Schulter. »Ich hab's sowieso satt, dass du mir ständig nachläufst.« Sie ging weiter, ohne sich zu vergewissern, ob ich noch hinter ihr war. Doch als sie kurz darauf endlich sah, wonach sie gesucht hatte, griff sie in dem Vertrauen, dass meine Hand da sein würde, nach hinten. »Guck mal«, sagte sie, blieb abrupt stehen und zog mich näher. »Guck dir mal die Typen an.«

Auf uns zu kamen drei hagere Männer mit langen, zottigen Haaren. Sie trugen schwarze Satinjacken und enge schwarze Jeans. Unter den Jacken waren sie nackt, und man konnte ihre blasse, magere Brust sehen, ihre rosigen Brustwarzen. Der Mittlere sah nicht schlecht aus – er hatte dunkles Haar, schwarze Augen und ein kantiges Kinn – und machte ein gelangweiltes Gesicht. Doch die beiden anderen, die Zwillinge hätten sein können, sahen aus wie Windhunde. Ihre Augen waren braun und feucht, ihr Blick durchdringend. Sie strahlten die Bösartigkeit und Verzweiflung von Hunden im Tierheim aus.

Malinda starrte sie an und drehte sich dann auch noch nach ihnen um. Auf ihren Jackenrücken war in Rot der Name einer englischen Band aufgestickt, deren einziger Hit zwei Jahre zuvor an der Spitze der Charts gestanden hatte. »Hey!«, sagte sie und gab mir wie immer, wenn sie aufgeregt war, einen Klaps. »Ich wusste es! Die gehören zu dieser Band. Ich hab die Plakate gesehen. Die treten hier auf.« Die Hauptattraktion der Strandpromenade war ein kleiner Konzertsaal, der Bands anlockte, die kurzzeitig Ruhm erlangt hatten und danach wieder in Vergessenheit geraten waren. Eigentlich wollte niemand diese Bands sehen, andererseits dachten die Leute wohl, dass es nicht schlecht sei, zumindest besser als gar nichts, hautnah vor jemandem zu sitzen, der mal berühmt und im Fernsehen gewesen war. Überall auf der Promenade blieben die Leute stehen, als die Männer vorbeigingen, und schnatterten dann aufgeregt drauflos. Die Mädchen hielten sich die Hände vor den Mund. Ich hörte immer wieder den Namen der Band und fragte mich, wie es wohl wäre, durch die Welt zu gehen und für solches Aufsehen zu sorgen, ständig den eigenen Namen zu hören.

»Die müssen wir kennenlernen«, sagte Malinda. Wir folgten ihnen, und Malinda stellte sich auf die Zehenspitzen, um sie nicht aus den Augen zu verlieren. Als sie einen Schmuckladen betraten, stellte Malinda sich direkt vor dem Eingang auf, wo eine Frau an einem Tischchen Stimmungsringe verkaufte. Malinda sah sich die Ringe an, streifte sie über den Finger und wieder ab, und ich stand hinter ihr und versuchte, mich daran zu erinnern, wann ich sie zum letzten Mal so aufgeregt gesehen, wann sie zum letzten Mal etwas anderes als Verachtung gezeigt hatte. Mit Sicherheit noch vor Bud, bevor sich meine Mutter von dem verheirateten Mann getrennt hatte und wir aus der Eigentumswohnung ausgezogen waren, die Malinda über alles geliebt hatte. Ich betrachtete die Ringe an Malindas Fingern, beobachtete fasziniert, wie sie von Blau über Grün zu Schwarz wechselten.

Doch plötzlich blickte ich – einem inneren Zwang folgend – auf und sah dich und Bill auf uns zukommen. Ihr hattet uns noch nicht bemerkt, und in den wenigen Augenblicken, bevor ihr uns saht, spürte ich, was als Nächstes passieren würde. Ich spürte, dass Bill, der lange in Malinda verliebt gewesen war und sich immer irgendeinen Vorwand hatte einfallen lassen, um mit ihr reden zu können, der ihr Kaugummi oder Zigaretten angeboten und oft so getan hatte, als bräuchte er Feuer, nur um sie darum bitten zu können – eine Strategie, die sich wiederholt als Schuss in den Ofen erwies (»Mein Gott«, hatte Malinda irgendwann gesagt, »ich bin doch nicht deine persönliche Streichholzlieferantin«) –, ich spürte, dass Bill sie sehen und sich ihr nähern würde, und sie würde ihn grausam abblitzen lassen. Und genau das passierte. Als er Malinda erblickte, rief er wie in Ekstase ihren Namen. »Malinda! Hey, Malinda!«, rief er. »Malinda, hallo! Was machst du denn hier?« Er war so begeistert, sie zu sehen, dass er sie tatsächlich auf den Arm boxte.

»Wonach sieht's denn aus?«, fragte sie.

»Du siehst dir Schmuck an?«

»Nein«, sagte sie, »Badeanzüge.«

»Oh«, sagte Bill. Er war ein nervöser Junge, der die Angewohnheit hatte, von einem Fuß auf den anderen zu treten, und jetzt stand er unruhig da und überlegte, was er erwidern sollte. »Irgendwo ist eine Party«, sagte er. »Ich glaube, wir gehen dann jetzt.«

»Gut«, sagte Malinda. »Lasst euch von mir nicht aufhalten.«

»Willst du nicht mitkommen?«

»Mit euch?«, fragte sie. »Nein.«

Und dann mischtest du dich wütend ein, die schwarzen Brauen zusammengezogen: *Warum musst du bloß so ein Miststück sein?*

»Keine Ahnung«, sagte Malinda, »und warum musst du so ein Schwachkopf sein?«

Leck mich, sagtest du und gingst davon. Bill folgte dir. Doch hinter deinem Rücken drehte er sich zu uns um, lächelte Malinda breit an und winkte ihr ungestüm. »Vielleicht sehen wir uns ja noch!«, rief er.

Als die Männer aus dem Schmuckladen traten, stand Malinda, eine baumelnde Zigarette im Mund, vor dem Eingang bereit und kramte in ihrer Handtasche. Genau im richtigen Moment wandte sie sich ihnen zu, als wollte sie beim ersten Menschen, der vorbeikam, Hilfe suchen, und bat den Mittleren der drei um Feuer.

Der Mann sagte nichts, blieb aber stehen, griff in die Tasche und zog ein Streichholzbriefchen hervor. Er musterte Malinda von Kopf bis Fuß, zündete ein Streichholz an und hielt es ihr hin. Malinda beugte sich vor. Dann warf sie den Kopf zurück, damit er ihren Hals in voller Länge sehen konnte – Männer äußerten sich stets über ihren langen Hals –, und blies ein Rauchwölkchen aus dem Mundwinkel.

»Wie heißt du?«, fragte er.

»Marilyn.« Ein Name, so glaubte Malinda, der bei Männern gewisse tief verwurzelte Sehnsüchte wachrief. Sobald sie achtzehn wurde, wollte sie den Namen bei Gericht offiziell eintragen lassen.

»Das ist ja ein ziemlich erwachsener Name«, sagte der Mittlere.

Sie zuckte mit den Schultern. »Und wie heißt du?«

»Flash.« Und ohne seine Freunde anzusehen, nannte er die Namen der beiden anderen. »Das sind meine Brüder Matt und Mike.«

»Hi«, sagte Malinda. Sie blickte weder Matt noch Mike an. Sie und der Mittlere fixierten sich, und danach war alles bloß noch Routine. Flash kaufte Malinda ein Eis, sie ging auf der Promenade auf und ab, rollte das Eis über die Zunge und leckte daran – sie konnte es nicht wie ein normaler Mensch essen, sondern musste eine Show daraus machen –, und als das Eis aufgezehrt war, bot Flash Malinda einen Schluck aus dem Flachmann an, den er aus der Innentasche seiner Jacke gezogen hatte; er schlang den Arm um sie, sie legte den Kopf an seine Schulter; sie tranken noch mehr; er sagte irgendwas, und sie lachte. Das Ganze ging ziemlich schnell. Als Flash Malinda die Promenade hinunter und dann die Straße entlang in ein Hotel lotste, war es nicht einmal dunkel.

Während Flash und seine Brüder im Aufzug über irgendwas lachten, raunte Malinda mir zu: »Er ist der Drummer!«

Ich dachte an den Song der Band, der den ganzen vorigen Sommer gespielt worden war, konnte mich aber nur noch an den schmalzigen Gesang des Leadsängers und die gedämpfte Trompete erinnern.

»Ich wusste gar nicht, dass die Band einen Drummer hat«, sagte ich.

»Ist aber so. Er stammt aus England.«

»Wie alt ist er denn?«

Malinda zuckte mit den Schultern.

»Er sieht schon ziemlich alt aus.«

»Ist mir doch egal.«

Auch ich zuckte mit den Schultern. »Na, dann viel Spaß.«

Das Hotelzimmer war in einer großmütterlichen Vorstellung von Eleganz eingerichtet, in Silber- und Malventönen. Die Tapete zierte ein Muster aus riesigen metallfarbenen Blumen, die im Dunkeln seltsam leuchteten, wie Pflanzen, die mit radioaktivem Niederschlag bestäubt waren. Es war ein großes Zimmer, eine Suite, und bis auf das Licht einer einzigen schummrigen Lampe war es dunkel. Flash hob eine Jeans vom Boden auf und kramte in den Taschen. »Da sind sie ja«, sagte er und öffnete die Hand, die voll winziger roter Dragees war. Er hielt sie Malinda hin, und sie nahm eins, steckte es sich in den Mund und schluckte es hinunter. Nahm dann noch eins. »Hey«, sagte Flash, »immer mit der Ruhe.«

»Mein Hals tut weh«, sagte Malinda zu mir. »Flash hat gesagt, er hätte Pillen da.«

»Willst du auch eine?«, fragte Flash und sah mich zum ersten Mal an. »Die sind zur Entspannung. Ihr Amerikanerinnen könnt ein bisschen Entspannung vertragen.«

»Sie ganz besonders«, sagte Malinda. »Sie ist nämlich total verklemmt. Bringt kaum ein Wort raus.«

Gegen Entspannung war nichts einzuwenden. Ich nahm eine Pille und schluckte sie. Anschließend spürte ich sie noch eine Weile in der Kehle.

Schon bald gingen Malinda und Flash unter dem Vorwand ins Schlafzimmer, dass Malinda eine Massage bräuchte. Matt, Mike und ich saßen herum, unbewegt und pflichtbewusst wie die Wachen vor dem Buckingham Palace, genau wie alle Leute, die sich den Launen anderer Menschen opfern. Wir waren eine so gewöhnliche, tüchtige Truppe, dass wir genauso gut hätten gewerkschaftlich organisiert sein können. Mal hatten wir unsere Arbeit satt und beschwerten uns, bekamen kurze Wutanfälle, stellten Forderungen – Wieso machen wir nie, was ich will? Wieso reden wir nie über mich? –, doch dann ergaben wir uns wieder in unser Schicksal.

»Und was machen wir jetzt?«, fragte einer der Brüder. »Wir könnten, äh … keine Ahnung.« Er tastete seine Taschen ab und zog die Stirn kraus, als wäre es schlicht und einfach Pech, dass sich nichts darin befand, womit er eine Sechzehnjährige unterhalten konnte. »Herrgott, keine Ahnung«, sagte er. Er schaltete den Fernseher an und zappte durch die Programme. Es lief nichts, das ihn zufriedenstellte – ein paar Schwarz-Weiß-Filme, die Nachrichten, Werbung –, und er saß da und wechselte die Programme. Wie die meisten Männer, die ich kannte, sah er von Nahem älter aus. Seine Lippen waren blass und aufgesprungen. Er hatte einen rötlichen Teint, und die Flügel seiner spitzen, knochigen Nase waren von einem auffälligen Geflecht violetter Äderchen durchzogen. In seinem langen, krausen Haar entdeckte ich hier und da einen grauen Schimmer. Wie ein alter Mann hatte er die Gewohnheit, heftig zu schniefen, und wenn er atmete, ertönte ein leichtes Pfeifen.

»Was für Instrumente spielt ihr?«, fragte ich.

»Gar keins«, sagte einer der beiden. »Rod auch nicht.«

»Wer ist Rod?«

»Der Typ, bei dem deine Schwester ist. So heißt er nämlich.«

»Oh. Ich dachte, er wäre der Drummer.«

»Nee«, sagte er. »Wir sind bloß mit der Band unterwegs. Wir sind für das Equipment, den Sound und so zuständig.«

»Oh«, sagte ich.

»In welchem Schuljahr bist du?«

»Zweites Highschool-Jahr. Nächstes Jahr bin ich Junior.«

»Also sechzehn?« Er kniff die Augen zusammen, als würde er sich auf etwas Wichtiges konzentrieren, als kämpfte er mit einer bedeutsamen Entscheidung.

»Das ist zu jung«, sagte sein Bruder. »Sechzehn, Mann.« Er schüttelte den Kopf. »Zu jung.«

»Aber Mädchen sind früher reif«, sagte der Erste.

Der andere schüttelte den Kopf. »Nicht so reif.«

»Mit sechzehn ist man auch nicht mehr so jung. Nicht besonders jung, wenn man genau drüber nachdenkt. Immerhin schicken wir Achtzehnjährige in den Krieg.«

»So hab ich das noch nie betrachtet«, sagte der andere sarkastisch. Er warf seinem Bruder einen verächtlichen Blick zu. »Ich verschwinde.« Er verließ das Zimmer. Als er weg war, wandte ich mich dem Dagebliebenen zu und fragte: »Wer bist du noch mal?«

»Mike«, sagte er. Er hatte sich für die *Three Stooges* entschieden, die als Schneider arbeiteten und einen Anzug mit Taschen voller Geld gefunden hatten, und der baldige Verlust des Geldes, der als sicher gelten konnte, löste in mir eine solche Sorge aus, dass der Witz des Sketches darüber verloren ging.

Als Werbung kam, sagte Mike: »Ich hol mir was zu trinken. Willst du auch was?« Er öffnete den kleinen Kühlschrank und beugte sich vor, um den Inhalt zu begutachten. »Wir haben Coca Cola.«

Ich rechnete mit einer Dose, doch das Getränk kam in einem der bernsteinfarbenen Noppengläser des Hotels. Es schmeckte wie Coca Cola, aber darunter war noch etwas Bitteres, Warmes. Rum oder Whiskey. Ich kannte den Unterschied nicht. Ich leerte das Glas, Mike mixte sofort neue Drinks, dann noch einmal. Bald fühlte ich mich einigermaßen locker und musste über jede Kleinigkeit lachen. Mein Lachen klang laut und gewöhnlich und hatte etwas Stotterndes, ohne dass ich etwas dagegen tun konnte. Es hallte durchs Zimmer und hörte sich an wie das Lachen einer Geisteskranken.

Ich lag bäuchlings auf dem Fußboden. Mike saß mit gekreuzten Beinen neben mir, doch wenn etwas Witziges kam, sprang er auf und krümmte sich vor Lachen. »Verdammt noch mal, ist das komisch«, rief er. Wenn er lachte, stützte er manchmal den Kopf in die Hände, wie die Leute in der Kopfschmerztablettenwerbung. Ich rollte mich auf den Rücken und sah verkehrt herum fern. »He«, sagte ich, »das musst du mal ausprobieren!« Mike streckte sich neben mir auf dem Rücken aus und begann dann, die Stimmen der Figuren zu imitieren. »Hey, Leute«, sagte er mit Curlys Fistelstimme, »hier steht ja alles auf dem Kopf!« Und Moe antwortete: »Du stehst auf dem Kopf, du Trottel!« Mit geradezu wissenschaftlicher Sachlichkeit stellte ich fest, dass es mir Schwierigkeiten bereitete, mehrere Dinge gleichzeitig zu tun, zum Beispiel fernzusehen und Mike zuzuhören, zu lachen und dabei die Augen offen zu halten, zu hören, wie Malinda im Nebenzimmer vor Schmerz aufschrie, und so zu tun, als hätte ich es nicht mitbekommen. Und plötzlich ging es nur noch ums Atmen. Ich schnappte nach Luft wie jemand, der unter Wasser ist und zu ertrinken droht.

Etwas später kamen Malinda und Flash, oder vielmehr Rod, aus ihrem Zimmer, und ich hörte Malinda geistesabwesend sagen: »Scheiße! Ach du Scheiße!« Dann zog sie an meiner Hand, zog mich hoch, bis ich auf den Beinen stand. Ich war immer noch so hinüber, dass mir alles wie ein Traum vorkam, wacklig und schimärenhaft, das Zimmer sah aus wie ein Ort, den ich noch nie gesehen hatte, Flash und Mike wie Leute, die ich noch nie gesehen hatte, ich war auf den Beinen, und Malinda zog mich zur Tür hinaus und den Flur entlang – wir rannten jetzt, in einem unglaublichen Tempo –, und als wir am Aufzug ankamen, drückte Malinda den Abwärtsknopf, wollte dann aber nicht warten. Sie lief weiter bis zum Ende des Flurs und stürmte durch die Tür zum Treppenhaus, das von einer einzigen orangen Glühbirne erleuchtet wurde. Wir liefen die Treppe hinunter und auf den hinteren Parkplatz hinaus, dann um das Gebäude herum auf die Promenade, die inzwischen menschenleer war, die Lichter waren erloschen, die Läden hinter Gittern verborgen, unsere Schritte klangen wie die von Verbrechern, und Malinda sagte die ganze Zeit: »Scheiße. Wir sind so gut wie tot. Es ist bestimmt schon ein Uhr nachts. Scheiße.« Ich stellte mir vor, wie meine Mutter und Bud im Motelzimmer auf und ab liefen und die Polizei verständigten. Ich stellte mir die vor dem Motel geparkten Streifenwagen vor, deren Blaulichter die Leute wach hielten, den ungeheuren Groll der anderen Gäste. Als wir zum Motel zurückkamen, brannte zwar noch Licht, aber unsere Mutter lag, vollständig bekleidet und mit dem Gesicht nach unten, bewusstlos im Bett und schnarchte. Bud war nirgends zu sehen. Im Zimmer roch es so stark nach Tequila Sour, das mir der Mund wässrig wurde.

»Mein Gott«, sagte Malinda. Sie schaltete das Licht aus und ging ins Bett, ließ sich einfach darauf fallen, und ich tat es ihr nach. Wir lagen aneinandergeschmiegt wie zwei Löffel. Als meine Augen sich an die Dunkelheit gewöhnt hatten, sah ich Malindas Augen feucht und traurig leuchten. So war sie nachts schon immer, hellwach, von Bedauern und Traurigkeit und einer Sanftheit umflort. Das war etwas, das sonst niemand von ihr wusste. Wir hatten schon so oft still nebeneinandergelegen, während die täglichen Sorgen uns umwehten – unsere Streitereien, die heftigen Gefühlsschwankungen, die wir bei unserer Mutter erlebten, ihre Begeisterung und Wut, wenn sie betrunken war –, unausgesprochen, aber empfunden, tief empfunden. Am Morgen würde sie wieder ganz die Alte sein und wir nur zwei Mädchen, die mit ein paar älteren Männern auf ein Hotelzimmer gegangen waren, so was kam ständig, ja, tagtäglich vor, es war nicht der Rede wert.

Am nächsten Morgen wachte meine Mutter früh auf und ging die Zeitung holen. Eine ihrer Marotten war, dass sie jeden Tag als Erstes die Nachrufe las; oft las sie sie uns wegen ihres Unterhaltungswerts (»Er war ein begeisterter Flügelhornspieler«) oder als Belehrung (»Sie ging mit vierzehn ins Kloster und lebte dort für den Rest ihres Lebens.« Mann! Da muss sie ja vor Langeweile gestorben sein!) laut vor. Als sie zurückkehrte, sagte sie, Malinda und ich sollten aufstehen und unsere Sachen zusammenpacken. »Vogel, friss oder stirb«, sagte sie.

»Wohin gehen wir?«, fragte Malinda, die so erledigt war, dass ihre Worte miteinander verschmolzen.

»Steht auf«, sagte unsere Mutter und stopfte unsere ganzen Sachen in eine rote Reisetasche. Sie trug die Aufschrift SCHLITZ und hatte einmal irgendeinem ihrer Freunde gehört, auch wenn ich nicht mehr wusste, welchem.

»Wo ist Bud?«, fragte Malinda.

»Keine Ahnung«, sagte meine Mutter. »Packt einfach euer Zeug zusammen, und dann nichts wie los.«

»Wo gehen wir hin?«

»Kommt einfach.« Meine Mutter trug ihre Strandsachen, einen roten Bikini und eine Sonnenbrille. Also dachte ich, dass wir zum Strand wollten, doch als wir dort ankamen, gingen wir einfach weiter. Sobald die Promenade hinter uns lag, drehte sich meine Mutter um, ging rückwärts, wandte sich der stadtauswärts fahrenden Autokolonne zu, und Malinda fragte mit ungläubig schriller Stimme: »Was machst du denn da?«

»Schaut zu, dann könnt ihr was lernen«, sagte unsere Mutter. Sie löste ihren Pferdeschwanz, schüttelte das Haar und drapierte es um ihre Schultern. Dann streckte sie den Daumen aus. Sie war fünfunddreißig und sah immer noch aus wie ein Teenager – es erschien mir nicht abwegig, dass jemand anhalten würde, um sie mitzunehmen. Sie hatte schon immer problemlos bekommen, was sie wollte.

»Was soll das?«, fragte Malinda. »Wo ist Bud? Was machen wir hier?«

»Bud ist weg«, sagte meine Mutter. »Wahrscheinlich für immer.«

»Was hast du getan?«, fragte Malinda, und meine Mutter sagte, das wisse sie nicht genau, sie könne sich nicht mehr erinnern, doch sie sei ziemlich sicher, dass es mit einem anderen Mann zu tun hatte.

»O Gott«, sagte Malinda, »das ist so peinlich.« Ihre Stimme war schrill, kreischend, ihre ganze Selbstbeherrschung vom Vortag weg, spurlos verschwunden. In jenem Moment war sie wieder ein Kind.

Ich drehte mich um und betrachtete den Strand, als wäre dort für das, was passiert war, irgendeine Erklärung zu finden. Aus diesem Blickwinkel sah die Häuserzeile am Meer dürftig und instabil aus wie eine Hollywood-Kulisse, als könnte sie jeden Moment umkippen. Und aus diesem Blickwinkel sah ich auch die Wange meiner Mutter, die Haut, die hinter ihrer Sonnenbrille verborgen war. Ich sah, dass sie grün und blau schillerte. Ein stechender Schmerz durchfuhr mich, gefolgt von pulsierender Angst, die mich damals oft überkam. Ich griff unwillkürlich nach dem Geld, das ich in meiner Tasche aufbewahrt hatte. Erst da merkte ich, dass es verschwunden war.

Wir gingen ein paar Minuten lang weiter, und die Autos fuhren so langsam an uns vorbei, dass wir nicht nur die Leute darin sehen, sondern auch die Stimmung im Wagen erkennen konnten, wo zumeist die fürs Ende eines Familienwochenendes übliche Erschöpfung und Übellaunigkeit herrschten, jeder in seinen Sitz gedrückt und von den anderen abgewandt, doch manchmal waren die Leute auch noch putzmunter und scherzten oder stritten sich. Malinda ließ den Kopf hängen, wandte sich von der Straße ab, die Scham, dass uns ein Bekannter sehen könnte, war so groß, dass sie in Wellen davon übermannt wurde. Ab und zu bremste ein Wagen voller Männer, die pfiffen, hupten, meine Mutter fragten, wo sie hinwolle. Doch wenn sie den Namen unserer Stadt nannte, die eine Stunde südlich lag, wollten sie keinen so großen Umweg machen und sagten: »Viel Glück, Baby.« Und meine Mutter sagte: »Mit euch würde ich sowieso nicht fahren.«

Wir gingen weiter. Die Straße wurde zweispurig, der Verkehr floss schneller. Malinda begann sich zu beschweren. »Ruf doch einfach jemanden an«, sagte sie und zählte unsere Verwandten auf. »Geh einfach zurück und ruf Tante Lily oder Tante Ellen an. Oder Pop. Gott, das ist so erniedrigend!« Doch meine Mutter gab nicht auf, sie ging einfach weiter rückwärts und sagte von Zeit zu Zeit: »Was ist damit, was ist damit? Das sieht aus, als könnte es klappen«, aber die Autos fuhren doch nur an uns vorbei. Plötzlich, in einem der seltenen Momente, in denen die Idioten dieser Welt Genugtuung erfahren, fuhrst du mit Bill in deinem roten Camaro vorbei, das Radio wie immer voll aufgedreht. Bill beugte sich aus dem Fenster und rief: »Hey, Malinda, willst du mitfahren?«, und Malinda blickte auf. Vor Erleichterung wurden ihre Augen ganz groß. Sie hob den Arm, winkte und lief auf euch zu. Aber dann gab es wohl zwischen dir und Bill eine Meinungsverschiedenheit – du fuhrst weiter, und ich sah, wie du die Hand nach ihm ausstrecktest und ihn am Hemd wieder in den Wagen zu zerren versuchtest. Er drehte sich zu dir um und sagte irgendwas, und du hast etwas erwidert. Der Wagen fuhr langsamer, steuerte kurz auf den Straßenrand zu, Bill beugte sich wieder aus dem Fenster und winkte uns heran, doch dann lenktest du den Wagen in einer impulsiven Verteidigung deiner selbst und deinesgleichen und als Protest dagegen, wie Leute wie Malinda dich behandelten, wieder zurück auf die Straße und rauschtest davon. Uns hast du im Staub zurückgelassen.

Sprachlos standen wir da. Der Hauch von Abenteuer – das filmische Flair, das den Ausflug bisher schöngefärbt hatte – war verschwunden, und wir waren am Boden zerstört. Wir hatten uns danebenbenommen – nicht nur an diesem Wochenende, sondern immer – und mussten jetzt dafür büßen, wurden gedemütigt. Ich weiß nicht, wie lange wir zu Fuß gingen, jede von uns in ihrer persönlichen Trübsal. Ich war derart darin versunken – fragte mich, wie wir nach Hause kommen und wohin wir uns dann wenden sollten –, dass es, als ich ein Auto vorbeifahren und dann am Straßenrand anhalten sah, einen Augenblick dauerte, bis ich begriff, dass der Fahrer unseretwegen gehalten hatte. Es war ein schöner alter Wagen, ein 88er Oldsmobile mit langer Karosserie und sanft ansteigenden Heckflossen. Im Innern saßen zwei Männer, und ich sah schon von Weitem, dass sie schwarz waren.

Der Fahrer ließ es sich nicht nehmen auszusteigen – normalerweise tat das kein Mensch, alle warteten bloß, dass man an den Wagen trat – und setzte sogar einen Hut auf, bevor er auf uns zukam. Er machte eine gute Figur. Er war groß und schlank und sehr gut gekleidet, trug eine graue Hose mit Bügelfalte und ein weißes Oberhemd. Im Band seines Filzhutes steckte eine rote Feder. Die Hutkrempe und ihr Schatten verbargen den größten Teil seines Gesichts.

»Guten Tag«, sagte er.

»Guten Tag«, sagte meine Mutter.

»Sie scheinen eine Mitfahrgelegenheit zu brauchen, meine Damen«, sagte der Schwarze. Er hatte eine tiefe Stimme und eine exakte Aussprache. Beim Film hätte er sein Geld als die Stimme Gottes verdienen können. »Wohin wollen Sie?«

Meine Mutter nannte den Namen unserer Stadt. Sie sprach ihn ganz förmlich aus, nicht wie alle anderen, die das Wort weich und träge im Mund rollen ließen, und so wie sie ihn jetzt sagte, klang es nach einem Ort, an dem ich noch nie gewesen war, einem Ort, an dem so etwas nie passieren würde.

»Das ist zufällig die Stadt, in der wir wohnen«, sagte der Schwarze. »Mein Sohn und ich.« Er neigte den Kopf zum

Wagen, und da konnte ich für einen Augenblick sein langes, schmales Gesicht sehen. An den Mundwinkeln hatte er zwei tiefe, wie mit einem Messer geschnittene Furchen. Seine Augen waren außergewöhnlich. Sie waren harzfarben, mandelförmig und hatten eine Intensität, eine Schärfe, wie ich sie vorher nur selten gesehen hatte.

»Wir wollen keine Umstände machen«, sagte meine Mutter mit der bescheidenen Stimme, die sie immer benutzte, wenn sie jemandem zum ersten Mal begegnete.

»Kein Problem«, sagte der Mann. Er blickte auf die Uhr, eine schwere goldene Armbanduhr, wie man sie Männern für fünfundzwanzigjährige Firmenzugehörigkeit schenkt. Meine Mutter sagte gern, dass die Uhr eines Mannes viel über ihn aussage. Und für diesen Mann galt, dass er solide und zuverlässig war.

»Wir sind unerwartet in die Bredouille geraten«, erklärte meine Mutter. »Tut mir leid, dass ich so unpassend gekleidet bin.«

»Ganz und gar nicht«, sagte der Mann und bedeutete uns, zum Wagen hinüberzugehen.

»Was für ein Glück, einem echten Gentleman zu begegnen«, sagte meine Mutter. »Sie haben ja keine Ahnung, was für ein seltenes Exemplar Sie sind.« Ich ließ mir die Worte meiner Mutter durch den Kopf gehen – so unpassend gekleidet, was für ein seltenes Exemplar Sie sind – und fragte mich, wer dieser Mensch – meine Mutter – war, an welcher Krankheit sie litt, dass sie sich immer wieder so verändern, solch ein Leben führen konnte.

Als wir am Wagen ankamen, stieg auch der Sohn des Mannes aus – er war ebenfalls groß und hager, hatte die gleichen Augen wie sein Vater – und musterte uns. Er trug kaum verhohlene Feindseligkeit zur Schau, und als sein Blick den von

Malinda traf, sah ich zwischen ihnen Verständnis, eine träge Verachtung für die Situation, für ihre Eltern. Ich erkannte darin einen Blick, den die beiden von nun an immer wieder austauschen würden.

Mein Leben lang waren vor meinem geistigen Auge seltsame Bilder aufgeblitzt, in denen ich die Zukunft sah. Rasend schnell tauchten in meinem Kopf kurze Szenen auf, die früher oder später in Echtzeit abliefen. Oft waren diese Szenen so alltäglich und vorhersehbar, dass ihr späteres Eintreten keine Überraschung war – meine Mutter, wie sie im Wohnzimmer steht und einen lila Morgenrock zusammenfaltet, ihren Koffer packt und sich seelenruhig darauf vorbereitet, ihren zweiten Mann, den armen Michael Collins, zu verlassen; Malinda, wie sie mit hohem Fieber im Bett liegt und sich mit klappernden Zähnen in eine gelbe Decke mummt. Doch manchmal waren die Szenen so unvorhersehbar, so außergewöhnlich, dass ich sie auf keinen Fall hätte kommen sehen können, wenn ich nicht über irgendeine seltsame Fähigkeit verfügt hätte. Einmal sah ich einen Hund, dem ein Ohr fehlte, auf einer Feuertreppe sitzen. Als meine Mutter mit uns Jahre später in ein Gebäude mit Feuertreppe zog, wusste ich, dass der Hund irgendwann dort auftauchen würde, und so war es auch. Ich hatte meiner Mutter von diesen Visionen erzählt, und sie riet mir, mich auf die Lotteriezahlen zu verlegen. Aber nichts, was ich sah, hatte je etwas mit Glück zu tun. Es waren stets kurze, persönliche Momente der Resignation und des Bedauerns. In jenem Jahr hatte ich mehrmals eine Wiese voller Pfützen gesehen, durch die zwei nackte Füße sprangen, und ich hatte überlegt, was das bedeuten könnte. Irgendwo streifte jemand umher, unter traurigen Umständen. Mehr konnte ich nicht sagen.

Wie es dazu kommen sollte, dass meine Mutter und dieser Fremde zusammenkamen, wusste ich nicht. Alles sprach dagegen. Der Mann war deutlich älter als meine Mutter und seriös, ganz und gar nicht die Sorte Mann, auf die sie normalerweise aus war. Und außerdem war er schwarz, was alles noch komplizierter machte, zumindest für meine Mutter. Als ich noch klein gewesen und wir mal in ein Schwarzenviertel gefahren waren, um uns etwas zu essen zu besorgen, hatte ich meine Mutter gefragt, warum die Schwarzen alle in ein und demselben Stadtteil lebten und die Weißen in einem anderen, und da hatte sie versucht, mir das Rassenproblem zu erklären. Ihr zufolge hatten sie, der Rest unserer Familie und unsere Freunde, kein Problem mit »den Schwarzen«, wie sie sie nannte, es sei bloß so, dass wir sie nicht kennen würden und keinerlei Erfahrung mit ihnen hätten. Ein Teil des Problems sei, dass sie ihre eigene Art hätten, zu reden und sich zu kleiden, dass sie sich andere Fernsehsendungen ansähen, andere Musik hörten und anders tanzten, ja, sogar einen anderen Gang hätten. Deshalb sei es mitunter schwierig. Eins der großen Rätsel ihres Lebens sei beispielsweise, dass sie die Brathähnchen eines speziellen Schnellimbisses über alles liebe. Manchmal mache sie das völlig fertig. Die Schwarzen müssten irgendwas Geheimnisvolles mit dem Hähnchen anstellen, denn es sei würzig und knusprig, das Fleisch löse sich ganz leicht vom Knochen, und die Knochen könne man ablutschen. Am liebsten wolle sie jeden Tag so ein Hähnchen essen, doch vor dem Verkaufsfenster stünden immer so viele Schwarze herum – »Ich hab nichts gegen sie!«, sagte sie –, und wenn sie hingehe, um zu bestellen, müsse sie sich anstellen und warten, und manchmal falle es ihr schwer, mit den Schwarzen zu reden, weil sie nicht verstehe, was sie sagten, und wenn sie es verstehe, nicht wisse, wovon sie redeten. Bid Whist zum Beispiel – sie habe keine Ahnung, was das sei. Und einer der Männer, der jedes Mal dort war, lächele immer so träge, dass sie das Gefühl habe, er mache sich über einen lustig, ohne dass man es merke, reiße Witze über einen, die man nicht verstehe. »Und das geht nicht nur mir so!«, sagte sie. »Viele meiner Freundinnen sagen dasselbe. Wie du siehst, kann es ziemlich schwierig sein.«

Ja, es war schwer vorstellbar. Vor allem konnte ich mir nicht vorstellen, dass dieser seriöse Mann eine so leichtfertige Frau wie meine Mutter ertragen würde, es sei denn, unter seiner schicken Kleidung und seinen guten Manieren schlug das Herz eines Idioten. Meine Mutter beugte sich ständig vor und stellte dämliche Fragen – welches Baujahr der Wagen habe, wer gerade im Radio singe, was der Junge gern am College studieren wolle, ob die Red Sox es dieses Jahr endlich schaffen würden –, und je länger sie redete, umso unwahrscheinlicher kam es mir vor, dass sie und dieser ruhige, höfliche Mann sich je füreinander interessieren könnten. Dennoch hatte ich es gesehen, es war so. Ich wusste, dass es passieren würde.

Erst machte ich dir Vorwürfe, Elwood scheiß LePoer, weil du uns am Straßenrand stehen gelassen hattest und meine Mutter in ihre vierte Ehe triebst, bevor sie die dritte auch nur beendet hatte. Doch in den folgenden Wochen und Monaten – nachdem wir unsere Sachen gepackt und mal wieder umgezogen waren, während meine Mutter und Walter Adams sich zunächst anfreundeten und bald schon ineinander verliebten – lernte ich Walters Anwesenheit zu schätzen: vernünftig, ernüchternd, wie ein Streifenwagen, der am Rand einer Straße parkt, auf der die Leute oft zu schnell fahren. Seinen Lebensunterhalt verdiente er als Mechaniker, doch in seiner Freizeit las er oder hörte Musik, spielte Schach, schnitzte aus heruntergefallenen Ästen Spatzen, schrieb Briefe an Freunde in Deutschland, wo er während seiner zehnjährigen Militärzeit stationiert gewesen war. Oft gab er mir Bücher zu lesen (*Die Pest*, *Der Idiot*, *Der Prozess*), und wenn ich damit durch war, stellte er mir bei einer Partie Schach Fragen zu den Figuren. Ich wusste nie, was ich antworten sollte – die Welt dieser Romane war so fremd und verwickelt, so wohlüberlegt, ganz anders als alles, was ich kannte –, doch im Verlauf dieses gemächlichen, ruhigen Spiels gelang es ihm, mir die Gedanken zu entlocken, die er in meinem Kopf vermutete. Alles in allem war ich eine schlechte Schachspielerin – ich dachte nie daran, meinen Gegner anzugreifen –, doch ich konnte gut ausweichen, und Walter sagte, damit würde ich es weit bringen. Wir wurden so etwas wie ein Club, zwei Leute, die sich auf die Veranda verzogen, wenn die Stimmungsschwankungen meiner Mutter unerträglich wurden.

An dieser Stelle sollte ich wohl bekennen, dass ich mehrere Monate vor Walters Eintreffen aufgehört hatte, mit anderen zu reden, außer mit Malinda oder hin und wieder mit einem Wildfremden. Anfangs war es nur ein Spiel gewesen, mit dem ich meine Mutter wahnsinnig machen wollte. Doch je länger ich es spielte, umso schwerer fiel es mir, damit wieder aufzuhören, bis der Teil von mir, der mit anderen Leuten sprach, irgendwann verschwunden und ich wie betäubt war, als wäre ein chloroformierter Wattebausch in dem Gefäß gelandet, in dem ich lebte. Einmal war ich zum Beratungslehrer meiner Highschool zitiert worden, der mir sagte, wenn ich mich nicht zusammenrisse, würde ich in einer der Fabriken unserer Stadt enden und zusammen mit dem Abschaum der Gesellschaft, mit Mördern, Geistesgestörten und Expriestern, Hemden falten oder Kartons zusammenbauen, und damit hatte ich mich mehr oder weniger abgefunden. Diesen Weg hatten schon viele beschritten, und ich begriff nicht, was daran schlimm sein sollte, wenn ich es ebenfalls täte. Doch in Walters Gesellschaft begann ich, mir ein anderes Leben für mich auszumalen, eine mögliche Zukunft, weit weg von jener Fabrik und jenen Leuten, vielleicht sogar auf dem College. Wenn ich mit Walter zusammen war, stellte ich fest, dass ich etwas zu sagen hatte. Jedes Mal, wenn ich daran dachte, wie zufällig wir uns begegnet waren und was ohne Walter aus mir geworden wäre, musste ich an dich denken, Elwood LePoer, sah deinen verbeulten roten Camaro davonrauschen und empfand eine widerwillige Zuneigung zu dir.

In den letzten Monaten vor deinem Tod sah ich dich ziemlich oft. Ich hatte die Highschool abgeschlossen und einen Sommerjob bei Super G angenommen, wo ich Lebensmittel kontrollierte, und du hast halbtags als Metzgergehilfe in der Fleischabteilung gearbeitet, Fleischscheiben erst auf Wattepolster, dann in Styroporschalen gelegt und diese anschließend durch eine Maschine laufen lassen, die sie mit Zellophan überzog. Nach dem Ende meiner Schicht im Lebensmittelladen, ehe ich zu meinem zweiten Job musste, setzte ich mich oft in den Pausenraum und trank einen Kaffee aus dem Automaten, der zwar grässlich schmeckte, von dem ich aber nicht lassen konnte, weil ich die Idee mit dem herunterfallenden Styroporbecher und den beiden ausströmenden Flüssigkeiten – eine ölig und schwarz, die andere dampfend heißes Wasser – einfach raffiniert fand. Zu dieser Tageszeit saß ich oft da und überlegte, was ich mit meinem Leben anfangen sollte. Meine Mutter hatte Walter Adams mittlerweile verlassen und war zu einem anderen Mann gezogen, ihr Leben inzwischen die reinste Absurdität, ihre letzte Chance verspielt. Sie war nicht mehr zu retten. Ich sparte Geld und überlegte, ob ich es fürs College verwenden sollte oder um Malinda zu suchen, die am Tag nach ihrem Highschoolabschluss unser Haus verlassen und sich seit einem Jahr nicht mehr gemeldet hatte – wir hatten keine Ahnung, wo sie sich aufhielt. Meistens sagte ich mir, es spiele keine Rolle. Malinda war damals grausam gewesen. Wenn sie mit mir gesprochen hatte, dann nur, um mir zu sagen, ich solle verschwinden. Ihren Abschluss hatte sie nur mit Ach und Krach geschafft. In den Monaten, bevor sie wegging, war sie mit einem älteren Typen umhergezogen, der sie jeden Abend in Bars mitnahm, und ihre Bewegungen und ihre Aussprache hatten etwas Schleppendes, Schmelzendes bekommen. Sie hatte nichts mehr gegessen, nicht mehr geduscht. Eines Morgens war sie mit dem Tattoo einer Schlange aufgewacht, das sich um ihren gesamten linken Arm wand, und hatte gesagt, sie könne sich nicht mehr erinnern, wo sie es herhatte. Damals schon war ihr alles, einfach alles, scheißegal gewesen, und so jemanden zu suchen – sein eigenes Leben aufzuschieben, sein Zuhause zu verlassen und sich auf die Suche nach einem solchen Menschen zu machen –, das tat man nicht einfach so.

Manchmal kamst du in den Pausenraum, um eine Limonade zu trinken, und wir wechselten ein paar Worte. Es ging das Gerücht, obwohl ein Krieg bevorstand, hättest du dich zum Militär gemeldet und wollest dir bis zum Beginn der Grundausbildung nur die Zeit vertreiben. Das ganze Jahr über hatte das Militär Werbung gemacht – »Mach das Beste aus dir« –, und das hatte dir wohl genauso gefallen wie jene anderen Werbeslogans. Man sprach hinter deinem Rücken über deinen Eintritt in die Armee, aber ich erlebte nie, dass dich jemand persönlich danach fragte. »Mein Gott«, sagten alle, wenn sie den Raum verließen, »was für ein dummer Idiot.«

Als ich dich das letzte Mal sah, warst du richtig beschwingt. Du hattest ein Geheimnis, das du unbedingt loswerden musstest, und kamst auf der Suche nach Zuhörern in den Pausenraum gestürmt. Als du nur mich dort sitzen sahst, wirktest du enttäuscht, doch dann versuchtest du, das Beste daraus zu machen.

Willst du mal was Krasses sehen?, fragtest du, und ich sagte: Okay. Du winktest mich zu dir – *Hier hinten* – und gingst vom Pausenraum durch die Tiefkühlabteilung hinter die Fleischvitrine und von dort durch die Schwingtür in die Kälte des Schneideraums, wo es nach Fleisch und Fett roch und der scharfe Gestank von altem Blut in der Luft hing. Es war ein offener Raum mit weißen Wänden und Betonboden, in der Mitte ein Stahltisch, an der Seite eine klotzige Stahlmaschine, vermutlich der Fleischwolf, und ganz hinten eine breite Stahlspüle, an der ein hagerer Mann in weißem Kittel und weißer, wie ein Ozeandampfer geformter Mütze stand. Er spülte einen Stapel Metalltabletts. *Das ist José*, sagtest du. Und der rattengesichtige José blickte auf und nickte. Im Radio lief das ekstatische Geheul Robert Plants. Du gingst an José vorbei, bist dann durch eine mit Kunststofflamellen verhängte Tür verschwunden, und als ich dir folgte, kam ich in eine dunkle, beißend kalte Kühlkammer, in der drei Rinderhälften von der Decke hingen, die roten Muskeln von gelblichem Fett umhüllt, so leuchtend, dass sie irgendwie noch lebendig wirkten, und plötzlich fiel mir ein Buch aus meiner Kindheit ein, in dem die Welt von drei amorphen Wesen beherrscht wurde, die allein in einem dunklen Zimmer saßen, Abertausende kurzer Kommuniqués erhielten und durcharbeiteten, sie beurteilten und den Bestand von Leben und Tod auf der Welt auf die Sekunde genau verfolgten, um deren Schönheit gegen ihr Leid abzuwägen. In der Welt dieses Buches hing das Schicksal des Universums davon ab, dass das Gute das Böse überwog – es hieß, in dem Augenblick, wo das Böse die Oberhand gewinne, werde die Welt untergehen –, und es war ein schrecklicher Kampf, bei dem die Welt manchmal nur durch einen einzigen Akt der Freundlichkeit, ein Lächeln für einen Fremden gerettet wurde.

Du hast die Kammer durchquert, die Hintertür geöffnet und bist im grellen Licht auf eine Betonplattform hinausgetreten, vor der ein Lastwagen mit einer schmalen Leiter an der Heckwand hielt. *Eine Lieferung*, sagtest du und zeigtest mit dem Daumen auf den Lastwagen. *Guck sie dir mal an!* Ich stieg die Leiter hinauf und warf einen Blick ins Innere des offenen Frachtraums, wo ein gehäutetes Pferd lag, die Muskeln unerträglich rot, ein kompliziertes Geflecht, das Auge noch unversehrt, lidlos, starrend. »Mein Gott«, sagte ich und kletterte wieder hinunter, das Gesicht vor Ekel verzerrt.

Hamburger, sagtest du. *Billiges Fleisch.*

»Nie im Leben!«

Doch. Du hast eine Zigarette aus der Schachtel in deiner Kitteltasche gefischt, sie angezündet und mit der mürrischen Intensität aller Raucher daran gezogen.

»Ich hab gehört, du gehst zum Militär«, sagte ich.

Ja, sagtest du. *In ein paar Wochen bin ich weg.*

»Oh«, sagte ich. Wie immer wollte ich reden, etwas Freundliches sagen, fand aber nicht die richtigen Worte. Stattdessen sagte ich: »Viel Spaß.«

Wo wohnst du jetzt eigentlich?, fragtest du, ein diskreter Hinweis darauf, dass du wusstest, dass wir schon wieder umgezogen waren, das fünfte Mal, seit wir uns kannten. Meine Mutter war zu einem zehn Jahre jüngeren Golfprofi gezogen, und wir wohnten alle in einem Kutscherhaus, das ganz hinten auf dem Gelände eines Country Clubs stand.

»Ich weiß nicht«, sagte ich. »Irgendwo.« Denn die Wahrheit war, dass ich manchmal vergaß, wo ich hinwollte, und mich auf den Weg zu Walter Adams machte, manchmal ging ich noch zu ihm, um auf der Veranda eine Partie Schach zu spielen, das

Schachspiel so riesig – die Könige und Damen fünfzehn Zentimeter groß –, dass meine Fehler noch eine Straße weiter zu sehen waren.

Was machst du am Wochenende?, fragtest du.

»Arbeiten. Hier und bei Friendly's.«

Ja, sagtest du. *Da hab ich dich schon mal gesehen.*

Ich hatte dich auch gesehen. Am Wochenende kamst du mit Bill und seiner neuen Freundin vorbei – ein gedrungenes, kurzhaariges Mädchen namens Jeanine –, um Hamburger und Eis zu essen. Wenn ich euch drei zusammen sah, fand ich das immer irgendwie falsch, und dir ging es offenbar genauso. Während Bill und Jeanine eng umschlungen dasaßen und sich gegenseitig Löffel voll Eis in den Mund schoben, wandtest du mit gequälter Miene den Blick ab. Du sahst so verletzt aus, dass ich mich fragte, ob du wie ein zurückgewiesener Liebhaber aus Trotz zum Militär gingst.

Wie zur Missbilligung hast du Rauch aus der Nase geblasen. *Morgen muss ich Bills Wagen reparieren*, sagtest du. *Dann fahren wir beide zum Strand.*

»Oh«, sagte ich, und mir schoss die Erinnerung daran, was wir euch und ihr uns angetan hattet, durch den Kopf. »Ich hab gehört, da oben findet irgendwo eine Party statt.« Eine der typischen Lügen, die ich damals gern erzählte, um ein Gespräch in Gang zu halten.

Ja, sagtest du. *Also, bis die Tage.* Du nahmst einen letzten Zug an deiner Zigarette und warfst sie auf den Parkplatz hinunter. Dann hast du lange und laut gerülpst, gingst ohne ein weiteres Wort wieder nach drinnen, durch die Kühlkammer und den Schneideraum, zur Schwingtür mit den runden Plastikfenstern hinaus, pfiffst die ganze Zeit eine Melodie, die ich kannte, aber nicht einordnen konnte, die langsam und halbherzig ausgestoßenen Töne bloß ein Zittern in der Luft, und es dauerte einen Augenblick, bis mir der Text einfiel – *Ich wär so gern ein Oscar-Mayer-Würstchen, das wär für mich das Schönste auf der Welt* –, dieses Lied folgte dir den ganzen Weg aus dem Laden, mein Gott, Elwood, was für ein Abschied, was für ein Abgang. Es war das letzte Mal, dass ich dich sah. Denn als du am nächsten Morgen Bills Tank reparieren wolltest, der ein Loch hatte und, wie er dir versicherte, furztrocken war (»komplett furztrocken«, sagte er später stets unter Tränen, ob auf der Beerdigung, in Bars oder Läden, auf der Bank, dem Postamt oder wo auch immer man ihm begegnete, »ich schwöre bei Gott, er war komplett furztrocken«), als du auf dem Rücken unter den Wagen rutschtest und deinen Lötkolben an den Tank hieltest, explodierte dieser, und du kamst ums Leben.

»Mein Gott«, sagten die Leute, als sie davon erfuhren, »was für ein dummer Idiot.«

Bei der Totenwache stand auf einem mit weißem Tuch drapierten Tisch ein goldgerahmtes Foto von dir aus deinem letzten Schuljahr. Darauf starrtest du mit offenem Mund in die Ferne, die dunklen Brauen zusammengeschoben in einem Ausdruck großer Anstrengung, als versuchtest du, dir einen Namen ins Gedächtnis zu rufen oder im Kopf zu multiplizieren. Ich erinnerte mich noch daran, dass diese Fotos in der Turnhalle gemacht worden waren und wir in langen Schlangen darauf gewartet hatten, vor die Kamera zu treten. Als wir schließlich an der Spitze der Reihe angelangt waren und vor einem blau marmorierten Hintergrund auf einen Holzstuhl gesetzt wurden, stellten sich unsere Freunde neben uns und sagten irgendwas, um uns zum Lachen zu bringen, und als du an der Reihe warst, erzählte wohl jemand einen Witz, den du nicht kapiert hast, und der Fotograf, der seinen Job nicht ausstehen konnte und es satthatte, noch länger zu warten, machte das Foto, kurz bevor du begriffst, worin der Witz lag, kurz bevor du lächeltest.

Auf der Begräbnisfeier sprach der Geistliche in überraschender Weise von dir und deinem Tod. »Ehre sei Gott!«, sagte er. »Eins der sanftesten Lämmer des Herrn ist zu seinem Hirten zurückgekehrt.« Deine Mutter saß mit zum Fenster gedrehtem Kopf da und starrte wie immer in die Ferne. Ihre Finger spielten mit einem Rosenkranz.

Nach der Beerdigung standen die Leute herum und sagten, wie sinnlos dein Tod sei, wie dumm. Unsere Trauer um dich war nicht sonderlich groß. Wir sprachen hauptsächlich von unserer letzten Begegnung mit dir. (Zum letzten Mal hab ich Elwood im Waschsalon gesehen, er saß da und aß Sardinen, und der Gestank war so schlimm, dass ich fast gekotzt hätte … Ich vor ein paar Tagen, ich war auf dem Weg zur Arbeit, und er kutschierte herum, hupte mich an und brüllte aus dem Fenster: *Was geht ab, Alter?* … Ich hab ihn in der Bücherei gesehen, er saß bloß in einem dieser Riesensessel, ich fragte, wie's läuft, und er sagte, er säße bloß wegen der Klimaanlage da …) Die Art unserer Gespräche hatte eher etwas mit Angst zu tun als mit Gram – mit dem Gefühl, dass der Tod sich auf dich gestürzt und dich geholt hatte, während wir einfach dastanden, praktisch neben dir, es hätte genauso gut uns treffen können. »Was für ein dummer Idiot«, sagten die Leute ständig und blickten zu Boden. »Was für ein Trottel.«

Kein Einziger von uns bekannte, dass es noch etwas anderes zu bedenken gab, dass bei deinem Tod nicht nur große Dummheit, sondern auch Vertrauen und Arglosigkeit eine Rolle gespielt hatten. Einen Freund beim Wort zu nehmen, sich im Dienst jenes Freundes im Dunkeln auf den Rücken zu legen, in dem Wissen, dass, sollte dein Freund sich irren, sollte der Tank nicht völlig trocken sein, es dich das Leben kosten würde – das hatte etwas Edles, Trauriges, etwas Schönes. Doch wir waren zu gewöhnlich, um davon zu sprechen.

Eine Woche später machte ich mich auf den Weg zum College und dachte lange nicht mehr an dich. Doch im dritten Studienjahr stieß ich in einem Seminar über französische Literatur auf deinen Namen, den eine ähnlich glücklose, zum Scheitern verdammte Figur wie du trug. Le Poer, eine Abwandlung von *le pauvre*: der Jämmerliche, der Bedauernswerte, der Arme. Inzwischen hatte ich Reichtum gesehen und begriffen, dass wir arm waren. Du, ich, diese ganze erbärmliche Stadt, dieser beschissene Ort, trostlos und hässlich wie die Hölle, wir alle waren arm. Wie hätte es auch anders sein sollen? Unsere Stadt war eine Siedlung irgendwo im Landesinnern, lange schon gescheitert, die ihre Fabriken errichtet hatte – Dutzende von Bauten aus rotem Backstein, aus deren Dächern sich schiefe Schornsteine erhoben –, ohne die fehlenden Schifffahrtswege und die sich daraus ergebenden zusätzlichen Transportkosten zu bedenken, da alle Exporte – Draht, Textilien – mit Pferdewagen befördert werden mussten, und so war es nur eine Frage der Zeit gewesen, bis sich diese Fabriken der Konkurrenz beugen mussten und die Stadt bald darauf zugrunde ging. Und was ließ sich über unsere Vorfahren, über die Leute, die auch nach der Schließung der Fabriken noch blieben, anderes sagen, als dass sie töricht, stur, hoffnungslos dumm waren, was ließ sich anderes über sie sagen, als dass sie arm waren? Als wir, mehrere Generationen später, in den Verfall hineingeboren wurden, war die Stadt bereits am Ende, ein Drittel der Bevölkerung arbeitslos und obdachlos, Säufer und Drogenabhängige, verkrüppelte Veteranen, komplett Verrückte. Wir waren arm, unser Leben geprägt von den Dummheiten, die arme Leute begingen, der Brutalität, mit der wir einander behandelten, der Gewalt, den unbedeutenden Siegen, die wir übereinander errangen – Krebse, die sich in einem Korb gegenseitig umbrachten, statt zu versuchen hinauszuklettern; unsere verzweifelte Jagd nach der Liebe, egal wie hoch der Preis für die Menschen war, die uns nahestanden, oder wie flüchtig diese Liebe auch sein würde; unsere Gleichgültigkeit; alles, was wir tranken und rauchten, das Serum, das wir in unsere Venen spritzten; die Stunden, die wir tagaus, tagein mit aufreibender, tödlich langweiliger Arbeit zubrachten, und wie wir, um diese Arbeit zu überstehen, unsere Köpfe leerten wie Gläser, ihnen jeglichen Gedanken austrieben; unsere Gebete, falls wir überhaupt beteten, voller Wut gen Himmel gesandt, Herr, unser Gott, Herr, unser Gott, Herrgott noch mal. Wir waren arm.

Du hattest (wie Bill, der ein paar Jahre nach deinem Tod Selbstmord beging) keine Chance, anders zu werden, als du warst, der Jämmerliche, der Bedauernswerte, der Arme. Dafür hätte man diesen Ort verlassen müssen. Wenn man das tat, freute man sich eine Zeit lang, man war frei – frei! – und fühlte sich schwerelos. Und doch blieb irgendetwas von dieser Armut an einem haften, das auch das neue Leben trübte, wie weit man auch immer fort war. Angenommen, ein vormals armer Mensch wäre auf einer Dinnerparty, und der Gastgeber nähme ein Glöckchen und läutete, woraufhin ein Diener in entwürdigender Kleidung den Raum beträte, sich wieder zurückzöge, dann mit dem verlangten Gegenstand, vielleicht einem Zuckerlöffel, wiederkehrte, so würde sich der vormals arme Mensch höchstwahrscheinlich unter dem Vorwand, an die frische Luft zu müssen, vom Tisch erheben, würde höchstwahrscheinlich durch die Küche gehen und lange, unglaublich lange, auf dem Plastikeimer sitzen, der die Küchentür offen hielt, denn der vormals arme Mensch – ja, ich selbst – hätte mit einem Mal begriffen, wie absurd diese Party und das Leben wären, das er zu führen versuchte, wie schrecklich fehl am Platz er dort wäre. Armut zeichnete einen fürs ganze Leben, warf ihren Schatten darüber.

Nein, jenem Ort konnte man nicht entkommen, man kehrte

stets zurück, immer wieder. Wie seltsam es war zu begreifen, dass alle Menschen, die ich kannte, und alles, was ich je gesehen und getan hatte, immer noch bei mir waren. Wie eng wir doch miteinander verbunden waren. Als ich Jahre später die Gräber meiner Familie besuchte, fiel mir ein, dass du auf demselben Friedhof begraben lagst, und ich machte mich auf die Suche nach dir. Ich versuchte, mich zu erinnern, welches Grab deins war. Auf derlei armseligen Friedhöfen gibt es keine großen Orientierungspunkte – dort erheben sich keine Statuen, um die Bedeutung eines verlorenen Lebens zu bezeugen –, und es dauerte eine Weile, dein Grab zu finden. Ich ging die Reihen entlang, las die Namen, Santangelo, Cosentino, Stephanopoulos, und die Bibelworte darunter (Kommet her zu mir alle, ich will euch erquicken … Ich fürchte kein Unglück … Der Herr ist mein Hirte, mir wird nichts mangeln), die Grabsteine alle ähnlich, viele schon schief und anscheinend vergessen. Nur wenige Gräber wiesen Zeichen der Fürsorge auf, ein winziges Fähnchen, ein in die Erde gesteckter Plastikstrauß. Der Boden war vom morgendlichen Regen durchnässt, überall kleine Pfützen. Meine Schuhe waren so nass geworden, dass ich sie ausgezogen hatte. Ich ging barfuß durch das grüne Gras.

Als ich dein Grab schließlich fand, mit ein paar von deinen Verwandten zusammengedrängt am hinteren Zaun des Friedhofs, sah ich, dass ich mich wieder ziemlich genau dort befand, wo ich losgegangen war, dass man deine Familie ganz nah bei meiner zur letzten Ruhe gebettet hatte. Schon bald, dachte ich, würde es zwischen uns kaum noch einen Unterschied geben. Ich stand lange vor deinem Grabstein, auf dem dein voller Name eingraviert war, Elwood Eugene LePoer, und darunter ein Vers, den deine Mutter ausgewählt haben muss, die letzte, falsche Hoffnung der Schwergeprüften: *Selig sind, die da geistlich arm sind; denn ihrer ist das Himmelreich.*

ELEGIE FÜR CARSON WASHINGTON

(1972–1993)

Fett und schwarz, fett und schwarz, ob ich auch nur die geringste Ahnung hätte, fragtest du, was es heißt, fett zu sein, schwarz zu sein, die geringste Ahnung, wie schwer das manchmal ist, wie beschissen, für die einen gibt's ein Schulterklopfen, und du kriegst einen Schlag ins Gesicht, du musst dein Leben lang mit 'nem Hutständer tanzen, fett und schwarz, das ist wie ein Tritt in den Arsch, wie ein Riesenriss in der Hose.

Das war 1990, dein erstes und einziges Jahr am College. Du warst achtzehn. Du warst mit einem Stipendium aus deinem staubigen Heimatstädtchen – neunhundert Einwohner, wo du mit deinen Eltern, deiner Schwester und ihrem kleinen Sohn in einem Betonziegelhaus mit vier Zimmern wohntest – an die staatliche Universität gekommen (diesen wunderschönen Ort, geplant, erbaut und beherrscht von einem Präsidenten, voll grüner Rasenflächen, Blumenbeeten, Kirschbäumen und prächtiger Backsteinbauten, mit so viel Geld ausgestattet, dass man es riechen konnte wie blühende Feldfrüchte). Dein Vater arbeitete auf den Feldern – Tabak, Heu –, deine Mutter und deine Schwester stundenweise im Pflegeheim des Bezirks, und so ein Leben hatte man auch bei dir erwartet. Bis sich in der Schule deine Begabung zeigte, bis die Lehrer ein Riesentrara um dich machten und dich aufs College schickten, wo wir uns kennenlernten und eine Zeit lang ein Zimmer im Wohnheim teilten.

Als Allererstes stelltest du mir die Frage: *Is das alles, wasde dabeihast?* Nur um dir ein Urteil zu bilden und Missbilligung auszudrücken. Mit der blauen Reisetasche in der Hand stand ich schweißüberströmt in der Zimmertür. Du warst schon früh angekommen und hattest das Bett am Fenster mit rosa Bettwäsche bezogen und deinen holzverkleideten Dreizehn-Zoll-Fernseher auf einen der wenigen dort empfangbaren Sender eingestellt. Es lief *Casablanca*. Humphrey Bogart war über einen Drink gebeugt.

Du hast echt bloß 'ne Reisetasche dabei?

»Ich bin mit dem Zug gefahren«, sagte ich. »Da wollte ich nicht so viel mitnehmen.« Ich stand da und starrte dich an. Du warst der größte Fettkloß, den ich je gesehen hatte, so fett, dass ich mich fragte, wie du dich überhaupt bewegen konntest. Auf deinem Bett lagen zwei geöffnete Koffer, und du warst mit ihrem Inhalt beschäftigt, hast Kleidungsstücke ausgeschüttelt und sie über Kleiderbügel gestreift. Du trugst ein lila Kittelkleid, das vorn Druckknöpfe hatte, und dein Kopf war in ein lila Tuch gehüllt.

Junge, Junge, sagtest du, *du bist mi'm Zug gefahren? Deine Eltern haben dich nicht mal hergebracht, oder was?* Du lachtest kopfschüttelnd, als wäre ich eine Witzfigur. Du hast mich von Kopf bis Fuß gemustert, und als sich unsere Blicke trafen, sah ich, dass deine Augen ganz seltsam aussahen, anders als alle, die ich je gesehen hatte, bernsteinfarben und schimmernd, voll gelber Sprenkel.

Dann – nachdem du dir eine Meinung über mich gebildet hattest und in meinem Blick weder Abwehr noch eine Bedrohung sahst – hast du drauflosschwadroniert, als würden wir uns schon ein Leben lang kennen. *Du hast Daddy, Sharon und Regis nur ganz knapp verpasst*, sagtest du. *Momma is zu Hause geblieben, weil sie im Pflegeheim Dienst hat. Da wischen sie und Sharon den ganzen Tag Ärsche ab, und sie dachten wohl, ich auch, aber ich hab gesagt, ich hab was Bessres vor, schönen Dank auch, und jetzt bin ich hier.* Du redetest schnell und schrill. Hast einen der beiden Koffer durchwühlt, dann den anderen, bis du das Gesuchte gefunden hattest – eine Plastiktüte voll Fotos und eine Rolle Klebeband. Dann hängtest du die Bilder über deinem Bett an die Wand. *Das is das einzige Foto, das es von mei'm Vater, von Merriweather Washington, gibt*, sagtest du. Du hieltest einen Neun-mal-dreizehn-Abzug von einem kleinen, untersetzten Mann mit verschränkten Armen hoch, der in Feinripphemd mit finsterem Blick vor einem alten rostroten Mercury stand. *Das einzige Bild von ihm auf der Welt, bis auf'n Führerschein. Ansonsten kann er's nicht leiden, wenn man ihn fotografiert. Warum ich das aufhänge, weiß ich auch nicht. Wir kommen eigentlich nicht so gut miteinander klar. Du solltest ihn mal ausrasten sehen! Wenn dir was kaputtgeht, gnade dir Gott, wennde was verschüttest, genauso. Einmal hat er sogar 'ne Katze aus'm Fenster geworfen. Der Einzige, mit dem er Geduld hat, is Regis.* Bei diesen Worten zogst du eine Reihe Brieftaschenfotos vom Baby deiner Schwester hervor, dick und lächelnd, dick und lächelnd, dick und lächelnd. *Von meiner Schwester der Sohn. Wir ham jede Menge Fotos von ihm. Regis im Matrosenanzug, Regis in Baseballmontur.* Du hieltest die Bilder hoch. *Regis im Taufkleid. Regis splitterfasernackt.*

»Echt niedlich«, sagte ich. Ich trat näher, um ihn mir genauer anzusehen, und ließ meine Tasche fallen. Was für ein Lächeln!

Er is 'ne Nervensäge, sagtest du. *Stellt im Haus alles auf'n Kopf und schreit, als wär die Bude nicht schon klein genug gewesen, bevor er da war, das lass dir gesagt sein.* Du hast die Fotos von Regis sternförmig aufgehängt. Die Wände waren aus Betonziegeln, weiß gestrichen, Wände, die man am liebsten abgedeckt hätte, doch wenn man's tat, ergab es ein trauriges Bild.

Du hieltest ein weiteres Foto hoch, ein schönes Mädchen

mit verschmitztem Lächeln und langen, wirren Haarsträhnen, die wie die Tentakel eines Tintenfischs aussahen. *Das is seine Mutter*, sagtest du, *meine Schwester Sharon. Sie is der dümmste Zweibeiner unter der Sonne, wenn du's genau wissen willst. Hat die Highschool geschmissen. Sitzt den ganzen Tag wie in Trance vor der Glotze und zwirbelt ihr Haar um den Finger, du solltest mal sehen, wie sie mit offenem Mund dasitzt, da könnten zehn Hornissen reinfliegen, ohne dass sie's mitkriegt*. Du drehtest Sharons Foto um und sahst es dir einen Augenblick an, dann stecktest du es in die Tüte zurück. *Ich kann drauf verzichten, dass sie mich die ganze Zeit anglotzt*, sagtest du. *Oder mir über die Schulter starrt.*

Du hast unentwegt weitergeredet, über deine engste und erweiterte Familie, hast die Fotos aufgehängt. Dein Vater hatte dreizehn Geschwister, und du nanntest all ihre Namen, die Namen ihrer Frauen und Kinder, eine geradezu biblische Litanei. Einer von ihnen hieß sogar tatsächlich Jesus. *Jerome, Penny, Louisa, Sherman*, sagtest du. Ich streckte mich auf dem Bett aus, benutzte meine Tasche als Kissen, hörte dir mit einem Ohr zu und fragte mich, wo ich da hingeraten war, was ich mir dabei gedacht haben mochte, als ich an jenem Morgen das Haus verlassen hatte und im Dunkeln zum Bahnhof gegangen war, an den Bars in der Shrewsbury Street vorbei, deren Schilder noch erleuchtet waren und aus denen gedämpfte Musik drang; vorbei an den gelb leuchtenden Schnellimbissen, wo die Gäste vornübergebeugt auf den Hockern saßen und in ihre Kaffeebecher starrten, und schließlich der Bahnhof selbst, um halb sechs Uhr früh ein Sammelplatz verlorener Seelen, wo jemand im blauen Overall in einer Ecke den Boden gewischt und ein alter Mann in schmutzigem Trenchcoat in gebückter Haltung den Arm tief ins Innere eines Automaten gesteckt und vor Anstrengung und Verzweiflung geächzt hatte. Den ganzen Sommer hatte ich überlegt, ob ich von zu Hause weggehen sollte oder nicht, und mich mehr oder weniger dagegen entschieden. Andererseits hatte ich mir die Abfahrtszeit des Zuges notiert, immerhin etwas. Bis zum letzten Augenblick, kurz bevor der Zug losfuhr, ging ich auf und ab. Dann stieg ich ein, suchte mir einen Sitzplatz, der Zug fuhr ruckelnd an, und es war geschafft. Ich sah zu, wie die armselige, verfallende Stadt an mir vorüberzog – die Backsteinfabriken mit den zerbröckelnden Schornsteinen, den kaputten Fensterscheiben –, und empfand erstaunlicherweise gar nichts. Als wir an unserem Viertel vorbeifuhren, kam mir der Gedanke, dass meine Mutter und ihr Freund noch schliefen und erst nachmittags aufwachen und entdecken würden, dass ich nicht mehr da war.

Als ich schließlich aus dem Zug stieg, betrat ich eine südliche Spielart jenes Lebens, das ich kannte – schiefe Häuser mit abblätternder Farbe und verbrannten Rasenflächen, durchhängende Veranden, verrostete, im Vorgarten kreuz und quer geparkte Autos, Kinder, die barfuß und mit nacktem Oberkörper herumliefen. Doch auf dem Weg zum Campus richteten sich die Gebäude allmählich auf, wurden immer größer und schicker, die Rasenflächen mustergültig, vor den Fenstern hingen überquellende Blumenkästen, an der Straße standen Briefkästen, die in derselben Farbe gestrichen waren wie die Häuser, deren Post sie aufnehmen sollten, in den Einfahrten funkelten blank polierte Autos. Und dann kam endlich der Campus selbst, jedes Blatt, jeder Grashalm sattgrün und kräftig, makellos, die Leute trugen blaue Blazer, weiße Hosen und Tassel-Loafer, große Gruppen blonder Menschen liefen umher, redeten wild durcheinander und lachten, einer rief einem anderen zu: »Da haben wir immer den Sommer verbracht!«, und ich schleifte in T-Shirt, Jeans und Flip-Flops meine Tasche die Backsteinwege entlang, da ich es längst aufgegeben hatte, sie auf dem Rücken und dann wie eine Leiche vor der Brust zu tragen, schleppte mich schwitzend und ausgelaugt zum Wohnheim, wobei ich ab und zu stehen blieb, um auf einen kleinen Campusplan zu starren, den ich auseinander-, wieder zusammen- und neuerlich auseinanderfaltete, als würde ein Blick darauf erklären, was ich getan, was ich mir am Morgen beim Verlassen des Hauses gedacht hatte. Das letzte Tageslicht strahlte rosa und violett am Himmel, und es war zu spät, um zurückzukehren. Hier war ich nun, endlich angekommen, hatte erstmals im Leben etwas Bedeutungsvolles getan, doch es spielte nicht die geringste Rolle. Wie weit ich gefahren war und was ich hinter mir gelassen hatte, war in diesem Zimmer, das von Anfang an voll und ganz dir gehörte, bedeutungslos. Du redetest immer noch. *Meine Cousine zweiten Grades*, sagtest du, *kaum noch mit mir verwandt, is mit 'nem Freund nach Washington gefahren und wurde auf 'nem Parkplatz umgebracht, weilse überfallen wurde und ihre Handtasche nicht hergeben wollte, ziemlich hässlich, das Ding, wennde mich fragst, für so 'n blödes Patchworkzeug würd ich mich jedenfalls nicht umbringen lassen, die würd ich eher an der nächsten Straßenecke verschenken*. Kopfschüttelnd hieltest du ein Foto des toten Mädchens hoch, auf dem sie Zöpfe hatte und lächelte. *Kein bisschen Verstand*, sagtest du. *Und das hier is Emily, in ihrem Bettchen gestorben, das arme Ding. Und hier is ein Foto von Onkel Clarence, der is mit vierundneunzig eines natürlichen Todes gestorben, ein echter Perversling. Das hier sind Tante Fanny und Tante Florence, Zwillinge, beide tot, eine von beiden, ich weiß nicht mehr, welche, wurde bei der Feldarbeit vom Blitz getroffen, er schoss aus dem Boden ihr Bein rauf und wieder zur Schulter raus, und seitdem konntse Französisch sprechen, warum, weiß kein Mensch*. Die Toten hängtest du ein Stück höher als die anderen, als schwebten sie im Himmel. *Das hier is ein Junge von meiner Highschool, Wallace Hudgins, mitten in 'nem Basketballspiel an 'nem Herzfehler gestorben*, sagtest du und hängtest ihn – mager, vorstehende Zähne, rote Haare, Sommersprossen – rechts neben deiner Familie in einen gesonderten Himmel für Weiße. *Erbärmlich*, sagtest du.

Damals fiel es mir schwer, mich von irgendwelchen Dingen frei zu machen, und lange lag ich auf dem Bett und starrte wie dazu verdammt deine toten Verwandten an. Ich hatte das Gefühl, dass das ganze Jahr so verlaufen würde, du würdest reden, und ich würde zuhören, du würdest unaufhörlich von Leuten erzählen, die ich nicht kannte und nie kennenlernen würde. Ich sah mich in einer schrägen Variante von *Tausendundeine Nacht* das ganze Jahr lang Gefangene deiner Geschichten sein, ja, genau das stand mir bevor, da gab es kein Entrinnen, ich sah dich reden und immer wieder reden, ich bekam Angst, sah mich vom Erdboden verschluckt, mein eigenes Leben ausgelöscht und deins darübergeschrieben, ich sah all das als offensichtliche Wahrheit an, und so war es tatsächlich: Das war ziemlich genau, was in jenem Jahr ablief.

In jenen ersten Wochen am College, in denen wir beide keine weiteren Freundschaften schlossen, gewöhnten wir uns an, stundenlang an einem Fensterplatz in der Cafeteria zu sitzen. Wie wir diese Cafeteria liebten! Die anderen Studenten kamen dorthin, um so wenig und so schnell wie möglich zu essen, und beklagten sich währenddessen lauthals über die Speisen. »Das soll ich essen?«, fragten sie und stocherten mit der Gabel in der Lasagne oder pulten die Käseschicht vom Auflauf, um sich das Innere anzusehen. »Was für ein Dreckszeug!« Doch für dich und mich war die Cafeteria der reinste Traum. Man konnte dasitzen und nach Herzenslust essen, zum Beispiel alle Arten von gezuckerten Cornflakes, die man sich nur wünschen konnte, Schüsseln randvoll mit der kältesten, weißesten, fettreichsten Milch. Und das taten wir auch. Wir aßen Cornflakes, bis die Cafeteria geschlossen wurde. Ich füllte unsere Schüsseln ein Dutzend Mal nach. *Gib mir was von dem Cap'n Crunch*, sagtest du immer. *Hol mir was von den Marshmallow-Cornflakes, du weißt schon, die mit dem schwulen Kobold als Maskottchen. Hol mir Sugar Smacks, Corn Pops, Froot Loops, Honeycombs, Trix.*

Beim Essen hast du die ganze Zeit geredet. Dein Lieblingsthema war die Dummheit derer, die an uns vorübergingen. *Na, die hält sich aber für was Besseres*, sagtest du über ein Mädchen, das geradezu lächerlich angezogen war, in einem Pullover mit Schottenmuster und frisch gebügelten Khaki-Shorts, einer Perlenkette, Tassel-Loafern und einem breiten Band im Haar. *Stolziert durch die Gegend wie Miss America oder was weiß ich. Also wirklich!* Ständig waren Gruppen von Leuten unterwegs, um sich zu amüsieren, gingen zu Konzerten, ins Kino, in Bars oder zu Volleyballspielen, in den Schachclub, zur Chorprobe oder auf Bierpartys, eine endlose Prozession von Leuten zog am Cafeteriafenster vorbei, und du machtest dich über alle lustig. Wenn Gruppen von Jungen vorbeigingen, äfftest du sie gern mit einer Stimme nach, die so überraschend anders klang, so tief und akzentuiert, so weiß, dass ich kaum glauben konnte, dass du es warst. *Was ist dein Problem, Mann?*, hast du einen den anderen fragen lassen.

Ich quäle gern kleine Tiere. Als Kind hab ich immer in der Einfahrt gesessen und mit einer Lupe Ameisen verschmort.

Ich hab einen kleinen Schwanz, sagte der Erste. *Aber ich bin so reich, dass mich trotzdem eine heiraten wird.*

Ich bin insgeheim schwul, sagte ein Dritter. *Aber ich will für ein Amt kandidieren, deshalb muss ich eine finden, die sich als meine Frau ausgibt.*

Machen wir doch eine Spritztour mit unseren Cabrios, sagte der Erste.

Ja, sagte der Zweite, *und danach zählen wir unser Geld.*

Und dann kaufen wir uns noch ein paar Khaki-Hosen, sagte der Dritte. *Davon kann ich einfach nicht genug haben.*

Meistens überließ ich das Ganze dir, doch ab und zu machte auch ich eine spitze Bemerkung. »So was«, sagte ich zum Beispiel über eine vorübertrabende Blondine mit vorstehenden Zähnen, »kommt dabei raus, wenn ein Pferd ein Karnickel bumst.« Und dann sagtest du: *Ich hab's gewusst. Du bist eins dieser stillen Wasser, die ganz übles Zeug von sich geben, das hab ich auf den ersten Blick gesehen*. Einmal erhobst du sogar dein Glas auf mich.

Wir blieben jeden Abend, bis nur noch die Hausmeister da waren, diese hageren Schwarzen in ihren blauen Overalls, die ihre Mopps und Eimer hervorholten, die die Stühle hochstellten, die das kalte graue Wischwasser über den Fußboden kippten, als könnte das irgendetwas bewirken. Alle, einfach alle in diesen Dienstleistungsjobs an der Universität waren Schwarze, und du hast gern mit ihnen geredet. Du sagtest, sie seien *deine Leute*. Du sprachst mit ihnen in einem so breiten Provinzakzent, dass ich Mühe hatte, dich zu verstehen. *Als klar?*, fragtest du sie, und ich überlegte hin und her, ob das eine raffinierte Abkürzung von »Hallo, alles klar?« war oder ob irgendwer irgendwo das Wort »alles« falsch verstanden hatte und jetzt stattdessen jedes Mal »als« sagte. Und während ich darüber nachdachte, ging mir auch durch den Kopf, dass du dich über mich totlachen würdest, könntest du meine Gedanken lesen.

Deine Gespräche mit diesen Männern liefen immer mehr oder weniger gleich ab und würdigten in der einen oder anderen Form, dass das Leben so mühselig war, dass man sich gegen alle Widerstände hindurchkämpfen musste.

»Ich mach einfach weiter mit weiter«, sagten die Hausmeister.

Und du sagtest: *Stimmt, immer weiter.*

»Weißt ja, wie's läuft«, sagten sie.

Immer einen Fuß vor den andern.

»Hat mich noch keiner aufgehalten.«

Kann eh keiner schaffen.

»Soll mal einer versuchen.«

Genau.

Jedes Mal, wenn es an der Zeit war, mich vorzustellen, hast du behauptet, wir wären Schwestern. *Das hier is Mary*, sagtest du. *Meine Zwillingsschwester.* Das sorgte immer für einen Lacher.

»Ach, ihr seid Zwillinge«, sagten sie, »so wie ich und der Präsident.«

So isses!

Jedes Mal, wenn ich dich mit den Hausmeistern reden hörte, passierte etwas in meinem Kopf. Wenn du mit ihnen sprachst, klang es wie Musik, eine Musik, die noch stundenlang in meinem Kopf weiterlief. Das schnelle Hin und Her der Gespräche, das Verständnis und Einvernehmen – so etwas hatte ich noch nie erlebt. In meiner Familie klang alles ruppig und vorwurfsvoll. Und ich fragte mich, wie es wohl klingen würde, wer ich wohl wäre, wenn ich wie du redete. Eines Tages starrte ich mich frühmorgens im Badezimmerspiegel an und sagte ganz leise: »Als klar?« Antwortete mir: »Ich mach weiter mit weiter.« Doch es war lächerlich, aus meinem Mund klang es lächerlich.

Irgendwann hörte ich deine Stimme ständig in meinem Kopf. In jenem Jahr hatte ich einen Job in einem traurigen, abgehalfterten Laden namens Donut Land, wochentags von fünf

Uhr früh bis um zehn, und obwohl du zu Hause im Bett lagst und schliefst, hörte ich dich die ganze Zeit deine Kommentare abgeben, hörte, wie du mit deinen beiden Lieblingswörtern – *Jämmerlich! Erbärmlich!* – über den Laden und seine Kunden herzogst. An Donut Land war tatsächlich alles jämmerlich und erbärmlich. Die Donut-Land-Uniform – kurzärmeliges weißes Hemd, braune Hose und braune Schildmütze, auf der in Rosa und Rot »Donut Land« stand – war mehr oder weniger von unserer landesweit erfolgreichen Konkurrenz auf der anderen Straßenseite abgekupfert, deren Namen wir unter keinen Umständen aussprechen durften, als würde uns sonst das Herz stehen bleiben. Die Inhaberin von Donut Land, eine dicke Frau mit gegeltem Haar, schwarzen Knopfaugen und fauligen Zähnen namens Deborah McGhee, ging tagtäglich in der morgendlichen Stoßzeit zu Dunkin' Donuts hinüber, um dort das Angebot zu studieren. »Die haben schwarz glasierte Donuts mit orangen Zuckerstreuselchen drauf«, sagte sie irgendwann im Oktober. »Halloween-Donuts. Wir müssen auch Halloween-Donuts anbieten, um konkurrenzfähig zu bleiben.« Das war ihr einziges Herzensanliegen: mit Dunkin' Donuts mitzuhalten und sie schließlich zu übertreffen. Nicht ein einziges Mal kam sie ihnen zuvor; bei Donut Land ging es immer nur darum, zu unserem überlegenen Konkurrenten aufzuschließen. »Die haben sich spezielle Servietten angeschafft, auf denen ihr Name aufgedruckt ist«, sagte Deborah und starrte vergrämt aus dem Fenster. Diese Servietten waren Deborahs größter Kummer. »Wir sollten uns wirklich Donut-Land-Servietten zulegen, aber ich sage euch, die Druckereien verlangen dafür ein Vermögen.« Das sagte sie zehnmal am Tag. Selbst der Umstand, dass sie es erst kurz zuvor schon einmal gesagt hatte, konnte sie nicht davon abhalten.

Meine Aufgabe war es, die Kasse zu bedienen und den Kaffee zu kochen, und mit der Zeit verabscheute ich das zutiefst. Wer lieber zu Donut Land als zu Dunkin' Donuts ging, suhlte sich gern in seinem eigenen Versagen, stand an der Kasse und erzählte, seine Exfrau hätte ihn wegen der Alimente drangekriegt und er wolle eine Ausbildung zum Kühlschrankmonteur anfangen, das würde seinem Leben eine Wendung zum Besseren geben. Kurz gesagt, diese Leute waren meine Leute, und ich hasste sie. Bei der Arbeit und oft auch sonst spürte ich, wie dieser Hass in meinen Adern pulsierte. *Donut Land*, dachte ich tausendmal am Tag, *leck mich!*

Ich hatte ein Problem damit, meine Donut-Land-Uniform zu waschen. Mit anderen Worten: Ich habe sie nie gewaschen. Das Hemd war irgendwann vollkommen dreckig und speckig, voller Zuckerguss und Kaffeeflecken, eine Landkarte, auf der das trostlose Terrain meiner Tage eingezeichnet war. Deborah forderte mich ständig auf, die Uniform zu waschen, drohte mir, mich zu feuern, wenn ich es weiterhin unterließe, machte dann aber einen Rückzieher, weil sie wahrscheinlich niemand anderen finden würde, der so zuverlässig war und schon um fünf Uhr früh zur Arbeit kam. Während ihrer sieben Jahre als Chefin von Donut Land war niemand so lange so pünktlich aufgetaucht. »Auf die meisten Leute«, sagte sie seufzend, »kann man sich nicht länger als eine Woche verlassen.« Jemand, der tagtäglich zu so einer Arbeit komme (der genau das richtige schwankende Maß an Dummheit, Verzweiflung und Selbsthass aufwies), sei nicht leicht zu finden, sagte sie und seufzte wieder, nein, so jemanden wie mich zu finden, das sei wirklich nicht leicht.

Du hattest ein Problem damit, dass ich bei Donut Land arbeitete, dass mein Wecker um halb fünf, dann um fünf nach halb, um zehn nach halb und um Viertel vor klingelte und ich wie eine verwirrte Säuferin danach schlug. Doch andererseits hatte meine Arbeit einen angenehmen Nebeneffekt: das Dutzend Donuts mit Schokoladenglasur, das ich tagtäglich mit nach Hause brachte und das wir abends aßen, wenn die Cafeteria geschlossen hatte. Das Witzige sei, sagtest du, dir die Finger leckend, dass die Donuts von Donut Land eigentlich besser schmeckten als die von Dunkin' Donuts, doch das werde nie jemand erfahren, weil niemand *so ein billiges Plagiat* je betrete. Wenn du wolltest, konntest du dich wirklich gut ausdrücken.

Carson, ich frage mich, wie wohl alles gekommen wäre, wenn du auch nur ein bisschen Mühe in dein Studium gesteckt hättest. So gut wie nie nahmst du ein Lehrbuch zur Hand, und wenn doch, dann in der Werbepause einer der Seifenopern, die du mit heiliger Leidenschaft verfolgtest. Dann hast du einen Augenblick gelesen, geseufzt, kurz weitergelesen, wieder geseufzt und das Buch auf den Boden geworfen. Du hattest vorgehabt, Betriebswirtschaft zu studieren und dann ein Restaurant zu eröffnen, doch du konntest einfach nicht begreifen, was das eine mit dem anderen zu tun haben sollte. Am wichtigsten für ein Restaurant, sagtest du, seien Stilgefühl und ein charakteristisches Erscheinungsbild, und in jenen Büchern stehe nichts Lesens- oder Wissenswertes.

Stattdessen hast du dich dem sorgfältigen Studium der Zeitschriften gewidmet, die dir deine Mutter allwöchentlich in einem dicken Umschlag schickte. Zeitschriften, die sich dem Bizarren und Surrealen widmeten, Dingen, die jeglicher Physik widersprachen und die die Regierung vergeblich zu vertuschen versuchte. Am liebsten hast du die Zeitschriften gelesen, die sich mit dem Ruhm und den Skandalen von Hollywood-Berühmtheiten beschäftigten. Am besten gefiel dir *People*. Du hast dagesessen und alles von vorn bis hinten gelesen, begeistert und wissbegierig, als stünde darin das Geheimnis deines zukünftigen Reichtums und Glücks. Du wusstest weder wie noch warum es so kommen sollte, doch du sahst es vor dir, sahst dich lächelnd über den roten Teppich schreiten, sahst deinen Namen in Leuchtbuchstaben.

Im November fielst du bei allen Prüfungen durch, und das sprach sich herum bis nach oben. Ich nahm von mehreren Universitätsbediensteten Nachrichten für dich entgegen. Eine der Personen, die auf deinen Fall angesetzt wurden, war die Sprecherin unseres Wohnheims, eine blasse, spindeldürre Studentin im letzten Studienjahr namens Belinda Wimpy, die mit einundzwanzig Jahren immer noch Pfadfinderin war. Sie hatte ihre eigene Wichtelgruppe, mit der sie auf dem Campus herumspazierte. Die Mädchen gingen hintereinander, hielten sich an den Händen, die braune Schärpe quer über der Brust, das Käppchen schräg auf dem Kopf, doch selbst diese sechs Jahre alten Wichtel schienen bereits die Langweiligkeit des Pfadfindertums zu spüren, was daran zu erkennen war, dass sie während dieser Prozessionen schamhaft zu Boden blickten. Aber nicht Belinda. Voller Stolz trug sie ihre grüne Schärpe, die über und über mit Abzeichen und Anstecknadeln bedeckt war, und auf dem Kopf die grüne Pfadfinderkappe, als wäre sie so etwas wie eine Geheimagentin. Mittwochabends versammelten sich die Wichtel in ihrem Zimmer oder saßen im Kreis vor dem Wohnheim. Eines Samstags übernachteten sie sogar draußen in kleinen orangen Zelten.

Zu einer anderen Zeit hätte Belinda Wimpy vermutlich freiwillig in einem Militärkrankenhaus gearbeitet, sie hätte Männer in den letzten qualvollen Momenten ihres Lebens betreut, hätte sie davon überzeugt, dass sie in den Himmel kamen. Aber da wir in Friedenszeiten lebten, war sie bloß Gruppenleiterin und Wohnheimsprecherin, und der Mensch, den sie retten sollte – den sie an die Gepflogenheiten und an die

Herrlichkeit des Universitätslebens gewöhnen sollte –, warst du. Mehrmals am Tag klopfte sie an unsere Tür – zwei beflissene Schläge – und öffnete sie, ohne auf unsere Antwort zu warten. »Hallo, meine Damen!«, sagte sie dann. »Ich will einen Spaziergang im Grünen machen und habe mich gefragt, ob ihr vielleicht mitkommen wollt.« Oder: »Ich bin unterwegs zu meiner Arbeitsgruppe. Kostenlose Pizza! Will jemand?«

Jedes Mal, wenn sie uns einlud, wusstest du eine schlaue Antwort. *Unheimlich gern*, sagtest du und hast mit dem Kopf zum Fernseher gedeutet, *aber ich muss wegen einer wichtigen Nachricht von unserm Sponsor vor dem Apparat bleiben*. Belindas Blick flackerte stets vor Enttäuschung, doch dann zeigte sie wieder ein hoffnungsvolles Lächeln. »Vielleicht nächstes Mal.«

Nächstes Mal bestimmt, sagtest du dann. Nachdem sie die Tür geschlossen hatte, fügtest du hinzu: *Nächstes Mal lehne ich bestimmt wieder ab*. Hinter ihrem Rücken nanntest du sie *Thin Mint*. Wie in *Schließ mal die Tür ab, damit Thin Mint nicht wieder reingeplatzt kommt*. Es hatte etwas Tröstliches, wenn wir uns über sie lustig machten. Es ging uns vielleicht nicht prächtig, und die anderen Mädchen auf unserem Flur redeten nur mit uns, wenn sie sich einen Tacker leihen oder unser Telefon benutzen wollten, weil ihres von einer rücksichtslosen Zimmergenossin in Beschlag genommen wurde, vielleicht wurden für uns auch keine roten Teppiche ausgerollt, die uns in eine strahlende Zukunft führten, doch auf eins konnten wir uns verlassen: Wir waren besser als Belinda Wimpy.

Eines Sonntagmorgens hast du verkündet, dass du Geburtstag hättest, und zur Feier des Tages fuhren wir mit dem Bus zu Shoney's Sechs-Dollar-neunundneunzig-All-you-can-eat-Frühstücksbüfett. Der Sparsamkeit halber vereinbarten wir, vom selben Teller zu essen. *Wenn die Kellnerin kommt, dann sagste einfach, dassde nix isst*, trugst du mir auf. *Guck dich doch mal an, fünfundvierzig Kilo klitschnass, 'n nasser Pudel, wenn ich je einen gesehen hab, da glaubt dir das jeder. Dann isste von meinem Teller, und wir bezahlen nur eine Portion.*

Und als die Kellnerin kam, sagte ich genau das. Für mich nichts, danke. Und obwohl es ihr scheißegal war, ob wir für eine Person oder für zwei bezahlten, ob ich etwas aß oder nicht (jeder konnte sehen, dass sie ihre eigenen Probleme hatte; abgesehen davon, dass sie bei Shoney's arbeitete, gehörte sie zu den Leuten, die du gern *erbärmliches weißes Pack* nanntest, sie hatte überall blaue Flecke an ihrem Arm, der noch dünner war als meiner, kaum dicker als ein Besenstiel, und ihr fehlten zwei Schneidezähne) – obwohl ihr all das egal war, warst du noch nicht zufrieden. Die Kellnerin sollte wissen, dass wir *keineswegs* vorhatten, beide von einem Teller zu essen. Also sagtest du zu ihr: *Meinense nicht auch, dass sie was essen sollte? Guckense sie doch bloß an! Sie sieht jämmerlich aus. Sagense ihr, dass sie was essen soll!*

Die Kellnerin verdrehte die Augen. »Saft«, fragte sie, »oder Kaffee?«

Du hast dir am Büfett Zeit gelassen, mit der Gabel ein Würstchen aufgespießt, es im Schein der Wärmelampen von allen Seiten betrachtet, dann wieder zurückgelegt und ein anderes genommen. Du hast Fleisch, Eier, Bratkartoffeln und dicke Scheiben Texas Toast, alles fetttriefend, auf deinen Teller geschaufelt.

Das Kunststück bestand darin, etwas von deinem Teller zu essen, wenn wir uns unbeobachtet glaubten, und wir machten ein Spiel daraus. Ich aß wie Charlie Chaplin, wie ein Dieb, der sich mit schnellen, flinken Handbewegungen etwas Essbares in den Mund stopfte, sobald ihm der Lebensmittelhändler den

Rücken zukehrte. *Warte*, sagtest du dann. *Da kommt die Kellnerin.* Du hast dir eingeredet, dass sie jede unserer Bewegungen überwachte, dir gefiel der Nervenkitzel. Als sie die Rechnung auf den Tisch klatschte, sagtest du: *Ich konnte sie nicht dazu bringen, was zu essen. Ich hab's wirklich immer wieder versucht, aber sie is echt stur.*

Eine Weile saßen wir noch vollgestopft an unserem Tisch und beobachteten die Leute, die aufgereiht wie Nonnen zur Kommunion vor dem Büfett standen: ernst, ehrfürchtig, konzentriert. Sie trugen ihre Sonntagskleidung, Polyesterhosen mit elastischem Bund, Hemden mit Kläppchenkragen und wirbelndem Paisleymuster, braune, an den Spitzen abgewetzte Lederschuhe. Mir kam es vor, als würden alle die gleiche Kleidung tragen, den gleichen Job und die gleichen Schmerzen haben wie schon zwanzig Jahre zuvor, und voll Entsetzen sah ich vor mir, wie ich in zwanzig Jahren nach dem Abbruch meines Studiums und der Entscheidung für einen Vollzeitjob bei Donut Land ebenfalls an diesem Büfett stand. Ich hatte das Gefühl, dass dir der gleiche Gedanke durch den Kopf ging. »Ich sollte jetzt lieber zurückfahren und lernen«, sagte ich.

Ich auch, sagtest du. *Ich sitz ziemlich in der Patsche.* Deine Stimme klang leise und unsicher. Es war das erste Mal, dass du mit einem gewissen Bedauern von deinen Schwierigkeiten sprachst. *Wenn ich mich nicht ins Zeug lege, werden sie mich rausschmeißen.*

Doch auch die letzten Wochen des Semesters verstrichen, ohne dass du ein Buch aufschlugst. Stattdessen lagst du still im Bett, sahst fern und schliefst immer wieder ein. Du hast davon geredet, das College zu verlassen, nach den Semesterferien nicht mehr zurückzukehren. *Keine Ahnung, was das Ganze für'n Sinn haben soll*, sagtest du ständig. Wenn du dein Restaurant,

Carson's Café, aufmachen würdest, müsstest du in der Küche stehen, kochen und Essen auf Teller füllen, und wer brauche für so was schon einen Universitätsabschluss? *Hier kommt Ihre studierte Pastete*, sagtest du. *Hier kommt Ihr betriebswirtschaftlicher Hühnersalat mit geschichtswissenschaftlichen Pommes. Also wirklich!*

Erst ganz am Ende des Semesters begannst du, mir Fragen über mich zu stellen, als wärst du gerade erst auf den Gedanken gekommen, dass ich ein Mensch bin. Am letzten Abend, bevor du in die Semesterferien fuhrst, nachdem wir das Licht ausgeschaltet und uns ins Bett gelegt hatten, fragtest du: *Rufen dich deine Leute nie an? Schicken sie dir denn gar nix?* Ich versuchte zu erklären, dass meine Schwester uns am Tag nach ihrem Highschoolabschluss verlassen hatte und wir seitdem nichts mehr von ihr gesehen und gehört hatten, kein einziges Mal, kein einziges Wort. Ich versuchte zu erklären, dass meine Mutter nicht gern schrieb oder anrief, weil sie zu sehr mit ihren eigenen Angelegenheiten beschäftigt war. Ich erzählte von ihren vier Männern und den ganzen Freunden zwischendurch. Jeden ihrer Männer versuchte ich so kurz und leidenschaftslos wie möglich zu schildern: erstens Michael Murphy, männlich, weiß, achtzehn Jahre alt, ihr Begleiter beim Abschlussball, blauer Smoking mit Rüschenhemd, Mussheirat, verwahrloster Säufer, verschollen; zweitens Michael Collins, dreißig und ein paar Zerquetschte, Geschichtslehrer an der Highschool, Kolumbus-Ritter, Old-Spice-Rasierwasser, untröstlich über die Trennung; drittens Bud Francis, männlich, weiß, Ende dreißig, Elektronikhändler, Tom Collins mit Rührstäbchen, Zahnkronen, Goldringen, verließ meine Mutter während eines Familienurlaubs, als er sie mit einem jüngeren Mann im Bett erwischte; viertens Walter Adams, männlich, schwarz, dreiundfünfzig Jahre alt …

Plötzlich setztest du dich im Bett auf. *Deine Mom is mit 'nem Schwarzen verheiratet? Echt?*

»War sie mal«, sagte ich. »Aber eigentlich war er nicht richtig schwarz.«

Wie meinst'n das?

»Er war so ein weißer Schwarzer. Er hat schwarze Haut und alles, aber wenn man mit ihm telefonierte, hielt man ihn für einen Weißen.«

Wär mir nicht passiert.

»Doch.«

Nee, sagtest du. *Das soll wohl 'n Witz sein.*

»Glaub mir«, sagte ich. »Er hat Bach gehört.«

Und er heißt mit Nachnamen Adams?

»Hieß«, sagte ich. »Na ja, heißt er wohl immer noch.«

Das sagt doch alles, sagtest du. *Weißte denn gar nix über Schwarze?*

Ich zuckte mit den Schultern.

Weißte nicht, dass sie nach der Sklavenbefreiung die Namen von Präsidenten annahmen?

»Ich weiß«, sagte ich. »Das weiß ich doch.«

Du behauptest ständig, dassde alles weißt, sagtest du. *Obwohl's gar nicht stimmt. Genau das is dein Problem. Du weißt'n Scheiß, das is dein Problem.*

»Mein Problem ist, dass meine Mutter ihn verlassen hat und mit einem neuen Kerl durchgebrannt ist, den keiner ausstehen kann«, sagte ich. »Das ist der Grund, warum ich hier zur Uni gehe.«

Wie is'n das, fragtest du, *wenn deine Mom einfach heiratet und du mit 'nem Kerl zusammenziehen musst, dende nicht kennst?*

»Keine Ahnung«, sagte ich. »Schräg, würde ich sagen.«

Schräg is das richtige Wort, sagtest du und pfiffst wie jemand, der wirklich beeindruckt ist.

Dann wolltest du mehr über meinen Vater wissen. *Du willst behaupten, dein Vater is gesund und munter, wohnt in derselben Stadt wie du, und du besuchst ihn nie?*

»Nie«, sagte ich.

Aber du weißt, wer's ist?

»Ja.«

Und bist ihm ein paarmal begegnet?

»Er kam ein paarmal vorbei, war aber immer betrunken. Nur nicht, als er bei den Anonymen Alkoholikern war und alles wiedergutmachen wollte, da kam er nüchtern vorbei und versprach, die Verantwortung für uns zu übernehmen. Das war's dann aber auch schon.« All das sagte ich gähnend und leidenschaftslos, als könnte ich mich kaum noch erinnern.

Dann haste ihn vielleicht zehnmal in deinem ganzen Leben gesehen?

»Kommt hin. Und ein paarmal sind wir uns zufällig über den Weg gelaufen.«

Du bist ihm über'n Weg gelaufen? Du bist deinem eigenen Vater zufällig über'n Weg gelaufen? Du hast prustend gelacht. *Wie hab ich mir das vorzustellen: dassde im Lebensmittelladen anstehst, und alsde hochguckst, steht er an der nächsten Kasse und liest die Fernsehzeitung?*

»Ich glaube, es war in der Bücherei«, sagte ich.

Was hat er'n da gemacht?

»Woher soll ich das denn wissen?«, fragte ich. Doch ich wusste es. Urplötzlich, in einem jener Momente, in denen man aus sich heraustritt und alles mit absoluter Klarheit sieht, hatte ich ihn und seinen ganzen Kram gesehen, ringsum auf einem dieser riesigen hölzernen Lesetische verteilt, zerkratzt, abgewetzt und mürbe wie Treibholz, hatte die Titel der Bücher gelesen: *Wie man Freunde gewinnt*, *Zehn Schritte zu einem positiven Leben*, *Durchstarten zum Traumjob*.

Von deinem eigenen Vater hast du nicht viel erzählt. Du sagtest, er sei ziemlich leicht zu charakterisieren: Er gehe, rede, kleide sich, benehme sich und sehe sogar genauso aus wie James Brown. *Das weiß er auch*, sagtest du. *Wenn er mit seinem Mercury durch die Gegend gondelt, dröhnt ständig James Brown aus dem Fenster, und zu Hause und bei der Arbeit hört er auch nix andres*. Du sagtest, er arbeite zwischendurch immer wieder mal auf den Feldern, überall in der Gegend: Baumwolle, Tabak, Sojabohnen, Weintrauben. *Er is einer dieser Wichte*, sagtest du, *die sich unbedingt größer machen müssen, als sie sind. Wie diese winzigen Köter, die wild rumspringen und die ganze Zeit so widerlich kläffen*.

Du sagtest, dass er dir Schimpfnamen gebe: Fettarsch, Schmalzbacke, Hubba Bubba. Ich sagte: »Das darfst du dir nicht gefallen lassen!«, doch du hast nur mit der Zunge geschnalzt. Als könnte man einen Mann daran hindern, dass er einem Schimpfnamen gab. Als wäre das dein größtes Problem. Du sagtest, du hättest Narben auf dem Rücken, weil er dich verprügelt habe. Weil du freche Antworten gegeben oder Geschirr zerdeppert hättest, habe er dich geschlagen, bis dein Körper mit blutenden Wunden überzogen gewesen sei. Manchmal habe er dich völlig grundlos geschlagen. Du hättest geschlafen, und er sei ins Zimmer gekommen, habe das Licht angeschaltet und dich schreiend aus dem Bett gezerrt. *Hat gesagt, ich wär zu faul*, sagtest du. *Dass er mir schon noch abgewöhnt, den ganzen Tag rumzuliegen, zu essen und fernzusehen, dass er mir schon noch die Flötentöne beibringt, dieser gottverdammte Wicht*. Wenn er nicht die Gerte benutzt habe, sei es der Gürtel gewesen. Als du dich mal wegdrehtest, um dich umzuziehen, dich mit dem Verschluss deines BHs abmühtest, sah ich die Narben, jene langen, wulstigen Narben auf deinem ganzen Rücken, die den Eindruck erweckten, als wärst du aus einzelnen Stücken zusammengesetzt, eine menschliche Patchworkdecke. Ich kann sie jetzt vor mir sehen. Damals wusste ich nicht, was ich dazu sagen sollte, weiß es immer noch nicht.

Ich erwarte nicht, dassde das verstehst, sagtest du. *Du hast keine Ahnung, wie das is, nicht den geringsten Schimmer.* Fett und schwarz, aufgewachsen in Armut; fett und schwarz, immer anschreiben lassen; fett und schwarz, Klamotten auf Raten; fett und schwarz, und die Bank will ihr Geld; fett und schwarz, dein Vater tage-, nein, wochenlang mit der Kohle verschwunden; fett und schwarz, nur ein einziges, ausgelatschtes Paar Schuhe; fett und schwarz, deine Flucht in eine Traumwelt, in der du schlank und berühmt warst und Hollywood deine Lebensgeschichte verfilmte, du im Glitzerkleid auf dem roten Teppich und bei deiner Dankesrede an die Academy; fett und schwarz, dein Traum vom Lotteriegewinn, von deinem eigenen Cadillac; fett und schwarz, die von den Jungs getuschelten Spottnamen – Tante Jemima, Mammy Two-Shoes, Mrs. Butterworth; fett und schwarz, im Bus stürmten sie auf die andere Seite, als müssten sie dein Gewicht ausgleichen; fett und schwarz, kamen sie dennoch zu dir, weil sie wussten, dass sie's mit dir treiben konnten, zur Übung oder einfach, weil sie dich haben konnten, wenn die anderen Mädchen sie zappeln ließen. Sie trieben's mit dir in Wald und Feld, und wenn du nach Hause kamst, klebten Baumwollflusen an deinen Klamotten; fett und schwarz, euer ganzes Kaff von Baumwolle umgeben, und zur Erntezeit erhob die sich in die Lüfte, lange weiße Flusen schwebten dann überall, drehten sich und schwebten im Wind, verfingen sich in den Ästen der Bäume, in den Kondensatoren der Klimaanlagen und den Kühlergrills der Autos, in den Speichen der Räder, in den Haaren der Menschen, in Fliegengittern und Sträuchern, waren einfach überall, fett und schwarz, als du zum ersten Mal mit einem

Jungen auf dem Feld warst und dann nach Hause kamst, klebten die weißen Flusen an deinen Klamotten, in deinem Haar, und deine Schwester wusste sofort, was los war, wusste, was das hieß, und zupfte die Flusen ab, bevor deine Mutter sie zu Gesicht bekam und dich grün und blau schlagen würde; fett und schwarz, genau das würde es heißen, aber das wär nur der Anfang, und ich hätte nicht die geringste Ahnung, nicht den leisesten Schimmer, nicht mal für einen Moment, daran würde sich auch nichts ändern.

Dann machtest du das Gleiche wie immer, wenn du zu lange von dir und deinen Problemen geredet hattest. Du nahmst das Telefon, tatst so, als würdest du eine Nummer wählen, als wärst du direkt zum Präsidenten der Vereinigten Staaten durchgestellt worden. *Hallo, Georgie?*, sagtest du. *Georgie Porgie, Wurm im Speck? Ich bin's, Carson. Doch, du hast recht, is echt schon lange her, wir sollten wirklich mal wieder essen gehen. Aber hör mal, George, ich wollte dich um einen Gefallen bitten. Ich hätt gern einen Nationalfeiertag. Stimmt, auf meinen Namen. Mhm. Mhm. Januar kommt nicht infrage, wegen Dr. King und so, verstehe. Februar schon ausgelastet mit schwarzer Geschichte. März? Nein, März kann ich nicht machen, das geht bei mir nicht. April? April is gut. Sagen wir April. Carson-Washington-Mitleidstag. Klingt gut, klingt gut, bleib, wie du bist, Georgie.*

Du hattest eine Puppe, die Betsy hieß und neben der du schon seit deiner Kindheit schliefst. Sie war blond, hatte ein rosa Plastikgesicht und zwei eisig blaue Augen, die sich schlossen, wenn du die Puppe hingelegt, und sich wieder öffneten, wenn du sie aufgesetzt hast, und du lagst da und kipptest sie vor und zurück, vor und zurück, wobei die Augen sich öffneten und schlossen, öffneten und schlossen und dabei wie zwei zusammenstoßende Murmeln klickten. Nach einer Weile sagtest du: *Junge, Junge. Vier Ehemänner. Ha*. Und ich schlief ein, während die Puppenaugen sich öffneten und schlossen, sich öffneten und schlossen, öffneten und schlossen.

Als ich am nächsten Morgen zu Donut Land ging, fragte ich mich, ob ich dich je wiedersehen würde.

Als du im Januar wiederkamst, ging es, anders als ich zuerst dachte, nicht darum, das Versäumte nachzuholen, sondern du wolltest die noch verbleibende Zeit deines Stipendiums auskosten, die Tage verbringen, wie es dir gefiel, ein kostenloses Dach über dem Kopf und niemanden, der dir sagte, was du zu tun hattest. Die Seminare und Vorlesungen besuchtest du nur in der ersten Woche, dann begannst du zu schwänzen, und irgendwann gingst du gar nicht mehr hin. Dabei warst du dir stets bewusst, dass man dich exmatrikulieren und in das Städtchen, in das Haus mit vier Zimmern, in das verhasste Leben zurückschicken würde. Die Zeit, die dir am College noch blieb, glich einer Spritztour in einem gestohlenen Auto. Du konntest tun, was immer du wolltest, aber du wolltest nichts tun. Irgendwann hast du kaum noch das Zimmer verlassen, bist kaum noch aufgestanden. Irgendwann lief der Fernseher rund um die Uhr.

Meistens sahst du dir Gameshows oder Seifenopern an. Immer, wenn du gelangweilt warst – alle paar Stunden oder so –, riefst du zu Hause an, um mit deiner Mutter zu sprechen. Wie zwei Menschen so viel reden konnten, war mir ein Rätsel. Oft spracht ihr am Telefon, während ihr euch dieselbe Fernsehsendung ansaht, und gabt eure Kommentare zur Dummheit eurer Lieblingsfiguren ab – verzweifelte, verschworene Expertinnen des Vorabendprogramms. Auf dem Bildschirm blickte eine ältere Frau mit aufwendiger Steckfrisur und schimmerndem roten Lippenstift in die Ferne, tippte die Finger aneinander und murmelte eine scharfe Drohung vor sich hin – Ich krieg dich schon noch, meine Liebe –, und ihr beide schriet auf. *Pass lieber auf, Lady*, sagtest du dann, *da kommt noch was auf dich zu!* Und in solchen Momenten kam es mir immer vor, als wärst du nie wirklich aufs College gegangen, als hättest du nie wirklich vorgehabt wegzugehen und dir eine neue Existenz aufzubauen. Vielmehr führtest du dein altes Leben in der Ferne fort.

Nachdem du mit deiner Mutter geredet hattest, wolltest du immer mit deinem Neffen Regis sprechen. Du hieltest ihn so lange am Telefon, wie man einen kleinen Jungen in den Bann schlagen kann, sagtest, was Erwachsene eben zu Kindern sagen, nämlich dass du ihn am liebsten auffressen würdest. *Na, wer ist mein kleiner Kürbiskuchen?*, fragtest du. *Mein Streuselkuchen, mein Sahnestückchen, mein Schokoladenpudding? Bist du das? Ja?*

Die Abende waren ein einziger Schemen aus Wiederholungen, Archie Bunker, der auf seinem Stuhl herumnörgelte, Redd Foxx, der einen Herzinfarkt vortäuschte, die Kellnerin Flo, die »Küss meine Grütze« brüllte, J. J. Walker, der »Dy-no-mite!« rief, Jack Tripper, der sich wegen einer scheinbaren Demütigung wand, in allen Sendungen das gleiche vom Band eingespielte Gelächter, die gleichen regelmäßigen Lachsalven. Ich schlief ein in flimmerndem Blau, und ein Teil dieser Wiederholungswelt sickerte in meine Träume. Gegen Morgen erwachte ich vom Pfeifen des Sendeschlusssignals. Wenn ich den Fernseher ausschaltete, war er ganz heiß gelaufen.

Schon bald befasste sich die Obrigkeit, wie du die Verwaltung nanntest, mit deinem Fall. Das Telefon klingelte den lieben langen Tag, und diverse Berater wollten mit dir sprechen. Du hobst ab und sagtest: *Carson? Nein, Carson ist gerade nicht da.* Du hast deine Fingernägel betrachtet, die Hand in die eine und dann in die andere Richtung gedreht. *Ich geb ihr Bescheid,* sagtest du, *falls sie je aus dem Striplokal wiederkommt.*

Dann kam eine Reihe von Briefen, in denen verschiedene Drohungen oder Versprechungen standen. Dein Lieblingsbrief stammte vom stellvertretenden Dekan James Findley Ramsey III., dessen Namen du witzig fandest. Du sprachst ihn immer wieder aus, mit unterschiedlichen Stimmen, zumeist mit britischem Akzent. *James Findley Ramsey der Dritte.* James Findley Ramsey war der gute Bulle, und sein Brief war voller Hoffnung. Alle Möglichkeiten stünden dir offen: Nachholen der Seminare, Nachhilfe, Beratung. Was für Schwierigkeiten du auch haben mochtest, sie ließen sich auf unterschiedlich angenehme Weise bewältigen, wenn du nur die Hand ausstrecken würdest, schrieb Mr. Ramsey, um all die Chancen zu ergreifen, die die Universität dir zu bieten hatte. »Für jeden ist etwas dabei«, schrieb er. »Ich hoffe, Sie genießen unseren Campus in dieser schönen Jahreszeit, Sie genießen die herrliche Frühlingsluft. Es dauert nicht mehr lange, bis die Kirschbäume blühen!« Die herrliche Frühlingsluft! Als du das gelesen hast, musstest du lachen.

Oh James, sagtest du, *du machst mir Spaß.*

Manchmal schlug ich mich auf James Ramseys Seite und fragte: »Solltest du nicht lernen? Hast du keinen Test, kein Protokoll, kein Referat? Bist du nicht kurz davor, alles in den Sand zu setzen?« Doch dann sagtest du nur: *Warum kümmerste dich nicht um deine eigenen Angelegenheiten? Haste nichts Besseres zu tun, als rumzusitzen und dich zu fragen, was ich tun sollte? Haste denn keine Freunde? Musste dich nicht wieder im Keller der Bibliothek verstecken, wo dich im Fall deines Todes niemand findet, wo dich niemand findet, ehe du verwest bist und das ganze Gebäude stinkt? Haste keinen Test, kein Protokoll, kein Referat? Du musst grade reden! Biste nicht selber kurz davor, alles in den Sand zu setzen?*

Das stimmte. Da ich keine Ahnung hatte, was ich im Leben

anfangen wollte, hatte ich unsinnig viele Kurse belegt: Astronomie, Geschichte des Jazz, Physik, Menschliche Anatomie, Postkoloniale Literatur. Jeder dieser Kurse schien so konzipiert zu sein, dass er alle festen Überzeugungen und vagen Vermutungen, die ich je gehabt hatte, zunichtemachte. Ein Leben lang hatte ich die Sterne betrachtet und Musik gehört, war Treppen hinuntergefallen, hatte gelebt, geatmet, gegessen, geschlafen und gelesen, ohne zu begreifen, was ich sah, hörte oder tat – die daran beteiligten physikalischen und mathematischen Gesetze, der Standpunkt, von dem ich mich den Dingen und sie sich mir näherten, der Abstand zwischen mir und allem anderen. Doch statt davon fasziniert zu sein, dass ich all das jetzt begriff oder wenigstens zu begreifen begann, war ich von einer geradezu lähmenden Scham erfüllt, fühlte mich gedemütigt, litt wie jemand, der auf einer Party ein schlechtes Bild abgegeben hatte und später jedes Missgeschick und jeden Fehler, der ihm unterlaufen war, noch einmal Revue passieren ließ. In all meinen Kursen war ich wie betäubt. Ich saß vor einem Referat über *Herz der Finsternis*, ohne es fertigstellen zu können. Die Aufgabe war ganz einfach – eine fünfseitige Analyse der im Buch verwendeten Symbolik –, doch ich stürzte wie Alice ins Wunderland und plumpste in einen tiefen Brunnen, aus dem ich nicht wieder herauskam. In der Welt jenes Referats hatte nichts das richtige Maß, nichts einen festen Platz. Jedes Mal, wenn ich etwas schrieb, kam es mir vor, als stimme auch das Gegenteil, und irgendwann ließ sich gar nichts mehr sagen – und doch alles. Das Referat wuchs auf zwanzig, fünfundzwanzig, dreißig Seiten an. Dann verwarf ich es und fing wieder von vorn an. Stundenlang saß ich über das Buch gebeugt an meinem Schreibtisch, den Kopf in die Hände gestützt; mehrmals brach ich sogar in Tränen aus.

Was liest'n da?, fragtest du anfangs. Doch als klar wurde, dass das Buch alles war, was ich lesen und worüber ich nachdenken konnte, dass es mir alles bedeutete, fragtest du: *Lieste immer noch dieses* Herz der Finsternis*? Was zum Teufel is mit dir los?* Irgendwann, als ich einmal nicht da war, musst du dir das Buch genommen und es gelesen haben, denn plötzlich gabst du mir Ratschläge. *Wenn ich du wäre*, sagtest du, *was zum Glück nicht so ist, hätte ich einiges über diesen Kurtz und seine offensichtliche Homosexualität zu sagen.*

Nachts blieb ich lange auf. Manchmal wurdest du wach und sagtest: *Schluss jetzt mit Mister Kurtz! Er is tot!*

Schließlich gab ich ein dreiundvierzigseitiges Referat ab und bekam eine Vier. Auf die letzte Seite hatte mein Professor – ein verbitterter Deutscher, der von Kafka besessen war – in Druckbuchstaben, die in krassem Gegensatz zu der gewundenen, wirren Logik des Referats standen, an den unteren Rand geschrieben: SIE MÜSSEN SICH KONZENTRIEREN.

Inzwischen stand der Frühling in voller Blüte. Auf dem Hof unter unserem Fenster warfen die Leute Frisbees, fuhren Fahrrad, spielten Football, und ihr munteres Geschrei drang zu unserem Zimmer herauf. Es lag ein allgemeines Glücksgefühl, eine Begeisterung in der Luft, doch für uns schien alles eine trostlose Wendung zu nehmen und eine traurige Note zu bekommen. Einer der Hausmeister, mit denen wir immer in der Cafeteria redeten – ein uralter, hagerer Mann namens Leroy, der zitternde gelbe Augäpfel hatte –, zog sich einen feuchten, nervtötenden Husten zu, und ein paar Tage lang konnte er kaum ein Gespräch durchstehen. Er zog ständig ein Taschentuch aus der Brusttasche, spuckte dicke, blutige Schleimbrocken hinein, und du sagtest immer wieder, er müsse zum Arzt gehen. »Dafür hab ich keine Zeit«, sagte er dann. In der folgenden Woche kam er nicht zur Arbeit, und als wir uns nach ihm erkundigten, sagte man uns, er sei ins Krankenhaus eingeliefert worden und tags darauf gestorben.

Die Nachricht von Leroys Tod quälte dich. *Ich hab's ihm doch gesagt*, brach es immer wieder aus dir hervor. *Hab ich ihm nicht gesagt, dass er zum Arzt gehen soll? Verdammt noch mal.* Es war, als wären Leroys Tod und dein Scheitern miteinander verknüpft, du sahst beides im selben Licht, seinen Kampf – Ich mach weiter mit weiter! – und deine Fehlschläge, sie waren nicht voneinander zu trennen. Nach der Nachricht von Leroys Tod verfielst du in eine trübe Stimmung, von der du dich nicht mehr erholtest. Du begannst, dich unterschiedslos über alle Weißen zu beklagen. In einem nie versiegenden Redefluss hast du all ihre Fehler vor dich hingemurmelt. *Guck doch, wie sie ihren Joghurt essen*, sagtest du, *wie sie ihre kleinen Wasserflaschen austrinken, ihre Shorts tragen, ihre Halbschuhe, ihre handgestrickten irischen Pullover, wie sie auf ihren kleinen Fahrrädern zur Bibliothek fahren, mucksmäuschenstill im Seminar sitzen und sich Notizen machen, sich um ihre Finanzen kümmern, es langweilt mich, ihnen auch nur zuzusehen, lieber würde ich sterben, als 'ne Weiße zu sein.*

Manchmal hast du dich bemüht, mir diese Fehler zu verzeihen, mit der Begründung, dass ich erbärmlich sei. Doch oft schimpftest du auch auf mich. Während ich las, hast du gemurmelt: *Das hübsche, kleine weiße Mädchen glaubt, es hätte Probleme. Ich erzähl dir mal was von Problemen.* Und dann sagte ich: »Ich kann dich hören, weißt du?« Und du sagtest: *Schön für dich.* Wir fingen an, uns zu zanken, wie Geschwister, die sich auf der Rückbank im Auto mit den Ellbogen anstießen. Du beklagtest dich, dass das Kratzen meines Bleistifts auf dem Papier dich dabei störe, deine Lieblingssendungen zu genießen, ich beklagte mich über die Lautstärke des Fernsehers. Du stelltest den Ton noch lauter, ich brachte nur noch Donuts mit

Zucker- statt Schokoladenglasur mit. Ich ließ morgens meinen Wecker länger klingeln, bevor ich die Schlummertaste drückte, du hast meine Kleidungsstücke vom Boden aufgehoben, sie auf mein Bett gestapelt und gesagt, ich solle aufhören, so eine ekelhafte Schlampe zu sein; unter dem gleichen Vorwand wuschst du im Waschbecken meine Donut-Land-Uniform und hängtest sie zum Trocknen in die Duschkabine. *Du hättest mal das Wasser sehen sollen*, sagtest du, *ganz dreckig und grau, dreimal hab ich das Ding gewaschen, und trotzdem war das Wasser so trüb, dass es kaum durch den Abfluss lief, du Ferkel.*

Das brachte das Fass zum Überlaufen.

Ich blieb immer länger in der Bibliothek. Wenn ich nach Hause kam, stritten wir uns wie ein eifersüchtiges Liebespaar. *Wo warst du? Bestimmt wieder in der Bibliothek, denn ich* weiß, *dassde nicht mit Freunden unterwegs warst. Außer mir haste nämlich auf der ganzen gottverdammten Welt keinen einzigen Freund. Nicht mal deine eigene Familie kann dich leiden! Wann hat dich zum letzten Mal jemand angerufen oder dir was geschickt?*

»Wenigstens kriege ich keine Briefe von James Findley Ramsey dem Dritten«, sagte ich.

Wenigstens, sagtest du, *interessiert es jemanden, was mit mir los ist. Dich bemerkt doch nicht mal irgendwer. Is dir schon mal aufgefallen, dass es niemanden interessiert, wasde tust oder sein lässt?*

»Was ist eigentlich dein verdammtes Problem?«

Nicht ich hab hier ein Problem, sondern du. Niemand kann dich leiden. Nicht mal Thin Mint, dabei kann die sonst jeden leiden.

»Wenigstens komme ich morgens aus dem Bett«, sagte ich.

Schön für dich. Moment, ich ruf schnell den Präsidenten an und erzähl's ihm. Hallo, Georgie?, sagtest du, den Daumen am Ohr, den kleinen Finger zum Mund gestreckt. *Hey, Georgie, ich bin's wieder, wie läuft's denn so? Ich ruf bloß an, um dir zu sagen, dass meine Zimmergenossin Mary Murphy … die aussieht wie 'ne wandelnde Leiche? Mhm, genau die ... Ich ruf bloß an, um dir zu sagen, dass sie heute früh aus'm Bett gekommen is. Mhm. Wie bitte? Du verleihst ihr die Tapferkeitsmedaille? Ach, George, du bist echt zum Schreien.*

»Leck mich«, sagte ich.

Worauf du natürlich erwidert hast: *Hättste wohl gern.*

»Warum hängst du dann nicht mit den anderen Mädchen rum?«, fragte ich, womit ich all die Erbinnen auf unserem Flur meinte: blond, blauäugig und reich, nicht voneinander zu unterscheiden, die Wandschränke so voller Kleidungsstücke aus Samt und Seide, aus Tweed und Kaschmir, dass viele von ihnen während der ersten Woche am College gezwungen gewesen waren, zusätzliche Kommoden zu kaufen. Womit ich die Mädchen meinte, über die du dich das ganze Jahr lang lustig gemacht und die du *Blondie* und *Barbie* und *Baby* und *Blödfresse* genannt hattest.

Also begannst du tatsächlich, mit ihnen rumzuhängen. Du hast mich auf die kaltblütigste Art fallen lassen, die du dir vorstellen konntest – indem du dich beliebt machtest. Als ich eines Abends aus der Bibliothek nach Hause kam, hast du von Mädchen umringt im Aufenthaltsraum gesessen. Du sagtest ihnen ihr Schicksal voraus – last ihnen aus der Hand – und hattest dich für den Anlass passend gekleidet, den Kopf in einen roten Turban gehüllt, Goldringe an den Ohren baumelnd. Du hast den scharfen Rand des Fingernagels über die Lebenslinien, Geldlinien, Liebeslinien der Mädchen gleiten lassen. An mehreren aufeinanderfolgenden Abenden wollten Scharen liebeskranker Mädchen dich sehen, stellten sich in ihren Doris-Day-Satinpyjamas an, die Gesichter mit Schlammmasken bedeckt, das Haar voller Lockenwickler, und wollten wissen – verzweifelt und hilflos hielten sie dir die Hände hin –, ob sie von gewissen Jungen mit Namen wie Preston Carrington und Wesley Knoxville geliebt wurden. Eins der Mädchen, das lauteste, blondeste von allen, hieß Lacy Winterson und war in einen Jungen verliebt, der allen Ernstes den Namen Rhett Butler trug. »Ist Rhett Butler in mich verliebt?«, fragte sie. »Ist er der Richtige?«

Mal sehen, sagtest du. *Setz dich.* Du nahmst ihre Hand, starrtest sie an und hobst eine Braue.

»Und?«, fragte Lacy. »Was siehst du?«

Still, sagtest du. *Das hier is was Besonderes. Ich muss mich konzentrieren.* Du hast sie gequält, ihre Hand ganze fünf Minuten betrachtet, ohne etwas zu sagen, hast an ihrer Haut gezogen, sie zusammengedrückt, sie gedehnt und ihre Finger zurückgebogen. *Tja*, sagtest du schließlich, *genau wie ich's befürchtet hab. Ich seh da gar keinen Ausweg.*

»Was ist denn?«, fragte Lacy.

Du heiratest wirklich, sagtest du. *Und wirst eine Weile glücklich sein.* Dann hast du innegehalten, bist aufgestanden und hast das Zimmer durchquert, eine Zeitschrift genommen und darin geblättert, während Lacy mit offenem Mund auf der Sofakante saß.

»Und dann?«, fragte sie mit ganz leiser Stimme.

Na ja, sagtest du, *das kann ich nicht mit Sicherheit sagen. Aber von einem bestimmten Punkt an bist du dann nicht mehr glücklich.* Obwohl dieses Schicksal so vage wie nur möglich formuliert war und auf nahezu jeden Erdbewohner zutreffen konnte, fühlte sich Lacy auf ganz besondere Weise verflucht, als litte sie allein an einer seltenen Krankheit. Ihre Augen schwammen in Tränen, und sie schloss sich in ihrem Zimmer ein.

Du warst wirklich beliebt. »Carson«, sagten die Mädchen zu dir, »wir hatten ja keine Ahnung, dass du so fantastisch bist!« Sie luden dich zu den privaten Pizzapartys ein, die sie in ihren

Zimmern veranstalteten. Jeden Abend ließen sich diese Mädchen von anderen Studenten, die kein Geld hatten und deshalb als Auslieferungsfahrer arbeiteten, die unter der Schmach litten, genauso schlimme Uniformen wie die von Donut Land tragen zu müssen, Pizzas ins Wohnheim bringen, und du hast hoheitsvoll auf der anderen Seite der Kluft gesessen. Hast in jenen Zimmern gesessen und alle möglichen Geschichten erzählt. Ich hörte dich reden und die Mädchen in Gelächter ausbrechen. Sie nannten dich »Freundin«. »Hallo, Freundin«, sagten sie. Und du gewöhntest dir an, so laut auszurufen, dass es bis in unser Zimmer drang: *Echt schön, zur Abwechslung mal 'n bisschen Spaß zu haben!*

Eines Abends saßest du in deinen Zigeunerklamotten in der Eingangshalle, doch es zeigte niemand Interesse – der Reiz war erloschen, und alle lernten für die Abschlussprüfung, um die du dir keine Gedanken machen musstest, weil du bereits durchgefallen warst. Du kehrtest in unser Zimmer zurück und holtest deine Koffer aus dem Wandschrank, hast Kleidungsstücke von Bügeln gestreift und im Zimmer herumgefuhrwerkt. Du nahmst die Fotos von der Wand und zupftest das Klebeband davon ab. Als du mit dem Packen fertig warst, setztest du dich seufzend aufs Bett – das war mein Stichwort, um irgendwas zu sagen wie: »Du fährst schon? Du bleibst nicht bis nach der Abschlussprüfung?« Doch ich tat es nicht. Wenn ich eine Begabung hatte, dann in stummem Groll zu verharren. In all den Jahren, in denen ich mich mit meiner Schwester und meiner Mutter gestritten hatte, hatte nie ich das Schweigen gebrochen.

Im Fernsehen lief gerade ein *Creature Double Feature*, irgendein Schwarz-Weiß-Horrorfilm, in dem ein riesiges Reptil eine Großstadt zerstörte. Die Musik bemühte sich, Spannung zu erzeugen, doch die Effekte waren lachhaft. *Jämmer-*

lich, sagtest du. Es dauerte lange, bis du wieder etwas sagtest, und es klang ärgerlich. *Gib mir deine Hand.*

»Warum?«

Um dein Schicksal vorherzusagen, du dummes Ding.

Mir war nie der Gedanke gekommen, dass du tatsächlich aus der Hand lesen konntest – ich hatte gedacht, dass du es nur behauptet hattest, um den Leuten sagen zu können, was du wirklich von ihnen hieltest, um sie aus reiner Bosheit zu einer unerfreulichen Zukunft zu verdammen. Aber ich ließ dich gewähren.

Durchschnittlich, sagtest du. *Nichts besonders Aufregendes.* Dann hast du meine andere Hand betrachtet, sie im Licht des Fernsehers hin und her gewendet.

Das hier is ziemlich ungewöhnlich, sagtest du und fuhrst mit dem Finger eine Linie entlang, die sich von links nach rechts schräg über meine Handfläche zog. *Verdammt ungewöhnlich. Das hab ich noch nie im echten Leben gesehen, bloß in Büchern, aber noch nie hautnah.* Eine zusätzliche Linie, hast du behauptet. Seltsam. Wie ein sechster Finger.

»Was bedeutet das?«, fragte ich.

Is nicht ganz klar. Da gibt's zwei unterschiedliche Ansichten.

»Was meinst du?«, wollte ich wissen, doch du ziertest dich. *Niemand weiß genau, was diese Linie bedeutet. Sie is so ungewöhnlich, dass es niemand mit Sicherheit sagen kann.*

»Was bedeutet sie?«, fragte ich. »Dass ich bald sterbe, stimmt's? Ist schon okay. Du kannst es mir ruhig sagen. Ich glaube nicht an diesen Kram.«

Nein, sagtest du. *Das nicht.*

»Sondern?«

Ich sag dir, was es meiner Ansicht nach bedeutet, sagtest du. *Meine persönliche Meinung. Und das hab ich sowieso schon von Anfang an gedacht. Ich glaub, es bedeutet, dass du mal berühmt wirst.*

»Berühmt wofür?«, fragte ich.

Keine Ahnung, sagtest du. *Soweit ich das sehe, haste keine spezielle Begabung.*

Wir sahen, wie sich die Riesenechse auf die Hinterbeine stellte und den Turm des Empire State Building abbiss. *Vielleicht*, sagtest du, *gehörste zu den Leuten, die irgendeinen Rekord brechen. Für die längsten Fingernägel oder so. Vielleicht wirste auch hundertfünfzig Jahre alt.*

»Was ist das andere?«, fragte ich. »Du hast gesagt, es gibt zwei mögliche Bedeutungen.«

Hab ich vergessen, sagtest du. Dann bist du aufgestanden und hast den Fernseher ausgeschaltet. So war das mit dir. Du redetest ohne Unterlass, doch sobald dich jemand anders zum Reden bringen wollte, sagtest du kein Wort mehr und kehrtest ihm den Rücken zu.

Lange lagen wir still im Dunkeln. Mir ging eine Frage durch den Kopf, doch ich wusste nicht, wie ich sie in Worte fassen sollte. Ich überlegte immer wieder, was ich sagen sollte – vergeblich, bis ich irgendwann das Gefühl hatte, du könntest einschlafen, wenn ich mich nicht beeilte, und dann könnte ich dich nicht mehr fragen, also platzte ich damit heraus: Warum? Warum, warum, warum? Warum kehrtest du an diesen Ort zurück? Warum hattest du alles einfach weggeworfen? Aus welchem Grund bloß? Ich wollte, dass du mir einen einzigen guten Grund nanntest.

Es dauerte eine Weile, bis du mir geantwortet hast, doch dann kam mehr, als ich erwartet hatte. *Ich erzähl dir jetzt was*, sagtest du, *aber wennde das je weitererzählst, bring ich dich um. Auch wenn ich fertig bin, will ich von dir kein Wort hören, keinen einzigen Mucks. Bleib einfach still liegen wie immer. Kein Wort. Wennde auch nur ein einziges Wort sagst, bring ich dich um.* Und dann erzähltest du, warum. Du erzähltest mir, dass deine

Schwester Sharon vor Jahren ein Baby bei der Geburt verloren hatte und danach keine Kinder mehr kriegen konnte, obwohl sie sich im Leben nichts sehnlicher gewünscht hatte als das. Und als du im vorletzten Highschooljahr schwanger wurdest, war bei euch anfangs von Adoption die Rede, davon, dich in ein Heim zu schicken und allen zu sagen, du hättest ein Stipendium für eine teure Sommerschule erhalten, doch je öfter du mit deiner Mutter und Sharon darüber sprachst, desto schlechter kam die Idee euch vor. Weil Sharon keine Kinder mehr kriegen konnte und du eins hattest, das du nicht haben wolltest, das dir dein Collegestudium und deine glänzende Zukunft verbaute, schien es plötzlich die viel bessere Idee zu sein, das Baby Sharon zu überlassen. Es schien vernünftig, euch beide nicht mehr aus dem Haus zu lassen, zu behaupten, ihr wärt an Drüsenfieber erkrankt, und nach der Hausgeburt allen zu sagen, es wäre Sharons Baby. *Es is nämlich so*, sagtest du, als hätte ich die Wahrheit nicht längst herausgefunden, als täte es mir nicht längst in der Seele weh, *der Grund, warum ich nach Hause fahre, warum ich's hier nicht aushalte, is, dass Regis zu mir gehört.*

»Ach, Carson«, sagte ich.

Und du sagtest: *Halt's Maul, dumme Kuh. Hab ich das nicht gesagt? Hab ich nicht gesagt, du sollst kein Wort sagen? Wennde je wieder das Wort an mich richtest, bring ich dich um. Ich fahr morgen früh, mein Daddy holt mich mit dem Wagen ab, und ich schwör bei Gott, wennde auch nur 'n einziges gottverdammtes Wort zu mir sagst, dann kratz ich dir die Augen aus. Wir sind hier fertig.*

Am nächsten Morgen warst du früh auf, stopftest deine Laken, Decken und Kissen in einen weißen Müllbeutel, den du aus dem Abfalleimer im Bad gestohlen hattest (*In den Sack, weißes Pack*, sagtest du kichernd zu dir selbst), gingst im Zimmer umher und zogst immer wieder die Schubladen heraus, bis du überzeugt warst, dass keine Spur von dir blieb. Du gingst mehrmals nach draußen, um deine Koffer und dann den Fernseher hinunterzuschleppen. Danach kamst du wieder hoch, stelltest dich ans Fenster und hieltest Ausschau nach deinem Vater. Ich setzte mich im Bett auf und sagte Guten Morgen, doch du bliebst stumm. Es verstrich viel Zeit, bis du endlich sahst, worauf du gewartet hattest, die gedrungene Gestalt von Merriweather Washington, der aufs Wohnheim zukam, und schon machtest du dich auf und davon. *Mach's gut*, sagtest du und schlugst die Tür hinter dir zu.

Nachdem du gegangen warst, stellte ich mich ans Fenster und sah hinaus – du wusstest, dass ich das tun würde. Dein Vater ging mit dem Fernseher und dem Sack mit dem Bettzeug vorneweg, müde und schwerfällig wie Willy Loman. Du gingst langsam hinter ihm her, in jeder Hand einen Koffer. Gerade als ich dachte, du würdest dich nicht mehr umblicken, setztest du deine Koffer ab, drehtest dich um und riefst, die Hände um den Mund gelegt, zu mir herauf: *Hey, ich hab vergessen, dir was zu sagen!*

Inzwischen hattest du die Aufmerksamkeit der vorbeigehenden Studenten erregt, der normalen Leute, die draußen waren, um die herrliche Frühlingsluft zu genießen. Sie blieben stehen und starrten herüber, manche sahen dich und manche mich an.

»Was denn?«, fragte ich.

Bemüh dich lieber, berühmt zu werden, riefst du. *Sonst wirste ertrinken.*

Ein paar Tage später musste ich zu James Findley Ramsey III., der mein Studienberater und deshalb dafür verantwortlich war, mir bei der Auswahl meiner Herbstkurse zu helfen. Ich hatte mich für nichts eingetragen, und das war ihm aufgefallen; er hatte mir einen Brief geschickt. Es war witzig, ihn leibhaftig vor mir zu sehen, er sah ziemlich genau so aus, wie wir ihn uns vorgestellt hatten, rosig und prall wie ein Weihnachtsschinken, blauer Anzug, weißes Hemd, blau-orange gestreifte Krawatte, silbernes Haar, künstliche Zähne, heißer Händedruck. Er war der gut gelaunte »Kommen Sie rein, kommen Sie rein! Setzen Sie sich, setzen Sie sich«-Typ, dem man einfach nichts abschlagen konnte. »Mary Murphy«, sagte er und schlug eine mit Papieren vollgestopfte Aktenmappe auf. Ich fragte mich, was darauf stehen mochte. »Sie haben ein ziemlich breites Spektrum von Kursen belegt. Aber darum geht es ja in den Geisteswissenschaften, stimmt's?« Er kicherte. Dann seufzte er. Dann runzelte er die Stirn. Er sagte, er bedauere die Notwendigkeit, sich festzulegen und sich auf ein einziges Gebiet zu konzentrieren, doch die Zeit dafür sei nun gekommen. Es sei an der Zeit, darüber nachzudenken, was ich mit mir anfangen wolle. Ob ich daran schon mal gedacht hätte.

Ich sagte Ja.

»Und zu welchem Schluss sind Sie gekommen?«, fragte er.

Ich sagte, ich sei zu dem Schluss gekommen, dass ich keine besondere Begabung hätte und mir keinen Job für mich vorstellen könne. »Tja«, sagte er. Er beugte sich vor und ballte die Hände zu Fäusten. Er war nervös. Seine Haut färbte sich rot, und einen Augenblick schien er kurz vor einem Herzstillstand zu sein. Eine Herausforderung! Eine Studentin, die Anleitung brauchte! »Menschen ohne besondere Begabung erlangen kein Vollstipendium«, sagte er.

Ich bedauerte, ihm mitteilen zu müssen, dass so etwas in manchen misslichen Fällen offenbar vorkomme.

»Unsinn! Sie haben mit Sicherheit besondere Fähigkeiten.« Verzweifelt überflog er meine Akte. »Französisch!«, sagte er. »Sie waren im Leistungskurs Französisch. Und haben eine gute, hohe

Punktzahl erreicht. Das ist etwas Besonderes. Wie wär's mit Französisch? Haben Sie darüber schon mal nachgedacht?«

»Klar«, sagte ich. Obwohl ich Französisch nie als besondere Fähigkeit betrachtet hatte. Ich hatte es an der Highschool belegt und nur deshalb gut abgeschnitten, weil meine Großeltern französische Einwanderer der ersten Generation waren und ich als Kind viel Zeit bei ihnen verbracht hatte. Meine Großeltern hatten immer miteinander französisch gesprochen, wenn ich das Gesagte nicht verstehen sollte, doch im Lauf der Zeit hatte ich mir einen Grundwortschatz angeeignet. Ich lernte zu sagen: »Red keinen Unsinn. Mach mal halblang. Hör auf, im Haus rumzutoben, und fall mir nicht auf die Nerven. Gleich platzt mir der Kragen. Du machst mich wahnsinnig. Lass mich in Ruhe. Wo sind meine Schlüssel? Du hast schon wieder zu viel getrunken. Wann holt ihre Mutter die beiden ab, wann hört sie endlich auf rumzuvögeln und übernimmt Verantwortung? Das ist nicht meine Schuld. Nie ist jemand schuld, aber das kann ja nicht sein.« Mein Großvater war Busfahrer, als Jugendliche fuhr ich nachmittags immer auf dem Platz hinter dem Fahrersitz mit ihm durch die Stadt, und er brachte mir noch mehr bei. »Guck dir mal den Kerl an, der gleich einsteigt«, lernte ich zu sagen, »was für ein jämmerlicher Scheißer, der Rücken so krumm, dass er wie ein Fragezeichen aussieht. Sollte ich je so ein Krüppel werden, musst du mich sofort abmurksen.« Die Sprache hatte mir schon immer gefallen – wie sie sogar die absurdesten Redewendungen abmilderte und dem banalen Leben ringsum etwas Kultiviertes verlieh –, und ich sagte James Ramsey, dass ihre Vorzüge wohl ein intensiveres Studium wert seien.

»Fantastisch!«, sagte er. »Wie heißt ›fantastisch‹ auf Französisch?«

»Fantastique«, sagte ich.

»Sehr gut«, sagte er.

Plötzlich plante er meine Zukunft, blätterte im Vorlesungsverzeichnis und wählte Veranstaltungen über Hugo, Voltaire, Flaubert aus. »Da wird nicht mit der Übersetzung gearbeitet, sehen Sie?«, sagte er. »Alles auf Französisch. Eine ziemliche Herausforderung, oder?«

»Wow«, sagte ich.

»Mit Französisch kann man eine Stange Geld verdienen«, sagte James Ramsey. »War nur Spaß! Stimmt natürlich nicht! Aber Sie könnten unterrichten. Vielleicht sogar auf College-Niveau. Das ist ein gutes Leben. Ich habe hier ein paar Jahre lang Geschichte gelehrt und fand das ungeheuer befriedigend.« Er rieb sich die Hände. Ich stand auf, und dann umarmte er mich sogar kurz und sagte, ich hätte ihm eine große Freude bereitet. Er habe mir in nicht einmal fünf Minuten das Leben gerettet und werde jetzt nach Hause gehen und seiner Frau davon erzählen.

Und so studierte ich die nächsten drei Jahre, da ich absolut leicht zu beeinflussen war, Französisch als Hauptfach und vergaß dich in meinem typisch französischen Egoismus mehr oder minder. In meinem zweiten Studienjahr wurde ich selbst Wohnheimsprecherin, wurde das Französisch studierende Abbild von Belinda Wimpy. Ich hatte ein Einzelzimmer und rauchte mit einer ellenlangen Zigarettenspitze aus Ebenholz eine französische Zigarette nach der anderen. Ich trug schwarze Rollkragenpullover, hörte französische Musik, las französische Zeitungen und sah mir französische Filme an. Wenn sich zwei oder mehr Leute in irgendeinem Nachbarzimmer versammelten und sich zu amüsieren begannen, klopfte ich an die Tür und erinnerte sie daran, dass sie gegen die Wohnheimregeln verstießen. Ich kündigte bei Donut Land und bekam eine Stelle in der Bücherausgabe der Bibliothek, die meinem Job bei Donut Land ähnlicher war, als ich mir eingestehen wollte. In beiden Fällen waren die Leute darauf angewiesen, von mir etwas zu bekommen, das sie haben wollten, und ich wollte es ihnen nicht geben. Ich saß über sie zu Gericht. Ich war wortkarg und gereizt, wenn ich das Datum aufstempelte, ich schob die Bücher mit einem stechenden Blick über den Tresen, der sagte: Du hast Glück, dass ich dir das gebe. Ich machte es mir zur Gewohnheit, alle zu verachten, und die Zeit verging wie im Flug.

In meinem dritten Studienjahr lernte ich in einem Seminar über Tocqueville einen gewissen Roger Preston Fairbanks kennen – Politikstudent, Sohn eines Botschafters, auf der Prep School in derselben Klasse wie Dan Quayles Sohn – und verfiel ihm Hals über Kopf. Roger war schon mal bei Dan Quayle zu Hause und in George Bushs Haus in Kennebunkport, Maine, gewesen und glaubte, das sei alles, was man im Leben brauche, um erfolgreich zu sein. Und es schien tatsächlich zu stimmen. Nach meiner ersten Verabredung mit Roger kehrte ich in mein Zimmer zurück, stellte mich vor den Badezimmerspiegel und sagte immer wieder: Ich bin die Freundin des Freundes von Dan Quayles Sohn!, wobei ich mir durchaus bewusst war, wie erbärmlich das klang, doch insgeheim war ich auch verzückt.

Roger sagte, ihm gefalle mein Aussehen, als wäre das etwas, das ich kultiviert hätte, eine Art anämischer Schick. Wir waren das ganze vorletzte Jahr lang ein Paar und verbrachten den Sommer gemeinsam im Haus seiner Familie in Maryland, vor dessen Tür Jachten lagen. Jachten! Und obwohl diese Leute – Rogers Freunde, mit denen ich nichts gemeinsam hatte und die obendrein irgendwie für das Elend all meiner Familienangehörigen verantwortlich zu sein schienen – nicht meine Leute waren, wollte ich sie in Wahrheit unbedingt kennenlernen, wollte eine von ihnen werden, genauso sprechen, mich genauso kleiden und verhalten wie sie. Noch nie hatte ich mir etwas so verzweifelt gewünscht. Doch als Roger im Jahr darauf sein Jurastudium aufnahm, gab er mir den Laufpass, weil er bei seiner Ankunft in New Haven konzentriert und ungebunden sein wollte.

Er servierte mich einfach ab.

Ich war abserviert worden!

Den Rest des Semesters verbrachte ich in meinem Zimmer, das ich nur verließ, wenn es unbedingt nötig war. In diesen Fällen beeilte ich mich immer, trug Sonnenbrille und Kopfhörer, damit ich nichts sagen musste, wenn ich Roger oder einem seiner Freunde zufällig begegnete. Ich redete so lange mit keinem Menschen, dass mir irgendwann schon so grundlegende Sachen wie das Einkaufen von Lebensmitteln schwerfielen. Das Bezahlen an der Kasse, das Hin und Her mit der Kassiererin, wurde allmählich zum Problem.

Nachmittags ging ich ins Dragon Lady, ein chinesisches Restaurant auf der anderen Straßenseite, wo es Riesenschüsseln Wantan-Suppe für einen Dollar gab, und dort saß ich stundenlang, aß die Suppe, die inzwischen längst kalt geworden war, und dachte darüber nach, dass es seltsam war, so oft allein in einem Restaurant zu sitzen, wenn auch nicht ganz so seltsam, wie allein zu Hause zu hocken.

Eines Abends im April saß ich wieder im Dragon Lady, las wie immer, starrte aber gelegentlich aus dem Fenster, und so wie einem manchmal etwas auffällt, das man schon tausendmal übersehen hat, sah ich plötzlich auf dem Parkplatz ein Münztelefon. Ich sah, wie das dicke Telefonbuch an einer Metallschnur baumelte und sich leicht im Wind drehte. Ich überlegte, wen ich anrufen könnte. Mir fiel meine Familie ein – seine Familie kann man immer anrufen, dachte ich.

Doch ich wusste nicht, wo Malinda war, und meine Mutter war im Grunde nicht mehr meine Mutter. Irgendwann in jenem Jahr hatte sie eine Glaubenskrise gehabt und zum fünften Mal geheiratet, einen Prediger aus Atlanta, den sie im Kabelfernsehen gesehen hatte. Eine Zeit lang hatte sie mich jeden Tag angerufen, um mich aufzufordern, Jesus Christus als meinen persönlichen Herrn und Erlöser zu akzeptieren. Sie leitete jetzt den Kinderhort der Gemeinde ihres Mannes, eine Dienstleistung, die die Kirche meiner Mutter zufolge anbot, um dafür zu sorgen, dass ihre liebenswertesten, unschuldigsten Lämmer die Liebe und Fürsorge erhielten, die die Geschöpfe Gottes verdient hatten. Bei unserem letzten Gespräch hatte ich sie wegen des Geplappers der vielen Kinder im Hintergrund kaum verstehen können.

»Irgendwas von Malinda gehört?«, hatte ich gefragt.

»Gott kümmert sich um sie«, sagte meine Mutter. »Das ist mir ein Trost.«

»Was?«, fragte ich. »Bei dem Geschrei hab ich dich nicht verstanden.«

»Gott ist ein Trost«, sagte sie.

»Ich kann dich nicht verstehen«, hatte ich gesagt. »Du gehst wohl besser wieder zu deiner neuen Familie. Lass dich von mir nicht aufhalten.«

Paare betraten oder verließen das Restaurant, redeten miteinander und lachten, und ich saß da und überlegte, ob ich auch nur einen einzigen anderen Menschen so gut kannte, dass ich ihn anrufen könnte, und was ich ihm dann wohl sagen würde. Niemand, den man anrufen kann! Ich hatte das Gefühl, dass jemand, auf den das zutraf, in Schwierigkeiten steckte.

Schließlich fielst du mir ein. Und in diesem Augenblick schienst du die Antwort zu sein, nach der ich gesucht hatte, als könnte ich, wenn ich mit dir redete, zu jemandem eine Verbindung herstellen, als könnte sich dann etwas ändern, und mit mir wäre wieder alles in Ordnung.

Ich hatte deine Telefonnummer nicht, aber wie viele Merriweather Washingtons konnte es in jenem Provinznest, ja, auf der ganzen Welt schon geben? Ich ging zur Kasse, ließ mir eine Rolle Vierteldollarmünzen geben und ging zu dem Telefon hinüber. Inzwischen war alles automatisiert, und ich musste den Namen Merriweather Washington einem Computer nennen. Doch der Computer hatte Probleme, leitete mich an einen Menschen weiter – WELCHER TEILNEHMER, BITTE? –, und ich musste den Namen wiederholen, Merriweather Washington, und dann kam die Nummer, die Computerstimme sprach wieder, und ich musste sie mir ein zweites Mal anhören, weil ich mir nur schwer etwas merken konnte. Aber in Wirklichkeit fiel es mir schwer zu glauben, dass man Zahlen in einen Automaten eingeben und daraufhin tatsächlich mit jemandem sprechen konnte. Die Tatsache, dass das Telefon klingelte und jemand abhob, verwirrte mich.

»Ist Carson da?«, fragte ich, meine Stimme vom seltenen Gebrauch ein wenig rau. Einen Augenblick herrschte Schweigen.

»Soll das 'n Witz sein?«, fragte die Frauenstimme am anderen Ende. »Wer spricht'n da?«

»Eine Freundin vom College. Wohnt Carson noch bei Ihnen?«

Und dann sagte die Frau, vermutlich deine Schwester: »Carson is nicht mehr hier. Sie is tot.«

Ich knallte den Hörer auf die Gabel, als könnte ich damit irgendwas ändern. Eine heiße Scham überkam mich, eine pochende Angst. Ich sank zu Boden und setzte mich neben das Münztelefon, die Knie an die Brust gezogen. Ein ums andere Mal redete ich mir ein, dass hier ein Fehler vorliegen müsse, dass ich mich verhört hätte, doch die Stimme aus dem Telefon sagte immer und immer wieder: Sie is tot, sie is tot, sie is tot.

Ein paar Tage später brachte ich den Mut auf, noch mal anzurufen, und diesmal hob deine Mutter ab. Ich nannte ihr meinen Namen, sagte, ich sei eine Freundin von dir. »Natürlich«, sagte deine Mutter. »Ich kann mich an Sie erinnern, Mary. Carson hat ständig von Ihnen erzählt.« Als deine Mutter von deinem Tod im vorigen Jahr sprach, benutzte sie das Wort »dahingegangen«. Und als sie von dem Autounfall sprach, von dem Jungen, der dich mitgenommen hatte und in den Straßengraben gefahren war, benutzte sie das Wort »Missgeschick«. Im Hintergrund hörte ich Regis schreien, und mir schnürte es die Kehle zu, ich konnte nicht sprechen, schaffte es gerade noch, mich zu bedanken, und legte auf.

Ich dachte an all das, was du vorgehabt hattest – Regis großziehen, ein Café eröffnen, deinen Namen in Leuchtbuchstaben sehen –, und wollte nicht glauben, dass du nicht mehr da warst. Vor Kurzem hattest du noch gelebt und geatmet. Dein Körper war mit Leben erfüllt gewesen, dein Herz hatte geschlagen, das Blut war durch deine Adern geströmt, die Zellen hatten sich geteilt und vermehrt, du hattest gegessen und getrunken, du hattest gedacht und gesprochen, du warst am Leben gewesen – und plötzlich gab es dich nicht mehr, plötzlich warst du tot, plötzlich hing dein Bild inmitten der Verstorbenen an der Wand, und ich konnte es nicht begreifen, konnte es nicht glauben. Ich hörte deine Stimme ganz deutlich in meinem Kopf. Ich hörte dich immer wieder von dem Oscar reden, den du eines Tages gewinnen würdest, von dem Augenblick, in dem man deinen Namen aufrufen würde. *Wahrscheinlich sitz ich ganz weit hinten*, sagtest du, *und dann wird mein Name aufgerufen, die Musik ertönt, und alle blicken sich um und fragen: »Wer zum Teufel is Carson Washington?«, und es dauert 'ne halbe Ewigkeit, bis ich den Gang runter und auf der Bühne bin, und plötzlich will man mir erzählen, ich hätt keine Zeit mehr, um mich zu bedanken, aber ich sage: Hör mal, Baby, ich wiege hundertvierzig Kilo, da versuch mal, mich hier runterzukriegen, das möcht ich sehen.* Und ich konnte nicht glauben, dass du tot warst, ich konnte es einfach nicht glauben.

Seltsamerweise war die Nachricht von deinem Tod meine Rettung. Ich begann mich zu fragen, was ich einmal tun wollte. Von meiner Zukunft hatte ich lediglich eine verschwommene Vorstellung. Im Herbst sollte ich ein Aufbaustudium beginnen, Französische Sprache und Literatur, und danach wollte ich an einer Highschool unterrichten und ein ruhiges Leben in einer winzigen Wohnung führen, wahrscheinlich mit mehreren Katzen. Doch auf einmal sah ich ganz deutlich, was fehlte – alles, von dem ich bereuen würde, wenn ich es nicht täte.

Ganz oben auf der Liste stand die Versöhnung mit meiner Schwester, darum machte ich mich auf die Suche nach ihr. Ich durchforstete die Kleinanzeigen nach einem Auto und entdeckte einen Buick Centurion für zweihundert Dollar. Der Besitzer war ein Mann mit Cowboyhut, der seinen Wagen anscheinend nur ungern verkaufen wollte. Als wir eine Probefahrt machten, zählte er die gesamten Mängel auf: Die Heizung und das Radio funktionierten nicht; die Scheibenwischer quietschten; die Reifen waren abgefahren und die Bremsen nicht in Ordnung; es gab Probleme mit dem Getriebe, der Motor lief heiß, und deshalb sei es am besten, nachts zu fahren, wenn ich mehr als zwanzig Kilometer zurücklegen wolle. »Der Wagen könnte schon morgen liegen bleiben«, sagte er. »Ich will Sie nicht am Straßenrand stehen sehen. Schauen Sie sich lieber noch weiter um.«

Doch ich kaufte den Wagen und packte ihn mit allem

voll, was ich besaß: Kleidungsstücke und Bücher, ein Schlafsack und ein Kissen, meine alte Klarinette (mausetot in ihrem Sarg), eine fünfzig Jahre alte mechanische Schreibmaschine, die ich zusammen mit einem Ersatzfarbband in einer Pfandleihe gekauft hatte. Ich hatte die Befürchtung, dass es das letzte für diese Maschine geeignete Farbband auf Erden sei, und manchmal ließ mir dieses Problem keine Ruhe, und ich befürchtete, innerhalb von wenigen Metern schwarzem Stoff alles sagen zu müssen, was ich zu sagen hatte, weil man es nach seiner Abnutzung nicht mehr würde austauschen können. Auch wenn das lächerlich war – ich konnte schließlich mit der Hand schreiben, ich konnte mir jederzeit eine andere Schreibmaschine kaufen –, erfüllte es mich mit Sorge.

Als ich den Campus verließ, kam mir der Gedanke, dass ich zuerst in euer Provinznest fahren sollte, zu diesem schrecklichen Ort, in dem du gefangen gewesen warst. An der Ausfahrt zu dem Städtchen bog ich vom Highway ab und fuhr meilenweit durch gelbe Felder. Der Ort selbst war klein, es war nicht schwer, die Stadtverwaltung zu finden, wo ich nach deiner Adresse fragte, und von dort war es zu eurem Haus, einer klobigen weißen Bude mit roter Haustür und roten Fensterläden, nur noch ein kurzer Spaziergang. An dem Briefkasten, der an der Straße stand, hatte dein Vater mit Spiegelfolie den Namen Washington aufgeklebt. Auf dem Rasen vor dem Haus lag ein kleines Fahrrad. Während unserer gemeinsamen Zeit war Regis noch ein Baby gewesen, aber mittlerweile war er natürlich alt genug, um Fahrrad zu fahren. Das bekümmerte mich. Die Fenster standen offen, und ich sah die Vorhänge deiner Mutter, weiße Spitze, die sich im Wind hob und senkte. Hinterm Haus stand ein blaues Gerüst aus Aluminium, an dem zwei weiße Plastikschaukeln baumelten. Ein Rasensprenger lief, aber bestimmt nicht dem Gras zuliebe – das war längst verdorrt –, vermutlich lief er wegen eines Kindes, wegen Regis, doch es war niemand draußen.

Ich streifte noch ein bisschen umher. Es gab im ganzen Ort kein einziges mehrstöckiges Gebäude – sämtliche Wohnhäuser, Läden und städtischen Gebäude waren niedrig und hatten Flachdächer. Sogar die Kirche, die First Assembly of the Fire Baptized. Sie war einmal ein Wohnhaus gewesen und hatte vorn noch eine Veranda mit Fliegengitter. Es war kaum jemand draußen unterwegs, nur ab und zu kam ich an Leuten vorbei, die mir zunickten und sich zu fragen schienen, was ich dort machte, wer ich war, was ich wollte.

In der Ortsmitte gab es einen kleinen Lebensmittelladen, und ich ging hinein. Alles war mit einem Auszeichner etikettiert worden, kleine Rechtecke aus weißem Papier, die Zahlen in Lila, wie früher. Ich griff nach einem Brot und drückte es zusammen. Ich nahm mehrere Dosen – leicht gezuckerte Pfirsichhälften, Fruchtcocktail, Ananasscheiben –, betrachtete sie und stellte sie ins Regal zurück. Ich stellte mir vor, wie du dort einkauftest, durch die Gänge gingst. Ich fand die Gebäckstücke, die Donuts. Ich fand die Cornflakes. Obwohl ich wusste, dass es lächerlich war, musste ich alles berühren. Auf dem Weg nach draußen winkte ich der Kassiererin – einer dicken Frau in einem geblümten Kleid –, doch ihr Gesicht blieb völlig ausdruckslos, als sähe sie mich nicht.

Ich ging wieder zu eurem Haus, klopfte an die Tür, schaute sogar zum Wohnzimmerfenster hinein, doch es war alles still. Ich sagte mir, dass es so wohl am besten sei. Wäre jemand an die Tür gekommen, hätte ich nicht gewusst, was ich hätte sagen sollen.

Als ich die Stadt verließ, war die Sonne schon untergegangen. Auf der nach Süden führenden Ausfallstraße kam ich an dem Pflegeheim vorbei, wo deine Mutter und deine Schwester arbeiteten, einem einstöckigen roten Backsteingebäude, das anscheinend mal ein Motel gewesen war. Es bestand aus einem großen Foyer und zwei langen Seitenflügeln, jedes Zimmer mit einer Tür, die auf den Parkplatz führte. Alle Zimmer waren dunkel, nur das Foyer vom Licht eines Fernsehers erleuchtet. Im Vorbeifahren sah ich, dass man die Heimbewohner in ihren Rollstühlen ins Foyer gebracht und hufeisenförmig vor dem Fernseher platziert hatte. Mit gekrümmten Rücken und gebeugten Köpfen saßen sie da und sahen aus wie wirbellose Kreaturen, die im Meer dümpelten. Ich hielt am Straßenrand und blickte eine Weile hinüber. Schwarze Frauen liefen in rosa Kitteln herum, sie betraten oder verließen das Foyer, und eine von ihnen war vielleicht deine Mutter. Rings um das Pflegeheim herrschte totale Ödnis. Es stand mitten auf einem riesigen asphaltierten Gelände. Darüber erhob sich ein hohes Schild, auf dem einmal irgendwas gestanden hatte, doch jetzt war es nur noch ein riesiges weißes Schild ohne Aufschrift. Mich fröstelte. Sein ganzes Leben in diesem Nest verbringen und dort sterben zu müssen – einen langen, qualvollen Tod, bei dem man Tag für Tag im Bett lag und aus dem Fenster auf einen leeren Parkplatz blickte – war einfach unvorstellbar. Ich rauschte davon, als würde ich vom Tatort eines Verbrechens flüchten. Doch das Bild dieses Pflegeheims ließ mir jahrelang keine Ruhe, es verfolgte mich, und jedes Mal, wenn ich daran dachte, stellten sich mir die Nackenhaare auf. Im Traum sah ich das Heim grün leuchten, sah mich selbst in seinem Innern und wachte schweißgebadet auf.

Ein Stück weiter die Straße entlang (sollte ich denn nie aus diesem Ort herauskommen?) kam ein Zug, und ich musste anhalten. Das klirrende Signal, die sich herabsenkenden Schranken, die Blinklichter, die hellen Scheinwerfer, die ihr Licht vorauswarfen. Und dann kam er in Sicht. Der Boden bebte. Der Zug fuhr langsam, ein Waggon nach dem anderen, manche randvoll mit Kohle, andere voll zerknautschter Autos, einige der Güterwagen leer, die Türen sperrangelweit offen. Wie immer wenn ich einen offen stehenden Güterwagen sah, kam mir der Gedanke hinterherzurennen, aufzuspringen, einfach mitzufahren und mir dort, wo er hinfuhr, ein neues Leben aufzubauen. Während ich dasaß und den Zug betrachtete – langsam, noch langsamer –, sah ich etwas durch die Luft wirbeln, das immer wieder ins Licht der Scheinwerfer geriet, eine dieser weißen Baumwollflusen, von denen du gesprochen hattest. Sie schien von einer inneren Kraft angetrieben zu sein. Sie drehte sich, schwebte, wand sich und fiel, drehte sich wieder und stieg wirbelnd auf. Immer wenn sie herabsank und zu verschwinden drohte, stieg sie wieder auf, sie würde nie zur Ruhe kommen, würde sich nirgends niederlassen, mit diesem Problem der Schwerelosigkeit kannte ich mich aus. Ich weiß nicht, wie lange ich die Baumwollfluse wie gebannt anstarrte, doch plötzlich war der Zug vorübergefahren, die Fluse, die letzte Spur von dir, mit ihm davongeschwebt, und ich überquerte die Gleise und fuhr gen Norden. Ich zog bei Walter Adams ein und machte in der ganzen Stadt Malindas frühere Freunde ausfindig. »Gott, Malinda«, sagten die Leute und schüttelten den Kopf, »eine Weile waren wir ziemlich dicke, aber irgendwann hat sie mich einfach fallen lassen.« Irgendwie entging es den Leuten, dass ich nach Malinda suchte, und am Ende fragten sie stets, wie es ihr ergangen sei, was sie all die Jahre getrieben habe. »Keine Ahnung«, sagte ich dann. »Ich hab sie seit fünf Jahren nicht mehr gesehen.«

»Du meinst, du hast die ganze Zeit nicht mit ihr geredet«, fragten sie, »mit deiner eigenen Schwester?«

Einer schickte mich zum anderen, der wieder zum Nächsten, und zwei Wochen lang spürte ich Leute bei der Arbeit auf, stapfte durch lange Krankenhaus- und Hotelflure, tappte die Gänge von Lebensmittelgeschäften und Discountläden entlang, betrat und verließ Restaurants, bis schließlich eine Geschichte Form annahm – dass Malinda und einige ihrer Freunde Sommer für Sommer in einem Urlaubsort namens Ogunquit, Maine, verbrachten und dort in den Restaurants arbeiteten, wo sie in drei Monaten genug Geld verdienten, um für den Rest des Jahres davon leben zu können.

Als ich nach Ogunquit kam, klapperte ich alle Restaurants ab und zeigte bis spätabends Malindas Foto herum, doch niemand hatte je von ihr gehört. Nachdem die Restaurants geschlossen hatten, machte ich einen langen, verzweifelten Spaziergang am Strand. Ich hatte das Gefühl, in eine Sackgasse geraten zu sein. Es sah so aus, als würde ich Malinda nie wiederfinden. Ich watete ins Wasser und spürte den Sog der Gezeiten. Ich beschloss, ein wenig zu schwimmen. Ohne groß nachzudenken, schwamm ich weiter hinaus, als ratsam war. Ich sah die bogenförmige, von blinkenden Lichtern markierte Küstenlinie, doch sie wirkte verschwommen, außer Reichweite, wie ein Traum, den ich einmal gehabt hatte. Und plötzlich war ich erschöpft, außer Atem, glaubte, es nicht wieder an Land zu schaffen. Ich drehte mich auf den Rücken, versuchte, meine Kräfte zu sammeln, und überlegte, was für einen Sinn es hatte zurückzuschwimmen. Ich könnte genauso gut einfach hinaustreiben. Doch nur einen Augenblick später, getrieben von einem Urinstinkt, wandte ich mich um und schaffte es bis an den Strand – inzwischen war der Himmel schwarz und das Wasser auch, ich lag auf dem Rücken, die Ohren unter Wasser, und es war still, totenstill, ich fühlte mich völlig, hoffnungslos, unendlich allein, alle Kraft hatte mich verlassen, und ich wusste für einen Augenblick, wie es war, wusste, was du gemeint hattest, wusste, dass deine Worte stimmten, wusste, dass ich ertrank.

ELEGIE FÜR JAMES BUTLER

(1952–1996)

Nordarkansas, 1952. Ach, wärst du nur woanders, egal wo, geboren! Das Städtchen, deinen Worten zufolge der reinste Sumpf, die Einwohner regelrechte Sumpfkreaturen, unzivilisiert und träge, mit dem dummen Lächeln und dem schläfrigen Blick von Fröschen. Kein Ort für dich, *einen Menschen mit einem gewissen Geschmack*, wie du dich selbst sahst. *Einen Menschen mit einem gewissen Format.* Deine ganze Kindheit wartetest du wie ein Kunde in der Schlange vor dem Beschwerdeschalter. Traurig, langmütig, mit einer Nummer in der Hand, glaubtest du, irgendwann würde der Tag kommen, an dem du ganz vorn in der Reihe stündest und die Gelegenheit bekämst, einem mürrischen Angestellten in blauem Overall dein Problem zu schildern. *Ich glaube, da ist ein Fehler passiert. Ich gehöre nicht hierher.* Und daran bestünde kein Zweifel. Ein einziger Blick auf dich würde alles sagen. Du warst ein kleiner, schmächtiger Junge mit einem zu großen Kopf; du warst blass, dein Haar so dünn, dass es farblos war; du hattest eine leise, zischende Stimme, einen singenden Tonfall; du warst weitsichtig, trugst eine dicke Brille mit Schildpattgestell, hinter der deine Augen seltsam vergrößert aussahen; du warst kränklich, hattest X-Beine, einen seltsamen, schlurfenden Gang, und nein, nein, du gehörtest nicht dorthin, du warst nicht der richtige Junge für diesen Ort, das konnte jeder sehen.

Als Junge in eurem Städtchen, als richtiger Junge, musste man sich immerzu im Freien aufhalten, barfuß und ohne

Hemd durch den Wald laufen, musste mit der Schleuder Eichhörnchen und Vögel von den Bäumen schießen, sich mit anderen Jungen – diesen wuseligen, muskulösen, hirnlosen Organismen – rangeln und prügeln, musste immer wieder die Klinge seines Taschenmessers auf- und zuschnappen lassen, völlig verdreckt, mit einer dicken Schmutzschicht unter den Nägeln, durch die Welt streifen, auf den Boden spucken, an Bäume pinkeln. Unterdessen hast du in einem Rattanschaukelstuhl auf der Veranda deiner Großeltern gesessen, im Lexikon gelesen und dir auf dem Victrola Klassikschallplatten angehört. Jeden Nachmittag hast du dort in Leinenhemd und -hose gesessen – wie aus dem Ei gepellt, ordentlich geschnittene Nägel, eingeöltes Haar, Seitenscheitel –, trankst aus den rosenverzierten Porzellantassen deiner Großmutter Tee, und wenn die anderen Jungen auf dem Weg in den Wald oder nach Hause vorüberliefen, riefen sie dir den schlimmsten Schimpfnamen zu, den sie kannten – Warmer Bruder! –, woraufhin der Name mit seiner Bedeutung verschmolz und dir die Hitze ins Gesicht stieg. Obwohl noch viele Jahre verstreichen würden, bevor die Jungen in deinem Alter das ganze Theater um den Sex kennenlernten, kannten sie schon den Unterschied zwischen euch – Warmer Bruder, warmer Bruder, träumst du noch, träumst du noch? –, wussten sie schon, dass du kein richtiger Junge warst.

Dir blieb nichts anderes übrig, als zu warten. Zu warten und die Aufgaben zu verrichten, die für dein Überleben und deine spätere Flucht erforderlich waren. Von einem Jahrzehnt ins nächste, während der Grundschule und der Mittelstufe, während der gähnend langen Highschoolzeit wartetest du, übtest morgens und abends auf dem Klavier, und das Metronom schlug den Takt, während du deine Tonleitern und Arpeggien spieltest, aufwärts und abwärts und wieder aufwärts; du wartetest in jedem Klassenzimmer, saßest in der ersten Reihe und strecktest die Hand in die Luft; du wartetest jeden Sonntag mit gefalteten Händen während des Gottesdienstes; du wartetest, während du dich im kalten See des Städtchens in die Arme des Predigers zurücksinken ließest, um getauft zu werden, und auch mit dem Kopf unter Wasser wartetest du lediglich auf den Tag, da du aufs College gehen und diesen Ort mitsamt seinen Bewohnern und allem, was du innerhalb seiner Grenzen gesagt, getan und zu glauben vorgegeben hattest, hinter dir lassen würdest. Und als der Tag endlich kam, an dem du weggingst, um in New York Musik zu studieren (wie Odysseus flüchtetest du unter dem Schutz eines Tieres aus deiner Höhle), sahst du von deinem Sitz im Greyhound-Bus aus zu, wie der Fahrer deine Koffer im Gepäckraum verstaute, wie deine Großmutter dastand und mit einem Taschentuch winkte, du blicktest zurück und sagtest dir: *Ich komme nie wieder, ich werde diesen Ort, diese Leute nie wiedersehen.*

Natürlich wusste ich davon anfangs nichts – zunächst warst du für mich bloß eine von vielen seltsamen Gestalten, denen ich in jenem Sommer begegnete, als ich mich auf die Suche nach meiner Schwester machte. Das war in Ogunquit, Maine, einem malerischen Badeort, dessen Straßen von historischen Häusern mit kleinen Läden und Restaurants gesäumt waren. Es war ein Ort, wie ich ihn nur von Ansichtskarten kannte, und alles dort sah ein bisschen unwirklich aus, als wäre es von einem Fotografen, einem Werbefachmann in Szene gesetzt worden. Touristen schlenderten entspannt umher, die Hände in die Taschen gesteckt. Sie trugen weiße Hosen, leuchtende Polohemden, Tassel-Loafer. Sie waren dick, rosig und überschwänglich und rochen nach Gesundheit und Überfluss. In einem Ort wie Ogunquit konnte man leicht glauben, dass das

Leben mühelos und schön war und dass es nur Reichtümer zu bieten hatte. Genau so einen Ort, dachte ich, hätte Malinda sich ausgesucht.

Zwei Tage lang war ich umhergestreift und hatte mich zu den Rückseiten der Restaurants geschlichen, zu den Hintereingängen, wo die Müllcontainer standen, wo die Angestellten auf umgestülpten Eimern saßen und rauchten, denn in diesen dunklen, stinkenden Winkeln verbarg sich hier die Mühsal des Lebens. Ich hatte Malindas Foto herumgezeigt, und fast alle hatten sich das Bild angesehen und gepfiffen. »An so ein Mädchen«, sagten sie und hielten kurz inne, »an so ein Mädchen würde ich mich erinnern.«

So lernten wir uns kennen, an meinem zweiten Abend in der Stadt, als ich schon die Hoffnung aufzugeben begann. Als ich dich zum ersten Mal sah, lehntest du am Seiteneingang eines schicken Fischrestaurants mit Blick aufs Wasser. Du warst so schmächtig, so klein und schmal, dass ich einen Augenblick das Gefühl hatte, du wärst aus einer anderen Dimension gekommen. Als Kind hatte ich immer gedacht, es gebe ein Zwergenvolk, das hinter den Kulissen des normalen Lebens arbeitete – hinter einem Vorhang drückten sie Knöpfe oder zogen an Hebeln, regelten den Verkehr, das Wetter, die Launen meiner Mutter –, und jetzt, so schien es, standest du plötzlich vor mir, ein Kobold, der draußen eine Zigarettenpause machte. Du hattest die rosige Haut und die zierliche Stupsnase eines Kobolds. Du trugst einen koboldhaften Seitenscheitel, das Haar mit Pomade fixiert. Obwohl du förmlich gekleidet warst – dunkelblauer Anzug mit gelber Fliege –, hatte deine Garderobe wegen deiner geringen Körpergröße etwas von einem Kostüm.

Ich weckte deine Aufmerksamkeit, und wir starrten uns einen Augenblick an. Inzwischen frage ich mich, wie ich auf dich wirkte – wie ein Flittchen, eine verschrumpelte Streunerin.

Kann ich Ihnen helfen?, fragtest du. Deine Stimme klang hoch, abfällig.

»Ich suche dieses Mädchen.« Ich hielt dir Malindas Foto hin, und du hast es mir geradezu aus der Hand gerissen. Als du Malinda sahst, zog sich dein Mundwinkel hoch.

Was wollen Sie von Malinda?, fragtest du. *Falls ich mir die Frage erlauben darf?*

»Sie kennen sie?«

Vielleicht, sagtest du. *Vielleicht auch nicht.* Deine Stimme klang wie ein Mitschnitt – sie war zu laut und hatte etwas Künstliches. *Sie hat kein Geld, falls es Ihnen darum geht. Wenn Sie es darauf abgesehen haben, können Sie das Ganze vergessen.*

Ich fragte mich, wie schlecht es um Malinda bestellt sein mochte, wenn schon Leute zu ihrem Arbeitsplatz kamen, um Geld einzutreiben, das sie ihnen schuldete. Ich zweifelte nicht daran. Als ich sie das letzte Mal gesehen hatte, war sie so betrunken gewesen, dass ihre Augen kreisten wie bei einer Zeichentrickfigur, die von einem verrückten Wissenschaftler hypnotisiert wird. Sie war mitten in der Nacht nach Hause gekommen und hatte mich geweckt. »Kannst du mir Geld geben?«, hatte sie gefragt, und ich war an meine Kommodenschublade getreten, in der ich in einem Strumpf ein zusammengerolltes Bündel weicher, schmutziger Geldscheine aufbewahrte. Ich hatte einen Zwanziger daraus hervorgezogen und überlegt, dass ich dafür fünf Stunden lang im Lebensmittelladen an der Kasse gestanden hatte, fünf Stunden meines Lebens, die ich nie zurückbekommen würde. Sie hatte sich den Schein geschnappt, hatte ihn in die Tasche gestopft und »Bis dann« gesagt. Ein dürftiger Abschiedsgruß, nicht einmal diese Nettigkeit hatte sie mir erwiesen. Als ich am nächsten

Abend von der Arbeit nach Hause kam, entdeckte ich, dass auch der Rest meines Geldes verschwunden war.

Hallo?, sagtest du. Du tratst auf mich zu und schnipptest vor meinem Gesicht mit den Fingern.

»Könnten Sie mir einfach sagen, wo Malinda ist?«, fragte ich.

Ich glaube nicht. An Ihrer Stelle würde ich mich umdrehen und dahin zurückkehren, woher ich gekommen bin. Du hast mit der Hand gefuchtelt, als wolltest du mich verscheuchen. *Ich hätte nicht übel Lust, die Polizei zu rufen. Es ist verboten, sich hier herumzutreiben.*

Ich warf dir einen mordlüsternen Blick zu. Ich stellte mir vor, dich an der Kehle zu packen und zu erwürgen. Ich fragte mich, wer bei einem Kampf zwischen uns wohl gewinnen würde. Seit meinem vorletzten Collegejahr litt ich zeitweise an Schlaflosigkeit und hatte in der Eingangshalle des Wohnheims oft die ganze Nacht lang auf dem Sofa gesessen und mir im Fernsehen Naturfilme angesehen. Ständig kämpften dort Tiere miteinander, und ich vermochte nie zu sagen, welches überleben würde. Manchmal waren die kleinen Tiere schneller und konnten entkommen, doch manchmal wirkte sich ihre geringe Größe auch negativ aus, und sie wurden gefressen. Du warst kleiner und feingliedriger als ich, und ich glaubte, dadurch einen Vorteil zu haben. Doch andererseits warst du wütend, und Wut allein reichte manchmal schon aus. Der Ausgang war völlig offen.

Hatten Sie einen Schlaganfall oder so was?, fragtest du.

»Entschuldigung«, sagte ich. »Ich hab vergessen, wovon wir geredet haben.«

Plötzlich lachtest du los, ein hohes, stotterndes Lachen, wie ich es zuvor nur in Zeichentrickfilmen gehört hatte. *O Gott*, sagtest du. *Sie sind ihre Schwester, stimmt's?*

Ich nickte. *Das ist ja ein starkes Stück*, sagtest du. Dann lachtest du wieder, warfst den Kopf zurück und hast gekichert. *Du bist genau so, wie Malinda gesagt hat.*

»Was hat sie denn gesagt?«, fragte ich.

Ach, sagtest du, *nicht besonders viel. Sie hat gesagt, sie hätte eine Schwester, aber die wäre das genaue Gegenteil von ihr, sie wäre sozusagen taubstumm, würde bloß rumsitzen und Bücher lesen*. Du hast mit deiner Zigarette in der Luft herumgefuchtelt, als wolltest du dich selbst dirigieren. *Sie hat gesagt, manchmal würdest du mitten im Gespräch erstarren oder grundlos in Tränen ausbrechen, aber dafür könntest du nichts, du wärst eher zu bemitleiden.*

»Das stimmt überhaupt nicht!«, sagte ich. »Ich breche nicht in Tränen aus!«

Sie hat gesagt, vermutlich würdest du auf der Straße leben, würdest auf dem Gehsteig sitzen und einen Pappbecher voller Kleingeld schütteln. Du weißt schon, ein Sozialfall. Eine dieser lebenden Reklametafeln. Auf denen irgendeine verrückte Botschaft steht. Der Weltuntergang oder was weiß ich. Keine Sorge, sagtest du, *sie hat nicht viel erzählt.*

»Ich hab einen Collegeabschluss«, sagte ich.

Du hast mich von Kopf bis Fuß gemustert. *Bestimmt von einer guten Institution*, sagtest du, dein Sarkasmus so versteckt, dass er mir fast entgangen wäre. Dann erzähltest du ganz unvermittelt von Arkansas, eine zwanghafte Angewohnheit, wie ich schon bald begreifen sollte. *Natürlich gab's auch bei uns zu Hause einen Verrückten – die gibt's in jedem Ort, hab ich zu Malinda gesagt, die Welt wäre nicht so, wie sie ist, wenn keine Verrückten herumliefen und um Kleingeld bettelten. Aber das Witzige an Arkansas ist, dass die Leute alles verkehrtrum machen. Unser Verrückter war ein dicker Mann, der ein Schild durch die Gegend schleppte, auf dem irgendeine Zeichnung war, jeden Tag was an-*

deres, eine Blume, eine Rakete, ein Hund auf Rollschuhen. Solche Sachen. Kein Mensch wusste, wer er war oder woher er kam, aber er stand immer in der Innenstadt, hielt sein Schild hoch und versuchte, den Vorbeigehenden eine Vierteldollarmünze zu schenken. Du hieltest inne, um an deiner Zigarette zu ziehen. Blinzelnd schautest du zum Himmel hinauf, als würde sich dort eine Szene aus deiner Kindheit abspielen. *Ab und zu nahm ich die Münze an und kaufte mir eine Limonade, aber nie schmeckte sie richtig. Es hatte immer etwas Seltsames.*

»Ich bin nicht verrückt!«, rief ich. Doch meine Stimme, schrill und flehend, klang nicht gerade überzeugend.

Natürlich nicht. Du sahst mich wieder durchdringend an. *Das hab ich auch gar nicht gesagt.*

»Ich will bloß Malinda finden.«

Sie ist noch nicht da, sagtest du. *Aber wir rechnen stündlich mit ihr, meine Liebe. Stündlich.*

Mit diesen Worten schnipptest du deinen Zigarettenstummel in die Luft, und er flog in den Müllcontainer. Ich stellte mir vor, dass ein Feuer ausbräche. *Ich muss zu meinem Auftritt*, sagtest du, und dann hast du auf dem Absatz kehrtgemacht und bist durch die Tür verschwunden.

Ich fragte mich, was ich tun sollte – ob ich in der Stadt bleiben und warten und, wenn ja, wie ich das bezahlen sollte. Ich würde mir einen Job suchen müssen. Ich stellte mir vor, genau in diesem Restaurant zu arbeiten, Seite an Seite mit Malinda. Wir würden uns versöhnen, und sie würde begreifen, wie unfair es gewesen war, sich von mir abzuwenden, sie würde vor Reue schluchzen … Mir war vor lauter Plänen ganz schwindlig, als du plötzlich wieder in der Tür erschienst und fragtest: *Also, kommst du jetzt mit oder nicht?*

Ich folgte dir durch die Küche, hell, heiß und von Geschepper erfüllt, und dann durch den Speisesaal, dunkel und kühl, in dem die Touristen saßen und Hummer zerlegten. Sie trugen Plastiklätzchen um den Hals und bearbeiteten die Hummerzangen mit Nussknackern und winzigen Gabeln. In ihrer Konzentration streckten sie die Zungenspitze aus dem Mundwinkel wie Kinder im Kunstunterricht.

Neben dem Speisesaal lag eine Bar, in deren hinterster Ecke ein Stutzflügel stand. Der Flügel war von kleinen Tischen umringt, an denen mehrere Paare saßen und auf dich warteten. Als du dich wieder auf die Bank setztest, klatschten sie Beifall.

Vielen Dank, sagtest du. *Danke, sehr freundlich.* Als deine Stimme durch das Mikrofon ertönte, klang sie ganz anders als noch vor wenigen Augenblicken. Sie war leise und honigsüß, so von falscher Demut durchdrungen, dass ich zusammenzuckte.

Ich setzte mich an die Theke, und ein Mann, der aussah wie Humphrey Bogart, fragte mich, was ich trinken wolle. Ich schaute in meine Tasche, um zu sehen, wie viel Geld ich hatte. »Gibt's irgendwas für drei Dollar?«, fragte ich.

Der Barkeeper starrte mich mit Bogarts müder Gleichgültigkeit an. »Einen Shirley Temple vielleicht«, sagte er.

»Dann nehme ich den.«

Beim Servieren meines Drinks zog er eine ziemliche Show ab, legte eine kleine Serviette vor mir auf die Theke und stellte das Glas darauf. Dann wartete er, bis ich einen Schluck getrunken hatte. »Alles zu Ihrer Zufriedenheit?«, fragte er.

»Voll und ganz.«

Auf der Serviette war eine Karikatur von dir aufgedruckt – ein kleiner Mann mit großem Kopf. Auf dem Bild hast du gelächelt, und deine Zähne beherrschten fast dein ganzes Gesicht, wie bei der Grinsekatze aus *Alice im Wunderland*. OASIS BAR, stand auf der Serviette. AM KLAVIER JAMES BUTLER.

Ich saß stundenlang da und hörte dir zu. Deine Überzeugungskraft als Sänger hatte nichts mit dem besonderen Ausdruck deiner Stimme zu tun, sondern lag in deiner Fähigkeit, die Sänger nachzuahmen, deren Stücke du sangst – die Rauheit und Freude von Louis Armstrong, die leise Galanterie von Dean Martin. Zwischen den Songs hast du mit den Paaren geplaudert, das bei Sängern übliche Geplänkel. *Wo kommen Sie her?*, fragtest du. *Amüsieren Sie sich gut? Wie lange sind Sie schon verheiratet?* Du sprachst mit tiefernster und entzückter Stimme, als wäre es das größte Privileg deines Lebens, in ihrer Gesellschaft zu sein.

Der Barkeeper machte sich einen Spaß daraus, ab und zu herüberzukommen und mir eine teure Flasche Wein oder ein Glas Single Malt anzubieten. »Kann ich Ihnen vielleicht etwas zu essen bringen? Eine Vorspeise? Oder Hummer?«

»Nein«, sagte ich und täuschte eine Gleichgültigkeit vor, die nichts mit Geld zu tun hatte. »Im Augenblick nicht.«

Schließlich war nur noch ein einziges Paar im Speisesaal übrig. Die Frau hatte eine Frisur, die aussah wie ein Baiser mit vielen kleinen Spitzen, und ihr rosa Lippenstift ging weit über die Konturen ihres Mundes hinaus. Ihr Mann war dick, hatte silbernes Haar und saß mit gespreizten Beinen da, die Hände in den Taschen vergraben. Während du sangst, starrte er auf den Boden und dachte vermutlich an seine Aktien. Zwischen den Songs hast du den beiden ständig versichert, dass sie nicht zu gehen bräuchten, bloß weil das Restaurant leer und es schon Mitternacht sei. *Ich habe alle Zeit der Welt*, sagtest du. *Ich bin nur für Sie hier*.

Die Frau wünschte sich immer wieder Gershwin-Songs. Während du spieltest – leichthändig, verträumt –, starrte sie dich an, die Hände wie zum Gebet gefaltet. Jedes Mal, wenn du fertig warst, stand sie auf und klatschte – Fantastisch, fantastisch, sagte sie –, und auch du standest auf und machtest eine kurze Verbeugung. Schließlich führte der Mann seine Frau gewaltsam weg, doch beim Verlassen des Restaurants drehte sie sich mehrmals um und warf dir Kusshände zu. »Ich weiß nicht«, sagte sie, »wann ich mich zuletzt so amüsiert habe.«

Vielen Dank, sagtest du und verbeugtest dich wieder. *Sie haben auch mich glücklich gemacht.*

Als die beiden außer Hörweite waren, sagtest du mit der hohen Stimme, die deine eigene war: *So eine miese Fotze. Sitzt zwei Stunden lang da und klatscht in die Pfoten, aber meinst du, sie gibt mir ein Trinkgeld?* Du hattest dir eine Zigarette angezündet und hast damit in der Luft herumgefuchtelt. *Das war's*, sagtest du. *Ich halt das nicht mehr aus. Ich kündige. Verdammt, ich kündige.* Du leertest dein Trinkgeldglas. Du legtest die Scheine aus und zähltest sie wütend, nahmst sie von einer Hand in die andere.

Siebzehn verdammte Dollar, sagtest du. Du setztest dich auf den Hocker neben mir, und der Barkeeper goss dir einen Wodka ein. *Hab ich denn nicht jedes gottverdammte Stück gespielt, das Gershwin je geschrieben hat? War ich nicht perfekt? War ich nicht charmant?* Deine Stimme war jetzt laut, hysterisch.

»Doch, du warst charmant«, sagte ich.

Du zogst eine silberne Pillendose aus der Innentasche deines Jacketts. Du klapptest sie auf, botest dem Barkeeper eine Pille an, er nahm eine und warf sie sich in den Mund. *Willst du auch eine?*, fragtest du mich.

Ich sah sie mir an – sie hatten die unterschiedlichsten Formen und Farben. »Ich nehme eigentlich keine Pillen.«

Warum nicht?, fragtest du, als wäre es das Normalste der Welt, von wildfremden Leuten irgendwelche Pillen anzunehmen. *Wie um alles in der Welt überstehst du auch nur einen einzigen Tag?*

»Keine Ahnung.«

Die hier, sagtest du und schlucktest eine, *sind einfach fantastisch. Ich nehme jeden Abend nach der Arbeit eine.* Du schnipptest eine weitere Pille auf deine Hand. Sie war hellblau und hatte die Form einer fliegenden Untertasse. *Sie wirken fantastisch. Man wird ganz entspannt. Kann die Leute besser ertragen.*

Ich nahm die Pille und schluckte sie. »Die Hölle, das sind die anderen«, sagte ich.

Du hast die Stirn gerunzelt und mich von oben bis unten gemustert. *Es überrascht mich, dass du gebildet bist*, sagtest du. *Nichts für ungut. Aber wenn man bedenkt, mit wem du verwandt bist, rechnet man nicht gerade mit Sartre.*

Ich zuckte mit den Schultern.

Ich schätze, Malinda hat die tolle Figur, sagtest du, *und du hast die Literatur!* Du musstest über deinen eigenen Witz lachen. *Da ich ein Einzelkind bin, könnte man natürlich sagen, dass ich alles habe – das Aussehen, die Intelligenz, das ganze Paket. Ich hätte im Leben alles werden können, was ich wollte, einfach alles. Ich hatte die Noten, die Begabung, das Charisma. Wenn ich wollte, könnte ich jetzt Präsident der Vereinigten Staaten sein.*

Humphrey Bogart lachte, doch du schenktest ihm keine Beachtung.

Oder Schauspieler, sagtest du. *Als Schauspieler hätte ich großen Erfolg gehabt. Manchmal vergleichen mich die Leute mit Paul Newman. Natürlich habe ich Paul Newman erst gesehen, als ich nach New York kam. Bei uns gab's kein Kino. Selbst den Weltuntergang hätten wir in diesem Kaff nicht mitgekriegt. Du weißt ja, wie es in Arkansas ist.*

Ich war noch nie in Arkansas gewesen und wusste nicht,

wie es dort war. Doch das war dir egal. Du hast dich weiter über die Mängel deines Heimatortes ausgelassen – die Engstirnigkeit, die Armut, die allgemeine Dummheit der Einwohner, das Problem mit den Stechmücken, die Chemikalien, die von tief fliegenden Flugzeugen auf die Felder gesprüht wurden, und deine darauffolgenden Hautausschläge und Atembeschwerden. *Deshalb musste ich wegziehen*, sagtest du. *Jemand mit meinen Fähigkeiten – in so einem Kaff gefangen! Erstaunlich, dass ich das überlebt habe.*

Einer der großen Flüche deines Lebens sei es, dass dein Gehirn so strukturiert sei, dass du nichts vergessen könntest, und deshalb sei dir Arkansas so gegenwärtig wie das Glas in deiner Hand. Jeder Tag deines Lebens sei in deinem Gedächtnis, dem reinsten Zettelkatalog, bewahrt und gespeichert. *Ich habe vor, meinen Körper der Wissenschaft zu vermachen*, sagtest du, *damit mein Gehirn untersucht werden kann.* Du hast behauptet, du könntest dich an deine frühe Kindheit erinnern, daran, wie du im Arm gehalten wurdest, wie du die Perlen deiner Großmutter umklammertest, wie du gewiegt wurdest, du hast behauptet, noch zu wissen, wie der dunkle Schirm deines Kinderwagens einen Schatten auf dein Gesicht warf, wie die Sonne heiß auf deine dicken nackten Beinchen schien, hast behauptet, du hättest mit einem Jahr schon vollständige Sätze gesprochen. *Mit zwölf Monaten konnte ich schon Bibelverse aufsagen*, sagtest du, *und mit zwei Jahren die King-James-Bibel lesen.*

Ich hätte dir gern Fragen gestellt – ich wollte mehr über Malinda erfahren, wollte wissen, wie es ihr ergangen war –, doch du warst in deinen Erinnerungen gefangen. Deine Geschichten sprudelten nur so hervor und porträtierten dich im Licht einer Bibelfigur, deren Schicksal heftige, beispiellose Wendungen genommen hatte. Es sei ein Unglück, als Genie in einer Gegend wie Arkansas geboren zu sein. Andererseits habe es Augenblicke gegeben, in denen du das ganze Gewicht deiner Macht gespürt hättest. Zum Beispiel an dem Tag, als ein Tornado alle Häuser in eurer Straße außer eurem dem Erdboden gleichmachte. Oder als du dich mit fünf an das Klavier deiner Großmutter setztest und aus dem Stegreif ein Stück komponiertest, das so schön war, dass es deine ganze Familie zu Tränen rührte. *Am nächsten Tag stellte Großmutter einen Klavierlehrer ein*, sagtest du, *und innerhalb einer Woche konnte ich Beethoven spielen.*

Jetzt meldete sich auch der Barkeeper zu Wort. »Meine Tochter hat auch Klavier gespielt, aber sie ist nicht mehr da, sie ist mit meiner Exfrau und ihrem neuen Mann nach Tucson gezogen. Immer wenn ich mit ihr spreche, bittet sie mich bloß um Geld.«

Er hatte gerade erst losgelegt und wollte offenbar mehr erzählen, doch du unterbrachst ihn. *Das ist eine hübsche Geschichte*, sagtest du, *aber ich kann nicht die ganze Nacht hier sitzen und plaudern. Ich brauche meinen Schönheitsschlaf.* Du schwangst dich vom Hocker – deine Füße reichten nicht bis zum Boden – und gingst zur Tür. Ich folgte dir durch das Restaurant nach draußen und dann die Straße entlang.

»Wie gut kennst du Malinda?«, fragte ich.

Durch und durch, sagtest du. *Durch und durch.*

»Weißt du, wo sie wohnt, wenn sie herkommt?«

Wahrscheinlich bei einem Freund, sagtest du. *Wenn sie zur Hochsaison kommt, weiß man nie, wen sie alles mitbringt. Sie wechselt ihre Freunde öfter als ihre Unterwäsche.*

»Ich weiß«, sagte ich. »Ich hab sie lange nicht gesehen.«

Das ist schade, sagtest du und gähntest ganz unverhohlen.

»Früher standen wir uns echt nah. Aber dann ging sie von zu Hause weg, wir wussten eigentlich gar nicht, warum. Wir dachten immer, sie würde jeden Moment zurückkommen, und plötzlich stellt man fest, dass es schon eine Ewigkeit her ist.« Die Pille, die du mir gegeben hattest, fing an zu wirken, und ich sah meine Vergangenheit als einen langen Gang voller Türen, die alle in eine andere Erinnerung an Malinda führten. »Aus heutiger Sicht hätte ich wissen müssen, dass sie weggehen wollte«, sagte ich. »Sie brach alle Brücken hinter sich ab. Kurz bevor sie verschwand, kam unser Vater zu Besuch – wir sahen ihn nicht oft, aber manchmal kam er vorbei –, und als er auf dem Sofa saß und uns sagte, wie leid es ihm tue, dass er nicht für uns da gewesen sei, stand Malinda einfach auf, holte einen Hammer aus dem Wandschrank, ging seelenruhig nach draußen, und plötzlich hörten wir es krachen und scheppern, hörten Glas splittern, und als wir hinausrannten, sahen wir, dass Malinda seine Wagenfenster und die Windschutzscheibe eingeschlagen und die Motorhaube verbeult hatte. Er wagte sich nicht an sie heran, sondern verbarg nur den Kopf in den Händen und wartete, bis sie fertig war, dann stieg er ein und fuhr weg, ohne Windschutzscheibe und alles, er muss in den Scherben gesessen haben.«

Auf dem Weg zur Schule ist mir morgens immer ein Hund nachgelaufen, sagtest du, *und wenn die Schule nachmittags aus war, wartete er, um mich nach Hause zu begleiten. Er konnte nicht genug von mir kriegen.*

»Ach, wie süß!«, sagte ich, obwohl ich dieses Wort eigentlich nie benutzte.

Ich konnte diesen Hund nicht ausstehen, sagtest du. *Er hatte ständig so ein dummes Grinsen im Gesicht, sein Fell sah völlig zerzaust und eklig aus, und ein Auge spielte verrückt.*

Allmählich hatte ich das Gefühl, du würdest von mir reden. »Ich weiß eben nicht, wo ich hinsoll«, sagte ich.

Und was hattest du vor?, fragtest du. *Wenn du Malinda nicht finden würdest? Oder wenn du sie gefunden hättest?*

»Keine Ahnung«, sagte ich. »Darüber hab ich noch nicht richtig nachgedacht.«

Und wo wolltest du übernachten?, fragtest du.

»In meinem Wagen?«, sagte ich. Die vorige Nacht hatte ich auf dem Parkplatz eines Lebensmittelladens verbracht und kaum ein Auge zugetan. Als ich morgens erwachte, hatte mein Gesicht am Vinylsitz geklebt.

Das ist vollkommen erbärmlich, sagtest du. Du hattest die Hände in die Hüften gestemmt, eine Pose, die überall auf der Welt ein Ausdruck von Enttäuschung ist. *Dann musst du wohl mit mir nach Hause kommen.*

In dem Städtchen in Arkansas war kein Haus so groß wie das deiner Großeltern: ein dreistöckiges viktorianisches Gebäude mit einem Turm auf der Westseite und einer umlaufenden Veranda. Dein Großvater, der sein Geld mit Papier und Briefumschlägen verdient hatte, war der reichste Mann im ganzen Bezirk und hatte sich ein Haus gebaut, das so groß war und so viel Ähnlichkeit mit einem Museum hatte, dass die Leute ihm einen Namen gaben: »das Butler-Haus«. Deine Großmutter bekam ständig Kartons geliefert, große und kleine, aus aller Herren Länder, und die Leute fragten sich, was für Schätze wohl an den Wänden, im Geschirrschrank, in den Bücherregalen aufgereiht waren. Unter dem Vorwand, Lose zu verkaufen, Spenden für wohltätige Zwecke zu sammeln, Petitionen unterzeichnen zu lassen oder Arbeit zu suchen, kamen sie an die Tür und reckten die Hälse, um ins Innere des Hauses blicken zu können. Doch außer den beiden Hausangestellten, einem schwarzen Ehepaar, das am Stadtrand wohnte, ließ deine Großmutter niemanden herein.

Meistens bestellte sie Lernmaterialien – Bücher und Musik. Sie war in einer Familie aufgewachsen, deren Mitglieder sie als »Adel« bezeichnete – viele ihrer Verwandten hatten in der Konföderation Regierungsämter bekleidet –, und obschon ihre Familie einen starken Prestigeverlust erlitten hatte, war deine Großmutter fest entschlossen, die verlorene Geltung durch ihre Ehe und ihre Nachkommen wiederherzustellen. Deine Mutter, dir unbekannt und von einem Geheimnis umgeben, hatte sich als Enttäuschung erwiesen und wurde abgesehen von der beiläufigen Bemerkung über die Schande, die sie über die Familie gebracht habe, nie erwähnt. Jetzt warst du die einzige Hoffnung deiner Großmutter. Sie war besessen von dem Gedanken an deine angemessene Erziehung, deine Ausbildung und deinen Aufstieg – es war ihr besonderer Wunsch, dass du Senator werden solltest. Noch ehe du in die Grundschule kamst, konntest du lesen und schreiben, addieren und subtrahieren. Du kanntest alle Länder der Erde und ihre Hauptstädte. Du konntest in zehn verschiedenen Sprachen *Hallo*, *Bitte*, *Danke* und *Lebewohl* sagen. Mit sechs Jahren hatte dich deine Großmutter bereits der gesellschaftlichen Schulung eines Diplomaten unterzogen. Die Erstausgabe von Emily Posts *Etiquette* lag aufgeschlagen auf einem Holzständer, und jedes Mal, wenn du gegen eine der Regeln verstoßen hast, musstest du dich vor das Buch stellen und die entsprechende Stelle fünfundzwanzigmal aufsagen. *Wenn zwei Herren einander vorgestellt werden, reichen sie sich stets die Hand.*

Musik war der einzige Genuss, den sich deine Großmutter gönnte, eine größere Muße wurde auch dir nicht zugestanden. Nachmittags saßt ihr beide in euren Schaukelstühlen auf der Veranda und hörtet euch Schallplatten an. Sie ließ sich von Läden auf der ganzen Welt Schallplatten schicken, und mit fünf konntest du Dutzende verschiedener Komponisten erkennen und beim Namen nennen. Im Sommer vor deiner Einschulung begann deine Großmutter, einmal wöchentlich einen Professor namens Mr. Svevo von der nahe gelegenen Universität kommen zu lassen, der dich im Klavierspiel und in Fremdsprachen unterrichtete. Mr. Svevo, ein hagerer, kahlköpfiger, mürrisch aussehender Mann, fuhr jeden Samstagmorgen in einem blauen Cadillac vor. Er trug gute Anzüge, glänzende Schuhe, Manschettenknöpfe, Filzhüte, aus deren Hutbändern leuchtende Federn sprossen. Dieser Mann war hinsichtlich seiner Identität und seiner Stellung im Haushalt von Gerüchten umrankt – man hielt ihn für den Liebhaber deiner Großmutter, für einen Nazi-Kriegsverbrecher, für einen der verarmten Verwandten deiner Großmutter, der es auf Mr. Butlers Geld abgesehen hatte.

Mr. Svevo war dir sofort sympathisch, und du übernahmst viele seiner Marotten. Vom ersten Schultag an trugst du einen blauen Anzug mit rotem Einstecktuch. Du gewöhntest dir an, vor deinen Lehrern und Klassenkameraden in Fremdsprachen zu reden. *Zut alors!*, sagtest du entrüstet, wenn sie dich auf die Palme brachten, *j'en ai marre!* Bevor du dich auf einen Stuhl setztest, wischtest du ihn mit einem Taschentuch ab, um dich vor den Krankheitserregern des Pöbels zu schützen. Natürlich wurdest du von den anderen verachtet.

In Mr. Svevos Unterricht lerntest du, Mozart, Beethoven, Bach zu spielen, und du erlerntest nicht nur die Noten, sondern auch ihr Gefühl. Du hast ein Ohr, ein Auge dafür entwickelt. Mit Mr. Svevos Hilfe begannst du schließlich, deine eigene Musik zu komponieren. *Offenbar ein Wunderkind*, sagtest du. Mit zehn Jahren ließ dich Mr. Svevo in Fayetteville ein Konzert geben, und dein Auftritt wurde derart gefeiert, dass man dich bat, jeden Sonntagvormittag im örtlichen Radiosender zu spielen. Woche für Woche schriebst du eine neue Komposition. *Unbedeutendes Zeug im Stil von Mozart*, sagtest du. *Aber egal, ich war berühmt. Der zehnjährige Kom-*

ponist. Die Leute erkannten mich überall, einfach überall. Als ich einmal mit unserer Hausangestellten im Lebensmittelladen war, wurde über die Sprechanlage durchgesagt, dass ein besonderer Gast im Laden sei – ich, ein Ehrengast. Die Kassiererin des Ladens hatte sechs Finger, und immer wenn du an ihrer Kasse standest und den zusätzlichen Finger sahst, wurde dir übel. Nach deinem Auftritt im Radio erlaubte sie sich, dir den Kopf zu tätscheln, und da durchlief dich ein Schauder, von dem du dich nie ganz erholtest. Zum Teil lag das an dem zusätzlichen Finger. Aber da war noch etwas anderes: das Gefühl, dass du beachtenswert, etwas Besonderes warst, das Gefühl, dass jemand unwillkürlich die Hand ausstrecken und dich berühren musste.

Als es Zeit wurde, dich aufs College zu schicken, erzählte Mr. Svevo deiner Großmutter, dass er einen Bekannten in Juilliard hatte. Es widerstrebte ihr, dich nach New York gehen zu lassen, weil du dort allen möglichen Einflüssen ausgesetzt sein würdest, doch Mr. Svevo überzeugte sie davon, dass du mit der richtigen Unterweisung einer der bedeutendsten Komponisten der Welt werden könntest. Das war nicht gerade das, was sie geplant hatte – sie wollte dich immer noch zum Politiker machen –, doch am Ende ließ sie sich von Mr. Svevo überreden. Sie kaufte dir mehrere Koffer, fünf neue Anzüge und gab dich weg wie eine Braut. Während du in den Bus stiegst, der dich zum College bringen sollte, stand deine Großmutter aufrecht da, das Gesicht verzogen, um nicht zu weinen. Als der Bus losfuhr, winkte sie dir mit dem Taschentuch, und dieses hektische Wedeln war der sichtbarste, verzweifeltste Gefühlsausbruch, den du je von ihr erlebt hattest.

In Maine wohntest du in einer Pension namens Bavarian Inn, einem großen weißen Haus mit dunkler Holzverkleidung, ungefähr anderthalb Kilometer vom Restaurant entfernt. Um sich von den zahllosen Motels in dieser Straße abzuheben, bot das Bavarian etwas, das es auf seinem Schild als »Charme der Alten Welt« bezeichnete. Im Erdgeschoss befand sich ein Gemeinschaftsbereich, der aus einem Speisesaal – wo jeden Morgen auf deutschen Zinntellern das Frühstück serviert wurde – und einem Wohnzimmer bestand, möbliert mit Antiquitäten, die Wände gesäumt von einer riesigen Auswahl in Leder gebundener Klassiker. Eine der Wohnzimmerecken war einem Stutzflügel von außergewöhnlicher Klangqualität geweiht, deinen Worten zufolge der einzige Grund, warum du dir dort ein Zimmer genommen hattest.

Oben gab es fünf Zimmer, die sich ein gemeinsames Bad teilten. Früher, als die Leute noch bereit waren, Etagenbäder hinzunehmen, hatte der Charme des Bavarian jede Menge Gäste angelockt. Doch in den letzten Jahren waren die Touristen zu Motels mit anderen Vorzügen abgewandert – Swimmingpools und Zimmer mit Bad, Klimaanlage und Kabelfernsehen –, und das Bavarian war inzwischen so gut wie verwaist.

Die Inhaberin war eine Deutsche, die Mrs. Strauss hieß und sich einzubilden schien, dass sie noch ein junges Mädchen wäre, das in einem Vorkriegsdorf am Fuß der Alpen lebte. Sie hatte ihr graues Haar zu zwei Zöpfen geflochten, die sie über den Ohren zu Knoten schlang, und war tagaus, tagein auf die immer gleiche mädchenhafte Weise gekleidet – in eine weiße, kurzärmelige Bluse, knielange Khaki-Shorts und knallrote Kniestrümpfe. Mrs. Strauss besaß den naiven Frohsinn und die Aufrichtigkeit eines Kindes. Sie redete fast ausschließlich über das Dorf ihrer Kindheit: Landwirtschaft, Singen, Wandern, Ziegen. Sie erzählte lange, unglaubwürdige Geschichten über das Dorf und seine Bewohner, über ihre Schwierigkeiten und ihre zwangsläufigen Triumphe.

An dem Abend, als du mich ins Bavarian mitnahmst, saß

Mrs. Strauss im Wohnzimmer und häkelte eine Wolldecke, wie eine Mutter, die bis zum Eintreffen ihres Kindes aufgeblieben war. Als du mich vorstelltest und ihr sagtest, dass ich eine Weile bleiben würde, tat sie so, als hätte sie mich schon ein Leben lang erwartet. »Aber natürlich wohnst du bei uns!«, sagte sie. »Dein Zimmer ist schon hergerichtet und wartet auf dich.«

Sie führte mich nach oben in ein kleines Zimmer, gerade so groß, dass ein Bett, ein Nachttisch und eine Kommode hineinpassten. Über das Bett war eine weiße Matelassédecke gebreitet, die Mrs. Strauss selbst genäht hatte. Auf dem Nachttisch stand eine blaue Schüssel mit Krug. »Um sich das Gesicht zu waschen«, sagte Mrs. Strauss. Es gab auch eine in Leder gebundene Märchensammlung. Aus ebendiesen Märchen, wurde mir klar, kannte ich derartige Zimmer, und ich wusste, dass die Figuren, die darin wohnten, stets eine gewisse Zeit glücklich waren.

Am nächsten Tag führtest du ein Telefongespräch und besorgtest mir einen Job als Tellerwäscherin im Oasis, sieben Abende in der Woche, von sechs bis Mitternacht. Die Küche wurde von einem Mann namens Houston geleitet, einem ehemaligen Wrestler, der so riesig war, dass er seine Gegner oft einfach gerammt und aus dem Gleichgewicht gebracht hatte. Beim Wrestling hatte er die Rolle eines Verrückten gespielt, eines entflohenen Geisteskranken, der gern kleinen Tieren die Köpfe abbiss. Einer der Köche besaß einen alten Zeitungsausschnitt, der Houston in einem Ganzkörpertrikot in Pirschhaltung zeigte, im Würgegriff seiner Faust ein Huhn. Unter dem Foto stand: »Der Insasse ist wieder da und dürstet nach Blut!« Auf dem Bild war er kahl geschoren und trug einen langen Schnurrbart, der weit über die Mundwinkel hinausragte. Er sah bedrohlich, blutgierig aus. Inzwischen hatte er sein Haar wachsen lassen und den Schnurrbart abrasiert, doch er hatte immer noch etwas Wütendes. Außerdem schwitzte er heftig. In der Küche war es heiß – zum Kochen der Hummer standen riesige wassergefüllte Töpfe bereit, der Grill lief zischend auf vollen Touren –, und wenn Houston davorstand, rannen Schweißtropfen von seiner Stirn auf die Filets, die er briet. Obwohl er nie so weit ging zu lächeln, schien ihn das zu befriedigen.

Houston duldete keine Form von »Verbrüderung«, wie er es nannte. Wenn die Kellnerinnen herumstanden und sich mit den Köchen unterhielten, sagte er immer: »Hört auf, euch zu verbrüdern«, und drohte mit dem Pfannenwender. Doch am meisten ärgerte ihn, wenn sich das Küchenpersonal versammelte und die von den Gästen zurückgeschickten Reste aß. Sobald ein Teller Muscheln aus dem Speisesaal kam, auf dem noch ein paar Stück in der buttrigen Brühe lagen, oder ein Hummer, dessen eine Schere noch unversehrt war, und alle herumstanden, Fleischfetzen herauslösten und sich in den Mund stopften, verlor Houston die Fassung. Dann kam er mit einem Messer hinterm Grill hervorgestürmt. »An die Arbeit!«, rief er. »Hört auf, euch zu verbrüdern! Ihr macht mich krank!«

Ich beteiligte mich nicht an den Verbrüderungen, sondern stand still in meiner Ecke der Küche und beobachtete, wie die Kellnerinnen ein- und ausgingen und von den Tischen erzählten, an denen sie bedienten, von den kleinlichen Wünschen verwöhnter Gäste, von den Geldsummen, die die Leute für Kinder verschwendeten, die ihr Essen nicht zu schätzen wussten. Sie redeten von ihren Kindern, ihren Freunden, den Kindern und Exfrauen ihrer Freunde, und ich stand in meiner Ecke und hörte zu.

Tellerwaschen war nicht mehr das, was es einmal gewesen

war – man musste bloß noch die Essensreste in den Abfall schaben und die Teller in eine Maschine räumen, dann eine Haube herabziehen und warten, bis der Spüldurchgang begann. Wenn das Geschirr fertig war, stellte man es zurück und brachte die heißen Gläser in die Bar hinaus. Manchmal ließ ich etwas fallen und musste die Scherben auffegen. Wenn wenig Betrieb herrschte und kein Geschirr kam, gab es immer etwas anderes zu tun, Houston ließ mich die Salz- und Pfefferstreuer auffüllen, Salatsoßen mischen, einen Spritzbeutel mit saurer Sahne füllen und diese als Beilage für die Ofenkartoffeln rosettenförmig in kleine Plastikbecher ringeln. Oft verfiel ich in eine tiefe, gedankenlose Trance und war beinahe glücklich. Alles, was ich am College gelernt hatte, kam mir inzwischen lächerlich vor. Ich war erst seit ein paar Wochen mit dem Studium fertig, doch schon hatte ich die gesamte Geschichte der Welt, ihre Religionen, ihre Völker mitsamt deren Sprachen und Literatur, ihre wissenschaftliche Entwicklung, ihre philosophischen Prinzipien, ihre Kunstwerke, die Folgerungen und Voraussagen ihrer klügsten Köpfe vergessen oder weggesperrt – wie weit weg all das zu sein schien, wie nutzlos!

In der Küche waren Pillen im Umlauf, zwischen den Köchen, den Kellnerinnen und den Abräumern. Es gab verschiedene Sorten – manche waren weiß und sahen aus wie Kopfschmerztabletten, andere waren rosa und eiförmig, es gab rote Kapseln und durchsichtige Kapseln mit winzigen gelben Kügelchen darin –, und die Leute schluckten alles, ohne zu wissen, was sie einnahmen oder welche Wirkung es haben mochte. Jede Pille hatte andere Eigenschaften, doch allen war gemein, dass sie die Arbeit kinderleicht von der Hand gehen ließen. Die Leute glitten mit schnellen, graziösen Bewegungen durch die Küche – sie schwangen schwere Tabletts in die Luft, schnitten Gemüse klein, brieten Jakobsmuscheln an und tauchten die Hummer ins kochende, zischende Wasser –, und all das sah wunderschön und mühelos aus wie in einem Traum.

Manchmal fragte ich mich, wo die Pillen herkamen. Sie waren immer da, immer, und ich hatte nicht das Gefühl, als würde irgendwer sie bezahlen. Es hätte mich nicht überrascht zu erfahren, dass der Inhaber sie bereitstellte, um das Räderwerk seines Ladens zu schmieren. Er war klein und spindeldürr, kleidete sich wie ein Schiffskapitän – weiße Hose und blauer Blazer mit protzigen Messingknöpfen – und schlenderte durchs Restaurant wie ein alter Seebär. Jeden Abend kam er zehnmal in die Küche, um sich zu vergewissern, dass alles reibungslos lief, und dabei bewegte er sich mit derselben Leichtigkeit wie wir. Es waren Gerüchte über ihn im Umlauf – dass er mit der Mafia in Verbindung stehe, dass er sich einmal wegen Mordes vor Gericht habe verantworten müssen –, und all das glaubte ich unbesehen.

Innerhalb weniger Tage sprach sich unter den Angestellten herum, dass ich mit Malinda verwandt war, und die Leute kamen vorbei, um über sie zu reden. Sie hatte in den letzten Jahren für viel Unterhaltung gesorgt und fehlte allen. Aufgrund ihrer Schönheit war sie ständig zu Partys auf Jachten oder in den teuren Häusern am Strand eingeladen worden, und oft hatte sie das übrige Personal mitgenommen. Diese Partys gingen nie gut aus – Leute wurden rausgeworfen, die Polizei gerufen. Malinda war zweimal verhaftet worden und nur gegen Kaution freigekommen. Ein anderes Mal war sie auf dem Rücksitz eines Wagens in New York aufgewacht, ohne dass sie sich erinnern konnte, dorthin gefahren zu sein, und sie hatte einen der Kellner anrufen müssen, damit er sie wieder abholte. Mehrmals in der Saison kam jemand in die Küche gestürmt – ein verschmähter Liebhaber, eine eifersüchtige

Freundin, jemand, der Malinda Geld geliehen, es aber nicht zurückbekommen hatte –, und es kam zu heftigen, spektakulär mitreißenden Wortgefechten. »Gott, Malinda fehlt mir«, sagten alle.

Ich wollte Einzelheiten hören – wo sie im Winter hinging, bei wem sie wohnte –, doch die Leute konnten es mir nicht sagen. Sie machte sich stets mit dem Typen davon, mit dem sie gerade zusammen war – in einem Jahr war sie nach Florida gegangen, im nächsten nach Arizona –, doch niemand konnte sich erinnern, wohin sie am Ende der vergangenen Saison verschwunden war. Sie hatte einen Freund, dessen Name keinem einfiel, weil er immer bloß »der kleine Castro« genannt wurde. »Einer von diesen Typen, die in Militärklamotten rumliefen«, sagte eine der Kellnerinnen. »Er hatte einen Vollbart und so. Weiß der Himmel, was Malinda an ihm gefunden hat. Ich glaube, er war wirklich Kommunist.«

All diese Gespräche endeten gleich. Mein jeweiliger Gesprächspartner warf mir einen vorwurfsvollen Blick zu, als wäre ich eine Hochstaplerin oder Kriminelle, als wäre ich der Grund, warum Malinda nicht längst wieder aufgetaucht war. »Woher sollen wir denn wissen«, fragte einer der Köche, »dass du nicht bloß eine wahnsinnige Streunerin bist, dass du sie nicht umgebracht und aufgefressen hast? Und dass sie deshalb nicht hier ist?«

Während meiner ersten Arbeitstage erwartete ich Malinda, wie du gesagt hattest, stündlich. Ich stellte mir vor, wie sie unangekündigt auftauchte, die Tür zur Küche aufstieß und die Köche beschimpfte, weil das Essen noch nicht fertig war. Sie würde ihr Tablett vollpacken und es auf die Schulter nehmen. Dann würde sie sich umdrehen, mich sehen und alles fallen lassen. Die Küche würde zum Stillstand kommen, und nicht einmal Houston würde sich trauen, das Wort zu ergreifen.

»Jetzt, wo ich dich hier sehe«, würde Malinda sagen, »kann ich beim besten Willen nicht glauben, dass ich dich je verlassen habe.« Sie würde in Tränen ausbrechen und sich mir zu Füßen werfen. »Verzeih mir!«, würde sie sagen. »Ich wollte dich nicht allein lassen!« Und alle Leute, die mich mit Skepsis betrachtet hatten, würden sich sagen: »Wir lagen offenbar falsch. Sie sind wohl doch Schwestern. Anscheinend kann die beiden nichts trennen. Ich wollte, in meinem Leben gäbe es auch so was.«

Du warst im Restaurant eine kleine Berühmtheit. Wie alle Übrigen warst auch du nur ein Angestellter, aber von größerem Kaliber – du musstest dich nicht schmutzig machen oder anderen Leuten zuarbeiten, und deine Arbeit war auf die kühle Eleganz der Bar beschränkt. In deinen Pausen gingst du durch die Küche, um hinterm Haus zu rauchen, und wurdest dann von den anderen Angestellten mit einer Mischung aus Respekt und Missachtung begrüßt.

Houston machte immer zur selben Zeit Pause wie du – die Verbrüderung mit dir war die einzige Ausnahme von der Regel, die er zuließ –, und dann saßt ihr zu zweit draußen und rauchtet. Abgesehen davon, dass ihr beide aus dem Süden kamt und schon lange im Oasis beschäftigt wart, schient ihr nichts gemeinsam zu haben – eigentlich konntet ihr euch nicht mal ausstehen. Die Hintertür stand immer offen, und da der Tellerwäscher direkt daneben postiert war, bekam ich oft mit, wie ihr miteinander redetet. Kein einziges Mal hörte ich euch irgendwas Wichtiges sagen – ihr machtet bloß böse Bemerkungen darüber, einander oder die Familienmitglieder des jeweils anderen zu vögeln.

»Ruf deine Mom morgen bloß nicht allzu früh an«, sagte Houston zum Beispiel, »ich sorg nämlich dafür, dass sie heute Nacht nicht viel Schlaf kriegt.«

Jetzt weiß ich auch, warum du so ein kläglicher Wrestler warst, sagtest du, *deine Mom liegt immer nur da und zählt einen aus.*

»Du kannst mich mal«, sagte Houston.

Jederzeit.

»Leck mich.«

Erst wenn ich mit deinem Daddy fertig bin.

Morgens im Bavarian warst du ein völlig anderer Mensch, und es dauerte ein paar Tage, bis ich mich daran gewöhnt hatte. Bei all deinen Handlungen legtest du die ruhige Würde eines Butlers an den Tag. Du bist sehr früh aufgestanden und hast im Bad deine Körperpflege vollzogen, wobei du einen starken Grapefruitduft hinterlassen hast – dein Aftershave, aus Frankreich importiert. Dann gingst du in den Gemischtwarenladen und kehrtest mit der *New York Times* zurück, aus der du Mrs. Strauss beim Frühstück vorgelesen hast. Zwischen den Artikeln tauschtest du mit Mrs. Strauss Bemerkungen aus, die stets auf das Gleiche hinausliefen. *Was die Leute so alles anstellen*, sagtest du. Im Bavarian drücktest du dich sehr vornehm aus, und von dem schleppenden Südstaatendialekt, mit dem du abends sprachst, war nicht das Geringste zu hören. Manchmal hörte ich sogar einen leichten britischen Akzent heraus.

»Ja«, sagte Mrs. Strauss dann immer, »wo soll das bloß alles noch hinführen?«

Oft erinnerte ein Zeitungsartikel Mrs. Strauss an irgendetwas aus ihrem Geburtsort, und dann ließ sie sich lang und breit über etwas aus, das unmöglich stimmen konnte. Einmal erzählte sie eine Geschichte über ihren Bruder Karl und eine preisgekrönte Wassermelone. »Er goss die Melone, goss sie immer wieder, bis sie irgendwann größer war als er selbst und er auf eine Leiter steigen musste, um an sie heranzukommen.«

Jeder Tag lief gleich ab. Nach dem Frühstück zogst du los,

machtest deinen sogenannten *Morgenspaziergang* und kehrtest mit einer Tüte Lebensmittel zurück, aus denen Mrs. Strauss nachmittags eine Mahlzeit zubereitete. Du hast im Wohnzimmer oder auf der Veranda ein Buch gelesen (in jenem Sommer hast du dich an Nietzsche abgearbeitet), und dann zogst du dich für ein kurzes Nickerchen auf dein Zimmer zurück. Vor der Arbeit setztest du dich ans Klavier und spieltest die klassischen Stücke, die du über alles liebtest, die aber nicht dem Geschmack der *Banausen*, wie du sie nanntest, aus der Bar entsprachen. Du sprachst oft von einer Symphonie, an der du schriebst, die Beethovens Grübelei und Leidenschaft in einer Art *Reduktionsmaschine* durchfiltere.

»Interessant«, sagte ich dann.

Ich erwarte nicht, dass du das verstehst, sagtest du. *Aber irgendwann wirst du, wird die Welt es begreifen.*

Als Malinda nach einer Woche immer noch nicht im Oasis aufgetaucht war, kam mir der Gedanke, sie könnte woanders in der Stadt einen Job angenommen haben, und ich ging tagsüber in die Läden und Restaurants und zeigte wieder ihr Foto herum. Ich betrat jedes Hotel, jede Frühstückspension und lernte den Ort ziemlich gut kennen. Wie sich herausstellte, war Ogunquit für die vielen dort lebenden Schwulen bekannt. Das Städtchen war einer der ersten Orte des Landes gewesen, der sich – die Hotels und Restaurants – als schwulenfreundlich bezeichnet hatte und war seither so beliebt geworden, dass es geradezu außergewöhnlich war, wenn ein Mann und eine Frau auf der Straße Händchen hielten.

Das war 1994, noch vor der massenhaften Verwendung von Proteasehemmern, deshalb gab es in jenem Jahr unter den schwulen Einwohnern eine besondere Gruppe – die Männer, die an AIDS starben. Sie waren zu Skeletten abgemagert. Sie gingen am Stock, benutzten Rollatoren oder Rollstühle. Sie trugen lange Hosen, langärmelige Hemden und Strickjacken, hatten die Hüte tief ins Gesicht gezogen. Was man von ihrer Haut sah, war blass, durchsichtig, wirkte so gespenstisch, dass die unverwüstliche Gesundheit ringsum – die Sonnenbräune und nackte Haut – zu etwas Geschmacklosem wurde. Die Todgeweihten waren stets von Freunden umgeben, von schwärmerischen, geselligen Menschen, die nichts anderes zu tun schienen, als sie auf die Freuden des Lebens aufmerksam zu machen. »Riech doch nur die frische Meeresluft!«, sagten sie, oder: »Probier mal! Das schmeckt himmlisch!« Doch den Sterbenden schien all das völlig gleichgültig zu sein. Sie durchschauten die flüchtigen Zerstreuungen des sie umgebenden Lebens. Jedes Mal, wenn ich einem von ihnen in die Augen blickte, war es, als könnte ich für einen kurzen Moment sehen, was sie sahen, und das war ernüchternd. Die Party, auf der wir alle lässig herumschlenderten – die Gesundheit, die wir genossen, der Sonnenschein, die Freiheiten, das gute Essen –, diese Party ging vorüber, diese Party war vorbei.

Hin und wieder verirrte sich ein Gast ins Bavarian, und jegliche Abwechslung in unserem Alltag hatten wir diesen Leuten zu verdanken. Im Juni wohnten Mark und Addison, ein schwules Paar, das uns in sein bizarres, stürmisches Liebesleben hineinzog, zwei Wochen lang in der Pension. Mark und Addison sahen aus wie Brüder. Beide waren klein, schlank und muskulös und braun gebrannt, beide hatten strahlend weiße Zähne und blondes Haar, das sie zu akkurat senkrechten Stacheln gelten. Wie Brüder stritten sie sich ständig, als hinge ihre Beziehung davon ab. Manchmal saßen sie Seite an Seite und beklagten sich bei mir übereinander. Addison warf Mark vor, dass er auf Partys ständig mit anderen Männern verschwinde. Mark sagte, es sei Addisons Problem, dass er zu schnell müde werde und immer schon nach Hause wolle, wenn es gerade richtig losgehe. Außerdem sei er zu besitzergreifend. Addison sagte, das Problem mit Mark sei seine Oberflächlichkeit. Und Dummheit. Dass er nicht einmal das belangloseste Gespräch führen könne. »Geh bloß nicht mit Mark ins Kino«, sagte er. »Wenn der Film zu Ende ist und du ihn nach seiner Meinung fragst, sagt er: ›Das Popcorn war zu salzig.‹«

»Er kriegt langsam einen fetten Arsch«, sagte Mark.

»Leck mich«, sagte Addison.

»Das hättest du wohl gern«, sagte Mark.

»Nein, du.«

»Nicht mir, sondern dir wird es irgendwann leidtun.«

»Glaubst du auch nur einen Augenblick, dass ich keinen anderen finde?«

»Mary wär bestimmt gern mit dir zusammen. Und mit deinem fetten Arsch.«

»Also wirklich! Du bist echt zum Kotzen.«

Immer wenn Mrs. Strauss erschien, verhielten sich Mark und Addison völlig anders. Sobald sie mit einem Auflauf durch die Tür kam und unsere Teller füllte, setzten die beiden sich aufrecht hin und lächelten. »Danke, Mrs. Strauss«, sagten sie dann. »Danke, Mrs. Strauss.« Beim Frühstück hörten sie aufmerksam zu, während Mrs. Strauss die eine oder andere Kindheitserinnerung wieder zum Leben erweckte. »Als ich noch klein war«, sagte sie, »fing Vater jeden Tag mit einem rohen Ei an. Er schlug es in ein Whiskyglas und schluckte es mir nichts, dir nichts hinunter, und Karl und ich, wir schüttelten uns. Ach, wir fanden das fürchterlich! Doch Vater hat darauf geschworen. Ihr habt noch nie einen so gesunden Menschen gesehen!«

Mark war ein zwanghafter Schleimer, der Mrs. Strauss stets

dazu ermunterte weiterzureden. »Wie faszinierend«, sagte er, »das muss ich auch mal probieren. Ich versuche, mich gesünder zu ernähren, um noch muskulöser zu werden.«

»Was für eine wunderbare Idee!«, sagte Mrs. Strauss, sprang gleichsam vom Tisch auf, verschwand in der Küche und kehrte mit einem Ei im Glas zurück, das darin hin und her schwappte.

»Runter damit!«, sagte Mark und schluckte es hinunter. So etwas besänftigte Addison, und am Ende der Mahlzeit hielten sie unterm Tisch wieder Händchen.

Fast jedes Frühstück endete damit, dass Mrs. Strauss betonte, wie schön sie es fand, Jungen im Haus zu haben. »So nette, stramme Jungen!«, sagte sie. Sie glaubte, die beiden wären Brüder, die sich so gern hätten, dass sie es nicht ertragen könnten, in getrennten Zimmern zu schlafen. »So viel Bruderliebe ist einfach fantastisch!«

Als Mrs. Strauss einmal in der Küche war, küssten die beiden sich am Tisch, und du starrtest sie angewidert an. *Entschuldigung*, sagtest du, *aber einige von uns wollen essen.*

»He«, sagte Mark, »warum kommst du heute Abend nicht mit? Wir arrangieren eine Verabredung für dich!«

Oh bitte, sagtest du und widmetest dich wieder deiner Zeitung. *Ich bin schon im Ruhestand.*

Nur durch den Vergleich mit Mark und Addison wurde mir klar, dass ich mich inzwischen als Bewohnerin des Bavarian ansah. Ich betrachtete ihr Kommen und Gehen und ihren Lärm als Störungen des normalen Tagesablaufs. »Sie begreifen einfach nicht«, sagte ich einmal zu dir, »dass wir es im Haus gern harmonisch haben. Dieses Gezänk können wir echt nicht ausstehen.«

Wenn ich abends in der Küche fertig war, setzte ich mich immer in die Bar und sah mir deinen Auftritt an. Sobald die

Saison in vollem Gange war und es in der Stadt von Schwulen wimmelte, hast du dein Repertoire geändert und Musical-Lieder gesungen, Barbra Streisand, Barry Manilow. Zwischen den Songs machtest du anzügliche Witze über die Gäste, jeden Abend dieselben. Wenn ein gut aussehender Mann im Publikum saß, hörtest du mitten im Lied auf zu singen und fragtest, ob er keine Luft mehr bekomme. *Ich glaube, der umwerfende junge Mann dort drüben erstickt gleich an seinem Krabbencocktail*, sagtest du. *Kennt jemand den Heimlich-Handgriff? Nein? Niemand? Muss ich denn alles selbst machen?*

Gegen Ende des Abends hieltest du inne, um die Leute daran zu erinnern, dass in der Bar alle möglichen Desserts erhältlich seien. *Wir haben einen sehr begabten Kellner namens Foster, der sich um Sie kümmert und Sie mit einer Banane versorgt. Wenn Sie Schokolade bevorzugen, haben wir für Sie die allseits beliebte Whitman's Sampler.* Ich fragte mich, wie du Abend für Abend mit gleichbleibender Begeisterung dieselben Sprüche machen konntest. Vermutlich lag es am Gelächter der Leute. Sobald ihr Lachen ertönte, strahlte dein Gesicht plötzlich, und die Genugtuung, die darin zum Ausdruck kam, ließ nicht nach.

Nachdem die letzten Gäste gegangen waren, setzte ich mich an die Theke und warf gemeinsam mit dir und Humphrey Bogart, der immer nur schweigend dastand und mit einem Lappen Gläser polierte, Pillen ein. Du sprachst unaufhörlich über deine Kindheit, hast dich chronologisch durch die Erinnerungen deines Lebens gearbeitet. Die Figuren, die du beschriebst, hatten etwas Übertriebenes, Unglaubwürdiges. Dass euer Hausmädchen Lotti dich so abgöttisch liebte, als wäre sie deine Mutter, dass sie abends in Tränen ausbrach, wenn sie dich verlassen und nach Hause zu ihren eigenen Kindern zurückkehren musste. *Ist ja gut*, sagtest du dann stets und wischtest ihr die Tränen mit deinem Seidentaschentuch ab, *wenn du morgen früh wiederkommst, warte ich hier auf dich. Genau hier.*

Der Bösewicht deiner Kindheit war der örtliche Sheriff, dickbäuchig und großtuerisch, der einen Sohn in deinem Alter hatte und glaubte, du littest an einer übertragbaren Krankheit, deine »Natur«, wie er es nannte, könnte ansteckend sein. In deinen Geschichten gingst du, mit deinen eigenen Angelegenheiten beschäftigt, die Straße entlang, und plötzlich zerrte dich der Sheriff am Ohr in eine Gasse. Seine Worte stammten direkt aus einem Wildwestfilm. *Halt dich von meinem Sohn fern, verstanden? Wir können in dieser Gegend keinen von deiner Sorte gebrauchen. Ist mir ganz egal, wie viel Geld dein Opa hat, ich bin immer noch der Sheriff.*

Auch wenn du manchmal innegehalten hast, um mir deine Anerkennung auszusprechen – *Es tut so gut, mit einem gebildeten Menschen reden zu können*, sagtest du dann, *du kannst dir nicht vorstellen, was für eine kulturelle Einöde das hier ist* –, hatte ich meistens das Gefühl, dass dir jeder recht gewesen wäre, dass du all deine Geschichten schon an Dutzenden Leuten vor mir ausprobiert hattest und es auch an Dutzenden nach mir tun würdest. Während Humphrey Bogart seine Gläser polierte, verdrehte er nämlich oft die Augen, als hätte er die Geschichten schon tausendmal gehört. *Ich sollte das alles aufschreiben*, sagtest du oft. *Oder es von jemandem aufschreiben lassen. Ich hab keine Lust, mich selbst darum zu kümmern.*

Die Tage verstrichen einer nach dem anderen, alle gleich. Wegen all der Pillen, die ich einwarf, konnte ich die Tage nicht mehr unterscheiden, und dennoch wurde mir irgendwann klar, dass sich unmerklich etwas verändert hatte. Ich glaubte nicht mehr daran, dass Malinda je eintreffen würde, sondern sah sie eher als Produkt meiner Fantasie an, als Figur in einer Geschichte, die ich mir selbst erzählte. Inzwischen dachte ich an sie wie Kinder an den Weihnachtsmann – eine Gestalt, von der man träumte, deren Existenz sich aber nicht nachweisen ließ. Hätte sie plötzlich die Bar betreten – wäre sie leibhaftig aufgetaucht –, wäre das für mich einem Verstoß gegen die natürliche Ordnung der Dinge gleichgekommen.

Ich hatte auch jegliches Interesse an einem Aufbaustudium verloren. Ich litt wohl an einer Existenzkrise, wie sie unter Leuten zwischen zwanzig und dreißig weit verbreitet ist, was oft zur Ablehnung ganzer Herrschaftssysteme, aller sittlichen und gesellschaftlichen Werte führt und damit endet, dass man ein Leben lang in einer Restaurantküche arbeiten muss. Im Bavarian war das Leben einfach – so einfach wie das Glücklich-bis-ans-Ende-ihrer-Tage im Märchen –, und ich spielte mit dem Gedanken, den Winter über zu bleiben. Ich sah vor mir, wie wir drei eingeschneit wurden, wie wir uns vor dem Kamin versammelten, einander vorlasen und Lieder sangen. Ich glaubte, einen Ort gefunden zu haben, an dem man mich kannte und verstand, und die Vorstellung, in eine weitere fremde Stadt zu gehen, kam mir absurd vor.

Mein Wagen hatte schon den ganzen Sommer lang vor dem Bavarian gestanden – ich war kein einziges Mal damit gefahren und bezweifelte, dass er anspringen würde, wenn ich es eines Tages versuchte. Allmählich sah er aus, als würde er nirgends mehr hinfahren. Ich stellte mir vor, wie Unkraut aus der Motorhaube spross. Alles, was ich besaß, lag in diesem Wagen – alles, was ich vom College für mein Aufbaustudium mitgenommen hatte –, und manchmal stand ich da und blickte durchs Wagenfenster wie auf die Ausstellungsstücke eines Museums, die Relikte eines antiken Volkes.

Am Konservatorium hatte man dich für ein vielversprechendes Talent gehalten. Du warst nicht der beste Pianist in deinem Jahrgang, nicht der schöpferischste Komponist, doch deine Arbeiten waren akribischer, komplizierter aufgebaut als die der anderen, und man war der Ansicht, dass du die außergewöhnliche Ausstrahlung hattest, die oft zu wahrer Größe führt. Zu einer Zeit, in der andere Studenten in T-Shirts und Jeans, in Billigklamotten herumliefen, trugst du Maßanzüge. Ebenso deplatziert waren deine Manierismen, deine Förmlichkeit, dein Benehmen, deine steife Körperhaltung. Die Leute machten viel Getue um deine Sprechweise – die Redensarten einer vergangenen Gesellschaft, versehen mit einem breiten Südstaatenakzent und dem am Satzende typischen Tonfall schwuler Männer. Über dich waren alle möglichen Gerüchte im Umlauf – dass du der Sohn eines Senators oder Gouverneurs wärst, der Erbe eines Ölmagnaten, dass du in Paris aufgewachsen wärst –, und du unternahmst keinen Versuch, das Ganze richtigzustellen. Es dauerte nicht lange, bis in Juilliard alle deinen Namen kannten. Wo immer du unterwegs warst, hörtest du, wie er ausgesprochen wurde. Da ist James Butler, sagten die Leute, und du dachtest, das wäre erst der Anfang, stelltest dir vor, wie dein Name weltweit bekannt sein würde.

Bald hattest du bei deinen Lehrern einen guten Ruf und wurdest einer ihrer Lieblingsschüler. Im ersten Jahr schriebst du ein Klavierkonzert mit langsamem, sorgfältigem Aufbau, das scheinbar identische Phrasen wiederholte, die sich in Wirklichkeit jedoch leicht unterschieden. Durch unmerkliche Verschiebungen im Lauf des Werkes veränderte sich das Ganze, und am Ende war der Zuhörer, musikalisch gesehen, am Gegenpol zum Anfang des Stücks angelangt. Es war eine theoretische Arbeit, die eher den Verstand ansprach als das Herz – sehr zeitgemäß. Deine Lehrer waren der Ansicht, dass du mit der entsprechenden Inspiration, vielleicht einem Sommer in Europa, etwas aus dir machen würdest.

Alle möglichen Leute versuchten, sich mit dir anzufreunden, doch du hast sie zurückgewiesen, weil du sie für gewöhnlich, dumm, verwöhnt, talentlos, ungehobelt hieltest. Wenn dich jemand ansprach, hast du ihn oft mit einer Bemerkung abblitzen lassen, die er zunächst bloß als aufrichtig empfand und worin er das Verletzende erst später bemerkte. *Mir war gar nicht klar*, sagtest du beispielsweise, *dass Einstecktücher wieder in Mode sind. Wie hübsch.*

Du wohntest in einem kleinen Zimmer in einer Pension, nicht mehr als ein Bett, eine Kommode, ein kleiner Schreibtisch. Deine Anzüge hingen im Wandschrank, zwei blaue, zwei schwarze und ein grauer. Auf deiner Kommode lag ein silbernes Pflegeset – Bürste und Kamm, Rasierer und Schüssel –, das dir deine Großmutter geschenkt hatte. Ansonsten war dein Zimmer schmucklos. Du wolltest frei sein von jeglicher Zerstreuung. Die Musik, die du zu komponieren gedachtest, war spartanisch, akribisch, und du glaubtest, sie würde dir nur in einer makellosen Umgebung einfallen.

Natürlich war das Großstadtleben schwierig. Der Lärm deiner Nachbarn, das Dröhnen der Sirenen und Hupen, das von der Straße heraufdrang, das Rauschen der Flugzeuge am Himmel. Wegen der Abgeschiedenheit, die du brauchtest, bliebst du abends lange am Konservatorium und hast gearbeitet, doch das hatte auch eine Kehrseite. Auf dem Heimweg wurdest du oft von Jugendlichen verhöhnt. »He, Kleiner«, riefen sie. Einmal wurdest du mit vorgehaltener Pistole von einem Jungen überfallen, der vermutlich nicht älter als zehn war. Obwohl du ihm widerstandslos deinen Geldbeutel gabst, schlug er dich in den Magen, und du krümmtest dich und stürztest zu Boden. Danach nahmst du deinen Geldbeutel nicht mehr mit und hattest nie mehr als fünf Dollar in der Tasche, doch aus Spaß überfiel man dich trotzdem. Noch ganze drei Mal.

Manchmal gönntest du dir etwas Luxus – schließlich warst auch du nur ein Mensch. Deine Großmutter schickte allmonatlich einen Scheck, und du gewöhntest dir an, fast das ganze Geld an einem einzigen Abend auszugeben. Du besuchtest gute Restaurants und später Clubs, wo du dich, wie du sagtest, *den Freuden der Jugend* hingabst. Du machtest Männerbekanntschaften und gingst manchmal mit zu ihnen nach Hause. Doch all das habe eigentlich keine Rolle gespielt, sagtest du, weder jetzt noch damals. Du warst entschlossen, etwas aus dir zu machen, der bedeutendste Komponist der Welt zu werden, und etwas so Triviales wie die Liebe würde dich nicht davon abhalten.

Doch in deinem vorletzten Studienjahr verliebtest du dich in einen der Professoren, einen Komponisten mittleren Alters, dessen Namen du auch nach zwanzig Jahren nicht über die Lippen brachtest. An dem Mann war nichts Besonderes gewesen. Oft hattest du dir ins Gedächtnis gerufen, wie du ihm zum ersten Mal begegnet warst und nicht viel von ihm gehalten hattest. Auf den ersten Blick war er nicht mehr als ein weiterer kurzsichtiger Professor mit Tweedjacke und schütterem Haar gewesen. Du hattest ihn auf der Cocktailparty eines anderen Professors kennengelernt, wo du mit anhörtest, wie er über das Kriegsende sprach. »Jeder weiß doch«, hatte er gesagt, »dass das eine eindeutig malthusianische Theorie des Krieges ist.« Er war dir arrogant und langweilig vorgekommen. Du hattest kurz mit ihm gesprochen, und dabei war dir aufgefallen, dass seine Zähne verfärbt waren, dass er nach schalem Pfeifenrauch stank.

Nach der Party hattest du nicht mehr an ihn gedacht, bis dir sein Name bei der Anmeldung für die Frühjahrskurse ins Auge fiel. Als du ihn im Unterricht wiedersahst, machte er fast den gleichen Eindruck wie beim letzten Mal. Kaum war er mit der Überprüfung der Anwesenheit zur Hälfte durch, brach er das Ganze ab und warf die Hände in die Luft. »Spielt alles keine Rolle«, sagte er. »Ich merke mir Ihre Namen erst, wenn Sie mich mit einer Ihrer Kompositionen beeindrucken.« Nachdem er sich ein paar Wochen später deine Arbeit angesehen hatte, lud er dich in sein Büro ein, um dir etwas vorzuspielen, und danach traft ihr euch jede Woche und hörtet euch Schallplatten an. Er lud dich zum Kaffee ein. Ihr machtet lange Spaziergänge im Park, spracht anfangs über Musik und dann über andere Dinge – Bücher, Politik. Du sagtest nur wenig. Jede Frage, die der Professor dir stellte, gabst du an ihn zurück. Du notiertest dir seine Angewohnheiten und übernahmst sie. Du versuchtest, so zu tun, als hättest du ein Leben lang das Gleiche gelesen, getrunken und gegessen wie er. Er las den *New Yorker*, du hast den *New Yorker* gelesen. Er trank Espresso, du hast Espresso getrunken. Er machte dir Geschenke, seltene Plattenaufnahmen. Mit den Schecks deiner Großmutter kauftest auch du ihm Geschenke. Einen Füller, eine seltene, in Leinen gebundene Molière-Ausgabe. *Und was dann passiert ist, kannst du dir ja vorstellen*, sagtest du. *Ich erspare dir die Einzelheiten. Es reicht wohl, wenn ich sage, dass es gewisse Augenblicke gab. Augenblicke voll großer Leidenschaft. Ich war wohl allmählich besessen.*

Natürlich gab es Komplikationen. Dieser Mann, dieser Professor, war doppelt so alt wie du, er war verheiratet und hatte zwei kleine Kinder. Seine Frau war unscheinbar und besaß ein großes Vermögen. Das Leben, das dieser Mann führte – den Luxus und die Muße, über die er verfügte –, verdankte er ihr. Er würde sie nie verlassen. Das war dir klar. Doch manchmal sprachst du im Bett von der Zukunft, von gemeinsamen Reisen. Du konntest nicht anders.

Am Semesterende trankt ihr eines Tages zusammen Kaffee, und da sagte er plötzlich, dass er dich nicht mehr treffen könne. Meine Frau, erklärte er, meine Kinder. Mein Job. *Ich würde dich nie verraten*, sagtest du. Doch er erwiderte, dass er das Ganze beende, es sei die richtige Entscheidung. Während du ihm gegenübergesessen hast, spürtest du, wie ein Teil von dir zerbrach, abbröckelte und wie eine Scholle von einem Eisberg krachte. Einen Augenblick konntest du nichts mehr hören. Ganz benommen zogst du einen Schein aus deinem Geldbeutel und klemmtest ihn unter deinen Teller. Du wischtest dir die Mundwinkel mit der Serviette ab und legtest sie auf den Tisch. Du standest auf, um zu gehen, und der Professor sagte irgendwas – erhob Einspruch oder protestierte –, doch du hörtest es nicht, du warst wie von Sinnen.

Eine ganze Woche lang bliebst du in deinem Zimmer, im Bett, und versuchtest, dir jeden Augenblick ins Gedächtnis zu rufen, den du mit ihm verbracht hattest. Du schriebst jeden Gesprächsfetzen auf, an den du dich erinnern konntest, jedes Kleidungsstück, das du getragen, jede Handbewegung, die du gemacht hattest. Du hast deine Notizen nach Hinweisen durchforstet. Hattest du irgendetwas gesagt? Hattest du einen Mangel an Intelligenz oder Geschmack gezeigt? Du warst krank vor Scham, vor Kummer, konntest den Unterricht nicht mehr besuchen. Du versäumtest die Abschlussprüfungen und musstest sie im darauffolgenden Semester nachholen. Die Musik, an der du gearbeitet hattest, verschwand aus deinem Kopf. Du dachtest ans Sterben. Du wolltest sterben.

In Juilliard hattest du eine einzige Freundin, ein reiches Mädchen namens Tweedy Livingston – eine dieser groß gewachsenen, pferdegesichtigen Salonlöwinnen, denen nie etwas schwergefallen war –, und um dich aus deinem Elend zu erlösen, lud sie dich ein, sie nach Ogunquit zu begleiten. Ihr verbrachtet den Juli in der Mietwohnung ihrer Familie und lebtet im Überfluss. Du hattest allabendlich in guten Restaurants gegessen, ohne auch nur ein einziges Mal zu erleben, dass man Tweedy eine Rechnung vorgelegt hätte – sie gehörte zu den Leuten, die anschreiben ließen. Du verbrachtest fast den ganzen Monat in Speisesälen, wo du rauchtest und trankst und Muscheln und Hummer aufbrachst. Eines Abends aßt ihr im Oasis, und auf dem Weg nach draußen sahst du den Stutzflügel unbenutzt in der Ecke der Bar stehen. Tweedy bat dich, etwas zu spielen. Den restlichen Abend nahmst du Musikwünsche entgegen, und beim Spielen fühltest du dich zum ersten Mal seit Monaten wieder wohl. Am Ende des Abends bot dir der Restaurantchef einen Job an – der Pianist hatte gerade gekündigt –, und dann hast du vereinbart, am nächsten Tag anzufangen.

Anfangs wolltest du nur den Sommer über bleiben. Doch als der August kam, war die Vorstellung, nach Juilliard zurückzukehren, noch immer zu qualvoll. Du nahmst dir vor, im Restaurant zu spielen, bis es im Oktober zumachte, dann nach New York zurückzukehren und deine Kompositionen abzuschließen. Du lebtest dich im Bavarian ein. Hattest ein anständiges Auskommen und genug Zeit, um an deiner Musik zu arbeiten. Begannst, eine Symphonie zu schreiben, und schon bald warst du davon besessen. Du dachtest ständig daran, auch in deinen Träumen, und es gab Tage, an denen sie so laut in deinem Kopf erklang, dass du eine Schlaftablette nehmen musstest, um das Ganze zu dämpfen. Du stelltest dir immer wieder den Tag vor, an dem deine Symphonie fertig wäre und du sie deinem Betreuer übergäbst, der sofort ihre Genialität erkennen, sie aufführen und aufnehmen lassen würde. Du stelltest dir die Preise vor, die du gewinnen würdest. Bei deiner Rückkehr nach New York – nach einem langen, selbst auferlegten Exil, in dessen Verlauf sich dein Ruf als brillanter Exzentriker gefestigt hatte – würde man dich feiern, dein Ruf wäre wiederhergestellt. Du stelltest dir den Gesichtsausdruck deines Liebhabers vor, während er die Aufführung deines Meisterwerks hörte. Du sahst ihn in Tränen ausbrechen, sich dir zu Füßen werfen. Du konntest stundenlang damit zubringen, diese Szenen durchzuspielen, und sahst sie so lebhaft vor dir, dass du manchmal die Hand danach ausstrecktest, um sie zu berühren. Wenn du doch nur deine Arbeit abschließen könntest. Während der ganzen Saison, mit Mrs. Strauss im Bavarian eingeschlossen, warst du kurz davor, das spürtest du, warst kurz vor dem Durchbruch.

Doch der Herbst ging in den Winter und dieser in den Frühling über, und ehe du wusstest, wie dir geschah, spieltest du eine weitere Saison im Oasis. Inzwischen hatte Mrs. Strauss dir gegen kleine Hilfsdienste im Haus die Miete erlassen. Du gehörtest jetzt zur Familie. Wenn sie dir aus der Küche etwas zurief, nannte sie dich manchmal versehentlich Karl, und du stelltest sie dir oft als deine Großmutter vor. Deine richtige Großmutter hatte dich verstoßen – mit dem Verlassen des Konservatoriums hattest du ihr das Herz gebrochen –, und Mrs. Strauss war an ihre Stelle getreten.

Während deines zweiten Jahres in Maine hattest du begonnen, alle möglichen Pillen zu nehmen. Du nahmst Pillen, um wach zu bleiben, und Pillen, um zu schlafen, Pillen, die belebend wirkten, und Pillen, die deine Nerven beruhigen sollten. Manchmal glaubtest du, die Pillen seien das Einzige, was dich am Leben erhielt. Später hast du dir allerdings eingeredet, dass die Pillen dich umbringen würden, und nahmst keine mehr. Doch dann hast du am ganzen Leib gezittert, bekamst Schweißausbrüche oder heftige, unerträgliche Panikattacken, und alles ging wieder von vorn los.

Von Zeit zu Zeit hattest du andere Liebhaber gehabt, doch

stets hatte ihnen irgendetwas gefehlt. Die Freude, die sie dir bereitet hatten, war letztlich nie so groß wie die unvermeidliche Enttäuschung. *Liebe ist was für Idioten*, sagtest du.

Bei deinem Werk hattest du Phasen der Mühsal und Phasen der Hingabe erlebt. Doch das spielte keine Rolle mehr – du hattest zu lange damit gerungen, und es gab keine Lösung. Selbst wenn du deine Symphonie abschließen würdest, hättest du zwanzig Jahre deines Lebens daran gesessen, und das war sie nicht wert. Und wenn du einfach aufgabst und dich etwas anderem zuwandtest, wofür hattest du dann gelebt?

Manchmal wachte ich mitten in der Nacht von deinem Klavierspiel im Wohnzimmer auf. Es war immer dasselbe kurze Stück in Moll, die Töne aufsteigend, dann absteigend und wieder aufsteigend, wie ein Blatt im Wind. Es war das traurigste Stück, das ich je gehört hatte.

Gemäß einem der unwandelbaren Gesetze, die den Lauf der Welt zu bestimmen scheinen, tauchte Malinda erst auf, nachdem ich sie bereits abgeschrieben hatte. Als ich eines Tages kurz vor Feierabend den Küchenfußboden wischte und einer der Köche durch die Schwingtür ins Foyer ging, hörte ich unter den Geräuschen, die von draußen hereinwehten, Malindas Lachen. Ich hätte es überall erkannt. Es klang grell und unnatürlich und übertönte in einem Raum jeglichen Lärm – es war länger und lauter zu hören als jede andere Stimme. Die Tür schwang auf und zu, auf und zu, und ich stand auf den Moppstiel gestützt da und lauschte, ein heißer Knoten in meiner Brust. Statt der Aufregung, die ich beim Wiedersehen mit Malinda erwartet hatte, verspürte ich nur Nervosität und so etwas wie Wut. Malinda war da, gesund und munter, und es gab etwas, worüber sie lachen konnte. Plötzlich sah ich all die Geschichten, die ich mir zurechtgelegt hatte – die unruhigen

Verhältnisse, in denen sie lebte; die Gründe, warum es ihr nicht gelungen war, sich bei mir zu melden –, als Selbsttäuschung an, als jämmerliche Hirngespinste eines verzweifelten Menschen.

Ich wischte den Fußboden fertig und ließ meinen Puls ruhig werden. Dann ging ich ins Foyer hinaus und stellte mich an den Eingang zur Bar. Du spieltest Melodien aus *Brigadoon*, und etliche Leute umringten dein Klavier. In der gegenüberliegenden Ecke der Bar saß wie immer am Ende des Abends das Personal. Sie sortierten und zählten das Geld, das sie verdient hatten, und machten Pläne für den restlichen Abend. Und mittendrin Malinda. Ich erkannte sie kaum wieder. Sie hatte sich einen Bob schneiden und ihr Haar leuchtend rosa färben lassen, hatte auf beiden Armen Tattoos, die sich bis zu ihrer Brust und ihrem Nacken hinaufzogen. Sie trug ein ärmelloses schwarzes Kleid, das sie umhüllte wie ein Badehandtuch. Neben ihr saß ein rothaariger Mann in einem grünen Trainingsanzug. Er hatte etwas Unfertiges, Embryonisches – ein schwach ausgebildetes Kinn und eine knochige Stummelnase. Mit heiserem Krächzen erzählte er, wie er an einer Baustelle einen Polizisten angefahren hatte. Er sprach von sich in der dritten Person. »Also, Scotty fährt echt langsam, um keinen von diesen orangen Kegeln umzustoßen, und im nächsten Moment erwischt Scottys Seitenspiegel einen Bullen am Gürtel und wirbelt ihn herum wie einen verdammten Kreisel.«

Ein paar Leute lachten.

»Und was, meint ihr, hat Scotty da getan?«

»Sich verpisst, Mann«, sagte jemand. »Sich schleunigst aus dem Staub gemacht.«

»Nee«, sagte er. »Scotty hält an, steigt aus und bietet ihm beflissen seine liebevolle Fürsorge an.« Er ließ die Brauen auf und ab hüpfen. Anscheinend benutzte er gern Wörter, die er für selten und hochtrabend hielt. »Ich reiche ihm meine Papiere, den Führerschein und den Fahrzeugbrief, ich biete ihm alle Arten von Entschädigung an. Und wisst ihr, was passiert? Er sagt, es wär alles in Ordnung, und lässt Scotty einfach gehen. Und Scotty fährt weiter, mein Freund, mit genug Stoff im Kofferraum, um für zwanzig Jahre hinter Gitter zu kommen.«

Während Scotty redete, hatte er die ganze Zeit den Arm um Malinda gelegt, und sie blickte ihn bewundernd an. Allem Anschein nach war Malinda glücklich, aber als ich sah, dass sie im Bann eines so widerwärtigen Kerls stand, drehte sich mir der Magen um. Ich stand da und starrte sie an. Wer auch immer das sein mochte – diese überschwängliche Frau mit dem rosa gefärbten Haar –, es war nicht Malinda.

Schließlich fiel ihr Blick auf mich, und alle Freude verschwand aus ihrem Gesicht. Sie saß einen Moment stocksteif da, und wir fixierten einander. Dann sprang sie wie an einer Schnur gezogen auf und kreischte. »Meine kleine Schwester!«, rief sie. »Verdammt noch mal, meine kleine Schwester!« Sie durchquerte den Raum und umarmte mich. Sie roch nach irgendeinem süßen Schnaps. Brandy, Rum. Sie war so dünn, dass ich sie hätte zerbrechen können.

»O mein Gott«, sagte sie, »was machst du denn hier?«

»Ich hab dich gesucht«, sagte ich.

»O mein Gott.« Sie hüpfte vor Freude und zerrte mich zu ihrem Tisch hinüber. »Hört mal, das hier ist Mary.« Sie machte mich mit den Kellnerinnen und Kellnern bekannt, als wäre ich ihnen noch nie begegnet. »Das sind Pete, Nick und Jeff.«

»Ich weiß«, sagte ich. »Wir kennen uns schon.« Plötzlich kam mir der Gedanke, dass die Kellner mir genauso gut zum ersten Mal begegnet sein könnten. Nach der anfänglichen

Neugier bei meiner Ankunft hatten sie völlig vergessen, dass es mich gab – sie hatten sogar versäumt, Malinda von mir zu erzählen.

»Das ist ja super«, sagte sie. »Wir werden jede Menge Spaß haben.«

Sie setzte sich und zog mich neben sich. »Scotty«, sagte sie, »das ist meine Schwester Mary.«

»Was geht ab, Mann?«, sagte Scotty. Er streckte die Hand in die Luft. »Give me five.«

Ich klatschte ihn ab. »Das war aber halbherzig«, sagte er. »Los, noch mal!«

Hasserfüllt starrte ich ihn an. Ich konnte mir lebhaft vorstellen, ihm ins Gesicht zu schlagen. Doch ich klatschte ihn noch mal ab.

»Schon besser«, sagte er. »Das war ganz ordentlich!«

Malinda ließ den Arm auf meiner Schulter, während sie mit den anderen redete, und ich spürte, wie ich in das wachsame Schweigen verfiel, in dem ich in unserer Jugend gelebt hatte. Nach außen hin unterschied es sich nicht von meinem üblichen Schweigen, doch das Gefühl war ein anderes. Es fühlte sich beruhigend an statt nach der Gleichgültigkeit und der Angst, die ich während der ganzen Collegezeit verspürt hatte. Zum ersten Mal seit fünf Jahren fühlte ich mich entspannt.

Als deine letzten Gäste gegangen waren, geselltest du dich zu uns. Malinda machte den gleichen Wirbel um dich wie um alle anderen. Sie umarmte dich und küsste dein Gesicht, deinen Hals, deine Ohren. So viel Aufmerksamkeit ließ dich erröten. *Krieg dich wieder ein*, sagtest du.

»Du hattest völlig recht mit New York«, sagte sie, »das ist der einzig lebenswerte Ort auf der Welt! Du lieber Himmel, ich hatte ja keine Ahnung!«

Hab ich dir doch gesagt, hast du mit wehmütigem Blick erwidert.

»Wir waren den ganzen Sommer dort«, sagte sie. »Ich wollte gar nicht mehr weg. Du solltest mitkommen! Hier ist es tot, hier ist alles vorbei. Du solltest mit nach New York kommen.«

Eine düstere Stimmung schien dich zu befallen. Dein Blick wanderte durch den Raum, und du warst in Gedanken nicht mehr bei der Sache. Du gabst ein paar höfliche Floskeln von dir, fragtest nach den Orten, an denen Malinda im Winter gewesen war. Doch als sie mehr über dich wissen wollte, bliebst du vage. *Ich hatte unglaublich viel zu tun*, sagtest du. *Das kann ich gar nicht alles erzählen*. Und als jemand anders – eine Kellnerin namens Mitzi – Malindas Aufmerksamkeit in Anspruch nahm, schlichst du dich davon. Auf dem Weg nach draußen nicktest du mir zu. Mir schien, als hättest du den verhärmten, verbitterten Gesichtsausdruck eines Menschen, dem man die Schau gestohlen hatte.

Malinda sprach von einer Party, und Scotty begann, Leute zusammenzutrommeln. Er war der einzige Mensch, den ich kannte, der ein Handy besaß, und er gab ständig Nummern ein und brüllte ins Telefon, wenn jemand ranging. »Scotty!«, rief er als Begrüßung. Ich fragte mich, was für ein Mensch seinen eigenen Namen mit solchem Überschwang in ein Handy brüllte. »Große Party bei Moody«, sagte er. Und obwohl es nicht mehr als eine Idee gewesen war, eine spontane Laune Malindas, sprach es sich in Windeseile herum, und als wir zum Strand kamen, war dort tatsächlich eine Party im Gange. Leute standen in Grüppchen beisammen und tranken Bier, hörten Musik, redeten, brüllten und lachten. Jemand hatte in einer Mülltonne ein Feuer entfacht. Obwohl schon Hochsommer war, war es abends am Wasser immer noch kalt, und viele drängten sich paarweise aneinander. Ich beobachtete, wie Malinda über den Strand schlenderte, sie schien mit der Versammlung zufrieden zu sein, wie eine Königin, die ihre Untertanen mustert. Ihr war etwas in den Sinn gekommen, und Scotty hatte es in die Tat umgesetzt.

Ich stand am Rand des Geschehens und beobachtete, wie Malinda von einem zum anderen glitt. Alle begrüßten sie mit Freudenschreien und erstaunten Blicken. Es dauerte eine Ewigkeit, bis sie zurückkam und sich neben mich setzte. »Wow«, sagte sie. »Dürfte jetzt etwa fünf Jahre her sein.«

»Ich weiß«, sagte ich.

»Was gibt's Neues? Was hast du gemacht?«

»Bei mir gibt's überhaupt nichts Neues«, sagte ich. »Seit du gegangen bist, ist nicht das Geringste passiert.« Um Malindas Hysterie und die meiner Mutter auszugleichen, hatte ich zu Hause stets einen trockenen Sarkasmus an den Tag gelegt, und in den war ich wieder verfallen. In einem einzigen Punkt schien das, was ich gesagt hatte, allerdings wirklich zu stimmen. Seit Malindas Verschwinden war kaum etwas passiert – ich hatte bloß die Zeit überbrückt, bis ich sie wiederfand.

»Ich hab ganz vergessen«, sagte sie, »was für ein Miststück du sein kannst.« Sie trat näher, hob eine meiner Haarsträhnen an und ließ sie fallen. Wieder und wieder. »Du siehst seltsam aus«, sagte sie. »Als hättest du dich, seit du zwölf warst, nicht mehr verändert.«

»An dir ist irgendwas anders«, sagte ich und musterte ihr Haar und ihre Tattoos – an beiden Armen schlängelte sich ein roter Drache nach oben, die beiden Hälse schmiegten sich an Malindas Schultern, die seitwärts gedrehten Köpfe reichten ihr bis auf die Brust hinab, die leuchtenden, aus den Mäulern lodernden Flammen trafen sich über Malindas Herz. »Aber ich kann nicht genau sagen, was.«

»Ich und Scotty, wir werden eine Weile hierbleiben«, sagte

sie. »Scotty hat hier ein paar Geschäfte zu erledigen. Wir könnten uns erzählen, was in der Zwischenzeit alles passiert ist. Vielleicht könnten wir morgen zusammen essen oder so.«

»Was für Geschäfte denn?«, fragte ich.

»Hauptsächlich Gras«, sagte sie. »Und Pillen. Aber auch noch anderes Zeug. Um diese Jahreszeit hat er verdammt viel zu tun. Er ist echt gestresst. Er hat jede Menge Kunden, die ihn ständig anrufen, kann das, was sie haben wollen, nicht immer besorgen und macht sich kaputt, weil er ständig auf Trab ist.«

Es ging mir auf die Nerven, sie reden zu hören. Wenn ich ihr in einem Bus begegnet wäre und sie mich angesprochen hätte, hätte ich vermutlich ein Buch zur Hand genommen und angefangen zu lesen. »Ich möchte wirklich Zeit mit dir verbringen«, sagte ich. »Du hast mir echt gefehlt.«

»Du mir auch«, sagte sie. »Ich wollte dich anrufen. Aber ich war ständig auf Achse und hatte keinen Ort, wo ich bleiben oder telefonieren konnte oder so. Weißt du, ich wollte immer zu Hause vorbeischauen und sehen, was abgeht, ich hatte bloß nie viel Zeit, wegen der Arbeit und allem.«

Wir saßen einen Augenblick da und blickten aufs Wasser. Ich spürte, dass zwischen uns das Thema unserer Mutter stand. Und als Nächstes sagte Malinda tatsächlich: »Und wie geht's dem alten Aas? Lass mich raten. Sie ist wieder verheiratet.«

»Zum fünften Mal«, sagte ich.

Sie schnaubte verächtlich. »Typisch.«

Dann erzählte ich ihr das Neueste, die absurdeste aller Absurditäten in unserer Familiengeschichte.

»Sie hatte so was wie eine Glaubenskrise.«

»O Gott«, sagte Malinda. Sie verdrehte die Augen und ließ sich theatralisch in den Sand fallen. »Also wirklich!«, rief sie lachend. »Das kann doch nicht wahr sein!«

»Sie ist nach Atlanta gezogen«, sagte ich.

»Was?«

»Sie hat einen Fernsehprediger geheiratet. Sie leitet den Kinderhort der Kirche ihres Mannes – sie kümmert sich um diese ganzen Kinder von der Straße. Ich glaube, sie schicken einen Bus herum, der sie dutzendweise einsammelt.«

»Was?«, fragte Malinda wieder. Gespannt setzte sie sich auf. »Willst du mich etwa verarschen?« Sie stützte den Kopf in die Hände. »Dieses Aas!«

»Falls es irgendwas ändert«, sagte ich, »sie behauptet, dass sie die ganze Zeit für dich betet.«

»Also wirklich«, sagte sie, »ich glaub, ich muss kotzen.« Sie stand auf und wankte zum Meer. Ich beobachtete, wie sie sich ans Wasser stellte und zerstreut und trübselig mit einem Fuß darin herumplanschte. Mir kam der Gedanke, dass all die Probleme, die es zwischen uns gab – die Distanz –, mit meiner Mutter zusammenhingen. Aus irgendeinem Grund betrachtete Malinda mich als Stellvertreterin unserer Mutter, als ihre Abgesandte, und hatte sich daher auch gegen mich gewendet. Ich stand auf und ging auf sie zu, doch noch bevor ich ans Wasser gelangte, war sie schon wieder kreischend losgelaufen und schlang die Arme um jemand Neuen, den sie seit einem Jahr nicht gesehen hatte. »O mein Gott!«, rief sie. »Du hast mir so gefehlt!«

Als ich zu meinem Platz zurückkehrte, saß dort ein Junge. Er hatte zerzaustes, welliges blondes Haar, das sich an den Schläfen bereits lichtete – er sah aus wie der junge Art Garfunkel. »Was dagegen, wenn ich hier sitze?«, fragte er.

»Schon in Ordnung«, sagte ich und ließ mich neben ihm nieder.

»Ich wohne da drüben«, sagte er. Er deutete auf ein Haus hinter uns. »Da. Das mit den sechseckigen Fenstern.« Das

Haus war dreistöckig und leuchtete hell vor dem Nachthimmel.

»Ach«, sagte ich und versuchte unbeeindruckt zu klingen.

»Ich hab euch gehört und wollte mal sehen, was hier los ist. Diesen Sommer ist keiner meiner Freunde zu Besuch gekommen, und ich hab mich ein bisschen einsam gefühlt.«

»Traurige Sache«, sagte ich.

»Ich hab gerade meinen Abschluss in Yale gemacht«, sagte er. »Und alle, die ich kenne, sind übers ganze Land verstreut und treten neue Arbeitsstellen an und so.«

»Du tust mir echt leid«, sagte ich, »so ganz allein in deinem Haus am Strand. Mit nichts als einem Yale-Abschluss.«

»Du bist ja ganz schön hart drauf«, sagte er. »Ich muss dich wohl mit Wein abfüllen.« Neben ihm stand ein Picknickkorb, und er klappte ihn auf und holte eine Flasche und zwei Gläser hervor. Das Ganze kam mir verdächtig vor, und ich sah mich nach einem Kamerateam um.

Wir tranken Wein, redeten übers College und über das Gefühl, mit dem Studium fertig zu sein, darüber, was wir später mal mit unserem Leben anfangen wollten. Der Junge hatte vor, eine Weltreise zu machen. Mauretanien, sagte er. Indonesien, die Seychellen. Er hatte den ganzen Sommer über Segelunterricht genommen. »Ich ganz allein«, sagte er. »Mit Dads Boot. Rund um die ganze verdammte Welt.« Während er von den Häfen redete, die er besuchen wollte, behielt ich Malinda im Auge, die überall herumschwirrte und rauchte, lachte und tanzte. Ich hörte Fetzen ihrer Gespräche. »Wir waren so besoffen«, rief sie. »Kannst du dich noch an diesen wilden Typen mit dem Cowboyhut erinnern?«

»Was meinst du?«, fragte der Junge.

Ich sah ihn an. Er hatte ein rundes, pausbäckiges Gesicht und blickte hoffnungsvoll drein. Es war ein Gesicht, das keinerlei Entbehrungen und Enttäuschungen zu kennen schien. »Das will ich lieber nicht sagen«, erwiderte ich.

»Na, komm schon«, sagte er.

»Also, ich glaube, dass du in einem Sturm kenterst, von Piraten gefangen genommen oder ausgeraubt wirst und dann irgendwo festsitzt. Ich hoffe, es kommt anders, aber das glaube ich nicht.«

»Ich meinte eher, was du davon hältst mitzukommen?«, fragte er. Ich blickte ihm in die Augen und rechnete mit einem sarkastischen oder ironischen Gesichtsausdruck, doch er meinte es ernst. »Verschieb das Aufbaustudium um ein Jahr«, sagte er. »Lass dich auf ein Abenteuer ein.«

Ich war einen Augenblick still und sah mir die Party an, die vor uns ablief. Sie befand sich bereits im Endstadium, alle versuchten, sich auf leichtsinnige, spontane Weise zu amüsieren. Paare jagten einander den Strand entlang. Die Jungen schnappten sich die Mädchen, hoben sie auf die Schultern und rannten mit ihnen ins Wasser. In der Brandung kamen alle kreischend zu Fall.

»Nenn mir einen einzigen Grund«, sagte der Junge, »warum du nicht mitkommen kannst.«

Ich gab ihm keine Antwort. Ich beobachtete, wie Scotty Malinda ins Wasser warf. Sie ging auf die Knie und zog ihn am Knöchel nach unten. »Scotty hat's erwischt!«, rief er. »Er ist verletzt!« Sie lachten und lachten.

»Mir fällt kein Grund ein«, sagte ich.

Das ist die letzte klare Erinnerung, die ich an diesen Abend habe. Wir tranken noch eine weitere Flasche Wein zusammen. Wir schmiedeten Pläne. Wir sprachen über praktische Fragen wie Pässe und Impfungen, und ich begann zu glauben, dass ich wirklich mitfahren würde. »In der Stadt gibt's einen Typen, der dir alle Spritzen geben kann, die du brauchst«, sagte der Junge. »Und wir können dir auch einen Pass ausstellen. Ich kenne einen Typen, der so was macht. Nicht zu glauben, dass du Französisch studiert hast und nicht mal einen Pass besitzt.«

»Da müssen wir auch Station machen«, sagte ich. »Frankreich.«

»Na klar«, sagte er. »Du brauchst all deine Papiere. Geburtsurkunde und alles. Wer weiß, vielleicht heiraten wir ja.« Wir lagen jetzt auf dem Rücken, und in dieser Haltung, zu dieser Uhrzeit, schien alles möglich zu sein, es schimmerte direkt vor uns, wir mussten nur noch zugreifen.

Dann verlor ich das Bewusstsein.

Ich erwachte beim ersten violetten Licht, das am Horizont erschien. In meinem Kopf drehte sich alles, meine Haut war klebrig, voller Salz und Sand, und mein Mund fühlte sich pelzig an. Art Garfunkel lag mit offenem Mund bewusstlos neben mir. Blitzartig fielen mir all seine Pläne wieder ein. Ich erinnerte mich, wie ich in sie hineingespült worden war. Bei Tageslicht betrachtet, wirkten sie absurd, so schön und schwerelos wie Träume. Er sah noch sehr jung aus, und egal, was er tun oder wo er hingehen würde, ich war mir ziemlich sicher, dass er verloren war, dass er das Ganze nicht überleben würde. »Viel Glück«, sagte ich und überließ ihn seinem Schicksal. Ich stand auf und sah mir die am Strand liegenden Schnapsleichen an. Sie lagen verdreht auf dem Rücken, die Arme und Beine weit ausgestreckt, wie die Mannschaft auf dem *Floß der Medusa*. Ich suchte Malinda, doch sie war natürlich schon weg.

Ich schleppte mich zurück zum Bavarian und ließ die Ereignisse des vorigen Abends noch einmal Revue passieren. Ich wusste, dass Malinda endlich eingetroffen war, dass wir zum Strand gegangen waren, dass ich zu viel getrunken hatte und dort eingeschlafen war, und dennoch kam mir der ganze Abend vor wie eine Wahnvorstellung. Ich hatte den ganzen

Sommer lang Pillen geschluckt und überlegte, ob mich das jetzt eingeholt hatte – ob ich schließlich den Verstand verloren hatte. Erst als ich die Stufen zur Veranda des Bavarian hinaufstieg und mich in den Schaukelstuhl neben deinem fallen ließ (inzwischen war es taghell, und du hast dort mit deiner Zeitung gesessen), war diese Frage geklärt.

Und wo ist Malinda?, fragtest du, ohne von der Zeitung aufzublicken.

»Keine Ahnung«, sagte ich.

Du lachtest verächtlich. *Lass mich raten. Du bist allein in einer fremden Wohnung aufgewacht.*

»So ungefähr. Wahrscheinlich ist sie mit ihrem idiotischen Freund abgehauen.«

Dieser Idiot, sagtest du, *besitzt ein sehr beeindruckendes Aktienpaket, und ihm gehören hier in der Gegend mehrere Häuser.*

»Du kennst ihn?«

Schon seit Jahren, sagtest du. *Man könnte sagen, wir hatten mal so was wie eine Geschäftsbeziehung. Ich hätte es ahnen müssen, dass Malinda sich an ihn drangehängt hat. Er dürfte ihr ein sehr bequemes Leben bieten.*

»Sie kommt nachher wieder«, sagte ich. »Sie hat gesagt, zum Mittagessen.«

Na klar, sagtest du. *Gar keine Frage.*

Du klangst mürrisch, sarkastisch, und ich hoffte, Malinda würde dich widerlegen. Doch sie ließ sich nicht blicken. In den folgenden Tagen schienst du dich über meinen Kummer lustig zu machen. Wenn ein Wagen vor dem Bavarian hielt und ich ans Fenster trat, um zu sehen, wer es war, sagtest du: *Oh, diesmal ist es Malinda, ich spüre es!* Doch es war nie Malinda und auch niemand, der im Bavarian absteigen wollte. Die Einzigen, die in die Einfahrt einbogen, waren Leute, die gemerkt hatten, dass sie in die falsche Richtung unterwegs waren, und kehrtmachen wollten. *Du hättest mal dein Gesicht sehen sollen*, sagtest du immer, wenn ich zu meinem Platz auf dem Sofa zurückkehrte, und lächeltest so irre wie Jerry Lewis.

»Ich glaube kaum, dass ich so geguckt habe«, sagte ich dann.

Stimmt, sagtest du. *Es war sogar noch schlimmer.*

Jedes Jahr am 30. Juli gab Mrs. Strauss eine Geburtstagsparty für ihren Vater. *Vaterfest*, nanntest du das. Für dich war es der schlimmste Tag des Jahres. *Zu sehen, dass jemand solche Wahnvorstellungen hat*, sagtest du. *Sich so vor Gram verzehrt. Meistens lässt es sich ja ertragen, aber das ist eindeutig zu viel.*

Mrs. Strauss bereitete alle Lieblingsspeisen ihres Vaters zu – Schnitzel, Bratwurst, Sauerbraten – und stellte sie zusammen mit mehreren gerahmten Fotos von ihm auf den Couchtisch im Wohnzimmer. Dort saßen wir auf Mrs. Strauss' Antikmöbeln und blickten auf eine Wand voller Kuckucksuhren, acht Exemplare in allen möglichen Größen und Formen, manche nur schlichte Holzhäuser, andere kunstvolle Chalets. Vor diesen Häusern standen kleine Figuren in Lederhosen, holzhackende Männer, eimertragende Frauen – und etliche Wildtiere: Kaninchen, Füchse, Hirsche. Normalerweise schaltete Mrs. Strauss die Uhren stumm, doch zu besonderen Gelegenheiten ließ sie sie in voller Lautstärke ertönen: um vier Uhr, zur Geburtszeit ihres Vaters.

Das Herzstück des Vaterfestes war ein hausgemachter Likör, den Mrs. Strauss nur zu diesem Anlass hervorholte. Sie servierte ihn dreifingerbreit in Kristallgläsern. »Das Rezept meines Vaters«, sagte sie. »Zu Hause wollte es jeder haben, einfach jeder, denn seine Schnäpse waren die besten.« Ich nahm einen Schluck und rang nach Luft, Tränen schossen mir in die Augen. Du lachtest schrill und überdreht, und Mrs. Strauss stand die Freude ins Gesicht geschrieben. »Genau!«, sagte sie. »Das ist genau das, was ein Mädchen wie du für seine Gesundheit braucht.«

»Vater«, sagte sie, »hat davon jeden Morgen zum Frühstück und jeden Abend zum Essen ein Glas getrunken, und ihr habt noch keinen Menschen gesehen, der so kerngesund war. Er war ein Kerl wie ein Baum.« Bei diesen Worten blickte sie in die Ferne und zeichnete in der Luft die Umrisse eines Körpers nach. »Und hatte Arme wie Baumstämme. Auf dem Jahrmarkt hat er mal einen Bären zu Boden gerungen. Egal, wie das Wetter war, nach dem Aufwachen duschte er jeden Morgen draußen in der eisigen Kälte und sang dabei die ganze Zeit. Wenn er ins Haus zurückkam, sah er schweinchenrosa aus. Schweinchenrosa, ich sag's euch!« Plötzlich drehte sie sich zu mir um. »Trink!«, sagte sie.

Während Mrs. Strauss von ihrem Vater erzählte, trank ich weiter. Einmal habe er, bloß zu ihrer Unterhaltung, ein Eisenrohr verbogen; beim Oktoberfest habe er beim Hau den Lukas den Holzhammer so fest auf die Platte geschlagen, dass das Gewicht bis ganz nach oben schnellte und das Glöckchen bimmelte, obwohl das eigentlich unmöglich war und man bei solchen Spielen gar nicht gewinnen konnte. In einem Schneesturm habe er ihre sterbende Mutter durchs ganze Dorf bis zum Haus eines Arztes getragen, der in den Bergen wohnte, fünf Kilometer bergauf habe er sie getragen, und sie sei keine halbe Portion gewesen, sondern eine kräftige deutsche Frau, noch größer als er. Als er mit ihr auf den Armen nach Hause zurückkehrte, seien sein Hut, seine Jacke und sein Schnurrbart mit Eis überzogen, ja, sogar die Wimpern gefroren gewesen. Schon nach kurzer Zeit war ich stockbetrunken, Wärme breitete sich in mir aus, und ich war schweinchenrosa.

Während des ganzen Geredes, das du mit Sicherheit schon

unzählige Male gehört hattest, warst du zu Tode gelangweilt. Du hast gegähnt, geseufzt, wieder gegähnt. Deine Bewegungen waren übertrieben wie bei einem Pantomimen. Beim Gähnen tipptest du mit den Fingern auf deinen Mund, und deine Lider flatterten.

»Einmal wurde er von einem Fuhrwerk überfahren«, sagte Mrs. Strauss. »Die Räder rollten direkt über ihn hinweg, aber er sah nicht im Geringsten lädiert aus. So einem Mann seid ihr noch nie begegnet! Es war die reinste Freude, ihn zu erleben!« Sie schöpfte Atem. Und in dem kurzen Schweigen versuchtest du, das Gespräch auf dich zu lenken.

Ich habe meinen Vater nicht gekannt, sagtest du, *und die Tage, die ich bei meiner Mutter verbracht habe, kann ich an einer Hand abzählen. An fünf Fingern*. Du lehntest dich lässig in deinem Sessel zurück, als wärst du bei *Dick Cavett* zu Gast. Du hattest die Beine übereinandergeschlagen und kreistest die ganze Zeit mit dem Fuß. *Direkt nach meiner Geburt ging sie nach Hollywood. Dachte, aus ihr würde ein großer Star werden. Doch sie kam nie über eine Statistenrolle hinaus. In* Brigadoon *könnt ihr sie mit ein paar anderen hinter Gene Kelly tanzen sehen*.

»Mir hat Fred Astaire besser gefallen«, sagte Mrs. Strauss. »Ich hab immer so getan, als wäre ich Ginger Rogers.« Sie erhob sich und glitt mit ausladenden Bewegungen durchs Zimmer.

Sie sehen aus, als würden Sie einen Staubsauger schieben, sagtest du.

»Von wegen!«, sagte Mrs. Strauss. »Ich hatte wunderbaren Tanzunterricht.«

Bei Ihrem Vater?, fragtest du in dem todernsten Tonfall, den du immer benutzt hast, wenn du sarkastisch warst.

»Aber ja«, sagte sie.

Sogar als Statistin war Mutter schlecht, sagtest du. *Sie blickte ständig in die Kamera, als könnte sie dadurch einem Produzenten auffallen und von ihm angerufen werden.*

»Wie aufregend!«, sagte Mrs. Strauss. »Als Tänzerin in einem Film mitzuspielen!« Inzwischen glitt sie nicht mehr, sondern wirbelte durchs Zimmer.

Es muss sehr aufregend gewesen sein, sagtest du. *Anscheinend konnte sie vor Aufregung kaum ans Telefon gehen.*

»Ist sie tot?«, fragte ich, erstaunt über mich selbst.

Ich weiß nicht, sagtest du. *Ich glaube schon.*

»Es ist gleich so weit«, sagte Mrs. Strauss und deutete auf die Uhren. Wir saßen da und starrten die Pendel an, die ungestüm hin und her schwangen. Ich war wie gebannt, genau wie jemand, der im Film von der pendelnden Kette eines Hypnotiseurs in Trance versetzt wird.

»Mein Bruder Karl hat jede einzelne dieser Uhren selbst angefertigt«, sagte Mrs. Strauss. »Natürlich endete er in einer psychiatrischen Anstalt. Er hatte Neigungen, von denen er sich nicht kurieren konnte. Obsessionen. Monatelang hat er nichts anderes getan, als den lieben langen Tag kleine Figuren zu schnitzen. Er hatte Angst vor Bazillen und lehnte es ab, irgendwohin zu gehen, weil er sich die Füße nicht schmutzig machen wollte. Er bemalte die Wände des Hauses mit Bildern aus den Märchen, die er ständig las. Schließlich bekam er Angst vor den Figuren in seinen Büchern, den Hexen und Kobolden, und weigerte sich, vor die Tür zu gehen. Wir mussten ihn wegschaffen.«

Dazu gab es nichts zu sagen. »Seine Uhren zeigen alle nach Osten«, sagte Mrs. Strauss. »In seine Heimat. Sie wollen nach Hause.«

Da würden mich keine zehn Pferde hinkriegen, sagtest du.

Plötzlich wirbelten mir Theorien durch den Kopf. Könnte es sein, fragte ich, dass dies hier für uns alle unsere Heimat sei?

Denn vielleicht sei Heimat kein Ort, sondern eher die Möglichkeit, mit anderen in Verbindung zu treten. Das Problem sei nur, dass wir das einfach nicht begriffen. Das Problem sei, dass die Welt aus einem Gewebe bestehe, das uns so vollständig umgebe, dass wir nicht darüber hinausblicken könnten, und dieses Gewebe sei ein Gefängnis, aber es sei nur hauchdünn, da sei ich mir sicher, und hinter dem, was wir sehen, gebe es noch mehr – unendlich viel mehr, sagte ich –, schönere Dinge, andere Reiche, in denen unser Geist von unserem Körper befreit und wir schwebende Kugeln aus Licht oder Gas seien, wo wir einander Helligkeit bieten, uns vermischen und neue Farben hervorbringen, behutsam durch einander hindurchgleiten sollten, statt wie jetzt aneinander vorüberzugehen und uns in abgesonderten Winkeln zu verstecken. Und man müsse sich fragen – hier hielt ich den Finger in die Luft –, man müsse sich fragen, ob das schreckliche, ziellose Leben, das wir alle führen, nicht bloß auf jenem hauchdünnen Gewebe beruhe. Dieses Gewebe sei nur die Oberfläche und spiele keine Rolle; wenn wir wollten, wenn wir es nur versuchten, könnten wir mühelos hindurchgelangen zu dem, was dahinter liege, Zusammengehörigkeit, *die* sei wichtig, wir liefen alle umher und glaubten irrtümlich, wir wären allein, dabei müssten wir bloß innehalten und aufmerksam sein, wenn wir es versuchten, könnten wir alle hindurchgelangen, unsere Herzen schlügen im Einklang, all unsere Sorgen und Ängste glichen sich, wenn wir innehielten und das begriffen, wenn wir alle bloß einen Augenblick innehielten und uns das Ganze wirklich ansähen, es durchschauten, würde die Welt besser sein, sie würde zusammenkommen, sie würde heilen. Die Trennwände zwischen uns seien so dünn wie die Luft, die wir atmen, sagte ich. Wir leben alle zur selben Zeit und nebeneinanderher, doch es existieren unterschiedliche Welten, die sich nicht überschneiden, sie existieren parallel, voneinander getrennt, aber das müsse nicht so sein. Was zähle, seien die Menschen, sagte ich. Was zähle, sei Heimat, dass wir uns ansehen, uns wirklich ansehen und zueinander sagen: Du bist das, was für mich zählt, du bist meine Heimat.

Du starrtest mich einen Augenblick an und brachst dann in Gelächter aus. Wie immer zogst du eine ziemliche Show ab, hieltest dir den Bauch und warfst dich nach vorn. Du klangst, als wolltest du Ausländern das Lachen beibringen. *Ha-ha-ha! Oh, ho, ho! Hii-hii-hii!* Plötzlich schlug eine der Uhren die volle Stunde, dann noch eine und noch eine, bis alle Kuckucke aus ihren Türen schnellten, sich wieder zurückzogen und aufs Neue hervorkamen. Als die Vögel aufhörten zu rufen, spielte jede Uhr ein kurzes Lied, dabei tönten alle wild durcheinander. Während die Uhren erklangen, sah ich, wie alles, wovon ich gerade gesprochen hatte – wovon ich völlig überzeugt gewesen war, was mir so real vorgekommen war, dass ich es geradezu vor mir sehen konnte –, sah ich, wie all das verschwand, konnte tatsächlich sehen, wie es sich in nichts auflöste. Ich war am Boden zerstört.

Als es Zeit war, zur Arbeit zu gehen, war ich so betrunken, dass ich kaum noch sehen oder mich auf den Beinen halten konnte. Es kostete mich große Konzentration, einen Fuß vor den anderen zu setzen. Ich hatte den Eindruck, mich geradezu flüssig und mit außergewöhnlicher Eleganz zu bewegen, doch du sagtest: *Mein Gott, sieh dich bloß an. Reiß dich mal zusammen!*

»Mir geht's gut«, sagte ich und sah dich mit ernstem Blick an. »Ich bin bloß ein bisschen desirritiert.«

Als wir später am Abend nach Hause gingen, erzähltest du mir mehr von Mrs. Strauss. Dass ihr Vater und ihr Bruder von den

Nazis deportiert worden seien, dass sie in einem Konzentrationslager dahingesiecht und schließlich umgebracht worden seien, dass Mrs. Strauss selbst nur am Leben sei, weil ihr Vater sie mit dem Geld, das er vom Schnapsbrennen übrig hatte, zum Studieren ins Ausland geschickt habe. Als junge Frau sei Mrs. Strauss eine Schönheit gewesen und habe einen reichen Amerikaner geheiratet. In den Flitterwochen seien sie in das Dorf ihrer Kindheit gereist, doch sie habe es nicht mehr wiedererkannt, ihr Elternhaus sei zerstört gewesen. Danach habe Mrs. Strauss allmählich den Verstand verloren. Zum Trost habe ihr Mann ihnen als Sommerresidenz das Bavarian gebaut. Doch wenn sie das Haus für den Winter zusperrten, habe Mrs. Strauss jedes Mal wochenlang geweint, und irgendwann habe sie es nicht mehr ertragen können, wieder wegzufahren. Viele Jahre lang lebten die beiden getrennt, Mr. Strauss in New York und Mrs. Strauss in Maine. Sie begann, Gäste aufzunehmen. Nach dem Tod ihres Mannes, der zwei Jahre nach deiner Ankunft gestorben sei, habe Mrs. Strauss sich völlig in ihre eigene Fantasiewelt zurückgezogen.

Das Bavarian sei eine ziemlich genaue Nachbildung ihres Elternhauses. *In ihrer Vorstellung*, sagtest du, *schläft sie im Zimmer ihres Vaters. Du schläfst in ihrem und ich in Karls Zimmer.*

Du sagtest, dass du mir all das erzähltest, um mich zu warnen. *Familie ist ein schöner Gedanke*, sagtest du. *Auch die Liebe ist ein schöner Gedanke. Aber letztlich ist beides der Mühe nicht wert. Meinst du etwa, Malinda würde herumsitzen und auf dich warten?* Das Bavarian sei ein Genesungsheim, eine letzte Zuflucht, ein Ort für Menschen, die sonst nirgends hinkönnten. Und auch wenn du dir gut vorstellen könntest, dass ich irgendwann an einem ähnlichen Ort enden würde, sei es noch nicht so weit. Ich sei noch zu jung.

»Und was ist mit dir?«, fragte ich. »Warum ist es für dich

der richtige Ort? Du bist auch noch jung, du kannst noch alles Mögliche unternehmen. Du hast noch Zeit, etwas zu verändern. Du könntest deine Mutter suchen. Du könntest deine Symphonie fertigschreiben, dir ein neues Leben aufbauen, dich wieder verlieben. Du könntest alles tun, was du willst.«

Du verdrehtest die Augen und gabst bloß den Spruch zum Besten, den du bei Mark und Addison verwendet hattest. *Ach, Schätzchen*, sagtest du, *ich bin schon im Ruhestand.*

An den Tagen, die auf das Vaterfest folgten, wurdest du noch distanzierter, und wir verhielten uns so unbeholfen wie ein einstiges Liebespaar. Auf der Arbeit sprachst du nur mit mir, um blöde Bemerkungen zu machen. Wenn ich den Fußboden wischte und du auf dem Weg in die Raucherpause vorbeikamst, fragtest du beispielsweise: *Wie geht's mit dem Fußboden voran?*

»Gut«, sagte ich. »Ich denke, es läuft ganz gut.«

Deine Eltern müssen sehr stolz auf dich sein.

Nach der Arbeit und auf dem Heimweg warst du erstaunlich wortkarg. »Was denkst du gerade?«, fragte ich dann.

Ach, nichts, sagtest du.

»Sag mir Bescheid, wenn du reden willst«, sagte ich.

Dann hast du theatralisch geseufzt. *Mir fällt absolut nichts mehr ein, was ich dir noch nicht erzählt hätte.*

»Also, wenn dir noch was einfallen sollte, ich bin da. Immer bereit. Direkt neben dir.«

Der August kam, und doch reiste ich nicht ab. Nachmittags saß ich mit Mrs. Strauss im Wohnzimmer, wo sie mir das Häkeln beibrachte. Ich wollte eine Tagesdecke anfertigen, deren Muster so kompliziert war, dass ich das Ganze immer wieder auftrennen und noch mal von vorn anfangen musste. Bei dem Tempo, in dem ich vorankam, hätte ich mehrere Jahre gebraucht, um fertig zu werden. *Ich hoffe ja*, sagtest du eines Tages, *dass es nur ein Taschentuch werden soll.*

Als du mich eines Abends auf der Arbeit einludst, die Pause mit dir und Houston zu verbringen, freute ich mich. Wir saßen draußen neben dem Müllcontainer und ließen einen Joint herumgehen. Du warst seltsam still – hast bloß dagesessen und Fusseln von deiner Hose gezupft –, darum übernahm es Houston, das Schweigen zu brechen. »Das ist mein letztes Jahr«, sagte er. »Kann das hier nicht ewig machen, geht einfach nicht.« Wie die meisten Leute, die ich im Restaurant kennengelernt hatte, redete Houston fast immer von seinen Plänen, sein Leben zu ändern, die Restaurantarbeit aufzugeben und sein Glück andernorts zu suchen. Im Oktober wolle er eine Ausbildung zum Immobilienmakler beginnen. »Ein paar Häuser verkaufen«, sagte er, »eins oder zwei pro Monat, dann hat man ausgesorgt.« Beim Reden starrte er zu Boden. »Glaub mir, man sollte lieber anfangen zu sparen und sich überlegen, was man als Nächstes tun will. Man braucht einen Plan. Hast du irgendwelche Pläne?«

»Nein«, sagte ich, »denn ich finde, dass Pläne etwas Gefährliches an sich haben. Ich glaube, sie verhindern, dass man im Hier und Jetzt lebt.« Ich hatte keinen Schimmer, was ich da sagte – die Worte, die aus meinem Mund kamen, überraschten mich selbst.

Houston sah mich entrüstet an. »Genau darum geht's doch«, sagte er. »Was ist denn schon so besonders am Hier und Jetzt?«

Ich blickte mich um. Ich machte eine Pause vom Geschirrspülen und rauchte mit einem gescheiterten Wunderkind und einem wütenden Ex-Wrestler einen Joint. Ich saß auf einer Kiste verfaultem Salat. »Keine Ahnung«, sagte ich.

»Ihr jungen Leute mit eurem Hier und Jetzt«, sagte er. »Ihr

seid doch eine einzige faule Bande. Ihr werdet schon sehen: Wenn ihr erst mal in meinem Alter seid, dann wünscht ihr euch, ihr hättet irgendwelche Pläne gemacht. Ich hab diese ganze Hippiescheiße wirklich satt.«

»Aber meinst du nicht, dass Verlangen eine gefährliche Sache ist?«, fragte ich. »Ein Spiel, das nie aufhört. Die Befriedigung des einen Verlangens ist der Tod eines anderen, also entwickeln wir ständig neue und befriedigen sie, und dann sehen wir ihnen beim Sterben zu und entwickeln immer wieder neue, und nie sind wir glücklich. Da ist es doch besser, im Augenblick zu leben.«

»Klingt wie ein Haufen College-Mist«, sagte Houston. Und ich musste mir eingestehen, dass ich es in einem Philosophiekurs gehört hatte.

»Warst du auf dem College?«, fragte er, und ich nickte. »Was zum Teufel machst du dann hier?« Er stand auf und warf den Joint in den Müllcontainer. »Jesses noch mal«, sagte er. Er schüttelte den Kopf. »Ihr idiotischen jungen Leute. Noch mehr Verbrüderung halt ich echt nicht aus.«

Als ich mir ein paar Tage später bei Arbeitsbeginn die Schürze umband, sprachen mich Houston und der Inhaber des Restaurants an. »Wir haben Grund zu der Annahme«, sagte der Inhaber, »dass es hier am Arbeitsplatz zu Drogenmissbrauch gekommen ist.« Er blickte einen nie an, wenn er sprach, sondern starrte zur Seite, als würde er alles von Spickzetteln ablesen.

»O Gott«, sagte ich. »Wirklich?«

»Wir machen eine Stichprobe unter den Angestellten«, sagte er. »Auf der Toilette ist eine Schwester, die sich Ihrer annehmen wird.«

Ich stand wie angewurzelt da. »Das wird nicht nötig sein. Ich nehme keine Drogen.«

»Natürlich nicht«, sagte der Inhaber. »Aber laut Arbeitsvertrag sind Sie verpflichtet, sich testen zu lassen.«

Ich sah Houston an, doch er wich meinem Blick aus. »Damit habe ich ein ideologisches Problem«, sagte ich.

»Verstanden«, sagte der Inhaber. »Aber das ist unsere Geschäftspraxis.«

»Das soll nicht heißen, dass ich schuldig bin«, sagte ich. »Es geht ums Prinzip.«

»Tja, sieht so aus, als wärst du gefeuert«, sagte Houston, der immer noch zu Boden starrte.

»Soll das ein Witz sein?«, fragte ich.

»Du gehst jetzt besser.«

»Gut«, sagte ich. »Gut!« Erst als ich draußen beim Müllcontainer war, konnte ich wieder in ganzen Sätzen reden. »Ihr könnt mich mal mit eurem blöden Job!«, rief ich. »Als hätt ich's nötig, euer blödes Geschirr zu spülen!«

Ich ging nach Hause, kickte auf dem ganzen Weg einen Stein vor mir her, und meine Augen brannten wie bei dem Jungen aus »Arabia«. Viel schlimmer als der Verlust der Vorstellung, die ich gehegt hatte – dass ich den Winter über und vielleicht sogar für immer im Bavarian bleiben würde –, war der Umstand, dass ich je daran geglaubt hatte.

Im Bavarian stand Mrs. Strauss im Wohnzimmer und bügelte eine Tischdecke – eine Szene, wie ich sie mir als Kind beim Nachhausekommen immer ausgemalt hatte. Dass jemand auf mich wartete und alles in Ordnung brachte, wenn der unvermeidliche Augenblick kam, in dem ich gescheitert und voller Verzweiflung heimkehrte.

»So früh schon zu Hause?«, fragte Mrs. Strauss.

»Wahrscheinlich hab ich zu viel Geschirr fallen lassen«, sagte ich. »Sie haben mich gefeuert.«

»Was?«, rief sie. »Das sind doch Idioten! Ein nettes Mädchen wie dich zu feuern! Was für Idioten! Du wirst was Besseres finden. In der Stadt gibt es jede Menge Restaurants, die froh wären, jemanden wie dich zu haben.«

»Ich weiß nicht«, sagte ich. »Ich glaube, ich sollte fortgehen.«

»Aber natürlich«, sagte Mrs. Strauss. Sie ging in die Küche und kehrte ein paar Minuten später mit einem Tablett zurück, auf dem zwei Glasbecher mit einer leuchtend bernsteinfarbenen Flüssigkeit bebten. »Trink das«, sagte sie. »Wenn Karl sich aufregte, hat ihn das immer beruhigt. Ich habe versucht, es den Schwestern im Krankenhaus zu erklären, aber dort war Alkohol verboten.«

Ich legte die Hände um das Glas und ließ den Dampf des heißen Getränks in mein Gesicht steigen. »Du hättest Karl sehen sollen«, sagte sie. »Was für eine zarte Seele er war. Nicht größer als du. Die Welt hat ihn einfach aufgefressen.«

Wir saßen zusammen und tranken das Gebräu, das ihr verrückter Bruder so gemocht, das ihn in Augenblicken der Verzweiflung beruhigt hatte. Lange saßen wir schweigend da. Es war bitter. Und es war süß.

Am nächsten Morgen hoffte ich auf dein Mitgefühl, doch du warst einfach nur sarkastisch. *Traurige Geschichte*, sagtest du. *Vor dir lag eine glänzende Karriere.*

»Das ist doch nicht fair«, sagte ich.

Wie meine Großmutter immer sagte, wenn's als Tellerwäscher nicht klappt, kannst du wenigstens noch ein Aufbaustudium machen.

»Tja, ich fahr dann mal«, sagte ich.

Tschüss, sagtest du und blicktest nicht einmal von deiner Zeitung auf.

»Tschüss?«, sagte ich. »Ist das alles, was du mir zu sagen hast?«

Oh, entschuldige, sagtest du, noch immer in die Zeitung vertieft. *Tschüss, mach's gut.*

Später, als ich schon ein paar Hundert Kilometer weiter südlich war und im Handschuhfach nach einer Serviette kramte, sah ich, dass du ein Fläschchen Pillen in den Wagen geschmuggelt hattest. Darin steckte eine Nachricht in deiner makellosen, verschnörkelten Handschrift. *Ich dachte, das könnte dir helfen, dein Aufbaustudium zu überstehen.* Erst da begriff ich, dass du dafür gesorgt hattest, dass ich gefeuert wurde.

Während des Aufbaustudiums war ich fast immer allein. Ich wohnte in einem kleinen halbkreisförmigen Turmzimmer im zweiten Stock eines alten viktorianischen Hauses. Genau genommen schimpfte sich das Zimmer eine Wohnung: In einer Ecke befand sich die Küche (bloß ein Spülbecken und ein Kühlschrank), und in einer anderen war ein Bad abgeteilt. Licht fiel nur durch ein kleines Milchglasfenster mit Blick auf die Straße herein. In einer solchen Bude wohnte man, wenn mit einem etwas nicht stimmte. Oft dachte ich, dass genau das auf mich zutraf.

Es fiel mir schwer, Freundschaften zu schließen. Ein paarmal traf ich mich mit meinen Französisch-Kommilitonen, die herumsaßen, Brie aßen und Cognac tranken, sich Zigaretten drehten, kleine Baskenmützen trugen und über das Regierungs-, Gesellschafts- und Bildungssystem unseres Landes herzogen, wobei sie besonderes Gewicht auf den Mittleren Westen legten. »Fette Kühe!«, sagten sie. »Vollidioten!« Das stimmte ja alles, nur dass jeder von ihnen von Anwälten, Ärzten oder Firmentycoons abstammte und allmonatlich mit der Post einen üppigen Scheck erhielt – Gewinne der Systeme, die sie verachteten. Wahre Unzufriedenheit mit dem Zustand der Welt, dachte ich, wahre Empörung – da stand ich an vorderster Front. Ich schottete mich von ihnen ab und lebte mit der stillen Strenge eines Mönchs. Ich las Camus und Sartre. Entwickelte eine eiserne Gleichgültigkeit gegenüber menschlichen Beziehungen. Was kümmerte mich Malinda? Oder meine Mutter? Was zum Teufel gingen sie mich an?

Ich schrieb eine Dissertation über ein Buch mit dem Titel *Winternächte*, einen unbekannten französischen Roman, den ich in der Bibliothek entdeckt hatte. Das Buch handelte von einem Jungen namens Marcel, der in Lille wohnte, einer Industriestadt im Norden Frankreichs. Marcel arbeitete tagsüber in der Textilfabrik und streifte nachts durch die Stadt, wo er sich die Geschichten anhörte, die ihm Obdachlose und Verrückte erzählten. Jede Nacht überkam ihn der unwiderstehliche Drang, durch die Straßen zu ziehen. Weil er noch ein Junge war, fiel es den Leuten leicht, sich alles von der Seele zu reden. Und obwohl der Junge selbst nie etwas erwiderte, war er glücklich – seine nächtlichen Streifzüge gaben ihm das Gefühl, ein Ziel zu haben und mit den Menschen in Beziehung zu stehen. Doch im letzten Kapitel wurde Marcel von einem der Verrückten, mit denen er sich angefreundet hatte, angegriffen. Der Mann verdächtigte ihn, ein Polizeispitzel oder ein Abgesandter der psychiatrischen Anstalt zu sein, der ihn einsperren wollte, und ging auf ihn los. Auf der letzten Seite wurde der Schädel des Jungen unter dem Stiefel des Alten zerquetscht. Erst im letzten Satz enthüllte der Autor, dass Marcel taub war, dass die Beziehung, die er zu den Leuten verspürte und sie zu ihm, nichts mit Sprache zu tun hatte, sondern etwas Unsichtbares, Zarteres war. Ich dachte gern, wenn ich ein Buch geschrieben hätte, wäre es so ähnlich gewesen.

Meine Dissertation entwickelte sich zu einer Betrachtung über verlorene Beziehungen, über Bestreben und Scheitern, über Bedeutung und Interpretation. Ich schrieb lange Passagen, strich sie dann durch und schrieb noch längere Passagen, in denen ich das Gegenteil dessen behauptete, was ich zuvor geschrieben hatte. Ich schrieb, dass Marcel und sein Bestreben, mit Leuten in Beziehung zu treten, etwas Schönes hätten. Dann strich ich es wieder und schrieb, Marcel sei ein Narr. »Zwischen Menschen herrscht kein Verständnis«, schrieb ich, »und man kann sich nicht darauf verlassen, dass andere dem Leben einen Sinn geben. Man hat nur sich selbst. Wenn Marcels falsche Hoffnungen mit Recht zunichtegemacht werden, lehrt uns der Roman, für uns selbst zu leben.«

Im Schreibprozess der Dissertation inszenierte ich ihr Thema selbst – die Schwierigkeit zu kommunizieren, das Risiko, an Kommunikation zu glauben – und hielt das für etwas Einmaliges, etwas, das noch keinem anderen je in den Sinn gekommen war. Ich gab alles ab, was ich geschrieben hatte – einschließlich aller Streichungen und Neufassungen –, damit all meine vergeblichen Anläufe, alle unter den Tisch gefallenen Wörter gesehen und gewürdigt würden. Doch meine Betreuerin sagte, das sei Mist und ich müsse das Ganze neu schreiben. »Ich will keine unklare Kommunikation«, erwiderte ich, »ich will, dass man nicht allein versteht, was ich zu sagen habe, sondern auch, was nicht gesagt wird, dass – wenn etwas gesagt wird – das Gegenteil davon bereits wie ein Schatten dahinter lauert.« Meine Betreuerin betrachtete mich über ihre Lesebrille hinweg und sagte, ich solle mir keine Sorgen machen. »Ich versichere Ihnen, das hier wird absolut niemand lesen.«

Gegen Ende meines Aufbaustudiums unterschrieb ich an meiner alten Highschool, deren Erfolgsquote in der Zwischenzeit noch geringer geworden war, einen Vertrag als Französischlehrerin. Die städtischen Schulen hatten ihre Akkreditierung verloren, und alle, die es sich leisten konnten, waren in die

Vorstädte gezogen oder schickten ihre Kinder auf Privatschulen. Die Highschool verlor ihre Lehrer an andere, bessere Schulsysteme oder durch Lebenskrisen wie Krebs oder Selbstmord. Meine Vorgängerin hatte sich freiwillig in eine psychiatrische Anstalt begeben. Dennoch war ich davon überzeugt, dass es mir guttun würde, dort zu unterrichten, mit Kindern wie denen zu arbeiten, mit denen ich aufgewachsen war, weil ich zum ersten Mal etwas Nützliches tun würde.

Zu Hause wandten sich meine Gedanken wieder Malinda zu. Überall erinnerte mich etwas an sie. Die Wohnungen, in denen wir gelebt, die Schulen, die Läden und Spielplätze, die wir besucht hatten. Vom Schlafzimmerfenster meiner Wohnung aus konnte ich die Straßenecke sehen, an der sie mal mit dem Rad gestürzt war und sich den Arm so aufgeschürft hatte, dass er ausgesehen hatte, als wäre er nur noch eine blutige Masse. Weinend hatte sie mitten auf der Straße gestanden, während der Verkehr rings um sie herum zum Erliegen kam, und sich weder trösten lassen noch vom Fleck gerührt. Sie war schon immer eine Meisterin im Plärren gewesen. Sie heulte, bekam einen knallroten Kopf, zitterte am ganzen Leib. Auch später im Leben, als sie gegenüber allem eine unüberwindliche Gleichgültigkeit an den Tag legte, brach sie oft völlig, verzweifelt, spektakulär zusammen. Ein Riss ging durch sie hindurch, und bereits die geringste Kleinigkeit konnte diesen Riss öffnen und ihr Innerstes nach außen kehren. Sie schien stärker zu leiden als andere Menschen, leichter verletzt zu werden. Manchmal sah ich aus dem Fenster auf jene Straßenecke hinab und dachte an Malinda. Wo auch immer sie sein mochte, ich war mir sicher, dass sie litt, dass sie mich brauchte.

Als im Dezember die Schulferien begannen, fing ich an, durch die Stadt zu streifen, überall hinzugehen, wo Malinda immer gewesen war. Ich sagte mir, dass mein Interesse nur flüchtig sei, dass es mir ziemlich egal sei, ob ich sie fand, dass ich sie eigentlich nicht einmal suchte. Doch eines Tages fuhr ich, von Einsamkeit übermannt, unwillkürlich nordwärts nach Ogunquit. Es war ein kalter Tag, aber als ich mich der Küste näherte, ließ ich dennoch das Fenster herunter, um in der Ferne das Meer zu hören, das Salz in der Luft zu riechen. Im ganzen Ort sah ich keinen einzigen Menschen umherstreifen. Es schneite leicht. Alles war geschlossen, grau und konturlos, als wäre es für die Weihnachtszeit mit einem Tuch verhängt.

Als ich zum Bavarian kam, erwartete ich, dass alles genauso sein würde, wie ich es verlassen hatte. Ich hatte schon mehrmals die Erfahrung gemacht, dass diese Hoffnung absurd war. Dennoch konnte ich sie nicht aufgeben.

Mrs. Strauss hatte sich tatsächlich überhaupt nicht verändert. Sie freute sich, mich zu sehen, führte mich zu dem Tisch im Speisesaal und gab mir, wie sie es gewohnt war, etwas zu essen. Als ich nach dir fragte, sagte sie, du machtest ein Nickerchen, und ich hörte mir den ganzen Nachmittag ihre Geschichten an. Sie wechselten mit den Jahreszeiten, und sie sprach von den Taten, die ihr Vater und ihr Bruder bei kaltem Wetter vollbracht hatten – sie hatten Bäume gefällt und sie in Windeseile zu Feuerholz verarbeitet; sie hatten Schneehasen, Füchse und Hirsche gejagt; auf den Skihängen waren sie todesmutige Schwünge gefahren. »Wenn sie aus der Kälte hereinkamen«, erzählte Mrs. Strauss, »habe ich ihre Schuhe im Backofen aufgewärmt.«

Dann hörte ich dich auf der Treppe. *Hallo, meine Liebe*, sagtest du. *Dich hatte ich ja schon ganz vergessen. Was für eine herrliche kleine Überraschung*.

Als ich mich zu dir umdrehte, sah ich sofort, dass du todgeweiht warst. Du warst so ausgemergelt, so blass und abgemagert, dass es kaum möglich schien, dass du aufrecht gehen konntest. Plötzlich ergab alles einen Sinn – deine Resignation, deine völlige Zurückgezogenheit. Mich erstaunte, dass ich es nicht längst geahnt hatte.

Wir verbrachten die nächsten Tage zusammen und verließen in dieser Zeit nicht das Haus. Du sagtest, du hättest Malinda weder wiedergesehen noch gehört, wo sie sich aufhielt. Inzwischen gehörte sie nur noch zu den Leuten, die in den Ort gekommen und dann wieder verschwunden waren. So war das mit der Saisonarbeit – es gab keine Treue, keine Erinnerung. Obwohl du zwanzig Jahre im Oasis gearbeitet hattest, würde es dir genauso ergehen. Du hattest die letzte Saison nicht gespielt, und in der nächsten würde sich keiner mehr auch nur an deinen Namen erinnern. *Egal*, sagtest du. *Diese Leute haben mich nie interessiert. Und bis dahin bin ich sowieso tot.*

Du hast dich geweigert, deine Krankheit beim Namen zu nennen. Eigentlich sprachst du fast nie davon, außer um zu sagen, dass du im vorigen Winter zweimal mit einer Lungenentzündung im Krankenhaus gelegen hättest und nicht damit rechnetest, die laufende Saison zu überstehen. Du spieltest die Rolle des Kranken äußerst stilvoll. Du trugst einen Morgenmantel aus Seide und nahmst beim Gehen einen glänzenden schwarzen Spazierstock zu Hilfe. Deine Pantoffeln waren aus schwarzem Samt. Beim Husten hieltest du dir ein Seidentaschentuch vor den Mund.

Tagsüber schliefst du meistens, doch abends blieben wir lange auf. Du strecktest dich auf dem Sofa aus und erzähltest wieder all die Geschichten aus deinem Leben. Im Grunde waren sie wie früher, nur nicht so übertrieben. Es schien dir wichtig zu sein, einiges richtigzustellen. Oft unterbrachst du deine Erinnerungen, um nachzudenken, um dich zu vergewissern, ob die Namen und Daten stimmten. Ich musste alles in ein Notizbuch eintragen. *Du bist genau im richtigen Moment gekommen*, sagtest du. *Ich wollte Aufzeichnungen hinterlassen, habe aber nie gern Notizen gemacht. Ja, du bist die Lösung, nach der ich gesucht habe.*

All deine Geschichten hörten mit dem Verlassen des Konservatoriums auf, mit dem Umzug nach Maine. Falls du das Bavarian oder das Oasis erwähntest, dann nur ganz beiläufig, im Vergleich zu irgendetwas aus deiner Kindheit, und so schienen die letzten zwanzig Jahre deines Lebens nicht viel mehr als ein Ausflug zu sein, den du einmal vor langer Zeit unternommen hattest und an den du dich kaum noch erinnern konntest. Deine Symphonie erwähntest du nicht. Am letzten Abend meines Aufenthalts fragte ich dich, ob du sie fertiggeschrieben hättest, doch du starrtest ins Leere, als hättest du mich nicht gehört. Du bliebst so lange stumm, dass ich mir nicht mehr sicher war, ob ich die Frage tatsächlich laut ausgesprochen oder sie dir lediglich in Gedanken gestellt hatte. Doch schließlich ergriffst du das Wort. *Scheitern ist eine Kunstform, mit der wir alle beschäftigt sind, ob wir es nun wissen oder nicht. Und ich habe mich wohl endlich damit abgefunden, habe es mir wohl zu eigen gemacht.*

Du bist aufgestanden und hast mir bedeutet, dir zu folgen. Als du die Treppe hinaufstiegst, stand plötzlich eins deiner Haare, das sich aus der makellosen Ordnung der übrigen gelöst hatte, zu Berge und wedelte hin und her, obwohl nicht zu sehen war, wodurch es in Bewegung geriet, denn du gingst so langsam, dass wir bis nach oben mehrere Minuten brauchten.

Dein Zimmer war genauso spärlich möbliert wie mein letztes. Es gab nur Bett, Kommode und Nachttisch. Außer deinen Toilettenartikeln, die du auf einem Spiegeltablett aufbewahrt hast, schienst du keinerlei persönliche Sachen zu besitzen.

Du machtest die Tür deines Wandschranks auf, in dem deine Hemden und Anzüge hingen – dieselben, die dir deine Großmutter vor deiner Abreise aus Arkansas gekauft hatte. Auf dem Boden des Schranks waren mehrere Kisten gestapelt, in denen sich deine Notenhefte befanden. *Mein Lebenswerk*, sagtest du. *Eine Übung im Scheitern.* Du nahmst eins der Hefte, hast darin geblättert, hast geblinzelt, die Stirn kraus gezogen, als könntest du nicht begreifen, was dich die ganze Zeit daran so fasziniert hatte. *Nimm sie*, sagtest du, *sie bedeuten mir nichts. Ich habe nicht die Kraft, sie zu vernichten, aber ich wäre froh zu wissen, dass sie fort sind, in den Händen eines gebildeten Menschen.*

Eine Woche später rief ich im Bavarian an, um zu hören, wie es dir gehe. Als Mrs. Strauss ans Telefon kam, klang ihre Stimme noch verrückter als sonst – »Hallo!«, sagte sie – und ich wusste sofort, dass du tot warst. »Wir haben unseren James verloren«, sagte sie. »Direkt nach deinem Besuch, meine Liebe.« Sie sagte, du hättest zu viele Pillen geschluckt, deine Schmerzen seien so groß gewesen, dass du versehentlich eine Überdosis Beruhigungsmittel genommen hättest. »Gerade die empfindsamen Seelen werden aufgezehrt«, sagte sie. Mich rührte ihre Naivität, hinter der ich schon immer eine tiefe, schreckliche Einsicht in die Natur der Dinge vermutet hatte.

Die folgenden Abende verbrachte ich damit, mir deine Notenhefte näher anzusehen. Auf die erste Seite jedes Heftes hattest du deinen Namen (in langen, scharfen Buchstaben, als hättest du ihn mit einem Schwert hineingeritzt) und das Datum geschrieben, und so gelang es mir, ein Gefühl für den zeitlichen Ablauf zu bekommen. Auf den ersten Blick waren die Hefte überwältigend. Auf jeder Seite standen zehn Notensysteme übereinander, die alle gleichzeitig ertönten, und es war geradezu unmöglich, die Noten im Gedächtnis zu behalten. Die geistigen Fähigkeiten, die zum Verständnis dieser Musik nötig waren, mussten äußerst selten sein, und wenn man derlei Fähigkeiten besaß, fiel es einem vermutlich schwer, ein Dasein im flachen, seichten Territorium des gewöhnlichen Lebens zu führen. Anderes an den Notenheften war wiederum leicht zu verstehen. Zum Beispiel sah ich, dass du die Oboe mochtest – dass du ihr gern hohe, vibrierende Töne zuteiltest, die länger erklangen als der Rest des Orchesters. Im Allgemeinen zeugten die Notenhefte von einem recht offenkundigen Hin und Her zwischen spontaner Kreation und dem darauffolgenden Versuch, wieder Disziplin walten zu lassen. Es gab Zeiten, in denen die Noten schludrig hingeklatscht, und Zeiten, in denen sie wohlgeformt waren und den immer gleichen Abstand aufwiesen. Während deiner ersten Jahre in Maine hast du in rasantem Tempo komponiert und pro Monat zwei, drei Hefte vollgeschrieben, doch im Lauf der Zeit wurde es weniger. In einem Jahr – 1988 – schafftest du kein einziges Heft. Kurz vor deinem Tod hattest du fast alles durchgestrichen, was du geschrieben hattest. Dabei hattest du mit deinem Bleistift so fest aufgedrückt, dass in vielen Fällen die Seite eingerissen war.

Am nützlichsten fand ich die Anmerkungen, die du für dich selbst an den Rand geschrieben hattest. Oft notiertest du die Namen von Komponisten und Passagen aus anderen Werken – du mochtest Satie, Debussy. Besonders fasziniert warst du von Beethovens Siebter. Und an anderen Stellen hattest du Anmerkungen zu den Gefühlen gemacht, die in den Passagen zum Ausdruck kommen sollten, zu den Stimmungen, die du hervorrufen wolltest. Anscheinend wolltest du mit deiner Musik so etwas wie Einsamkeit, Nachdenklichkeit bewirken. Du wolltest beim Zuhörer Gefühle auslösen, die in ungestörten, abgeschiedenen Momenten über uns hereinbrechen.

Einen Stein die Straße entlangkicken, schriebst du. *In der Nacht vom Regen aufwachen; im Traum fliegen; einen Nachbarn durchs Fenster gesehen; Stimmen in einem anderen Zimmer; in der Ferne spielende Kinder.*

Wenn dein Werk mir etwas klargemacht hat, dann, dass dein Leben ein ständiger Kampf war. Im Grunde hattest du dich in deine Arbeit, in die Abgeschiedenheit zurückgezogen, doch was war dein Werk anderes als der Versuch zu kommunizieren, dich verständlich zu machen? Sogar das Heraufbeschwören der Einsamkeit diente dem Zweck, jemanden darauf hinzuweisen, der es hören und vielleicht verstehen würde. Am tiefsten beeindruckte mich, wie ähnlich unser Leben war – deins, meins, das von allen, die wir kannten – und dass uns diese Verbindung kaum aufgefallen war. Wir alle hatten Freude gekannt und verloren, hatten kopflos wieder danach gesucht; wir hatten für eine Weile schwere Lasten auf uns genommen und sie irgendwann nicht mehr schultern können; wir hatten Fortschritte gemacht und dann Fehler begangen; wir hatten seltsame Wege eingeschlagen, die uns mitunter in Sicherheit brachten und uns manchmal in die Irre führten; wir waren verzweifelt, hatten neuen Anlauf genommen, waren verzweifelt, hatten neuen Anlauf genommen. Währenddessen hatten wir uns irgendwie allein und missverstanden gefühlt. Schließlich hattest du geglaubt, du wärst gescheitert; du schienst voller Verzweiflung gestorben zu sein.

Den ganzen Winter hindurch beschäftigte mich die Frage, ob das Leben lebenswert sei. Ziele haben, Pläne schmieden, hoffen, arbeiten, träumen, Freundschaften und Liebesbeziehungen eingehen – ich fragte mich, ob das irgendeinen Sinn habe. Ich überlegte hin und her. Ich war immer noch im Besitz der Pillen, die du mir geschenkt hattest, und manchmal dachte ich darüber nach, eine zu nehmen. Ich stellte mir vor, wie ich –

plötzlich redselig, lebhaft, ausgelassen – in die Welt hinauszog, um mein Glück zu suchen, stellte mir vor, wie Mary Tyler Moore die Mütze in die Luft zu werfen. Doch andererseits hatte ich das Gefühl, dass all diese Versuche – zumindest die, die ich miterlebt hatte – ins Unglück führten. In meinen düstersten Momenten hielt ich das Pillenfläschchen in der Hand und starrte es an. Dann überlegte ich, ob ich alle auf einmal schlucken sollte.

Eines Abends ging ich das Notenheft durch, an dem du in dem Sommer gearbeitet hattest, als ich im Bavarian wohnte, und stieß auf das Stück, das du immer wieder gespielt hattest, von dem ich mitten in der Nacht aufgewacht war, die Töne aufsteigend und absteigend, auf und ab, was für mich geklungen hatte wie ein im Wind flatterndes Blatt. Und plötzlich erhielt die Frage, die ich im Kopf hin und her gewälzt hatte – ob zwei Menschen je zueinanderfinden konnten oder ob wir alle hoffnungslos allein waren –, eine überraschende Antwort. Was mich davon überzeugte, dass noch nicht alles verloren war – dass noch Hoffnung bestand, dass die Menschen einander eigentlich verstanden, wenn auch nur in geringem Maße und zumeist unbemerkt –, war etwas, das du direkt über diese schwermütigen Noten geschrieben hattest: *ein zu Boden fallendes Blatt.*

ELEGIE FÜR MARGARET MURPHY COLLINS FRANCIS ADAMS WITHERSPOON

(1952–2003)

Die Fünfziger – die ganze Welt wünscht sich ein bisschen Schönheit und das Vergessen, das damit einhergeht. Du bist ein hübsches Kind in einer sterbenden Industriestadt und lernst schon bald, dass es eine schwere Last ist, an einem derartigen Ort eine Schönheit zu sein, dass man dann all die verzweifelten Hoffnungen jenes aschgrauen, verfallenden Erdwinkels, der gesamten nutzlosen Einwohnerschaft, auf seinen Schultern trägt. »Was für ein hübsches Ding!«, sagen die Leute ständig. »Was für ein hübsches Ding du bist!« Jeden Tag deines Lebens durchquert irgendjemand ein Zimmer, um dich anzufassen, dich in die Wange zu kneifen, dir durchs Haar zu streichen, als könnte er sich durch diese Berührung ein bisschen von deiner Schönheit aneignen. Doch es passiert etwas völlig anderes. Diese Leute hinterlassen winzige Spuren ihrer Sehnsucht, ihrer Verzweiflung auf dir, die sich ausbreiten wie ein Schmierfilm. Schon bald ist dein ganzer Körper davon bedeckt, und du entwickelst deine eigene Sehnsucht. Beachtet zu werden, berührt zu werden. Du beginnst, ständig den Blick eines Fremden auf dir zu spüren – selbst in einem leeren Zimmer. Du legst den Kopf in den Nacken, wirfst das Haar nach hinten, schürzt die Lippen, blinzelst. Jede deiner Bewegungen bekommt etwas Affektiertes, Gequältes. Schon bald bist du eine Puppe, hast die Unempfindlichkeit einer Puppe, du bist so steif und herzlos wie ein Blechmann.

Du wächst heran, tust alles, was Mädchen so tun. Mittelschule, Pfadfinderinnen, Tanzstunde, Kirche. Du tust, was man dir sagt: Du sitzt und du stehst, du singst und du tanzt, du nimmst deinen Platz ein, verrichtest deine Aufgaben. Du tust alles mit einer beiläufigen, unbekümmerten Leichtigkeit, die nahelegt, dass all das unter deiner Würde ist, dass du bloß die Zeit überbrückst, bis du volljährig wirst, bis du in den Westen gehst, um dir einen Namen zu machen und dein Glück zu finden. »Dieses Kind ist makellos«, sagen die Leute. »Dieses Kind sollte beim Film sein.«

Sogar bei der Beerdigung deines Vaters bist du selbstbeherrscht, der Inbegriff ehrfürchtiger Trauer. (Dein Vater stirbt an Krebs, als du zehn bist, eingeschlossen im Schlafzimmer deiner Eltern. Im letzten Stadium ist er zu stolz, um dich zu sich zu lassen, doch du schleichst dich einmal ins Zimmer und erhaschst einen kurzen Blick auf ihn, inzwischen so rot und aufgedunsen, dass man ihn kaum noch erkennt.) Du stehst mit geradem Rücken neben dem Sarg, empfängst die Reihe der Trauergäste und reichst ihnen genau wie deine Mutter die Hand. *Danke*, sagst du, *das bedeutet uns sehr viel.* Unterdessen sind deine Schwestern gezwungen, sich – vom Schluchzen erschöpft – in einen anderen Raum zu setzen. »Haltung« nennt es deine Mutter, als sie sich auf der Heimfahrt eine Zigarette anzündet. »Danke für deine Haltung.«

Mit vierzehn fängst du an, dich mit Jungen einzulassen – gondelst nach der Schule heimlich mit ihnen im Wagen herum. Du sehnst dich nach ihrem Verlangen, der Wucht dieses Verlangens, wenn sie auf dir liegen. Du bist als Scharfmacherin bekannt; du nimmst ihren Schwanz in die Hand und knetest ihn. Die Jungen schreien auf, rufen deinen Namen. »Du bist so schön«, sagen sie dir, »dass du beim Film sein solltest.« *Ich weiß*, sagst du und setzt dich auf. *Wenn ich mit der Schule fertig bin, gehe ich nach Hollywood.* Du hast deine

Flucht von zu Hause und den darauffolgenden Aufstieg zum Ruhm bis in die kleinsten Einzelheiten geplant, und nichts liebst du mehr, als darüber zu reden: die Kleidung, die du tragen wirst, wenn du in den Greyhound-Bus steigst, die anstrengenden ersten Monate, in denen du als Garderobenfrau in einem Country Club arbeitest, der Regisseur, der dich entdeckt, wenn er dort den Nerz seiner Frau abgibt. Du redest davon, in welchen Filmen du gern mitspielen, mit welchen Schauspielern du gern zusammenarbeiten würdest. Paul Newman, Marlon Brando. »He«, sagen die Jungen, »und was ist mit mir? Sei doch mal nett zu mir. Guck dir doch bloß Mr. Happy an, Mr. Happy wird langsam traurig.« Du wendest dich ab, bringst deine Kleidung wieder in Ordnung. *Mr. Happy ist eindeutig traurig*, sagst du. Du machst sie wahnsinnig.

Mit siebzehn entdeckt dich ein Talentförderer namens Vic DiPilato bei einer Tanzaufführung und will dich in die Bühnentruppe aufnehmen, die er leitet – Tänzer, Sänger, Zauberkünstler, auch ein Komiker. Sie treten jedes Wochenende in Pflegeheimen und Krankenhäusern vor den Patienten auf. »Keine große Sache«, sagt Vic, »aber es ist ein Anfang.« Er ist das Klischee eines Schmalspuragenten (die falschen Zähne und das schlecht sitzende Toupet, die taubenblauen Anzüge und die geschwollene Nase eines Alkoholikers), und zunächst lässt du ihn abblitzen. Doch dann sagt er etwas, dem du nicht widerstehen kannst. Er sagt, er habe einen Freund in New York, am Broadway, und dir kommt der Gedanke, dass du vielleicht gar nicht nach Hollywood gehen musst – vielleicht hat man dich bereits entdeckt.

An den Wochenenden kutschiert Vic dich durch die Stadt, und du tanzt Charleston vor Leuten, die das früher selbst getan haben, aber nicht mehr können. Du denkst, dass deine Auftritte etwas Absurdes haben – deine Gesundheit und Schönheit vor Krüppeln zur Schau gestellt, als wollte man ihnen ins Gedächtnis rufen, was sie verloren haben –, doch du scheinst den Leuten zu gefallen. Sie klatschen, sie jubeln, sie bitten um Zugaben. Die anderen Mitglieder der Truppe werden neidisch und boshaft, einer von ihnen kündigt sogar. Doch dieser Groll sei ein gutes Zeichen, sagt Vic – das erste Anzeichen, dass du bald ein Star sein würdest.

Eines Tages holt Vic dich ab und sagt, dass du in der staatlichen Psychiatrie auftreten wirst, einer neugotischen Festung mit einem Uhrenturm, dessen Läuten dich immer schon mit ungeheurer Angst erfüllt hat. *Ich weiß nicht*, sagst du zu ihm, als ihr auf den Parkplatz einbiegt. *Ich habe kein gutes Gefühl. Mir ist irgendwie übel.*

»So ist das nun mal im Showgeschäft«, sagt er. »Man kann sich das Publikum nicht aussuchen.«

Ein Pfleger führt dich und die anderen Künstler durch mehrere lange Flure. Er hat einen Schlüsselring vom Umfang einer Grapefruit und muss alle fünfzig Meter stehen bleiben, um eine schwere Metalltür aufzuschließen. Du verlierst allmählich die Orientierung. Die Flure winden sich durch das Gebäude, und ihr scheint im Kreis zu gehen; schwer zu sagen. Die Mitglieder der Truppe sind weihnachtlich verkleidet. Du trägst ein rotes, mit weißem Pelz besetztes Trikot, und der Komiker – ein kleiner Kerl namens Mickey – ein Elfenkostüm. An den gebogenen Spitzen seiner Schuhe sind kleine Glöckchen befestigt. Er sieht lächerlich aus – sein Anblick reizt dich zum Lachen –, doch er zieht eine solche Leidensmiene, dass alles Komische daraus verschwindet. Dieser Ort ist das reinste Grauen, ein Gruselkabinett, und du hast den gleichen Gesichtsausdruck.

Schließlich erreicht ihr die Frauenstation. Die Patientinnen sitzen, auf ihre Stühle gesunken, hufeisenförmig um euch herum. Sie tragen Schlafanzüge, die sie schon viele Jahre zu tragen scheinen. Obwohl sie von unterschiedlichem Alter sind – manche nicht viel älter als du, andere schon in höherem Alter –, sehen alle gleich aus. Ihre Körper sind welk und schlaff, sie sind blass wie Gespenster, haben zerzaustes Haar und gelbe, schiefe Zähne. Alle haben den Blick schauerlich in die Ferne gerichtet. Während Mickey seine Nummer aufführt (Kommt ein Pirat in eine Bar …), scheinen sie durch ihn hindurchzusehen.

Als du an der Reihe bist, legt Vic am Klavier los – »Have a Holly, Jolly Christmas« –, und du gibst dir alle Mühe, mit einer Begeisterung zu tanzen, die ausdrücken soll, dass mit der Anstalt und ihren Insassen alles in Ordnung ist. Doch die Patienten bleiben ungerührt – viele von ihnen scheinen dich gar nicht wahrzunehmen. Es ist das erste Mal, dass deine Schönheit nicht wirkt, das erste Mal, dass ein Publikum dir gegenüber gleichgültig bleibt. Gerade als du aufgeben, einfach aufhören und weggehen willst, springt eine der älteren Frauen (sie hat langes weißes Haar mit gelbblonden Strähnen, und du siehst, dass ihre Augen so hellblau sind wie deine) so schnell von ihrem Stuhl auf, wie du es nie für möglich gehalten hättest. Sie stößt dich zu Boden und ist plötzlich über dir. »Verdammtes Aas«, schreit sie. »Du verdammtes Aas!« Sie packt dich an den Haaren, zieht deinen Kopf nach oben und schlägt ihn gegen die Fliesen. Du starrst sie die ganze Zeit an, zu geschockt, um dich wehren zu können. Es herrscht helle Aufregung, die Wärter zerren an ihr, doch bevor sie sie wegziehen können, reißt sie den Mund auf – du siehst ihre schartigen, faulen Zähne – und beißt dich in den Hals. Du spürst, wie sich die Zähne in deine Haut bohren, wie sie ein Stück Fleisch herausreißen. Als sie die Frau von dir herunterziehen, ist ihr Mund ganz blutverschmiert.

Du wirst ins Krankenhaus gebracht und danach mit einer Gehirnerschütterung und einer mit acht Stichen genähten Halswunde nach Hause geschickt. Zwei ganze Wochen lang bist du missmutig und lustlos, stehst nicht mehr auf, isst nichts. Deine Weihnachtsgeschenke packst du mit stoischer Gleichgültigkeit aus. »Reiß dich zusammen«, sagt deine Mutter und schüttelt dich an den Schultern. »Was zum Teufel ist los mit dir?« Sie begreift nicht, dass etwas kaputtgegangen ist, dass etwas schrecklich falsch ist. Jedes Mal, wenn du die Augen schließt, siehst du das Gesicht der Verrückten, die Wut, die sie auf dich hatte. Du siehst, wie die Wärter sie zu Boden drückten – einer der Männer presste den Stiefel auf ihren Hals. Wie wild sie war, wie sie sich wehrte und schrie.

Im Januar kehrst du in die Schule zurück, doch alles ist anders. Nichts interessiert dich mehr so wie früher. Am Wochenende gehst du nicht mehr mit deinen Freunden weg. Du verlässt die Bühnentruppe und gibst sogar den Plan auf, nach Hollywood zu gehen. Du meldest dich in Miss LaVonnas Sekretärinnenschule an (»Seit 1923 machen wir junge Frauen zur rechten Hand ihres Chefs!«), ein Schicksal, das fast alle Mädchen aus der Gegend mit dir teilen. Du kannst nicht erklären, was los ist, kannst bloß sagen, dass du das Gefühl hast, als hätte die Verrückte dich infiziert. Die Narben an deinem Hals sind noch immer empfindlich – du spürst, wie sie bei jedem Herzschlag pulsieren. Verdammtes Aas. Du verdammtes Aas.

Als es so weit ist, willst du nicht einmal am Abschlussball deiner Schule teilnehmen. Dein Begleiter ist Mike Murphy, der schon seit der Vorschule in dich verliebt ist. Er ist der bestaussehende Junge in deiner Klasse und in allen Sportarten, die er betreibt, Kapitän: Football, Basketball, Baseball. Sein Vater besitzt eine Sanitärfirma, und nach dem Schulabschluss soll

Mike Murphy sein Partner werden. In eurer sterbenden Stadt gilt das als gute Perspektive (»Ein Firmeninhaber«, sagen die Leute, »ein Unternehmer«), und du müsstest eigentlich froh sein, seine Freundin zu sein. Doch du hast ihn immer langweilig gefunden – er redet nur über Sport, kann sich keinen Film zu Ende ansehen. Als er am Abend des Abschlussballs vor der Tür steht (du kannst ihn vom Schlafzimmerfenster aus sehen, in seinem blauen Smoking mit blauer Ansteckblume), bist du noch im Bademantel. Deine Mutter ruft dich, aber du weigerst dich hinunterzugehen. Fauchend stürmt sie in dein Zimmer. »Wir haben dir das Kleid gekauft, also gehst du auch hin.« Sie zerrt die Lockenwickler aus deinem Haar und bürstet es, sie trägt den Lidschatten auf, schließt den Reißverschluss deines Kleides. »Wunderschön!«, sagt sie.

Stunden später, stockbetrunken, bist du bloß ein weiteres dummes Ding, das mit gespreizten Beinen auf dem Rücksitz eines Buick liegt, über dir eine verschwitzte Sportskanone mit Bourbon-Atem, die Hose bis zu den Knöcheln hinabgerutscht, das Rüschenhemd noch bis zum Hals zugeknöpft. Das Ganze macht dir nicht besonders viel Spaß, denn du musst wieder daran denken, wie die Verrückte auf dich losgeht, wie sie auf dir liegt. Genau daran denkst du, als Mike Murphy – Außenstürmer, Point Guard, Shortstop – schreit: »O Gott, o Gott, ich komme!« Er hat alles um sich herum vergessen, ist außerhalb seiner selbst, und auf eine andere Art bist auch du außerhalb deiner selbst, nimmst kaum wahr, was passiert. Du betastest die Narbe an deinem Hals – zwei stumpfe Halbkreise, die wie fliegende Vögel aussehen.

Eine uralte Geschichte. Später in jenem Sommer nickst du mitten in Miss LaVonnas Schreibmaschinenunterricht (*f*, Leertaste, *f*, Leertaste, *f*, *f*, *f*, Leertaste) ständig ein, und dir wird klar, dass du schwanger bist. *Scheiße*, denkst du. *O Scheiße*.

Der Einzige, dem du davon erzählst, ist dein Stiefbruder Mike, nicht weil du dich ihm anvertrauen willst, sondern weil du letztes Jahr ein Gerücht über seine Freundin und deren illegale Abtreibung gehört hast und glaubst, dass er dir vielleicht helfen kann. Also klettert ihr, nachdem eure Eltern ins Bett gegangen sind, aufs Dach eures Hauses, wo ihr beide euch hinsetzt und raucht. »O Gott«, sagt er kopfschüttelnd. »Das gibt's doch nicht, Maggie, eigentlich solltest du schlauer sein. Mein Gott.« Er bläst den Rauch aus der Nase. »Gott«, sagt er. »Verdammt.« Er war schon immer ein bisschen in dich verliebt und du in ihn, und es ist, als hättest du hinter seinem Rücken etwas mit einem anderen gehabt. Du ringst dich durch, ihn zu fragen, aber er will dir nicht helfen. »Davon weiß ich nichts«, sagt er. »Es war nicht mal meins. Ausgeschlossen.«

Eine Weile unternimmst du gar nichts. *Ich brauche bloß Zeit zum Nachdenken*, sagst du dir. Ein Tag nach dem anderen verstreicht. Du machst deine Abschlussprüfung bei Miss LaVonna. *Ich denke morgen darüber nach*, sagst du dir wie Scarlett O'Hara, bis so viele Tage vergangen sind, dass du keine Wahl mehr hast. *Scheiße*, denkst du. *O Scheiße*.

Als du es Mike Murphy erzählst, ist er überrascht. »Ausgeschlossen! Im Ernst? Ach du Scheiße!« Er ist mit sich selbst zufrieden, wie ein Kind, das gerade laufen gelernt hat – er wankt mit dummem Grinsen durchs Zimmer. Als er dich eine Woche später bittet, ihn zu heiraten, redest du dir ein, dass das nichts sei, was man nicht wieder rückgängig machen könne. *Ich mach das jetzt erst mal*, denkst du, *und dann sehen wir weiter*.

Also lässt du dich darauf ein. Eine kleine kirchliche Hochzeit mit einem Empfang im Kolumbus-Ritter-Saal, eine zweitägige Hochzeitsreise nach Cape Cod. Ihr kommt nach Hause in eure neue Zweizimmerwohnung und packt einen Tag lang Geschenke aus. Vermutlich seid ihr jetzt mit allem ausgestattet, was ihr im Leben je brauchen werdet – Teller und Silberbesteck, Gläser und Tassen, Tischwäsche –, doch als ihr alles weggeräumt habt, fragst du dich: *Soll das alles sein?* Eure neue Wohnung ist nur zwei Straßen von deinem Elternhaus entfernt. Aus dem Hinterfenster kann man Mike rauchend auf dem Dach sitzen sehen, und stundenlang blickst du wehmütig zu ihm hinüber.

Du wirst dick und immer dicker, so dick, dass du befürchtest, du wirst dich nie davon erholen. Du musst etliche Qualen erdulden. Die Blähungen, das Sodbrennen, die geschwollenen Füße. Die Arztbesuche und Untersuchungen. Die scheußlichen Kleider, die wie Tischdecken aussehen. Dass dich alle möglichen Leute anfassen, dir die Hand auf den Bauch drücken. Du bist nicht mehr du selbst – du bist jetzt eine Mutter. Du wurdest in eine Herde aufgenommen, der du nicht angehören wolltest, und jetzt siehst du, dass die Mütter der ganzen Welt darauf gelauert haben, dich in ihre persönliche Hölle aufzunehmen, einen Ort, an dem du selbst nicht von Bedeutung bist, an dem alle immer nur über das Baby reden. Ältere Frauen kommen über die Straße gestürmt, um dir ihren Rat anzubieten, sie hören nie damit auf, Tag für Tag kommen sie hinter dir her, du kannst nicht mal die Post hereinholen, ohne dass dich jemand anspricht. »Sie müssen ihm das Zahnfleisch mit ein bisschen Brandy einreiben. Wenn das Baby nicht schlafen will, müssen Sie es im Auto herumfahren. Nehmen Sie es auf keinen Fall aus dem Bettchen – besorgen Sie sich Ohrstöpsel und lassen Sie es sich die Kehle aus dem Hals schreien, denn wenn Sie's aus dem Bettchen nehmen, wird es bloß verhätschelt.« Bei den Gesprächen mit diesen Frauen hast du panische Angst, bekommst Schweißausbrüche. *Wegrennen*, denkst du. *Einfach wegrennen.*

Mike Murphy fängt an zu trinken, nach der Arbeit irgendwo

zu versumpfen. »Ich amüsier mich lieber, solange ich noch kann«, sagt er. »Denn schon bald, weißt du, Mannomann.« Wenn er nach Hause kommt, liegst du im Bett, und er legt dir die Hand auf die Schulter, drückt sich an dich, doch du drehst dich um und knallst ihm eine. *Als würde es mir nicht schon erbärmlich genug gehen*, sagst du. Und er sagt: »Mein Gott. Tut mir leid. Mein Gott.« Sein Atem riecht säuerlich.

Und dann das Baby selbst. Die langen, schweißtreibenden Wehen, die Entbindung, der Klaps auf den Po und der gurgelnde Schrei, das Baby in Decken gehüllt und dir überreicht: ein rosiges, sich windendes Etwas mit verquollenen Augen und unförmigem Kopf. Eigentlich solltest du jetzt etwas empfinden – etwas anderes als Angst, Bitterkeit, tränenreichen Schmerz –, aber da ist nichts, gar nichts, du gibst das Baby jemandem, der es im Arm halten will. *Nimm es*, sagst du. *Bring es weg.*

Ich glaube, mit mir stimmt was nicht, sagst du zu deiner Mutter. *Ich will es nicht haben.*

»Das ist ganz natürlich«, sagt deine Mutter, »in ein paar Tagen geht es dir wieder gut.« Doch ein paar Tage später sitzt du im Nachthemd in der Wohnung, siehst fern, und es geht dir überhaupt nicht gut, eigentlich hast du das Gefühl, als wäre dein Leben zu Ende. Das Baby schreit, und du machst ihm Milch warm, fütterst es, lässt es Bäuerchen machen, wechselst die Windeln. Es spuckt dich voll und schläft ein, du schläfst ein, dann wacht es schreiend auf, und das Ganze geht wieder von vorn los. Wie lange hältst du das durch? Noch zwei Tage? Drei? Du bringst das Baby zu deiner Mutter. *Ich kann das nicht*, sagst du. *Verdammt, ich kann's nicht.*

»Trink mal ein Gläschen«, sagt deine Mutter und macht dir einen Highball. An jedem Tag deines Lebens mixte sich deine Mutter morgens, wenn dein Vater (und später dein Stiefvater) zur Arbeit gegangen war, einen Drink, mit dem sie ein Beruhigungsmittel hinunterspülte, und den Rest des Tages füllte sie das Glas immer wieder auf und wandelte in einem träumerischen, unerschütterlichen Nebel umher. Sie verhielt sich dir und deinen Schwestern gegenüber stets kühl, ging im Haus umher und kümmerte sich um ihre Angelegenheiten, als wärt ihr gar nicht da. Wenn sie dich oder deine Schwestern berührte, dann wie ein Insekt in der Badewanne – rasch und mit spitzen Fingern. Sie sagte dir kein einziges Mal, dass sie dich liebe – das war einfach nicht ihre Art –, und dafür hast du sie immer verurteilt. *Herzloses Aas*, hast du sie genannt. Doch plötzlich siehst du auch ihre Seite, siehst alles ganz klar.

Du fängst an, zu Hause zu trinken, doch die Wirkung ist nicht so kalkulierbar wie bei deiner Mutter. Eine Weile bist du entspannt. Doch dann bekommst du Weinkrämpfe, Launen, Wutanfälle. Du wirfst mit Gegenständen, um sie kaputt zu machen, lässt die Scherben von Glas und Porzellan – eure Hochzeitsgeschenke, die Tassen und Untertassen, das Sahnekännchen, die Soßenschüssel – auf dem Fußboden liegen, damit Mike Murphy sie auffegt, wenn er nach Hause kommt, was er immer später und immer seltener tut. Das Baby schreit, und du lässt es schreien. Du machst lange Spaziergänge und lässt es einfach allein.

Wenn Mike Murphy von der Arbeit nach Hause kommt, bist du manchmal schon angezogen, um auszugehen. »Im Kühlschrank ist ein Fläschchen«, sagst du. »Ich muss hier mal raus.« Du gehst in Bars und lässt dir von Männern Drinks spendieren. Du trinkst so viel, dass sie dich in den Wagen packen und nach Hause fahren müssen. Zweimal wachst du in einer fremden Wohnung auf, ohne dich erinnern zu können, wie du dort hingelangt bist. Doch meistens wirst du zu deinen Eltern gebracht – auf deinem Führerschein steht noch ihre Adresse –, und deine Mutter legt dich aufs Sofa. Neben dich auf den Couchtisch stellt sie eine große Plastikschüssel. »Schatz«, sagt sie, »kotz nicht auf den Chintz.«

Kurz vor dem ersten Geburtstag des Babys spürst du einen leichten, schnellen, unverwechselbaren Tritt in deinem Bauch. *O Gott*, denkst du. *Mein Gott*. Als es ein paar Monate später nicht mehr zu übersehen ist, boxen die Leute Mike Murphy gutmütig auf den Arm. »Ihr jungen Leute«, sagen sie, »könnt wohl nicht die Finger voneinander lassen.«

Eines Abends fährt Mike Murphy den Wagen in betrunkenem Zustand gegen einen Telefonmast und bricht sich die Nase. Die Nase ist zerschrammt und geschwollen, und als er nach Hause kommt, will er von seiner Frau bemitleidet werden. Doch stattdessen beschimpfst du ihn. *Du verdammtes Arschloch, du verdammter Idiot*. Du schlägst ihn ins ramponierte Gesicht. *Ich hock hier den ganzen Tag mit einem Kind rum, und dir fällt nichts Besseres ein, als einen Unfall zu bauen? Du müsstest mir die verdammten Füße küssen!*

»Du hältst dich wohl für umwerfend. Für eine tolle Partie. Aber du bist bloß ein erbärmliches Rabenaas. Eine verzogene Drecksgöre.«

Du beschissener kleiner Schlappschwanz, sagst du, *du dreckiger Hurensohn*. Er wendet sich ab, du stößt ihm deine Zigarette in den Nacken, er dreht sich um und schlägt dich ins Gesicht, packt dich an den Schultern und schüttelt dich, wirft dich zu Boden.

Leck mich, sagst du. *Ich geh zu meiner Mutter zurück*.

»Gut«, sagt er. »Tu dir keinen Zwang an.«

Und so kommt es, dass du, zwanzig Jahre alt und geschieden, schwanger mit deinem zweiten Kind, wieder bei deinen Eltern wohnst. Das zweite Baby wird geboren, ein weiteres Mädchen, und Mike Murphy kommt ab und zu und will die

Kinder sehen. »Ich hab auch Rechte«, sagt er, und du sagst ihm, er soll sich zum Teufel scheren. Dann überlegst du es dir anders, bringst ihm die Mädchen und lässt sie dort. *Hier*, sagst du, *hier hast du deine verdammten Rechte. Viel Spaß*. Als du gehst, weinen die Mädchen. Sie haben keine Ahnung, wo sie sind. Stunden später bringt Mike Murphy sie zurück, das blanke Entsetzen im Blick. Beide Kinder sind voller Kotze. »Ich kann das nicht«, sagt er. »Tut mir leid, aber ich weiß nicht, was ich tun soll.«

Es ist, als wäre alles zwischen dir und Mike Murphy – die Heirat, die Kinder – eine Art verkorkster Urlaub gewesen, und jetzt willst du zum normalen Leben zurückkehren, willst dein Rückgaberecht in Anspruch nehmen. (*Entschuldigung, ich würde die beiden hier gern zurückgeben.*) Es ist dir nie gelungen, für deine Töchter zu empfinden, was du wohl für sie empfinden solltest. Stattdessen betrachtest du sie als jüngere Geschwister, deren Versorgung man ungerechterweise dir aufgehalst hat. Du machst mit ihnen lange, ziellose Spaziergänge, eine der beiden im Kinderwagen, die andere tapst neben dir her. »Was für hübsche Kinder«, sagen die Leute zu dir. *Die sind zu verkaufen*, sagst du. *Zwei zum Preis von einem.*

Du sprichst von den beiden immer im Plural, als gäbe es keinen Unterschied zwischen ihnen. *Sie müssen ins Bett, sorg dafür, dass sie ruhig sind, ihre Windeln sind voll, sie sind krank und machen mich wahnsinnig*. Manchmal macht eine von beiden etwas allein, und dann unterscheidest du zwischen ihnen und sagst *eine* und *die andere. Eine von beiden ist die Treppe runtergefallen, und obwohl sich herausstellt, dass nichts passiert ist, fängt die andere an zu weinen.* Die Mädchen sind völlig unterschiedlich – eine ist dick und eine dünn, eine ist ungestüm und die andere grämlich, eine hat deine schönen, symmetrischen Züge, das Gesicht der anderen ist verzerrt wie das Spiegelbild der Ersten in einem Löffel – doch in deinem Kopf sind sie miteinander verknüpft, kaum zu unterscheiden, sie existieren nur in Beziehung zueinander, wie die zwei Seiten einer Münze. Zwiddeldei, Zwiddeldum.

Als die Jüngere der beiden ein Jahr alt ist, nimmst du eine Stelle als Sekretärin an einer Junior Highschool an, und es dauert nicht lange, bis einer der Lehrer – ein hochgewachsener, schiefschultriger Mann namens Michael Collins – die ersten Annäherungsversuche macht, die so unschuldig und jämmerlich sind, dass du manchmal nicht anders kannst, als ihm ins Gesicht zu lachen. Nach der Arbeit geht er auf dem Weg zum Parkplatz oft neben dir her, als wäre es Zufall. »Sieh mal an, wer da ist!«, sagt er. »Ich hätte Sie fast gar nicht gesehen!« Als ihr euch deinem Wagen nähert, hüpft er los, um dir die Tür aufzuhalten. Du protestierst, doch er lässt sich nicht davon abbringen, wie ein fahrender Ritter, der gezwungen ist, nutzlose Galanterien zu machen. Im Dezember tritt er eines Tages gegen deine Reifen und sagt, sie hätten zu wenig Luft und müssten aufgepumpt werden. *Ich weiß nicht, wie das geht*, sagst du. Also begleitet er dich zur Tankstelle und füllt Luft nach. Er kontrolliert den Ölstand, auch der zu niedrig, das Gleiche gilt für die Scheibenwischflüssigkeit und das Frostschutzmittel. Er füllt alles bis oben auf und klatscht dann zufrieden in die Hände.

Danke, sagst du.

»Gern geschehen«, sagt er. Und du hast das Gefühl, dass es stimmt, dass es wirklich stimmt.

Tja, sagst du, *ich wohne gleich um die Ecke.*

»Okay«, sagt er und steht winkend da, während du vom Parkplatz fährst. Erst am nächsten Morgen kommt dir in den Sinn, dass er zu Fuß zu seinem Auto an der Schule zurückgehen musste, fast zwei Kilometer durch den Schnee.

Deiner Ansicht nach hat dieser Mann zahlreiche Makel: Er ist zu groß und zu schmal, zu blass und zu leise, er hat eine schiefe Knollennase, ist willensschwach und langweilig. Doch er ist netter zu dir, als es je jemand war, und vergöttert dich, wie du es verdient zu haben glaubst. Er führt dich zum Essen aus, geht mit dir ins Kino. Er lernt deine beiden Töchter kennen, die mit ihren Händchen seine Nase umklammern. Er scheint zu wissen, was er mit ihnen anfangen soll. Er wirft sie in die Luft, und sie kreischen.

Niemand in deiner Familie war je auf dem College, und so hat dieser Mann etwas Triumphales – jemand mit einem Master-Abschluss, der zur Arbeit eine Krawatte und einen Cordblazer trägt. Deine Mutter nennt ihn mit einer gewissen Ehrfurcht »Pädagoge«, und dir gefällt der Klang dieses Wortes. *Ein Pädagoge*, sagst du und betrachtest dich im Spiegel. *Ich bin mit einem Pädagogen verheiratet*. Denn es ist nur eine Frage der Zeit, bis er um deine Hand anhält.

Als Mrs. Michael Collins führst du in einer ruhigen Vorstadtgegend ein langweiliges, solides Leben in einem Bungalow mit vier Zimmern. Du bist fast immer mit deinem Mann zusammen. Ihr fahrt zusammen zur Arbeit, bringt die Mädchen zusammen weg und holt sie wieder ab, geht zusammen einkaufen, geht samstagabends zusammen essen und sonntags in die Kirche. Das läuft mehrere Jahre so, und allem Anschein nach bist du häuslich geworden. Doch du fühlst dich nicht wohl dabei. Du denkst, an so einen Ort legt man sich zum Sterben, still und allein, wie ein Elefant. Euer Haus kommt dir allmählich vor wie ein Sarg. Irgendwann spuken dir fast die ganze Zeit Fluchtgedanken im Kopf herum.

Eines Tages klopft eure Nachbarin, eine spießige Witwe namens Mrs. Barsotti, bei dir, um dir mitzuteilen, dass ein Schwarzer in einem Ford Nova im Viertel herumgefahren ist. »Ohne ersichtlichen Grund«, sagt sie. »Ich wollte Sie bloß warnen, dass es Ärger geben könnte.«

Du schlägst ihr die Tür vor der Nase zu. *Dummes Aas*, sagst du.

»Das ist typisch für ihre Generation«, sagt Michael Collins. »Sie weiß es nicht besser.« Irgendetwas zerreißt in dir, trennt sich auf. Du beginnst, abends auszugehen, in die Bars von damals, und wieder stehen die Männer Schlange, um dir Drinks zu spendieren. Du trinkst und trinkst. Als du eines Abends nach Hause kommst, ist Michael Collins deinetwegen aufgeblieben und sitzt mit deiner jüngeren Tochter am Küchentisch, wo beide ein Modellschiff bauen, und du findest es lachhaft, dass er sich um dein Kind gekümmert hat, während du mit anderen Männern aus warst.

Na, was macht dein Bötchen?, fragst du ihn und lachst. *Was für ein zusammengestoppeltes Schiffchen du da hast! Was für einen unbedeutenden kleinen Schoner!* Du lachst und kannst nicht mehr aufhören. Du fällst lachend hin, und er versucht, dich vom Boden hochzuziehen.

»Komm schon«, sagt er. »Sie sollte dich nicht so sehen.«

Wie denn?, fragst du. *So?* Du knöpfst dir das Kleid auf, streifst es ab, wirfst es durchs Zimmer.

»Maggie«, sagt er, »lass gut sein.«

Mach ich dich nervös?, fragst du. Deine Stimmung beginnt zu kippen, von ausgelassen zu wütend. *Würdest du dich besser fühlen, wenn ich nach draußen ginge? Ja?*

»Maggie«, sagt er, doch du bist schon in BH und Unterwäsche draußen auf dem Rasen vor dem Haus. *Mrs. Barsotti!*, schreist du. *Schnell! Rufen Sie die Bullen! Ein Schwarzer hat mir meine ganze Kleidung gestohlen!* Michael Collins stürzt sich mit einer Decke auf dich, doch du kriechst schreiend weg, und kurz darauf kommt Mrs. Barsotti nach draußen und hält sich krampfhaft den Bademantel zu. »Soll ich die Polizei verständigen?«, fragt sie. »Ach, Liebes, soll ich die Polizei verständigen?«

Du kündigst deine Stelle, ziehst in eine eigene Wohnung. Deine Töchter sind in jenem Jahr acht und neun, und euer Alltag verläuft meistens hektisch – du scheinst die beiden ständig anzubrüllen. *Steht auf*, sagst du zu ihnen, *zieht euch an, putzt euch die Zähne, kämmt euch die Haare, wascht euch das Gesicht, zieht die Schuhe an, habt ihr die Schuhe angezogen? Wo sind eure gottverdammten Schuhe? Herrgott, woher soll ich das wissen? Zieht eure Mäntel an! Na los, dann geht, geht eben ohne Mantel, der Bus kommt. Ich hör ihn schon, los, raus mit euch, raus mit euch!*

Wenn du von der Arbeit nach Hause kommst, zwitschern sie wie Vogelküken, zwitschern dir etwas von ihren Anliegen und Wehwehchen vor (ihnen ist langweilig, eine von beiden hat einen lockeren Zahn oder Bauchweh, eine muss einen Schaukasten von Abraham Lincolns Elternhaus basteln und braucht deine Hilfe, eine braucht Geld für einen Schulausflug), bis du durchdrehst. *Geht mir aus den Augen!*, sagst du dann. *Geht draußen spielen, lasst mich in Ruhe, könnt ihr mich nicht mal zwei verdammte Minuten in Ruhe lassen?* Du bekommst Kopfschmerzen, ziehst dich in dein Schlafzimmer zurück und machst es dunkel. Doch kaum fünf Minuten später folgen sie dir. »Und?«, sagen sie. »Kannst du uns jetzt endlich helfen?«

Noch schlimmer ist, wenn sie dir helfen wollen. Dann bringen sie dir ein Glas Wasser und ein Pillenfläschchen. »Hier, Mom«, sagen sie, »gegen deine Kopfschmerzen.« Du siehst in ihren Augen, dass sie Angst vor dir haben. Als hättest du ihnen je etwas angetan. *Raus mit euch!*, schreist du und schlägst ihnen die Pillen aus der Hand. *Lasst mich in Ruhe!* Weinend laufen sie davon.

Eine Weile sind sie gefügig. Du kannst sie wegschicken, und trotzdem lieben sie dich, trotzdem kommen sie angerannt, wenn du ihre Namen rufst. Denn manchmal liebst du sie wahnsinnig. Du kommst aus deinem Schlafzimmer und siehst sie auf dem Fußboden sitzen, wo sie mit einem Brettspiel beschäftigt sind, und da sagt eine von beiden: »Hier ist Ihr Hotel, Ma'am«, und die andere sagt: »Vielen Dank, Sir.« Sie sprechen mit hoher, ernster Stimme. Sie sind noch nicht in Sarkasmus verfallen. Du liebst sie, du liebst sie. Du setzt dich zwischen sie und gibst ihnen Küsse, du knurrst sie an und tust so, als würdest du ihre Ohren fressen, sie klettern kreischend auf dich. Du liebst sie so sehr, dass du sie am liebsten erdrücken würdest.

Doch im Lauf der Zeit zermürben sie dich. Das Leben, das du dir immer ausgemalt hast – die Leichtigkeit, der Luxus, die Aufregung –, scheint weit weg zu sein, nichts als ein Hirngespinst. Du wirst verbittert. Du glaubst, unvergleichlich gelitten zu haben, betrogen worden zu sein, und willst dich auf alle möglichen Arten rächen. Du parkst auf Behindertenparkplätzen, wirfst Müll aus dem Wagenfenster. Du fährst rücksichtslos, impulsiv – mehrmals rammst du beim Zurücksetzen einen geparkten Wagen und rauschst davon, ohne eine Nachricht zu hinterlassen. Deine Verhaltensregeln sind selbstgerecht, darwinistisch. Wenn du in einem Wohnblock die Waschmaschine mit anderen Familien teilst, stoppst du den Waschgang anderer Leute, räumst ihre Sachen aus und legst sie klatschnass auf die Maschine, um deine eigenen durchlaufen zu lassen. Als du einmal Verlangen nach Apfelkuchen hast, rast du mit deinen Töchtern zum Lebensmittelladen und eilst in die Backwarenabteilung, wo eine alte Frau gerade den letzten Apfelkuchen begutachtet. Sie hält ihn hoch, mustert ihn, wendet ihn hin und her. Sie will ihn schon ins Regal zurücklegen, überlegt es sich dann aber anders und verstaut ihn in ihrem Einkaufswagen, doch du folgst ihr, bis sie den Wagen kurz allein lässt, dann schlägst du zu und stiehlst ihr den Kuchen. *Wie gewonnen, so zerronnen*, sagst du.

Du kannst nicht mit Geld umgehen. Du vergisst, die Rechnungen zu bezahlen, und das Licht geht aus, die Heizung wird abgestellt, du drehst den Wasserhahn auf, und er knarzt bloß. Dann rufst du die Stromgesellschaft, die Gasfirma und das Wasserwerk an und überschüttest sie mit Beschimpfungen. *Ich habe Kinder*, sagst du. *Ich habe hier ein Kind, das ein Glas Wasser trinken will, was zum Teufel soll ich ihm sagen?* Du kaufst ständig Kleidung bei Filene's, trägst sie eine Weile und tauschst sie dann als fehlerhaft um. *Ich hab das Ding bloß einmal gewaschen*, sagst du zu der Verkäuferin, *bloß ein einziges Mal, und sehen Sie nur, es ist völlig hinüber!* Nichts findest du so aufregend, wie dich mit den Angestellten der Läden zu streiten, bei denen du Stammkundin bist. Du drangsalierst sie, bis sie in Tränen ausbrechen, und wenn ihre Vorgesetzten erscheinen, drangsalierst du auch die. Deine Stimme wird ganz schrill, und die anderen Kunden verziehen sich. »Gnädige Frau«, sagt der Geschäftsführer, »bitte. Also bitte.«

Du hältst es in keinem Job lange aus. Du bist schnell gelangweilt und regst dich leicht auf, und alle sechs Monate kündigst du. Wenn dein Chef irgendwas Unhöfliches sagt – wenn er aus seinem Büro brüllt: »Bewegen Sie mal Ihren Arsch her!« –, marschierst du sofort zu ihm und rufst ihm ins Gedächtnis, dass du ein Mensch bist, verdammt noch mal, und dass jeder Mensch es verdient hat, mit einem Mindestmaß an Respekt behandelt zu werden. Dann kommst du, total begeistert von dir, nach Hause und spielst diese Szenen für deine Töchter nach. Sie setzen sich aufs Sofa und sehen dir zu. *»Ein Mindestmaß an Respekt«, hab ich gesagt. Ihr hättet sein Gesicht* *sehen sollen! Ich glaube, er hat sich in die Hose gemacht! Und als ich seelenruhig an meinem Schreibtisch stehe und meine Sachen zusammenpacke, kommt er raus und entschuldigt sich – er will nicht, dass es irgendjemand hört, also flüstert er, aber ich sehe ihn nicht mal an, ich schalte bloß in aller Ruhe die Schreibmaschine aus und ziehe die Abdeckung drüber, hole die Firmenkugelschreiber aus dem Schreibtisch und stecke sie in meine Handtasche – ihr wisst ja, wie gut mir diese Dinger gefallen –, und er steht da und sagt, ich soll nicht kündigen, er gibt mir eine Zulage, es tut ihm leid, aber ich gehe bloß zum Aufzug, drücke den Knopf und warte, als wäre nichts passiert, als hätte ich alle Zeit der Welt. Ihr hättet mal die anderen Frauen sehen sollen, ihren Gesichtsausdruck, die haben mich nie gemocht, aber jetzt tun sie's, das sag ich euch, jetzt singen sie ein Loblied auf mich.* Aber später, wenn die Begeisterung nachgelassen hat und dir klar wird, dass du wieder mal keinen Job hast, sitzt du auf dem Sofa und trinkst, du weinst, du hältst den Kopf in den Händen. *Scheiße*, sagst du. *Scheiße, Scheiße, Scheiße.*

Wenn du deprimiert bist, schlenderst du durch die Warenhäuser, setzt dich an den Kosmetiktresen und lässt dich von den Verkäuferinnen schminken. Sie versammeln sich um dich, betupfen deine Haut mit Cremes, Lotionen und Pudern, schminken dich wie eine Puppe. »Ach, seht nur!«, sagen sie zueinander. »Ach, seht nur, wie schön!« Es sind ältere Frauen mit clowneskem Make-up und pigmentfleckigen Händen, mit dünnem Haar, das sie toupieren und zu kleinen Spitzen sprayen. »Sie sollten beim Film sein«, sagen sie dir. *Ich weiß*, sagst du.

Deine Töchter werden älter, sie verändern sich. Sie verlieren das Interesse an dir, sie werden deiner Launen überdrüssig. Eine schreit dich an, die andere hört auf zu reden. Wenn du von der Arbeit nach Hause kommst, ist die Wohnung leer. Die beiden sind mit Jungen unterwegs, streifen durch die Läden, sind in der Bücherei oder Gott weiß wo. Du sitzt allein da, in der Ruhe, die du dir immer gewünscht hast, doch die Stille ist viel schlimmer als alles andere.

Eine Weile bist du von Geld besessen. Es sind die Achtziger, und überall scheint Geld zu sein (*Dallas*, *Denver-Clan*, *Falcon Crest*), und du kannst beim besten Willen nicht verstehen, warum ein Teil davon nicht dir gehören soll. Eines Abends lernst du in einer Bar Bud Francis kennen, den Alleinerben von Francis Haushaltswaren und Elektrogeräte, und als er dich seinen Eltern vorstellt, taxierst du ihr Haus, ein kleines Herrenhaus mit Säulen zu beiden Seiten der Haustür – Säulen! Eines Tages wird all dies Bud gehören. Und da beschließt du, dass all dies eines Tages dir gehören wird.

Kurz vor der Hochzeit mit Bud nimmst du die Mädchen mit zu seinen Eltern. *Damit ihr eure neuen Großeltern kennenlernt*, sagst du zu ihnen. Du führst sie im Haus herum. Das Bad im ersten Stock, ganz in Marmor und Granit, ist größer als das Schlafzimmer der beiden. In den Frisiertisch sind nebeneinander zwei Waschbecken eingelassen, vor einem Spiegel, der sich die ganze Wand entlangzieht. Das ältere Mädchen, die Schönheit, steht am Waschbecken und dreht wie in Trance die vergoldeten Armaturen auf und zu, auf und zu. Sie fängt an zu weinen. »Mom!«, sagt sie. »Es gibt zwei Waschbecken!« Zu sehen, dass das Leben anderer Menschen so ist – dass es von jeher so war, nur nicht für sie –, ist einfach zu viel. Weinend betrachtet sie sich in dem breiten Spiegel. »Das ist ungerecht!«, sagt sie.

Das Leben ist nun mal ungerecht, sagst du zu ihr. Bei diesen Worten spürst du bereits, dass es mit dir und Bud nicht klappen wird – du wirst nie in diesem Haus wohnen.

Bei Walter Adams, deinem nächsten Ehemann, ist es, als hättest du beschlossen, jegliches Gespür und jegliche Neigung, denen du vorher gefolgt bist, auf den Kopf zu stellen. Anfangs hältst du Walter nicht einmal für einen Liebeskandidaten – er ist lediglich jemand, der sich als nützlich erweist. Als du bei eurer ersten Begegnung erfährst, dass er Mechaniker ist, erzählst du ihm, dass dein Wagen (ein Buick Skylark, den du hast knallrot lackieren lassen) rasselt – ein rätselhaftes Leiden, das kein Mechaniker kurieren oder auch nur diagnostizieren konnte. Er sagt, du sollst ihm den Wagen mal vorbeibringen, und das tust du am nächsten Tag.

Während er sich daran zu schaffen macht, siehst du dich in seinem Haus um. Alles im Leben dieses Mannes ist ordentlich. Seine Schuhe sind geputzt, seine Kleidungsstücke gebügelt und sorgfältig in den Schrank gehängt, seine Fußböden gefegt, seine Bücher und Schallplatten alphabetisch geordnet. Nichts ist wirr oder durcheinander. Seine Schlüssel hängen gleich neben der Haustür, und du stellst dir vor, dass er sie immer dort aufhängt, wenn er das Haus betritt – vermutlich hat er seine Schlüssel noch kein einziges Mal verlegt. Als Walter mit deinem Wagen fertig ist (ja, er bringt ihn in Ordnung), rauchst du mit ihm auf der Veranda eine Zigarette und bist fasziniert von der Ruhe, die er ausstrahlt. Er bewegt sich lässig und zielstrebig. Er raucht sogar auf eine Art, die du vornehm findest. Nicht hungrig und gierig wie andere Leute, die du kennst, sondern ganz gelassen, er lässt das Papier brennen, lässt die Asche minutenlang an der Spitze hängen, bevor er sie – gut zwei Zentimeter lang – in einen Kristallaschenbecher schnippt. Am liebsten würdest du in Walters Leben eintauchen, so wie Kinder in Märchen eintauchen wollen, in diesen kleinen Bungalow mit den glänzenden Fußböden, dem gepflegten Rasen, am liebsten würdest du in diesem Haus wohnen.

In den folgenden Wochen erfährst du, dass Walter zwanzig Jahre als Maschinist beim Militär war. Zehn Jahre lang hat er in Deutschland gelebt, und anscheinend hat er die Gewohnheiten und das Tempo der Alten Welt mit zurückgebracht. Er verbringt ganze Abende damit, sich Schallplatten anzuhören, Bücher zu lesen, Schach zu spielen. Er füllt Brotkrumen in eine Tüte und macht lange Spaziergänge, bei denen er hier und da stehen bleibt, um die Vögel zu füttern. Wenn man mit ihm zusammen ist, lernt man viel über Kunst, Musik, Geschichte, Politik. Plötzlich hast du das Gefühl, als existiere noch eine andere Welt als die, in der du gelebt hast – besser, freundlicher, komplizierter –, und du willst ihre Geheimnisse ergründen.

Als du Walter heiratest – eine schlichte Feier im Amtsgebäude –, zieht deine ältere Tochter zu deinen Eltern. Sie sagt, sie habe das Ganze satt, die ewigen Umzüge, die ständigen Hochzeiten. Die Jüngere bleibt bei dir, scheint aber den Halt verloren zu haben – ohne ihre Schwester weiß sie nicht, was sie mit sich anfangen soll. Sie beginnt, lange Spaziergänge zu machen, sie versenkt sich in Bücher. Manchmal fragst du dich, ob du den beiden geschadet hast durch die ganzen Umzüge, die ganzen Veränderungen, doch du kannst es dir nicht leisten, darüber nachzudenken. Du bist wieder schwanger, und diesmal willst du alles richtig machen.

Doch dann wendet sich auf grausame Weise alles zum Schlechten. Dein Bruder stirbt, und während du ihn noch betrauerst, hast du eine Frühgeburt – wieder eine Tochter. Als sie stirbt, kommt es dir vor, als wäre das Leben, um das du dich bemüht hast, die Schlichtheit, die Schönheit, mit ihr gestorben. Man hat abfällige Bemerkungen über dich, über die Heirat, über den Gedanken gemacht, dass solch eine Ehe gelingen könne, dass Glück möglich sei. Als du Walter Adams verlässt, brauchst du es nicht einmal zu erklären. Du blickst ihn bloß an, und er blickt dich an. Du gehst ohne ein Wort, obwohl es mehrere Tage dauert. Du kehrst zu deinen alten Gewohnheiten zurück.

Doch inzwischen gehst du auf die vierzig zu, und deine alten Gewohnheiten passen nicht mehr zu dir. Du ziehst zu einem Golfprofi, der zehn Jahre jünger ist als du, doch statt dich jünger zu fühlen, kommst du dir älter vor. Du bist morgens müde – siehst verquollen aus und hast Ringe unter den Augen. Deine Haut wird langsam schlaff. Um die Hüften hast du zugenommen. Du schläfst immer weniger, und irgendwann leidest du an Schlaflosigkeit. Zwei Jahre lang machst du kaum ein Auge zu. Nachts liegst du auf dem Sofa, zappst dich durch die Fernsehprogramme, und in deiner Erschöpfung überkommt dich ein heftiger Drang: Du möchtest die Sachen kaufen, die du in der Werbung siehst, du möchtest in die Gegenden reisen, die über den Bildschirm flimmern. Du überlegst, ob du an einen fernen Ort ziehen sollst, wo dich niemand kennt. Du überlegst, ob du ein Röhrchen Schlaftabletten schlucken sollst.

Eines Abends siehst du im Fernsehen einen Prediger, der vor seiner Gemeinde auf und ab schreitet. Er heißt Les Witherspoon und leuchtet regelrecht. Er trägt einen glänzenden silberfarbenen Anzug, und auch sein etwas zu langes Haar schimmert silbern. Er hat ein kräftiges Kinn, eine scharf geschnittene Nase, eine ausladende Stirn – er hat die Züge eines Präsidenten, ein Gesicht, das in den Mount Rushmore gehauen sein könnte. Noch nie hast du einen Mann Gottes in einem solchen Licht gesehen. Du bist Geistliche in unförmigen Gewändern und mit langen, finsteren, enthaltsamen Gesichtern gewohnt, doch dieser Mann ist kraftvoll, dieser Mann ist mitreißend. »Jesus!«, ruft er, und es ist, als würdest du das

Wort zum ersten Mal hören. Bei ihm klingt es nicht wie ein Fluch.

Du willst gerade umschalten – dein Interesse an Les dürfte nicht mehr sein als die flüchtige Neugier auf einen attraktiven Prediger –, doch plötzlich stellt Les eine Frage. »Sind Sie ein schwer geprüfter Mensch?« Er blickt in die Kamera, und es ist, als würde er dich direkt ansehen. »Treiben Sie ziellos umher, irren Sie ständig von einer Sache zur anderen, und sind Sie sich nicht jedes Mal sicher, dass Sie es begriffen haben, dass Sie jetzt auf dem richtigen Weg sind, und doch führt der Weg Sie nur wieder im Kreis herum?«

Ja, denkst du. *Ja. Ja.* »Ich bin hier, um euch zu sagen«, sagt er, »dass damit Schluss ist. Ich bin hier, um euch den Weg zu weisen. Und das ist der Weg Gottes.« Eine der wirkungsvollsten Methoden des Predigers besteht darin, dass er die Zuschauer bittet, sich vorzustellen, sie lägen auf ihrem Totenbett. »Kommen Sie«, sagt er, »irgendwann ist es so weit. Stellen Sie es sich vor, schließen Sie die Augen und stellen Sie es sich vor. Ihr ganzes Leben liegt hinter Ihnen, und Sie blicken darauf zurück. Was sehen Sie?«

Du schließt die Augen.

»Ich garantiere Ihnen«, sagt der Prediger, »dass die Probleme, die jetzt vor Ihnen liegen, nicht das sind, woran Sie am Ende denken werden. Ganz und gar nicht. Spüren Sie, wie diese Probleme allmählich verblassen. Und jetzt, da Sie all das losgelassen haben, frage ich Sie: Was sehen Sie?« Für einen Augenblick ist dein Kopf leer. Doch dann taucht zu deinem Entsetzen etwas vor deinem geistigen Auge auf, an das du jahrelang nicht mehr gedacht hast: die weißhaarige Frau aus der Psychiatrie, wie sie auf dich losgeht, wie sie auf dir liegt, ihr boshaftes Gesicht, der Augenblick, in dem dir dein Leben genommen wurde, in dem du dich so lebendig fühltest wie nie zuvor.

»Das ist der Moment, in dem Gott bei Ihnen war«, sagt Les. »Und wenn Sie seither vom Weg abgekommen sind, so ist es noch nicht zu spät, um zu dem Menschen zurückzukehren, der Sie sein wollten, um sich ein neues Leben aufzubauen. Kommen Sie zu mir, machen Sie mit bei unserer Kirche und dem Werk, das wir tagtäglich verrichten, um jedem Leben um uns herum wahre Bedeutung zu verleihen.«

Les Witherspoons Kirche ist in Atlanta. Du denkst, dass jemand, der diese ganze Strecke führe, um sich in eine Kirche zu setzen, verrückt sein müsste. Und doch streifst du bereits durch das dunkle Haus, stopfst Kleidungsstücke in eine Tasche, durchsuchst die Schränke und Schubladen des Golfprofis nach den zusammengerollten Geldbündeln, die er hier und da aufbewahrt, in Schuhspitzen, in Socken, in den Taschen seines Golfbeutels. Du bewegst dich wie eine Marionette, wie an den Fäden einer höheren Macht. Du lässt den Golfprofi schnarchend in seinem Bett zurück, bist schon vor Sonnenaufgang verschwunden.

In der Kirche setzt du dich ganz nach vorn, und wie du es geahnt hast, zeigt Les Witherspoon besonderes Interesse an dir. Während seiner Predigt blickt er dich mehrmals direkt an. Nach dem Gottesdienst kommt er auf dich zu. Er sieht die Narben an deinem Hals und streckt die Hand aus, um sie zu berühren. »Schwester, verzeih mir«, sagt er zu dir, »aber hier geschieht gerade ein Wunder.« Zitternd schließt er die Augen und drückt die Finger auf deine Haut. »An dem Abend, da Gott erstmals zu mir gesprochen hat, habe ich die Augen geschlossen und zwei fliegende weiße Vögel vor einem weißen Himmel gesehen, genau wie hier, seither sehe ich sie jedes Mal, wenn ich bete, und jetzt sagt mir Gott, dass du etwas Besonderes bist, ein Geschenk, das er mir überbringt.« Er hebt die Hand.

Eine deiner wunderlichsten Eigenschaften ist die Fähigkeit, andere in Ton, Ausdrucksweise und Akzent nachzuahmen, und als du den Mund aufmachst, um zu dem Prediger zu sprechen, klingen deine Worte ganz ähnlich. *Ich wurde hierhergeführt*, sagst du, hebst ebenfalls die Hand und drückst sie an seine. *Eine höhere Macht hat mich an diesen Ort gebracht, hat zu mir gesprochen, und ich wusste nicht einmal, was ich tat oder wo ich hinging, doch ihre Kraft führte mich her zu dir, und kaum hatte sie mich berührt, verflog meine Verzweiflung, und seither ist da nichts als Licht.*

»Meine Brüder und Schwestern!«, sagt Les zu der ganzen Gemeinde, »ihr seht hier Gottes Werk, seht, wie Gott zwei Menschen und zwei Schicksale zusammenführt und miteinander vereint!«

Einen Monat später seid ihr verheiratet. Du ziehst zu Les, in ein Haus, wie du es dir in deinen Träumen immer ausgemalt hast: ein stattliches Gebäude im Kolonialstil auf einem großen Grundstück mit einer kreisförmigen Einfahrt, in der Les seinen langen weißen Cadillac parkt. Im Innern des Hauses ist alles weiß – der Teppichboden, die Wände, das Sofa, die Tischtücher. Es ist ein Haus voller Licht, von so blendender Schönheit, dass es jegliche Erinnerung an dein früheres Leid auslöscht. Plötzlich kommt es dir vor, als wäre dein Leben die ganze Zeit auf ein Happy End zugesteuert, als hättest du das bisher nur nicht sehen können, als hättest du kein Vertrauen gehabt. Die vergangenen zwanzig Jahre waren ein schrecklicher Umweg, doch jetzt sind all deine Probleme verschwunden, und du bist erlöst, du bist erlöst. Du entwickelst die Gewohnheit, verträumt die Narbe an deinem Hals zu betasten. Nichts kann dir mehr etwas anhaben.

Mutter, so war dein Leben. Voller Chaos und Leid, verzweifelter Bemühungen, bitterer Niederlagen, Triumph, Tragödie, Erlösung. Eine Rolle, um die sich jede Schauspielerin reißen würde. Und mir kam es tatsächlich oft so vor, als würdest du Theater spielen. Du lachtest, du weintest, du tobtest, du zittertest, doch nichts davon schien wahrhaftig zu sein – all deine Gefühle wirkten einstudiert. Im Lauf der Jahre kam mir der Verdacht, dass du eigentlich kein Leben geführt, sondern dich durch eine Reihe von Szenen gearbeitet hast, in denen du verschiedene Rollen spieltest und Männer, Häuser und Jobs wechseltest wie Kostüme. Alles um uns herum war so zerbrechlich und instabil wie ein Bühnenbild, wie Wände, Möbel und Requisiten aus billigem, leichtem Material. Wir führten ein Leben, dessen einzige Gewissheit darin bestand, dass es sich ändern würde – in dem Moment, da wir uns eingelebt, es uns gemütlich gemacht hatten, würden die Kulissen weggeräumt und die Scheinwerfer ausgeschaltet werden.

Jahrelang sah ich mich als deine Assistentin, deine Stellvertreterin, als jemanden, der mit einem Klemmbrett am Spielfeldrand stand, eine Angestellte, die nur dazu da war, jede deiner Gesten aufzulisten. Im Umgang mit anderen Leuten – deiner Familie, Kollegen, Autoritätspersonen – zeigtest du verschiedene Spielarten deiner selbst und warst darauf angewiesen, dass ich alles auseinanderhielt. *Was habe ich zu dem Vermieter gesagt?*, fragtest du. *Dass ich krank bin oder dass ich entlassen wurde?*

»Weder noch«, sagte ich dann. »Du hast ihm gesagt, ich und Malinda lägen im Krankenhaus.«

Oh, sagtest du. *Stimmt.* Und wenig später: *Das habe ich gesagt? Das war dumm. Er hätte vorbeikommen und rausfinden können, dass ihr zu Hause seid.*

»Ich weiß. Das hab ich dir doch gesagt.«

Wirklich?

Ich nickte.

Pass auf, dass mir so was nicht noch mal passiert.

Einer deiner Lieblingssprüche war: *Notiert euch das*. Du gehörtest nicht zu den Müttern, die glaubten, ihre Kinder vor den Schwierigkeiten des Lebens beschützen zu können. Du sprachst die ganze Zeit ausführlich über die dummen Fehler, die an deinem augenblicklichen Schicksal schuld waren, und erspartest uns keine Einzelheiten. *Die Pille*, sagtest du immer, lange bevor wir eine Ahnung hatten, was das war. *Nehmt immer die Pille*. Dann blicktest du uns mit ernstem Gesicht an. *Habt ihr euch das notiert?*, fragtest du.

Ich hatte mir alles notiert. All die Jahre redete ich mir ein, dass ich dich besser kannte als jeder andere, ja, sogar besser als du selbst. Ich wusste, wenn du spät nach Hause kamst, brauchtest du ein Glas Wasser und zwei Tabletten auf dem Nachttisch. Ich merkte, wann du kurz davor warst zu kündigen, und begann, Stellenanzeigen zu markieren. Bei Männern merkte ich, wenn du sie verlassen wolltest, und bereitete mich auf den nächsten Umzug vor. In einem Fall – bei Bud Francis – packte ich nicht mal all meine Sachen aus.

Als du Les' Kirche beitratst, glaubte ich, das Ganze würde nicht länger als ein, zwei Jahre gut gehen, du würdest bloß wieder Theater spielen. Es war keine Rolle, die mich besonders interessierte. Nach deiner *geistlichen Wiedergeburt*, wie du das Ganze nanntest, strahlte deine Stimme eine gespenstische Gelassenheit aus, eine Leichtigkeit, die ich verstörend fand. Außerdem hattest du dir einen lächerlichen Südstaatenakzent zugelegt. Wenn ich dich anrief, sagtest du: *Was für einen wundervollen Tag der Herr uns beschert hat*.

»Das kannst du dir sparen«, sagte ich dann. »Ich bin's. Bei mir brauchst du nicht zu heucheln.«

Ich weiß nicht, was du meinst, sagtest du. *Deine Haltung enttäuscht mich.*

»Was soll dieser Scheißakzent? Du klingst wie die verdammte Minnie Pearl!«

Tut mir leid, dass du so wütend bist, sagtest du. *Du solltest wirklich unserer Kirche beitreten und lernen, wie man in der Liebe Gottes lebt.*

Als ich dich anrief, um dir von meiner Suche nach Malinda zu erzählen – um dir zu berichten, dass ich sie gefunden hatte, sie mir aber wieder durch die Finger geschlüpft war –, warst du weder sonderlich überrascht, noch zeigtest du großes Interesse. *Ich bin mir sicher, dass du sie bald wiederfindest*, sagtest du. *Die Wege des Herrn sind unergründlich.*

»Tja, der Herr scheint gerade eine Zigarettenpause zu machen«, sagte ich.

Mary, sagtest du, S*arkasmus ist die Zuflucht schwacher Geister.*

Mary, sagtest du, *Schweigen dient dazu, Gott aus deinem Herzen auszusperren.*

Ich redete mir ein, dass es bloß eine Phase wäre, dass es nicht lange dauern könnte. Es würde schon bald vorbei sein. Und wenn es so weit wäre, würdest du mich finden.

Ich begann mein Aufbaustudium, ohne dir auch nur zu verraten, wo ich hinging, und zwei ganze Jahre lang sprachen wir nicht miteinander. Die einzige Verbindung, die ich noch zu unserem früheren Leben hatte, war Walter Adams. Jahrelang hatten Walter und ich Fernschach gespielt und jede Woche Briefe hin und her geschickt, und in diesem Schneckentempo dauerte es Jahre, bis eine Partie zu Ende war. Neben seinen Zügen (er stellte gern Fallen – Lasker, Monticelli) schrieb Walter stets ein, zwei Zeilen darüber, was er gerade las oder sich anhörte, nicht mehr als ein paar hingeworfene Sätze.

Doch im zweiten Jahr meines Aufbaustudiums schrieb er mir im Winter einen langen Brief über den traurigen Zustand unserer Stadt. Seit ich aufs College gegangen sei, habe sich alles drastisch verändert – mehrere der wichtigsten Arbeitgeber seien bankrottgegangen oder hätten ihren Firmensitz verlegt –, und inzwischen scheine jedes dritte Gebäude verlassen und mit Brettern vernagelt zu sein. Die Schulen seien ein besonderes Problem. Die Kinder in unserer Stadt seien in einem abgewirtschafteten System gefangen. Es bestehe enormer Bedarf an guten Lehrern. Walters Sohn Reggie, den ich nie richtig kennengelernt, aber immer wegen seiner kühlen Zurückhaltung bewundert hatte, hatte sich zum stellvertretenden Direktor unserer früheren Highschool hochgearbeitet, und wenn ich wolle, gebe es dort eine Stelle für mich. »Du kannst bestimmt auch irgendetwas anderes mit deinem Leben anfangen«, schrieb Walter, »aber nichts so Nützliches wie das.«

Und so zog ich wieder in meine Heimatstadt, teils weil ich unterrichten wollte, doch zu meiner großen Überraschung auch, weil ich außerstande war, woanders zu leben. Die Orte, in denen ich seit meinem Weggang gewohnt hatte, hatten mir Landschaften und Lebensstile geboten, die in jeglicher Hinsicht besser waren als das Leben, das ich gekannt hatte, und doch kamen mir diese wunderschönen Collegestädtchen unwirklich vor. Dort lebte ich nicht richtig, sondern bewegte mich wie im Traum, mit einer schwerelosen Leichtigkeit, die man verblüffend findet, tief im Innersten aber auch als falsch erkennt.

Meine frühere Highschool hatte inzwischen die Atmosphäre eines Gefängnisses. Beim Betreten des Gebäudes musste man einen Metalldetektor durchschreiten und seine Tasche kontrollieren lassen. Durch die Flure streiften Sicherheitsleute mit dicken Knüppeln am Gürtel. Die Wände waren grau, an der Decke flackerten Neonleuchten. Jahre zuvor waren die Flure mit Pinnwänden ausgestattet worden, an denen Bilder und Bekanntmachungen ausgehängt werden sollten, doch nun waren sie leer. Eine der Pinnwände trug noch immer die Überschrift KOMMENDE VERANSTALTUNGEN, doch darunter war nichts – bloß ein Dutzend alte Heftzwecken im Kork und winzige Fetzen des hellen Papiers alter Flugblätter, die längst vergangene Veranstaltungen ankündigten.

Die meisten Schüler waren einzig und allein da, weil es gesetzlich vorgeschrieben war. Laut Statistik würde fast die Hälfte von ihnen die Schule abbrechen, sobald sie alt genug waren. In der Zwischenzeit schwänzten sie oder vergaßen ihre Bücher, falteten aus ihren Testbögen Papierflugzeuge und warfen damit nach mir, sie schwätzten während des Unterrichts, hörten mit Kopfhörern Musik, schliefen ein. Die einzige Möglichkeit, bei ihnen das leiseste Interesse am Lernen zu wecken, bestand darin, ihnen Schimpfworte und Beleidigungen beizubringen, die sie irgendwann nützlich finden mochten. »Wollt ihr lernen, wie man jemandem sagt, dass er sich ficken soll?«, fragte ich.

»Na klar«, sagten sie.

»Lasst uns konjugieren«, sagte ich. »Ich ficke, du fickst, er, sie, es fickt.«

»Sie versuchen, uns reinzulegen«, sagten sie. »Sie wollen uns dazu bringen, dass wir was lernen.«

»Wir ficken, ihr fickt, sie ficken«, sagte ich.

»Erklären Sie uns einfach, wie man es sagt«, sagten sie.

»Und wie lautet die Befehlsform?«, fragte ich. »Irgendeine Ahnung? Sich ficken? Wer weiß es?«

Reggie hatte mir erklärt, dass in einer solchen Schule jeder Lehrer einen sogenannten »Bewältigungsmechanismus« entwickeln müsse. Jeder Lehrer müsse seinen eigenen Stil finden, und solange er dabei nicht zu strafbaren Mitteln greife, sei das zu unterstützen. Manche Lehrer spazierten mit Holzstöcken durch die Klasse, die sie auf den Tisch eines Schülers krachen ließen, wenn sie den Verdacht hatten, dass er nicht aufpasste. Eine Lehrerin habe ein Feuerzeug dabei, das sie »die Flamme des Wissens« nenne und manchmal beiläufig anzünde, während sie zwischen den Sitzreihen hindurchgehe. Wenn sie jemanden bei schlechtem Betragen ertappe, entzünde sie die Flamme ganz nah an seinem Ohr. »Hörst du mir auch zu?«, frage sie dann.

»Wenn man mit irgendwas anfängt«, sagte Reggie, »muss man es auch zu Ende führen, sonst wissen die Schüler, dass sie einen am Wickel haben. Man darf seinen Bewältigungsmechanismus nicht mitten im Schuljahr oder gar mitten im Unterricht ändern. Wenn man sich etwas ausgesucht hat, muss man eisern dabeibleiben, selbst wenn es einen umbringt.«

Ich hatte mich für einen schlechten Bewältigungsmechanismus entschieden. Wenn ich mit dem Unterricht begann, hatte ich die Klasse ungefähr zehn Minuten lang unter Kontrolle. Danach wurden die Schüler unruhig, fingen an zu schwätzen und zu stören, und ich schaltete das Licht aus, setzte mich und starrte sie im Dunkeln mit ausdruckslosem Gesicht an. Manchmal beruhigten sie sich dann wieder, aber meistens verbrachten sie den Rest des Unterrichts damit, weiterzuschwätzen und sich durch den Raum zu jagen wie Dreijährige. Der einzige Hoffnungsschimmer in meinem Klassenzimmer waren die Einwanderer (eine große Zahl von Kindern, die aus Indien, ein paar auch aus Afrika, in unsere Stadt gezogen waren), deren Alte-Welt-Höflichkeit sie davon abhielt, ihre Lehrer zum Gespött zu machen. Sie waren ein stilles, trauriges Grüppchen, und obwohl sie noch Teenager waren, waren ihre Blicke, ihre Kleidung und ihr Benehmen so eintönig wie bei einem Leichenbestatter. Wegen des Drucks, den ihre Familien auf sie ausübten, waren diese Schüler die Einzigen, die regelmäßig ihre Hausaufgaben machten und an ihre Bücher dachten. Sie waren die Einzigen, die sich im Unterricht meldeten. Doch ihre Beiträge waren oft entmutigend. Im Vergleich zu ihren Erfahrungen, ihrem Leid, war mein Leben das reinste Zuckerschlecken. Selbst die dankbarsten Themen – all das, worüber man redet, wenn man eine neue Sprache lernt – erwiesen sich als verheerend.

»Erzähl mir von dem Haus, in dem du aufgewachsen bist«, sagte ich beispielsweise.

»Es war eher ein Zelt als ein Haus, mit abgetrennten Zimmern aus Pappe. Es ist abgebrannt.«

»Na, dann erzähl mir doch von deiner Familie.«

»Meine Mutter ist tot«, sagten sie dann. »Mein Vater auch. Mein Onkel hat mich hergebracht, aber er hat drei Jobs, und ich bekomme ihn nie zu Gesicht.«

Verzweifelt wechselte ich das Thema. »Und was mögt ihr besonders an den Vereinigten Staaten?«

»Nichts«, sagten sie. »Uns gefällt es hier nicht.«

»Überhaupt nichts? Euch gefällt hier rein gar nichts?«

»Uns gefallen die Häuser nicht, auch nicht, dass alle in kleinen Kammern eingeschlossen sind und es keine Gemeinschaft gibt. Dass alle in Autos herumfahren. Die Einsamkeit.«

»Wenn ihr müsstet«, sagte ich, »wenn euch jemand eine Waffe an den Kopf hielte, könntet ihr dann irgendwas nennen, das euch nicht stört?«

»Hier gibt's Waffen?«, fragten sie. »Uns wurde gesagt, in den Schulen hier gäbe es keine Waffen.«

»Natürlich nicht«, sagte ich. »Das war nur so eine Redensart.«

»Was ist das denn für eine Redensart?«

»Wenden wir uns etwas anderem zu«, sagte ich. »Was wollt ihr später mal machen?«

»Nach Hause fliegen«, sagten sie. »Von hier weg und wieder nach Hause fliegen.« Zu Anfang hatte ich ständig Angst, dass man mich feuern würde, bis ich mir der traurigen Tatsache bewusst wurde, dass man mich nicht gehen lassen konnte – schließlich war die Schule unterbesetzt. Ich überlegte, ob ich mich wie die anderen Lehrer regelmäßig krankmelden sollte. Wenn man in so einem Job alt werden wolle, sagten sie mir, dann müsse man sich seine Kräfte einteilen, und das hieße, dass man sich alle dreizehn Tage krankmeldete. Uns stünden vertraglich genug Krankentage und freie Tage zu, und nur ein Idiot würde die ungenutzt verstreichen lassen. »Nimm dir einen Tag frei«, sagten sie. »Geh ins Kino.«

Wenn ich nach der Schule in meine Wohnung zurückkehrte, sank ich meistens erschöpft aufs Sofa. Ich hatte es schon immer als anstrengend empfunden, mit anderen Menschen zusammen zu sein, und das Klima an der Schule war besonders belastend. Ich verdöste den ganzen Nachmittag. Sobald es bei Sonnenuntergang in der Wohnung dunkel wurde, stand ich auf und machte mir etwas zu essen, schaltete den Fernseher an und saß im Lichtschein des Bildschirms. Bei laufendem Ton bereitete ich mich auf den nächsten Tag vor. Jeden Abend sagte ich mir, dass ich mich am folgenden Tag besser schlagen würde – ich war überzeugt, dass das Blatt sich wenden würde –, doch im Februar begann ich allmählich, daran zu zweifeln. Wenn ich mich hinsetzte, um die Testbögen zu korrigieren, musste ich feststellen, dass sie meistens bis auf ein paar verzweifelte Zeilen am Seitenanfang unbeschrieben waren. »Liebe Ms. Murphy«, stand dort, »ich hab nicht für den Test gelernt, weil ich mich furchtbar mit meinem Freund gezankt hab. Tut mir leid.« Oder: »Mein Freund wollte sich umbringen, und ich war die ganze Nacht auf, um ihn davon abzuhalten. Tut mir leid.« Manchmal auch: »Liebe Miz Murphy, ich hab keine Lust auf den Test, tut mir leid, aber manchmal muss man halt sagen, scheiß drauf. Entschuldigen Sie meine Ausdrucksweise.« Ich gab allen eine Null und fragte mich dann, wie viele Nullen ich vernünftigerweise verteilen konnte. Sollte ich alle durchfallen lassen? Konnte ich die ganze Klasse durchfallen lassen? War an einem bestimmten Punkt nicht ich an ihrem Misserfolg schuld?

Damals war ich zu viel allein. Ich hatte mich ein paarmal verabredet, doch dabei war nie etwas herausgekommen. Einmal ging ich mit einem Doktoranden, der eine Strickjacke trug und völlig normal wirkte (er wollte Bauingenieur werden), in ein chinesisches Restaurant, doch dann verriet er, dass er zu Hause drei Schlangen als Haustiere hielt, die er gern mit Mäusen fütterte. Mit einem seiner Klöße veranschaulichte er, wie die Schlangen eine Maus fraßen – er riss den Mund auf und sog den Kloß direkt vom Teller. Doch damit werde er der Sache eigentlich nicht gerecht. Damit sich die volle Wirkung entfalten könne, müsse ich es mit eigenen Augen sehen. Ob ich mit ihm nach Hause kommen und die Schlangen füttern wolle, ob ich sofort dazu bereit sei?

Ein paar Wochen lang ging ich mit einem Kunstlehrer von der Grundschule aus. Jedes Mal, wenn wir uns trafen, trug er ein blaues Sweatshirt, dessen Kapuze er aufgesetzt und fest zugeschnürt hatte. Ich konnte weder sein Haar noch den Hals, die Ohren oder die Form seines Kopfes sehen. Als wir uns kennenlernten, hatte es geschneit, und die Kapuze war sinnvoll gewesen, doch bei der dritten Verabredung begann sie mich zu stören. »Wie sieht eigentlich dein Haar aus?«, fragte ich. Und er teilte mir mit, dass er sein Sweatshirt nie vor einem anderen Menschen ausziehe. Absolut nie.

Manchmal sah ich mir abends Les Witherspoons Sendung *Alle Kinder Gottes* im Kabelfernsehen an. Es war eine Angewohnheit, für die ich mich schämte – vergleichbar mit dem Anschauen von Pornofilmen –, und jedes Mal, wenn ich es mir ansah, schwor ich, es nie wieder zu tun. Aber ich schien mich nicht unter Kontrolle zu haben. Les war faszinierend, theatralisch. Er hatte die Gewohnheit, die Faust zu heben und den Kopf vor Schmerz oder Ekstase zurückzuwerfen, je nachdem, wie die Situation es erforderte. Er schilderte gern ausführlich all das Leid auf der Welt – um danach Gott als die einfache, universelle Lösung zu bezeichnen. »All ihr Babys, die ihr mit hungrigen Bäuchen schreit und keine Mutter habt, die euch füttert«, rief er, »ihr Kinder, die ihr vom Teufel herumgestoßen werdet, von dem eure Eltern besessen sind, ihr Jugendlichen, die ihr drogenabhängig oder schwanger seid, ihr Fabrikarbeiter, denen nach einem langen Arbeitstag alles wehtut und die ihr euch zu eurem zweiten Job schleppt, ihr Alten, die ihr an euren gebrechlichen Körpern leidet – euch allen sage ich, dass Gott mit euch ist, er ist mit euch, siehe, er ist allzeit mit euch.« Ich musste zugeben, dass Les Ausstrahlung hatte. Ich versuchte, ihn zu ignorieren, doch ich brachte es nicht fertig, so überwältigend war sein Gram. Er hätte in einem Laientheater den Hamlet spielen können.

Sein Geschäft war das Ende der Welt, und das Geschäft lief gut. »Das Ende der Welt naht«, sagte er immer, »es ist nahe. Und als Vorbereitung muss man sich in Körper, Geist und Seele der Wiederkehr des Herrn und dem Ende des Lebens, wie wir es kennen, widmen. Man muss vorbereitet sein auf die lange Reise, die zwischen diesem und dem nächsten Leben steht. Insbesondere muss man in seine Kirche investieren, denn sie wird einen am Ende retten. Unsere Kirche hat am Ortsrand, auf einem hohen Hügel, hundert Morgen

Land gekauft, unsere Kirche plant, den ersten Spatenstich für eine neuere, größere Kirche zu machen, die genug Platz haben wird, um während der großen Prüfung all ihre Mitglieder zu beherbergen. Diese neue Kirche ist in Arbeit, sie wird in diesem Moment geplant und entworfen, sobald wir das Geld zusammenhaben, machen wir den ersten Spatenstich, und glaubt mir, Brüder und Schwestern, ihr werdet auf ewig froh sein, dass ihr so klug wart und euch die Zeit genommen habt, euch frühzeitig vorzubereiten … diese Kirche wird eine Festung sein … man kann sich kaum vorstellen, was alles zu tun ist … Essen und Wasser … die Heizgeräte, Kühlvorrichtungen, Medikamente, die Wasseraufbereitungsanlage, die Fachleute. In Zeiten der Prüfung werden die Armen am stärksten getroffen und fallen als Erste, deshalb sind sie es, die sich jetzt bemühen müssen, die sich vorbereiten müssen, und welcher Ort wäre besser geeignet als dieser hier, genau dieser, welche Zeit besser als jetzt …«

Nach Les' Predigt hast du einen kurzen Beitrag mit dem Titel »Margarets Augenblick« moderiert. Im Kinderhort der Kirche führtest du mit einem kleinen Jungen ein Interview über die Veränderungen, die die Kirche in sein Leben gebracht hatte.

Das ist Timmy, sagtest du in deinem neuen Südstaatenakzent. *Er ist vier Jahre alt. Sag Hallo, Timmy.*

Und Timmy winkte schüchtern. *Magst du den Leuten erzählen, was du tagsüber getan hast, bevor du zu uns kamst?*

»Fernsehen geguckt«, sagte Timmy.

Und hat sich jemand um dich gekümmert, wenn du etwas brauchtest?

»Nein«, sagte er. »Meine Mom musste arbeiten.«

Dann warst du den ganzen Tag allein?, fragtest du.

Timmy nickte.

Danach drehtest du dich zur Kamera um. *Durch unsere Betreuung erhält Timmy jetzt die liebevolle Fürsorge, die alle Kinder Gottes verdienen. Erziehung, Ernährung und die guten alten Streicheleinheiten.* Du hast die Zuschauer ermuntert zu spenden, zu helfen, für die Kinder zu beten. Du warst wie geschaffen für die Kamera – durch deine perfekte Schönheit glaubten die Leute an Gottes Güte. Sie riefen in Rekordzahl an, um »Margarets Augenblick« zu unterstützen, und die Kirche nahm fast doppelt so viel Geld ein wie zuvor. Dein Lebenstraum, irgendwann vor der Kamera zu stehen, war endlich in Erfüllung gegangen. Du hattest deine Berufung gefunden.

Wenn die Leute anriefen, um etwas zu spenden, sprachst du in der Sendung mit ihnen. Sie bewunderten stets deine Schönheit, sagten, du hättest sie inspiriert, ihre Einstellung zum Leben verändert. In deinen Antworten bliebst du bescheiden. *Ach, das hat nichts mit mir zu tun*, sagtest du. *Das vollbringt allein der liebe Gott durch mich.*

Manchmal vertrieb ich mir die Zeit damit, in Gedanken kurze Szenen durchzuspielen. Ich stellte mir vor, ich würde anrufen und dir eine große Geldsumme versprechen, und man würde mich in die Sendung durchstellen. »Hallo, Margaret«, würde ich sagen. Du würdest die Stirn runzeln, und dein sanftmütiges Auftreten bekäme einen Riss. »Ich rufe an, um Ihre Arbeit mit Kindern zu unterstützen«, würde ich sagen. »Schön zu sehen, dass sich jemand so selbstlos um Kinder kümmert. Wirklich. So etwas habe ich noch nie erlebt.«

Sie kommen mir bekannt vor, würdest du sagen. *Gehören Sie unserer Kirche an? Kenne ich Sie?*

»Nein«, würde ich sagen. »Wir sind uns noch nie begegnet.«

Je länger wir nicht miteinander sprachen, umso fremder wurdest du mir. Manchmal kamst du mir gar nicht wie meine eigene Mutter vor. Manchmal war es, als würden sich Realität und Vorstellung überschneiden – als wäre Margaret Witherspoon, die Wohltäterin aus den Südstaaten, schon immer dein wahres Ich gewesen. Die Mutter, die ich gekannt hatte – das Leben, das wir zusammen mit Malinda geführt hatten –, kam mir allmählich wie reine Einbildung vor, wie eine Fernsehsendung, die ich mir als Kind immer angeschaut hatte, die aber längst nicht mehr lief.

Was für eine Riesenüberraschung, als im nächsten Sommer auf einmal Malinda mit einem Baby auf die Hüfte gestützt vor meiner Tür stand. »Kann ich bei dir pennen?«, fragte sie wie beiläufig. Als wäre sie nicht jahrelang weg gewesen, als wäre es ganz alltäglich, aus heiterem Himmel mit einem Baby aufzutauchen. Ich stand fassungslos in der Tür, und mein Blick wanderte zwischen Malinda und dem Kind hin und her. Malinda hatte sich das Haar wachsen lassen, und es war wieder schwarz – sie sah wieder aus wie früher. Das Kind, das sie auf dem Arm trug – ein Junge im Strampelanzug, darunter nackt –, war dick, hatte ein riesiges, rundes Gesicht und große braune Augen. Sein lockiges Haar stand vom Kopf ab, als hätte er einen elektrischen Schlag bekommen. Er umklammerte einen Stoffhund, dem ein Ohr fehlte.

»Wer ist das?«, fragte ich.

»Das ist Michael.«

Ich stand da und starrte ihn an. Wenn ich mir Malinda vorgestellt hatte – wo sie war, was sie tat –, war mir kein einziges Mal der Gedanke gekommen, sie könnte ein Kind haben.

»Hier«, sagte sie und reichte mir den Jungen. »Du hast einen Neffen. Herzlichen Glückwunsch!«

Ich hatte noch nie ein Baby gehalten, deshalb hielt ich ihn auf Augenhöhe von mir weg. Wir starrten uns an. »Er wird dich schon nicht beißen«, sagte Malinda. Ich zog ihn an mich und betrachtete sein Gesicht, um irgendeine Familienähnlichkeit zu entdecken. Doch er sah ganz anders aus als wir. Kräftig, kernig, ruhig – wie ein Buddha. Er sah nicht aus wie jemand, der etwas mit uns zu tun haben wollte.

»Wo ist denn sein Vater?«, fragte ich.

»An einer Überdosis gestorben«, sagte sie, als wäre es das Normalste der Welt. Sie drängte sich an mir vorbei und ging durch die Wohnung. Sie öffnete jede Tür, jede Schublade, jeden Schrank. Machte den Kühlschrank auf und schaute hinein. »Ist das alles?«, fragte sie. »Das ist deine ganze Wohnung? Mehr hast du nicht?«

»Ich habe keinen Besuch erwartet«, sagte ich. Noch immer starrte ich Michael an, und er starrte noch immer zurück. Keiner von uns beiden schien von der Existenz des anderen völlig überzeugt zu sein.

»Gott, was für ein Dreckloch«, sagte Malinda. Sie ging wieder ins Wohnzimmer und setzte sich aufs Sofa. »Wie kannst du bloß in so einem Dreckloch leben?«

»Für eine Person ist es nicht schlecht«, sagte ich.

»Tja, jetzt wird's wohl schlechter«, sagte sie. »Ich brauch eine Zeit lang eine Bleibe.«

In den folgenden Tagen versuchte ich herauszufinden, wo Malinda gesteckt hatte, doch sie blieb vage. »Ich musste einfach eine Weile raus aus dieser verdammten Stadt«, sagte sie. »Verstehst du?« Anscheinend hatte sie keine Ahnung, wie lange sie weg gewesen war. Als ich fragte, was sie zurzeit mache, wie ihre Pläne für die Zukunft aussähen, waren ihre Antworten ausweichend.

»Ich muss mir über ein paar Sachen klar werden«, sagte sie. »Ich muss mein Leben aufräumen. So kann ich nicht weitermachen. Ich brauch einen richtigen Job, was Festes. Vielleicht als Masseurin. Oder in einem Frisiersalon.«

»Das ist gut«, sagte ich. »Gute Idee.«

»Leck mich«, sagte sie. »Immer machst du dich über mich lustig.«

»Ich hab mich nicht über dich lustig gemacht!«, sagte ich.

Malinda verbrachte viel Zeit am Telefon. Sie versuchte, einen Streit beizulegen, den sie mit einem Freund namens Zeke hatte, der im Norden des Staates New York lebte. Sie stritten sich übers Jugendamt und darüber, wer von Zekes Freunden oder Verwandten Malinda wegen Vernachlässigung des Kindes bei den Behörden gemeldet haben könnte. »Ich mach einen kleinen Fehler«, sagte sie ständig, »einen einzigen winzigen Fehler, und schon hab ich einen Sozialarbeiter am Hals.« Ständig rief sie Zeke an und stritt sich mit ihm, dann legte sie auf und rief ihn kurze Zeit später erneut an. Und wenn er dann auflegte, sagte sie, dass sie ihn nicht mehr brauche, dass sie allein ein neues Leben anfangen wolle. Bis sie ihn doch wieder anrief.

Es dauerte zwei Tage, bis Malinda von dir sprach. Bis dahin hatten wir beide so getan, als gäbe es dieses Thema nicht. Doch als Michael irgendwann eingeschlafen war, fragte sie schließlich, wie es dir gehe. »Sag bloß nicht, dass sie immer noch mit diesem Prediger verheiratet ist.«

»Ich glaube, das ist ihre längste Ehe«, sagte ich. »Manchmal tritt sie im Fernsehen auf und macht Spendenaufrufe. Dabei ist sie immer von einer Schar Kinder umringt. Echt bizarr.«

»Dieses Aas«, sagte Malinda, »kennt nicht mal den eigenen Enkel.«

»Sie weiß ja auch nicht, dass sie einen Enkel hat.«

»Sollte sie aber«, sagte Malinda. »Wenn sie je versucht hätte, mich zu finden, wüsste sie's.« Sie schniefte heftig, die Augen voller Tränen.

Malinda war schon immer sprunghaft, launisch, unzuverlässig gewesen. Doch inzwischen war es noch viel schlimmer geworden. Sie konnte kein Gespräch in Gang halten und hatte zahlreiche nervöse Ticks, die sich im Lauf des Tages verstärkten. Sie kaute an den Fingernägeln und an der Innenseite der Wangen. Sie ging im Zimmer auf und ab, trommelte mit den Fingern auf den Tisch. Sie rauchte ununterbrochen. Manchmal wippte sie auch mit dem Stuhl. Jedes Mal, wenn wir ein Gespräch begannen, sagte sie: »Ich muss hier raus. Kannst du ein paar Minuten auf Michael aufpassen? Ich bin gleich wieder da.« Und dann blieb sie stundenlang weg.

Währenddessen passte ich auf Michael auf. Er war knapp zwei Jahre alt und verhielt sich wie alle Zweijährigen, was heißen soll, dass er ständig ein Durcheinander anrichtete. Er zog die Schubladen aus der Kommode und leerte sie aus, warf ihren Inhalt durchs Zimmer, legte seinen Hund hinein und deckte ihn zu. Er benutzte Gürtel und Schnüre als Leine und band seinen Hund an Stuhlbeinen fest, er kritzelte mit Buntstiften auf Papieren herum, er riss Seiten aus Büchern und zerrupfte sie zu Konfetti.

Im Beisein von Kindern hatte ich mich schon immer unwohl gefühlt. Sie machten mich irgendwie nervös, und ich fühlte mich bedroht – wie bei dem Gedanken, dass es auf der Welt Atomwaffen gab. Doch allmählich lernte ich Michaels Gesellschaft zu schätzen. Wir machten lange Spaziergänge durch die Stadt, bei denen ich ihm Geschichten über unsere Familie erzählte. »Da haben deine Mutter und ich mal gewohnt«, sagte ich beispielsweise und zeigte auf einen Wohnblock. »Deine Großmutter, das heißt die Mutter deiner Mutter, ist häufig umgezogen. Wir haben in allen möglichen Häusern gewohnt. Als wir hier wohnten, hat unser Onkel eine Weile bei uns gelebt. Weißt du, was ein Onkel ist? Er hat eine Weile bei uns gelebt und sich manchmal um mich und deine

Mom gekümmert. Er war lange der Mensch, den wir am meisten liebten. Und ich glaube, man kann mit Sicherheit sagen, dass du nach ihm benannt bist. Du bist sein Namensvetter, so nennt man das. Du siehst ihm zwar nicht ähnlich, aber das spielt keine Rolle. Du könntest ihm auf eine andere Art ähnlich sein. Zum Beispiel könntest du seine Stimme haben. Er stand echt auf Musik. Hörst du gern Musik?«

Ich wusste nicht genau, ob Michael irgendetwas von meinen Worten verstand. Wenn ich ihm eine Frage stellte, wandte er mir bloß das Gesicht zu und sah mich neugierig an. Ich erinnerte mich an die Zeit mit Onkel Mike, erinnerte mich, wie ich seinen Geschichten gelauscht und mit demselben Blick zu ihm aufgeschaut hatte. Allmählich glaubte ich, dass Michael und ich gut zusammenpassten.

»Vielleicht bist du so still wie ich«, sagte ich. »Normalerweise rede ich nicht so viel.«

Als Malinda bereits zwei Wochen lang in der Stadt war, wachte sie eines Nachts schreiend und zitternd auf, ihre Rufe so laut und verzweifelt, dass sie die Leute im ganzen Haus weckten. Mithilfe zweier Nachbarn schleppte ich meine tobende Schwester zum Wagen. Wir mussten sie zur Entgiftung ins Krankenhaus bringen.

Während Malinda in der Reha war, rief ich dich an, um dir zu sagen, dass ich sie gefunden hatte. Du warst nicht da, und ich musste bei deiner Haushälterin eine Nachricht hinterlassen. »Sagen Sie ihr, ihre Tochter hat angerufen«, sagte ich.

Die Haushälterin war verwirrt. »Was soll das denn heißen?«, fragte sie.

»Ihre Tochter. Mary. Sagen Sie ihr, ich hab angerufen.«

»Oh«, sagte sie. Dann schwieg sie einen Augenblick. »Oh, tut mir leid. Ich wusste nicht, dass Miss Margaret eine Tochter hat.«

Abends riefst du zurück. »Überraschung«, sagte ich. »Du hast ein Enkelkind. Es ist ein Junge. Er heißt Michael.«

Ich weiß, sagtest du. *Der liebe Gott hat es mir gesagt. Er hat es mir im Traum erzählt.*

»Er ist Malindas Sohn«, sagte ich, »nicht meiner. Ich hab sie gefunden. Vielmehr hat sie mich gefunden.«

Ich weiß, sagtest du. *Ich wusste, dass Gott sie zurückbringen würde.*

»Tja, vielleicht solltest du sie mal besuchen kommen«, sagte ich. »Ich glaube, Malinda würde dich wirklich gern sehen. Ihr geht's nicht besonders gut.«

Vielleicht solltet ihr alle herkommen, sagtest du. *Hier ist es besser, hier gehört ihr zur Kirche, hier gehört ihr zu unserer Familie.*

»Ich habe hier eine Arbeitsstelle«, sagte ich. »Ich kann nicht einfach meinen Koffer packen und losfahren.«

Kommt her, sagtest du. *Ich habe hier so viele Verpflichtungen, da kann ich nicht weg, ihr müsst herkommen.*

An meiner linken Schläfe begann eine Ader zu pulsieren. Ein langes Schweigen setzte ein.

Hörst du mich?, fragtest du. *Hallo?*

»Ja«, sagte ich. »Und hörst du mich?«

Ja.

»Denn ich muss dir was sagen«, sagte ich. »Etwas Wichtiges.« Ich sprach mit zusammengebissenen Zähnen.

Nur zu, Schatz, sagtest du. *Ich höre dich laut und deutlich.*

»Fick dich«, sagte ich. Dann legte ich auf. Ich dachte, dass ich nie wieder mit dir sprechen würde.

Als Malinda zurückkam, war sie zittrig, geistesabwesend und aschfahl, wie jemand, der durch Elektroschocks einen Gehirnschaden erlitten hatte. Sie brauchte eine Stunde, um eine Schüssel Cornflakes zu essen, sie saß mit starrem Blick da, bis sich die Cornflakes zersetzten und die Milch warm wurde. Sie schlief viel, saß oft vor dem Fernseher. Irgendwann ging sie wieder aus dem Haus, zu Treffen der Anonymen Alkoholiker oder um sich einen Job zu suchen, und sie kam immer so spät nach Hause, dass Michael schon schlief. Als sie eines Nachts zurückkam und wie eine Bar stank, hatten wir einen heftigen Streit. »Das kannst du nicht machen«, sagte ich. »Du hast einen Sohn. Du musst dich besser um ihn kümmern.«

»Mach mal halblang«, sagte sie. »Kann ich nicht auch mal Spaß haben? Sollen alle so enden wie du? Was willst du überhaupt von mir?«

»Ich will, dass du sauber machst. Dich um Michael kümmerst«, sagte ich. Ich bemühte mich, leise zu sprechen. Der Junge schlief im Nebenzimmer. »Ich will, dass du deine Sache besser machst. Die Schule fängt bald wieder an, und dann kann ich nicht mehr annähernd so oft einspringen.«

»Ich tu doch mein Bestes!«, sagte sie. Dann setzte sie sich auf den Boden und weinte, so ging sie bei Streitigkeiten schon immer vor. »Ich hab nicht darum gebeten!«, sagte sie. »Ich hab nicht um dieses Erbe gebeten.«

Ich musste an unseren Vater denken, der in unserer Kindheit ein-, zweimal im Jahr betrunken bei uns aufgetaucht war. Als wir schon älter waren, verglich ich seine Besuche immer mit der Ausstrahlung von Weihnachtsfilmen oder des Thanksgiving-Umzugs, weil die Freude über sein Kommen schon bald von der Erkenntnis getrübt wurde, dass das Ganze nicht so toll war, wie ich es in Erinnerung gehabt hatte, dass alles, was mich früher verzaubert hatte, inzwischen ganz eindeutig eine billige Illusion war. Irgendwann konnte ich ihn, wenn er zitternd vor uns stand, nur noch voller Scham und Mitleid betrachten.

»Du hältst dich wohl für unglaublich toll«, sagte Malinda.

»Meinst wohl, du wärst was Besseres. Dabei hast du bloß Glück gehabt.«

In Anbetracht unserer Familiengeschichte war nicht schwer zu erraten, was als Nächstes passieren würde. Als ich eines Tages mit Michael Eis essen war, verschwand Malinda aus der Stadt und hinterließ nur eine kurze Nachricht. *Kannst du ein paar Tage auf Michael aufpassen?* Ich kannte Malinda. Ich wusste, dass es nicht bei ein paar Tagen bleiben würde.

In Wirklichkeit dauerte es zwei Jahre, bis sie – einstweilen trocken – zurückkam, um Michael zu sehen. Inzwischen konnte er sich nicht mehr an sie erinnern (»Die Frau da hat blaues Haar«, sagte er), und ich hatte längst nicht mehr das Gefühl, dass ich mich um das Kind von jemand anderem kümmerte – ich liebte Michael und hatte seine Adoption beantragt. Malinda wohnte eine Weile bei uns und weinte fast immer. Sobald Michael irgendetwas sagte oder tat, schossen ihr die Tränen in die Augen. Er war noch in einem Alter, in dem vieles neu für ihn war – jeden Tag stieß er auf etwas, das er noch nie zuvor gesehen hatte –, und es war wunderbar zu beobachten, wie jemand auf die Welt mit ihren Eindrücken und Geräuschen reagierte, als wäre sie neu. Ich hatte Angst, Malinda könnte ihn zurückhaben wollen. Doch sie hatte ihn lediglich sehen wollen, sich vergewissern wollen, dass es ihm gut ging. »Ich kann's einfach nicht«, sagte sie eines Abends. »Tut mir leid, aber ich kann's einfach nicht. Ich weiß, es ist viel verlangt, aber du bist der beste Mensch, der mir einfiel, und ich kann es verdammt noch mal nicht.«

Die Jahre verstrichen. Michael wuchs heran. Er war still, nachdenklich und zurückhaltend, und manchmal machte ich mir Sorgen, er könnte einen Schaden davongetragen haben – das Chaos in seiner Kindheit könnte bei ihm einen Hang zu Angst und Schwermut ausgelöst haben. Eine Weile war er von einer Figur fasziniert, die er »der unsichtbare Postbote« nannte. Jedes Mal, wenn im Haus etwas verloren ging, wenn etwas zerbrach, wenn es in einem Zimmer dunkel war und Michael nicht hineingehen wollte, gab er dem unsichtbaren Postboten die Schuld. Ich wusste nicht, wie man sich als Mutter verhielt – ich traf meine Entscheidungen eher spontan –, und war mir nicht sicher, ob ich meine Sache gut machte. Michael starrte oft mit traurigem Blick aus dem Wagenfenster, und in solchen Momenten war ich davon überzeugt, dass irgendwas mit ihm nicht stimmte, dass ich ihn verkorkste. Doch immer wenn ich ihn fragte, woran er denke, war es etwas Harmloses. »Ich hab mir vorgestellt, wie schnell ein Fuchs neben unserem Auto herlaufen müsste, um mit uns Schritt halten zu können.«

»Ich glaube, ich hab ihn gesehen«, sagte ich. »Gerade noch seine Schwanzspitze.«

Meine Tage waren lang und ermüdend, und ich war mir meiner Sache nie sicher. Ich fragte mich, ob Michael genug aß, ob er in der Schule Freundschaften schloss und die richtigen Fähigkeiten entwickelte. Doch es gab auch Momente voll großer Freude und Leichtigkeit. Michael machte irgendwas Witziges, ahmte etwas nach, das er im Fernsehen gesehen hatte (»Hey, Baby«, sagte er und legte zwinkernd den Kopf schief, nachdem er einen Elvis-Clip gesehen hatte), und wir lachten, wir kippten um vor Lachen, und dann wusste ich, wenn auch nur kurz, dass alles in Ordnung sein würde. Alles würde gut werden.

Sogar mein Unterricht wurde besser. Nach Malindas erstem Verschwinden war ich in düstere Bestürzung verfallen, die selbst meinen Schülern – denen es schwerfiel, mich als menschliches Wesen mit eigenen Problemen und Gefühlen zu sehen – nicht entgangen war.

»Was ist denn los mit Ihnen?«, fragten sie mitten im Unterricht.

»Das geht euch nichts an«, sagte ich.

»Uuuuuuuuuuh«, sagten sie, »Miss Murphy hat schlechte Laune!«

Einer der Schüler, ein spindeldürrer Rotschopf, der ständig Witze riss, musste es ausbaden.

»Die Formen von *être*«, rief ich ihn auf. »Im Futur.«

»Dazu hab ich keine Lust, Mary.« Er nannte mich schon das ganze Jahr lang Mary.

»Es heißt Ms. Murphy«, sagte ich. »Sein. Im Futur. Lass hören!«

»Mir ist heute nicht danach, Mary«, sagte er. Wenn er sich mir widersetzte, erntete er stets Gelächter. »Wieso sollte ich ein Verb konjugieren?«

»Es heißt Ms. Murphy«, wiederholte ich. »Und du machst es, weil du es kannst. Also: sein.«

»Wie wär's mit NICHT sein?«, fragte er und musste über sein eigenes Witzchen lachen. »Mary.«

Bevor ich wusste, wie mir geschah, war ich zu seinem Tisch gestürmt und kippte ihn um. Seine Bücher und Papiere fielen zu Boden, und er saß fassungslos da, die Hände in der Luft. Einen Augenblick herrschte absolute Stille.

»Nicht aufregen«, sagte er mit schriller Stimme. »Nicht aufregen, Ms. Murphy.«

Zu meiner Überraschung verhielten sich die Schüler nach diesem Vorfall besser. Sie begannen, Verben zu konjugieren, und gaben ihre Hausaufgaben ab. Ich änderte meinen Bewältigungsmechanismus von gütiger Nachlässigkeit zu zeitweiligen Wutausbrüchen – ich warf mein Buch durch den Raum, setzte Schüler vor die Tür. Wie sich herausstellte, sprachen sie nicht auf die Vorstellung an, dass sie ihre Zukunftsaussichten verbessern oder aus dem Erlernen einer Sprache Nutzen ziehen konnten. Sie reagierten auf etwas, worauf wir offenbar alle reagierten, nämlich dass jemand sie im Auge behielt, dass sich irgendwo jemand auch nur im Geringsten dafür interessierte, was sie taten oder bleiben ließen. Im Lauf der Zeit erwarb ich mir einen gewissen Ruf. »Nimm bloß nicht Französisch«, hörte ich im Flur einen Schüler zu einem anderen sagen, »wenn du nicht bereit bist, dich anzustrengen. Miss Murphy bringt alle zum Arbeiten, an jedem verdammten Tag, ausnahmslos. Die ist echt hart. Aber sie kümmert sich.«

Sonntagabends fuhr ich mit Michael immer zu Walter. Wir aßen zusammen, hörten dann Musik und spielten Karten. Walter brachte Michael bei, Dame zu spielen. Und am Ende des Abends schaute Michael Walter und mir bei einer Partie Schach zu. Wenn auf dem Brett nur noch ein paar Figuren übrig waren, erkundigte sich Walter immer nach dir und fragte, ob ich meine Angelegenheiten mit dir geregelt hätte. »Familie ist wichtig, das weißt du doch«, sagte er. »Es ist gut, Kontakt zu halten.«

»Ich weiß«, sagte ich. »Ich habe eine Familie.« Jedes Mal, wenn ich das sagte, stellte ich überrascht fest, dass es stimmte.

Der Rest des Gesprächs bezog sich angeblich auf die Partie vor uns, besaß aber einen schmerzlich offenkundigen Symbolcharakter. »Zeig mal was«, sagte Walter. »Mach ein einziges Mal im Leben den ersten Zug.«

»Oh, ich entwerfe gerade einen Plan«, sagte ich dann.

»Ich warte.«

»Es wird dir gar nicht auffallen. Ich zermürbe dich einfach.«

»Ich bin jetzt schon ziemlich geschafft, weil ich immer noch darauf warte, dass du endlich was unternimmst«, sagte er.

»Du lässt nach«, sagte ich. »Gleich tappst du in meine Falle.«

Dann schlug er eine meiner Figuren. »Zu spät«, sagte er.

Ich dachte nur selten an dich, wie an ein aus der Bibliothek ausgeliehenes Buch, das ich längst hätte zurückbringen müssen. Doch manchmal fielst du mir wieder ein. Alle paar Monate zappte ich mich, nachdem Michael eingeschlafen war, durch die Programme und sah mir Les Witherspoon an. Manchmal blieb ich bis zum Schluss sitzen, um dich in »Margarets Augenblick« zu sehen. Und manchmal verzichtete ich darauf.

An einem Sommerabend, während einer von Les Witherspoons Predigten, hörte ich zum ersten Mal, du seist krank. Les sprach in diffusem Spionagejargon über den Teufel – er redete von Infiltration, List, Verrat. Schließlich kam er zur Sache: Der Teufel sei in sein Haus eingedrungen und habe sich als Opfer erkoren, was Les am meisten bedeute. »Der Teufel ist hinter mir her«, sagte er, »weil er weiß, dass ich sein Feind bin, dass ich gegen ihn kämpfe. Und deshalb beschließt er, mir das Schlimmste anzutun, wozu er imstande ist – er hat es auf meine wunderbare Frau abgesehen.« Ich war wie in Trance gewesen und hatte nur mit einem Ohr zugehört, doch bei diesen Worten hob ich sofort den Kopf.

»Wie viele von euch wissen«, sagte Les, »ist unsere wunderbare Margaret an Krebs erkrankt. Der Teufel hat es für nötig gehalten, sich in ihren Körper zu stehlen und den Krebs in ihr zu streuen, aber ich sage euch, so wahr ich hier stehe, dass er damit nicht durchkommt, das lassen wir nicht zu, nein, das tun wir nicht.«

Am nächsten Morgen weckte ich Michael in aller Frühe und setzte ihn in den Wagen. Ich hatte nie viel von dir, ja, nicht einmal von Malinda gesprochen, und er hatte jede Menge Fragen. Warum er nichts von dir wisse? Warum du nicht am selben Ort wohntest wie wir?

»Sie hat jemanden geheiratet, der woanders lebt«, sagte ich.

Und warum du nicht herkämst?

»Ich weiß es nicht«, sagte ich.

Warum wir nicht bei dir wohnten?

»Ich weiß nicht.«

Was für eine Mutter du seist?, fragte er. Was für eine Mutter du seist.

Irgendwo in Virginia befürchtete ich, ich könnte mich lächerlich machen – Krebs konnte alles Mögliche bedeuten, vielleicht war es bei dir nichts Gefährliches. Doch als ich kurz vor Mitternacht schließlich vor eurem Haus hielt, sah ich, dass überall Licht brannte und etliche Wagen in der Einfahrt standen. Ein schlechtes Zeichen, dachte ich. Als ich klingelte, war das Läuten so laut, dass man es von draußen nicht nur hörte, sondern auch spürte. Eine Frau kam an die Tür, und ich musste ihr erklären, wer ich war. »Ich bin Margarets Tochter«, sagte ich.

»Und?«

»Margaret Witherspoon. Ich bin ihre Tochter.«

»Oh!«, sagte sie und runzelte die Stirn. »Oh! Entschuldigen Sie!«

Die Frau führte mich durchs Haus, und Michael trottete hinter uns her. Im Wohnzimmer und in der Küche herrschte ein ständiges Kommen und Gehen. Ich machte mir Sorgen, du könntest bereits gestorben sein – diese Leute könnten sich zu deiner Trauerfeier versammelt haben. Doch dann führte mich die Frau in ein großes Zimmer, in dem du mit Les auf einem riesigen Bett lagst und dir *Erwachsen müsste man sein* ansahst. Er hatte den Arm um dich gelegt, und seine Finger strichen dir durchs Haar.

»Les«, sagte die Frau, »hier behauptet jemand, Margarets Tochter zu sein.«

Du drehtest dich um und sahst mich. *Hi, Kleines*, sagtest du ganz beiläufig, als hätten wir erst vor ein paar Augenblicken miteinander gesprochen, als hättest du mich erwartet. Und so war es auch. *Wir wussten, dass du kommst. Les und ich haben dafür gebetet, und wir wussten, dass du bald kommen würdest, wir konnten es spüren.*

Les stand auf und breitete die Arme aus. »Dem Herrn sei Dank, dass du da bist«, sagte er. »Wir wussten, dass du nach Hause kommen würdest, wir wussten es einfach.« Er kam auf mich zu und umarmte mich so fest, dass ich keine Luft mehr bekam. Er roch stark nach Kiefernholz, einem nach Wald duftenden Eau de Cologne. »Der Teufel«, sagte er, ohne mich loszulassen, »versucht, in dieses Haus einzudringen, aber wir füllen es mit Menschen, mit Kriegern, wir füllen es mit Gottes Liebe, wir halten ständig Wache, das Licht brennt die ganze Zeit, alle bleiben auf und halten Wache, wir lassen ihn nicht herein. Du wirst ein Teil davon sein, ein ganz wichtiger Teil. Das Fleisch und Blut deiner Mutter. Wir haben gebetet, dass du kommst, und jetzt, da du hier bist, sind wir im Vorteil, haben wir die Oberhand, denn wenn du da bist, kann sich der Teufel nicht in dieses Haus einschleichen.« Ich begriff, dass es zu Les' Gewohnheiten gehörte, wildfremde Menschen so zu behandeln, als würde er sie schon ein Leben lang kennen, als hätte er darauf gewartet, dass sie zu ihm zurückkehrten, als hätte ihm ihre Gesellschaft schon lange gefehlt.

Ich betrachtete dich aus der Beengtheit von Les' Umarmung. Immer wenn er sprach, nicktest du. Du lächeltest wissend und friedvoll. Ich hatte noch nie eine derartige Harmonie zwischen dir und einem Mann erlebt. Schließlich ließ Les mich los und führte mich zum Bett. Ich setzte mich neben dich. Du warst noch schön – du warst immer schön –, doch es war deutlich zu sehen, dass du todkrank warst. Deine Wangen waren eingefallen, deine Haut grau. Und dein Blick hatte etwas Wehmütiges, wie ich es nur bei Sterbenden erlebt hatte – als würdest du aus großer Ferne auf die Gegenwart zurückblicken. Du legtest deine Hand auf meine. *Ich wusste, dass du das Licht sehen würdest*, sagtest du. *Ich wusste, dass du uns in dieser Prüfung beistehen würdest.*

»Du bist jetzt zu Hause«, sagte Les. »Du bist endlich zu Hause.«

Plötzlich bemerktest du Michael, der immer noch in der Tür stand. Er war zurückhaltend und hatte die Angewohnheit, abseits zu stehen und die Leute zu beobachten, bis ihn jemand ansprach. Als du ihn sahst, zucktest du zusammen. Für den Bruchteil einer Sekunde fielst du aus deiner Rolle. Ein schmerzerfüllter, verzweifelter Blick trat in dein Gesicht, und Tränen schossen dir in die Augen. Doch dann gewannst du die Fassung zurück. *Hallo, mein Schatz*, sagtest du. *Ich habe lange darauf gewartet, dich kennenzulernen. Willkommen zu Hause.*

Ich fühlte mich dort ganz und gar nicht zu Hause, doch für den nächsten Monat zog ich praktisch ein und streifte umher wie ein Forscher, der auf eine neue Zivilisation gestoßen ist. Ständig war eine Unmenge von Leuten da, ihre Autos säumten die Einfahrt und ergossen sich bis auf die Straße. Die Leute liefen herum und widmeten sich den Angelegenheiten der Kirche, die eher einem Konzern oder einer politischen Kampagne als einer spirituellen Unternehmung glich. Du und Les, ihr hattet im Schlafzimmer so etwas wie eine Schaltzentrale eingerichtet, und den ganzen Tag lang kamen Leute mit Fragen und Bitten herein. Fernsehaufzeichnungen mussten von Les überprüft und freigegeben, Predigten und Reden vorbereitet, Rechnungen bezahlt, Geld investiert, Arbeitskreise und Bibelcamps koordiniert, Stellenbesetzungen und die Förderung des Kinderhorts geregelt werden. Meistens winkte Les bloß ab und sagte, das sei unwichtig, doch du beharrtest darauf, dass er sich darum kümmerte. *Die Kirche ist wichtiger als jeder von uns beiden*, sagtest du. Jahrelang hatte ich mich gefragt, wie du dich so verändert haben, wie du dein früheres Leben völlig vergessen haben konntest, doch bei all dem Trubel, der ringsum herrschte, begriff ich es.

Der Wahlspruch von Les' Truppe lautete: »Macht das Unmögliche möglich.« Die Leute riefen es sich ständig zu, sie meldeten sich damit am Telefon. Les und seine Anhänger schienen das Gefühl zu haben, dass sie dich gesund machen könnten, dass dein Krebs eine Prüfung sei, deren Ausgang sie unter Kontrolle hatten, dass das Ganze nur eine Frage des Glaubens sei. Wenn ihm eine Idee kam, klatschte Les in die Hände und rieb sie sich. »Ich weiß, was wir machen«, sagte er dann. »Wir suchen jemanden, der sich mit Kräutern auskennt. Jemanden, der im Regenwald gelebt hat. Einen Medizinmann.« Eine Weile vor meiner Ankunft hatte Les erklärt, dass es die Krankheit nur stärke, wenn man darüber rede, und so war dieses Thema tabu. Die einzigen Leute, die von deinem bevorstehenden Tod sprachen, waren deine Ärzte, aber nur in vagen Worten. »Bei solchen Fällen«, sagten sie, »kann es Wochen, ja, manchmal sogar Monate dauern, bis der Krebs den Körper besiegt.«

»Es sei denn, ein Wunder geschieht«, sagte dann Les.

»Natürlich, natürlich!«, sagten die Ärzte ganz aufgeregt. »Ein Wunder.«

Tagsüber kümmerte sich eine Krankenschwester namens Quiz um dich. Sie war klein und gedrungen und hatte die krächzende Stimme eines Menschen, der schon ein Leben lang rauchte. Sie trug jeden Tag dieselbe Kleidung – einen kastanienbraunen Krankenhauskittel und weiße Tennisschuhe – und strahlte nüchternen Pragmatismus aus. Ihr Verhalten dir gegenüber war mitleidlos und unsentimental. Sie war ständig in Bewegung. Sie wechselte deine Bettlaken, kümmerte sich um deine Wäsche, wusch dir das Haar, staubsaugte in deinem Zimmer, überwachte deine Vitalfunktionen und teilte deine Medikamente zu, badete dich, massierte dir die Beine. Als ich ihr anbot, bei der Pflege zu helfen, wollte Quiz nichts davon hören. »Ich werde bis fünf bezahlt«, sagte sie, »also arbeite ich auch so lange.« Auch die Pausen, die ihr zustanden, nahm sie nur selten in Anspruch. Sie aß gern Mortadellasandwiches mit Senf, die sie in weniger als einer Minute zubereitete und fast genauso schnell verzehrte. »Kein großes Brimborium«, sagte sie. Sie trank den ganzen Tag Diätlimonade aus Aluminiumdosen, und wenn sie leer waren, zerquetschte sie sie in der Hand, als hätten sie ihr ein Unrecht getan. Alle zwei Stunden ging sie auf die Veranda, um eine Zigarette zu rauchen, und dabei beeilte sie sich, als ginge es um einen Wettstreit.

Bei einer dieser Zigarettenpausen erfuhr ich alles über dein Krebsleiden – sonst wollte niemand im Haus darüber reden. Quiz sagte, du hättest vor einer Weile gedacht, du seist schwanger – deine weiblichen Zyklen, wie sie es nannte, seien ausgeblieben und dein Bauch angeschwollen. Doch du hättest einen Test gemacht, und das Ergebnis sei negativ gewesen. Ein paar Monate lang hättest du nichts unternommen, weil du viel zu tun gehabt hättest. Gewichtszunahme, dachtest du. Wechseljahre. Doch dann wurdest du müde und bekamst starke Schmerzen. Als dich die Ärzte aufschnitten, sahen sie, dass der Krebs bereits überall war, und nähten dich einfach wieder zu. Das Einzige, was dir deine Ärzte noch empfehlen konnten, war Palliativpflege. »Und dafür bin ich zuständig«, sagte Quiz und trank eine Dose Tab aus. »Das mache ich seit zwanzig Jahren. Jedes Mal das Gleiche. Und trotzdem wird es nicht leichter.« »Wie viel Zeit bleibt ihr noch?«, fragte ich.

»Eine Woche«, sagte sie. »Vielleicht auch zehn Tage. Schwer zu sagen.«

Ich fragte dich, warum du Nana und Pop nicht angerufen hättest, die als Rentner nach Florida gezogen waren und nicht weit weg wohnten, und du sagtest, weil du nicht im Sterben lägst – Gott unterziehe dich lediglich einer Prüfung. Also rief ich die beiden selbst an, und sie kamen, um dich zu sehen. Sie besuchten dich jeden Tag, blieben jedoch nicht lange. Sie trugen immer dieselben Sachen (Pop seine Busfahrerjacke und Nana ihre Windjacke der Bowling-Seniorinnenliga mit dem sinnreichen Spruch »Eine Frau für alle Bälle« auf dem Rücken), und genau wie andere Leute, deren Kleidung sich nie veränderte – Kellnerinnen, Soldaten –, wirkten sie eher wie Funktionäre, wie Leute, die eine Aufgabe zu erfüllen hatten. Nana betrank sich, bis sie nur noch deine Hand drücken und dich traurig anlächeln konnte. Pop tätschelte bloß deine Schulter und sagte: »Du siehst heute gut aus. Du siehst gut aus.« Sie gehörten einer schweigsamen Generation an. Pop war fünf Monate lang in einem deutschen Kriegsgefangenenlager gewesen und wäre dort fast verhungert, doch er hatte kein einziges Mal darüber gesprochen. Und so brachte ihn auch dein vorzeitiger Tod nicht zum Reden. »Tja«, sagte er nach zwanzig Minuten, »wir wollen dich nicht ermüden.«

Sie lehnten es ab, im Haus zu übernachten, und lebten weiter in ihrem Wohnwagen, der draußen an der Straße geparkt war. Abends luden sie Michael und mich in ihre kleine Welt ein, in der die Betten und Tische von den Wänden heruntergeklappt wurden. Sie tranken Highballs und sahen sich Gameshows an – *Glücksrad* und *Jeopardy!* Beide hatten ein Zittern entwickelt, und ihre Köpfe nickten in stetigem Einverständnis mit allem. Sie waren schon über achtzig, und das war jetzt ihr Leben, dieses winzige, sargförmige Stück Welt.

Was für eine Familie. Welcher Trieb auch immer normale Familien zusammenbrachte und ihre Mitglieder aneinanderband – uns fehlte er völlig. Wir kamen nur in Krisenzeiten zusammen, und auch dann bekamen wir es nicht richtig hin. Wir wussten nicht einmal, wo Malinda war, und sie wusste nicht, dass du im Sterben lagst. Sie war irgendwo dort draußen, vermutlich allein, und kämpfte wahrscheinlich ums Überleben. Du sprachst nur selten von ihr, sagtest bloß, du wüsstest, dass sie wohlauf sei, dass Gott sich um sie kümmere. *Alles wird gut*, sagtest du immer wieder. Du sprachst weiter davon, gerettet zu werden, sprachst von dem Wunder, das dir beschert werden würde. Du müsstest bloß darauf warten, müsstest bloß daran glauben. Am liebsten hätte ich dich geschüttelt. Dein Glaube schien der Verdrängung all der Grausamkeiten zu dienen, an die du nicht denken wolltest. Statt dieses hoheitsvollen, seligen Wesens, in das du dich seit deinem Kircheneintritt verwandelt hattest, hätte ich lieber etwas von der Mutter gesehen, die ich einst gekannt hatte – ausgebufft, sarkastisch, brutal. Wie wir gelebt und einander enttäuscht hatten – all dem wollte ich ins Auge blicken. Doch du sahst mich nur genauso an wie alles andere damals, mit einem ruhigen, nichtssagenden Lächeln.

In den letzten Tagen wurdest du schwächer, bekamst Atembeschwerden. Der Krebs hatte deine Wirbelsäule befallen, und schon die kleinste Bewegung verursachte dir Schmerzen. Dein Arzt schloss dich an einen Morphiumtropf an. Du und Les, ihr tatet endlich nicht mehr so, als würdest du überleben – stattdessen spracht ihr davon, euch im Jenseits wiederzusehen, ihr spracht von Gottes Plan, der im Augenblick rätselhaft sei, an den ihr aber dennoch glauben müsstet.

Du schliefst viel. Wenn du aufwachtest, hattest du stets

einen lebhaften Traum gehabt, eine Erinnerung aus deinem Leben, von der du unbedingt erzählen wolltest. Du glaubtest, dass bestimmte, lang vergessene Erinnerungen mit gutem Grund wieder hochkamen, dass Gott mit dir sprach.

An einem deiner letzten klaren Tage erzähltest du eine Geschichte über mich, die ich noch nie gehört hatte. *Du wurdest an einem Frühlingstag geboren*, sagtest du. *Es war sonnig und warm, ich fuhr in einem leichten Sommerkleid ins Krankenhaus, aber als wir dich zwei Tage später nach Hause bringen wollen, gibt's plötzlich einen Schneesturm, und Pop muss die Schneeketten aufziehen. Nana und Pop sitzen mit Malinda vorn, ich halte dich hinten im Arm, wir machen uns auf den Heimweg, und der Wagen schlittert die Straße entlang. Als wir schon fast zu Hause sind, müssen wir an einer roten Ampel halten, und plötzlich geht hinten die Tür auf, und ein Geisteskranker steigt ein – er ist im Schlafanzug aus der Psychiatrie geflohen, man sieht sofort, dass er nicht ganz richtig im Kopf ist. Seine Füße stecken in weißen Mülltüten. Er hat ein langes, hässliches Gesicht, ihm fehlen sämtliche Schneidezähne, sein Haar ist ganz zerzaust.*

Und der Verrückte sagt, er wolle nach New York, er müsse dort ein Gemälde fertigstellen, auf das ein zahlender Kunde warte, es gehe um mehrere Millionen Dollar. Er erzählt uns von einer Verschwörung gegen ihn, sagt, dass ihm unterirdische Dämonen die Begabung durch die Füße aussaugen wollen, dass das Krankenhaus von ihnen geleitet werde und sie ihn in die Falle locken und wehrlos machen wollen, sie haben ihm Stifte und Papier weggenommen, und er könne nur noch zeichnen, indem er seine Bilder mit den Fingernägeln in die Wände kratze. Er sagt, er sei der begabteste Künstler der Welt. Pop dreht einfach um und verhält sich völlig normal. Er war so was wohl gewohnt, weil er schon eine Ewigkeit Bus fuhr. »Wir bringen Sie schnurstracks nach New York«, sagt er. Wir fahren eine Weile durch die Gegend, und ich halte dich verzweifelt fest. Plötzlich biegt Pop auf den Parkplatz eines Lebensmittelladens und sagt: »Da wären wir, New York City.« Und der Verrückte sieht aus dem Fenster und nickt. Bevor er aussteigt, beugt er sich herüber und sieht dich lange an. Er streicht dir mit dem Finger – einem dürren Finger mit einem langen, schmutzigen Nagel – über die Stirn, hin und her, hin und her, und ich fange an zu weinen, ich dachte, er wollte dich mitnehmen oder dir was antun. Er hätte dir problemlos was antun können. Aber er hat's nicht getan. Er stieg einfach aus und schloss die Tür, und als wir losfuhren, winkte er uns. Ich sehe ihn immer noch in seinem Schlafanzug im Schnee stehen.

So etwas komme vor, sagtest du, wenn man gegenüber einer psychiatrischen Anstalt aufwachse. Das sei nicht ungewöhnlich gewesen. Früher hätten die Patienten Wochenendurlaub gehabt und seien den ganzen Tag auf der Straße herumgelaufen. Manchmal habe es geklingelt, und einer von ihnen habe mit einem Besen vor der Tür gestanden und gefragt, ob er die Stufen oder die Einfahrt fegen dürfe. Das habe eben zu ihrem Leben gehört. Das Ungewöhnliche daran sei nicht der Vorfall selbst, sondern die Erinnerungen, die es an dein Ungemach mit der verrückten Frau geweckt habe. *Ich verstehe jetzt, dass er dich gekennzeichnet hat, genau wie ich gekennzeichnet war. Ich dachte immer, es wäre ein Fluch*, sagtest du. *Aber jetzt weiß ich, dass es etwas Gutes bedeutet. Gott versucht, mich deinetwegen zu trösten. Er will mir sagen, dass unsere Seelen verbunden sind, dass wir immer zusammen sein werden.*

In der letzten begreifbaren Äußerung, die du machtest, ging es um die Zeit. Als du eines Morgens erwachtest, sagtest du, die Zeit sei etwas ganz anderes als wir denken. *Es gibt keine Vergangenheit*, sagtest du, *und keine Zukunft. Alles passiert gleichzeitig, es ist, als wäre jedes Leben ein Flur mit unzähligen Zimmern, weißen Zimmern, und in jedem Zimmer passiert etwas, alles gleichzeitig*. Du sagtest, die Vergangenheit komme uns weit entfernt vor, doch das stimme eigentlich gar nicht. Wir seien gleichzeitig jung und alt, und sämtliche Szenen unseres Lebens spielten sich in einer Art ewiger Gegenwart ab. Wenn wir genau hinschauten – wirklich hinschauten –, könnten wir überall die Vergangenheit und die Zukunft sehen. Wenn wir uns Mühe gäben, könnten wir sie spüren.

Wenn wir sterben, sagtest du, *ist das nicht das Ende, denn alle Augenblicke, die man erlebt, bleiben bestehen. Und deshalb werden wir nie getrennt sein.*

Immer wenn du von diesen Visionen sprachst, schloss Les die Augen, ergriff deine Hand und hob sie zitternd hoch. »Lieber Gott«, sagte er, »danke, dass du uns deine Weisheit schenkst. Danke, dass du uns Frieden bringst.« Tränen rannen ihm übers Gesicht. Ich saß da und starrte ihn, starrte dich an. Wie leicht es euch fiel zu glauben. Wie sicher ihr euch darin wart. Für euch ergab alles einen Sinn. Jede Prüfung erfüllte ihren Zweck, jeder Fehler war wiedergutgemacht, jede Wunde gerechtfertigt.

Ich wollte gern ebenfalls glauben. Ich wollte mich irgendwie mit dir versöhnen. Doch ich war dir zu fern. Seit ich Michael großzog, glaubte ich, dass zwei Menschen nicht durch ihre Abstammung, durch das Schicksal oder die Zeichen einer höheren Macht miteinander verbunden waren, sondern durch die unbedeutenden Handlungen, die sie täglich füreinander ausführten. Ich machte Michael das Frühstück, ich brachte ihn zur Schule, ich holte ihn wieder ab und ging mit ihm in den Park, wir aßen abends zusammen, machten seine Hausaufgaben, spielten, ich las ihm eine Geschichte vor und brachte ihn ins Bett. Was zwei Menschen miteinander verband, war nicht immer aufregend. Kochen, sauber machen, Wäsche waschen, sich um Haus und Wagen kümmern, all die profanen Dinge, mit denen du dich nie abgeben wolltest – ich war überzeugt, dass genau das die Menschen miteinander verband. Am Ende reichte ich dir die Hand und nickte, als stimmte ich dir zu, denn so verhielt man sich, wenn man einander liebte. Doch was unsere Seelen betraf – ob sie nun in alle Ewigkeit miteinander verbunden waren –, so konnte ich es nicht richtig spüren.

Als du nicht mehr da warst, fehltest du mir. Nach deinem Tod dachte ich häufiger an dich als je zuvor. Ich verbrachte viel Zeit damit, dein Bild heraufzubeschwören, und versuchte, mich an alles zu erinnern, was je zwischen uns vorgefallen war – jede Geste, jedes Wort, jede Farbe, Form und Stofflichkeit, jedes Geräusch und jeden Geruch. Ich schrieb alles auf, was mir einfiel. Als könnte ich dich dadurch wieder zum Leben erwecken. Wenn das, was du gesagt hattest, stimmte, dann waren die Toten noch bei uns, dann waren sie nicht wirklich tot. Jeder Augenblick, den es je zwischen uns gegeben hatte, blieb in den Räumen ringsum lebendig, und wenn ich mir genug Mühe gab, konnte ich die Türen aufbrechen. Vermutlich versuchte ich, genau das zu tun, wenn ich dasaß und Wörter auf eine Seite schrieb. Ich dachte an Onkel Mike, an die Freunde, die ich gehabt und verloren hatte, ich dachte an dich. An einem unsichtbaren Ort, gar nicht weit entfernt, warst du wieder jung, und ich wurde neu geboren. Du saßest auf dem Rücksitz von Pops Wagen und hieltest mich im Arm, Schnee fiel, die Reifen schlitterten über die Straße, eine Tür wurde geöffnet, und ein Fremder stieg ein, er fuhr eine Weile mit uns, er beugte sich zu uns herüber, streckte den Finger aus und berührte meine Stirn, du hieltest mich fest, zwischen uns herrschte nicht die geringste Distanz, es war noch nichts schiefgegangen, wir hatten uns noch nicht verloren. Jetzt legte der Fremde den Finger an meine Stirn, ließ ihn hin und her gleiten, hinterließ sein Zeichen darauf, seinen Segen, und wenn ich glauben würde, wenn ich nur glaubte, könnte ich es spüren, könnte ich wieder bei dir sein, könnte ich es fast spüren.

DANKSAGUNG

Den folgenden Menschen bin ich dankbar für ihre Freundschaft: Grace Patenaude (deine Anmut wächst…), Bart Patenaude, John und Doreen Hodgen, Janice und John Lucena, Lillian St. Onge, Michael Holko, Jenni Frangos, Marly Swick, Michelle Boisseau, Kim Palmer, Leslie Koffler, Clancy und Rebecca Martin, Christine Sneed, Aisha Ginwalla, John Hildebidle, Tony Ardizzone und Jenny Greene.

Ich würde mich auch gern bei allen bedanken, die mich im Anfangsstadium dieses Buches unterstützt haben: Jill Meyers und Stacey Swann bei *American Short Fiction*, Jeanne Leiby beim *Southern Review*, Kit Ward und alle anderen bei W.W. Norton & Company und ganz besonders bei meiner Lektorin Amy Cherry, bei Denise Scarfi und der unvergleichlichen Carol Houck Smith.